北宋生活顧問 3

游素蘭 繪
阿昧 著

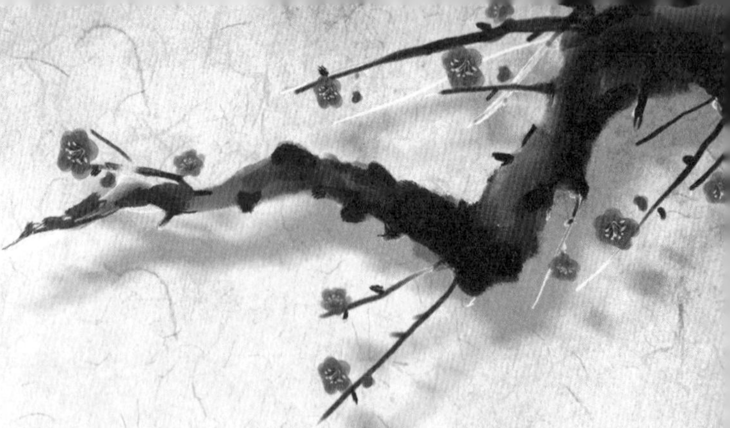

目次

壹之章　無妄之災　05

貳之章　腳店開張　47

參之章　以牙還牙　91

肆之章　小姑被休　133

伍之章　雙喜臨門　167

陸之章　買爛地興酒樓　207

柒之章　周轉不靈　245

捌之章　婆媳過招　281

腳店

壹之章　無妄之災

他們租住的房屋小，此時成了長處，把門一推，就能跑出去，方便至極。張仲微一人扛了錢箱，林依與青苗合力搬了衣箱，一起跑到隔壁街上才敢停下來。

青苗惦記著她的衣裳，還有鍋碗瓢盆等物，又要朝回衝，林依連忙拉住她道：「不值幾個錢的，何苦冒險，待得安頓下來再添置便是。」

青苗心疼，坐在路邊大哭，林依沒功夫勸她，問張仲微道：「深更半夜，咱們上哪裡去好，尋個客店將就一晚？」

張仲微朝來路望了望，巷中已是一片火海，許多消防人員提著水桶朝巷中去了。他嘆道：「也只能如此了。」

三人正要搬箱子，卻聽見有人在喚，轉頭一看，原來是楊氏的弟弟楊升。楊升帶著幾名家丁跑到他們跟前，喘著氣道：「我一聽說朱雀門東壁失火，馬上就趕過來了，你們可無事？」

寒風吹著，張仲微兩口子卻覺得心裡暖烘烘，感激道：「我們沒事，多謝舅舅惦記。」

楊升因方才見著他們要搬箱子，問道：「你們這是打算去哪？」

張仲微道：「到客店住一晚，明日再尋住處。」

楊升不高興了，道：「我家就在近前，你們不去，卻要到客店去住，是何道理？」

張仲微忙解釋道：「這大半夜的，我們是怕打擾了外祖母。」

楊升道：「都是至親，什麼打擾不打擾的，我娘正在家等你們呢，只怕客房都收拾好了。」

張仲微望向林依，徵詢她意見。危難之時有人伸出援手，實在是件幸事，林依沒什麼好說道，當即就點了頭，與張仲微二人福身謝過。

楊升便命家丁上前，將他們的兩隻箱子挑了，先行一步，回去報信。又有家丁牽過馬來，楊升道：「出來得匆忙，不曾備轎，只帶了幾匹馬，你們可會騎？」

張仲微點頭，帶著林依共騎了一匹，青苗卻是不會，楊升便指了一名家丁道：「袁六，你帶她一起。」

青苗扭捏著，不肯同陌生男子共乘，楊升只好叫那袁六牽著馬，陪她在後面慢慢走著。

楊升上馬，帶著張仲微夫妻及些僕從疾馳回楊宅。牛夫人果然如楊升所述，正在暖閣裡候著，見張仲微兩口兒進來，連忙上前，拉著他們看了又看，連聲地問：「傷著了沒？熏著了沒？」

林依謝過她關心，道：「人都沒有大礙，只折損了些丫頭的衣物和廚房器皿。」

牛夫人聞言放心，道：「人沒事就好，衣物和廚房器皿是小事，丟了可以再買。」

家丁將兩只箱子搬進來，問牛夫人道：「夫人，這是張二少爺的行李，擱在哪裡？」

牛夫人驚訝道：「就這些？」

林依解釋道：「我們才來京都，帶的行李不多。」

牛夫人直言道：「才這點子家當怎麼過生活，你們可有什麼打算？」

林依心道，這位牛夫人還是同先前一樣，有些嫌貧愛富，於是沒有作聲。楊升見場面尷尬，忙圓場道：「娘，已是夜深，他們又受了驚嚇，趕緊安排房間，讓他們去歇息吧。」

牛夫人看了看張仲微和林依，確是面有疲憊之色，只好住了嘴，喚來一名丫頭，叫她帶張仲微和林依去客房休息。

張仲微夫妻與牛夫人和楊升行禮，再次感謝他們收留，而後隨那名丫頭朝後面一進院子去。這進院子極大，分作兩邊，各有一所單門獨戶的小院落。丫頭將他們領到左邊院中，推開正房的門，請他們進去，福身道：「奴婢金寶，兩位是吃些點心，還是就睡？」

張仲微二人都已困頓，便道：「我們不餓，妳且去吧，叫青苗來侍候。」

金寶欠身行禮，轉身去喚了青苗過來，主僕三人各自歇下不提。

第二日，張仲微夫妻起床時，金寶已帶著幾名小丫頭在外面候著了。待得房門一開，便魚貫而入，福身道：「奴婢們來服侍張二少爺與二少夫人洗漱。」

林依暗讚，到底是有錢人家，丫頭們訓練有素。

金寶掀開一只小盒子，捧來與張仲微二人瞧，道：「這是新買的刷牙子，不曾有人使過。」張仲微與林依各取了一柄，馬上有小丫頭上前，一人捧牙粉，一人遞水杯，還有兩人捧了銅盂在下面接著。

刷完牙，丫頭們收好器具，又捧上洗臉水和摻了香料的澡豆來，請張仲微二人洗臉。一小丫頭上前，朝張仲微身上隔了塊汗巾，又去幫他挽袖子，張仲微忙道：「我自己來。」說完三兩下將袖子挽好，捧了水就洗。

旁邊有丫頭在偷笑，也不知是笑話他純，還是笑話他畏妻如虎。

二人洗漱畢，金寶又捧了只盒子來與他們瞧，道：「梳子也是新的，不曾有人使用過。」

林依道：「外祖母太客氣。」說著取了一把象牙梳，先與張仲微梳好頭，再才坐下，由一名小丫頭挽了個朝天髻。

金寶開了妝盒，問道：「張二少夫人想化個什麼妝？」

林依不大懂得北宋妝容，應道：「淡雅些便好。」

金寶取了花粉，親自與她敷面，化了個檀暈妝。林依朝鏡中一瞧，果然素雅，滿意點頭，喚來青苗，命她取錢打賞。金寶幾人，本以為林依窮困，沒作指望，此時竟得了賞錢，雖然不多，仍喜出望外，謝了又謝。

金寶領著小丫頭們退下，道：「張二少爺與二少夫人稍歇，待我們夫人收拾好，再來喚你們。」

青苗看著她們遠去，嘀咕道：「在大戶人家做客不易，不過洗個臉，就丟了好些錢。」

林依穿越前，到餐廳打過工，能體會小費給人帶來的愉悅心情，因此道：「別小家子氣，若沒牛夫人收留，到客店住一晚上得花多少錢？」

張仲微道：「妳放心，這幾個賞錢，耽誤不了給妳做新衣裳。」

青苗被說得不好意思起來，忙扭身躲了出去。

不多時，金寶來請，張仲微夫妻隨她到昨日那間暖閣，與牛夫人請安。牛夫人問道：「昨日睡得還好？丫頭們服侍得可盡心？」

林依由衷道：「外祖母家的客房比我們租的屋子好過百倍。」

這恭維，牛夫人很是受用，樂呵呵地笑了，招了招手，命人擺飯，道：「你們來嘗嘗外祖母家的伙食。」

林依朝桌上看了看，胡餅、宿蒸餅、煎白腸、頭羹，與外面賣的並無甚分別，不過精緻些，但她仍大讚一通，惹得牛夫人笑個不停。金寶又捧上兩碗麵條，笑道：「這是插肉麵，夫人聽說張二少爺與二少夫人是從眉州來的，特意請了個四川廚子做的。」

林依兩口子忙欠身謝道：「外祖母費心。」

牛夫人微笑點頭，舉了筷子，張仲微見楊升沒來，不敢就吃，問道：「舅舅不來吃飯？」

牛夫人道：「他是匹野馬，一大早就不知跑哪裡去了。」

張仲微想著自家未來的生意，就多問了一句：「舅舅做的是什麼買賣？」

牛夫人笑道：「哪有什麼買賣，在御街上開了兩家酒樓，糊口而已。」

竟是開酒樓的，張仲微與林依對視一眼，皆道，沒料到即將是同行。

牛夫人取了一塊胡餅讓他們，又問：「我瞧你們才兩箱子家當，翰林編修的俸祿又不多，在東京怎麼過生活？」

她對官員俸祿倒是很瞭解，林依微微詫異，答道：「正是做些小買賣，只不知做什麼好。」

牛夫人有些不相信，問道：「張二郎如今好歹是個官，妳情願放下身段做買賣？」

林依道：「什麼身段不身段，我只曉得不能餓肚子，不然進城作甚，不如還回鄉種地。」

牛夫人聽了這話，竟擱下筷子，撫掌大讚：「妳比妳婆母，強上百倍。她就是個傻的，寧可餓肚子，也不願做生意賺錢，同她爹一個模樣。」

原來楊氏的父親，生前亦是一官員，品階雖不高，一樣有清高氣，哪怕家中窮得揭不開鍋，也不肯放牛夫人去做買賣。直到他過世，牛夫人才得了機會，從娘家借來本錢，在御街邊上先後開了兩家酒樓，家中漸漸寬裕起來。

牛夫人竟是個女強人，林依聽了這番講述，敬佩之心油然而生。再回想牛夫人之前種種，原來她不是「嫌貧」，而是見不得死要面子活受罪，這同林依的觀念，倒是不謀而合。

牛夫人見林依不是那迂腐清高之人，態度一百八十度大轉彎，拉著她的手道：「家當少不要緊，只要肯賺，我家以前比妳窮多了，妳看現在如何。」

張仲微見她倆聊得親熱，很是放心，起身道：「家中失火乃是大事，我先去翰林院告幾日的假。」

牛夫人忙道：「小事一樁，哪消你親自去，叫二門外小廝跑一趟便得。」

張仲微還要推辭，牛夫人道：「你叫我一聲外祖母，就該把這裡當作親戚家，與我客氣什麼。」

張仲微只好領了情，謝過她後又道：「那我去朱雀門東壁瞧瞧，打聽打聽失火的緣由，再另尋一住處。」

牛夫人聽了這話，越發不喜，道：「下人們早就去打聽了，不消你去得。還有，你現住在外祖母家，急著尋房屋做什麼，難道我這裡沒有屋與你住？」

張仲微講什麼，牛夫人都是反駁，頓時手足無措。林依笑道：「外祖母還是放他出去走走吧，不然他只能悶在屋裡。」

牛夫人笑道：「那我託一件事與張二郎，你上街尋尋你舅舅，若是見他在胡鬧，就一通板子打回來。」

張仲微聽得一個「打」字，連稱不敢。

金寶上前，與牛夫人道：「少爺又是偷溜出去的，沒帶小廝。」

牛夫人道：「叫袁六帶張二少爺找他去。」

金寶便向張仲微福了一福，道：「張二少爺隨我來。」

張仲微心道，楊升十好幾歲的人了，出門逛逛又如何，哪消人特特去尋。他滿腹不情願，無奈金寶已在跟前候著，只好站起身來，隨她出去了。

牛夫人叫人撤了桌子，另端上果子和茶水來，細細詢問林依，想做什麼買賣。林依故意試探道：「我也想開家腳店，外祖母以為如何？」

牛夫人道：「東京腳店多如牛毛，妳又沒什麼本錢，湊這熱鬧作甚。」

林依心道，牛夫人再喜歡她，還是存了幾分私心的，因此不願她也開腳店，以免搶了生意。她裝了贊同的模樣出來，請教道：「我來東京時日不多，不知做什麼買賣才賺錢，還要向外祖母討教一二。」

牛夫人仔細想了想，道：「本錢少，只好開個雜貨鋪，賣些胭脂絨線等物。」

賣胭脂絨線，恐怕還沒青苗在夜市賺的多，林依暗自搖頭，嘴上還是感謝了牛夫人一番。

牛夫人以為她願意，就要帶她去看店面，林依推脫道：「我們租的屋就這樣白燒了？總要有個說法，待得弄清楚，再去看店不遲。」

牛夫人便喚金寶，問道：「我叫他們去打聽失火的事，可有了眉目？」

金寶遣人到二門外去問，過了一時，有消息傳來，稱昨日那場火與賈老爺有莫大的關係。回話的小廝道：「有位行商賈老爺，在朱雀門東壁養了個外室，那外室不甚規矩，趁他不在，偷起人來，卻運氣不好，被他拿個正著。」

牛夫人聽到這裡，向林依道：「做生意的人，常年在外，難以歸家，只好在常去的地方再安一個家，這倒也平常。」

林依急於知道失火的真正原因，敷衍點了點頭，問那小廝道：「賈老爺捉拿姦夫，街坊鄰居都是見了的，怎會鬧成失火？」

小廝回道：「聽說那姦夫吃不了疼，被賈老爺抽了十來下，就答應出錢私了。賈老爺舉著火把，隨他去取錢，走到巷口，一時疏忽，被那姦夫當胸撞了一下，火把脫手，正巧落在一堆柴火上。深更半夜的，他們無處尋水，那火勢一下就大了。」

牛夫人念了聲「罪過」，道：「這等殺千刀的人，該幾棍子打死。」

林依不知她指的是賈老爺還是那姦夫，不好介面，便問小廝道：「這火純屬人為，官府不管管？」

小廝道：「怎麼不管，賈老爺與那姦夫，已是齊齊捉拿歸案了。」

牛夫人連聲道：「那就好，那就好。」

林依暗自嘆氣，捉拿歸案又如何，房子已是毀了，剩下的租金誰人來補，未搶出的物事誰人來賠？這一時半刻，難以尋到合適的住處，幸虧牛夫人熱心快腸，主動留他們多住幾日，不然每天吃住在客店，花費可不少。林依想到此處，越發感激牛夫人，道：「還要叨擾外祖母幾日，待得尋到房子再搬出去。」

牛夫人道：「才剛責過張二郎，妳這裡又來。我家有空屋子妳不住，非要送錢與別個？」

林依不大願意，牛夫人性格有些喜怒無常，今日得了她緣法，待遇尚好，他日若不慎惹惱了她，被掃地出門，豈不狼狽。她琢磨著如何婉轉拒絕這番好意，低頭不語，牛夫人以為她不愛寄人籬下，便道：「我把你們住的那客院從內隔斷，只朝外開門，那樣即是單獨門戶，與我兩家人，如何？」

林依感激牛夫人體貼，但感覺是一回事，理智是另一回事，她只笑道：「外祖母的院子是極好的，我們都想住，待得賺夠租金，一定搬來。」

牛夫人道：「妳我至親，租金暫緩，就是不給也沒什麼。」

條件優厚，話語中聽，林依有一剎那差點就點了頭，但忽地想起，她將來的腳店，是準備開在住處的，所謂同行是冤家，若被牛夫人看見她不但開了腳店，而且還開在她家門口，會作何感想？哪怕是親戚，走得太近，反而易鬧矛盾，林依反覆思忖，還是拒絕了牛夫人，道：「付不起租金我倒沒什麼，但二郎他面皮薄，只怕不願意。」

牛夫人聽了這話，馬上不再苦勸，反讚道：「張二郎還曉得無錢便丟人，算是個好的，不像他爹，臉皮厚得賽過汴京城牆。」

林依聽她這般形容張棟，想笑又不敢，憋得好不辛苦。

二人閒話，消磨了一上午的時光，中午擺飯時，張仲微終於把楊升找了回來。牛夫人見他並未吃醉酒，有幾分高興，但仍責罵道：「成日只曉得東遊西逛，我們家兩座酒樓，從未見你去照管照管。」

楊升也不頂嘴，大咧咧朝桌上坐了，舉筷讚道：「今日菜色不錯。」又與張仲微道：「外甥，咱們吃兩杯。」

牛夫人見楊升把她的話當作耳旁風，氣得摔了筷子。林依忙著勸她，心道，原來女強人也有煩惱事。

牛夫人被氣著，心情不好，略動了動筷子，便向林依道：「妳慢些吃，我去歇歇。」

林依起身送過她，回座看了楊升一眼，見他神色自若，仍與張仲微杯觥交錯，忍不住道：「舅舅，外祖母不大精神，你不去看看？」

楊升竟朝她做了個鬼臉，吐著舌頭道：「我故意的。」

林依驚呆，不知再說什麼好，只得匆匆扒了兩口飯，起身出門，想去陪陪牛夫人。走到牛夫人房前，金寶卻將她攔住，道：「張二少夫人，我們夫人在歇中覺。」

林依道：「那我過會子再來尋外祖母說話。」

金寶早上拿過她的賞錢，就多說了兩句，道：「我們少爺向來如此，夫人都被氣慣了，妳不必放在心上。」

林依輕輕點頭，謝了她，獨自回客房。才進院門，青苗就迎了上來，抱怨道：「二少夫人，住在這裡不好。」

林依笑道：「不用付房租，又有飯吃，怎麼不好了？」

青苗噘著嘴道：「他們的廚房輕易不肯外借，我沒法做薑辣蘿蔔去賣。」

林依道：「妳每日辛苦，好不容易得閒，歇兩天吧。」

青苗急道：「夜市上做買賣的人，有一半是住在咱們那巷子，如今失了火，他們無家可歸，肯定也做不了生意，我趁這機會去夜市，生意一定好。」

林依笑道：「妳倒是越做越有頭腦。」

青苗央道：「二少夫人，妳去與牛夫人講一講，叫她把廚房借我一用，如何？」

林依道：「這卻是不好開口，大戶人家有規矩，廚房乃重地，別說妳，就是一般的丫頭也進不了的。」她見青苗沮喪，想了想，又道：「不知他們有沒得下人專用的廚房，借來用一用，倒是行的。」

青苗歡呼起來，道：「還是二少夫人有辦法，我這就去。」

林依奇道：「說風就是雨，妳曉得該找誰去借？」

青苗道：「袁六肯定知道，我問他去。」說著，一陣風似的跑出去了。

林依站在原地想了多時，才記起袁六是楊升的小廝，昨晚陪青苗走回來的人，她忍不住暗自笑起來：青苗這妮子，莫不是……

忽然肩膀被人拍了一下，抬頭一看，原來是張仲微，嗔道：「吃多了酒，發酒瘋嗎，嚇我一跳。」

張仲微還真是吃多了幾杯，講話滿嘴酒氣：「舅舅硬拉著我，左一杯右一杯，我也無法，幸虧下半天不用去當差。」

林依將他扶進屋，倒了茶水與他，道：「青苗說的不錯，住在別人家確是諸多不便，想去煮碗醒酒湯都不行。」

張仲微贊同道：「求楊家丫頭去，還得付賞錢。」

林依已是在取錢，道：「也就這幾日，總不能因捨不得幾個賞錢，連醒酒湯也不讓你吃一碗。」

張仲微攔住她道：「也並沒有吃多少，我歇一會子就好了，不必麻煩。」

林依認真問道：「真無妨？」

張仲微點頭，道：「我只不過是陪酒，沒醉到哪裡去，舅舅卻是吃悶酒，醉得一塌糊塗，幾個丫頭還扶不動他，還是我把他扛進臥房去的。」

林依奇道：「哪有大白天的就吃醉酒的，他有什麼煩惱事？」

張仲微招了招手，叫林依附耳過來，小聲道：「我只告訴妳，切莫講與旁人知曉——我們這位舅舅，看上了一位妓女，想要娶進門來，這種事外祖母哪會同意，因此與她槓上了。」

林依道：「我看買妓女作妾室的人也不在少數，舅舅好言求幾句，外祖母也未必就不同意。」

張仲微搖頭道：「若只想做妾室也就好辦了，舅舅想娶她為正妻。」

林依詫異道：「這也太荒唐。」

張仲微道：「舅舅幾年前就想娶一個名叫蘭芝的妓女過門，被外祖母知曉，先一步出錢買下，送與他人做妾去了。舅舅本就此死了心，誰料到，不久前竟發現蘭芝被大婦趕了出來，流落街頭，舅舅認定他與蘭芝有緣，偷偷置了一處宅子，將蘭芝養了起來。」

林依問道：「這事兒外祖母不知道？」

張仲微道：「自然是不曉得的。」

林依疑道：「舅舅不敢講與外祖母知曉，卻為何要告訴你？」

張仲微苦笑道：「還能為什麼，叫我替他打掩護啊。」說著說著，想起一事，自袖子裡掏出個銀元寶，遞與林依道：「舅舅給了我這個，說今後凡是他去蘭芝處，都對外稱是去尋我吃酒了。」

林依張口結舌：「舅舅可是長輩，怎能，怎能……」她把銀元寶丟回張仲微手裡，責怪道：「這銀子，你不該收下。」

張仲微道：「我也不想收，可他吃醉了，怎好塞回去，只有等他醒來再說了。」

吃醉了才給的銀子，那不是在飯廳吐露的實言？林依急道：「廳裡那許多丫頭婆子，你們講這個，不怕他們聽到，報與牛夫人？」

張仲微拍了拍她的背，道：「銀子雖是方才塞給我的，事情卻是路上就講了，並無旁人聽見。」

林依這才放下心來，拍著胸口道：「那就好，不然外祖母知道你收銀子包庇舅舅，可要大發雷霆。」

張仲微將銀元寶塞進懷裡，道：「這是他們的家務事，咱們管不著，等舅舅一醒，我就把這個還去。」說完又與林依商量道：「娘子，咱們可還有錢租房子？若是有，就早些搬出去吧。外祖母雖好，到底不是自己家，不自在哩。」

林依也願意搬，卻故意笑道：「你與青苗一個德性，才住一天不到就渾身不自在，我在你家寄人籬下那許多年，還不是過來了。」

張仲微不好說道方氏為人，連忙起身，作揖道：「都是我的不是，我與娘子賠禮。」

林依輕拍張仲微一掌，道：「放心，租房的錢還是有的。」又問：「這場火竟是賈老爺和那姦夫無意為之，聽說兩人已是被抓起來了，你可曉得？」

張仲微點頭道：「回來的路上已是聽說了，都怪那賈老爺貪財，想要敲姦夫一筆錢，才引出這場火來。」

林依嘆道：「我們還算好的，有親戚願意收留，手裡又還有些錢，那些做一天工才有一天飯吃的人怎麼過活？」

張仲微道：「朝廷已安排許多人住到廟裡去了，聽說往常失了火，朝廷都要減免房租，這回應該也不會例外。」

林依來了興致，道：「真的？那咱們且多等幾日，不著急去尋房子，等朝廷詔令下來再作打算。」這是最合算的方法，因此張仲微雖不願意住在這裡，還是同意了。他酒後睏意上來，到床上躺了會子，再醒時，已是晚飯時分，林依笑話他道：「你倒是悠閒，我陪外祖母坐了整整一下午，聽她絮叨舅舅。」

張仲微忙問：「外祖母現在作甚？」

林依曉得他是要去還銀元寶，便幫他去瞧了瞧，回來道：「外祖母在看著擺飯，正是好機會，你趕緊尋舅舅去。」

張仲微連忙動身到楊升屋裡，把銀元寶一丟，轉身就跑。楊升愣住，回過神來時，張仲微已是跑得遠了，他懊惱道：「這個外甥太膽小，送上門的錢都不要，怪不得受窮。」他好不容易找到打幌子的人，卻收買不了，吃飯時就蔫蔫的。

張仲微與林依心知肚明，都不去招他，牛夫人不明所以，還道他是病了，噓寒問暖，忙個不停。張仲微瞧在眼裡，回房後與林依道：「到底是親娘，雖然中午才被氣過，但還是只惦記他。」

林依笑道：「怎麼，你想親娘了？」

張仲微道：「祥符縣離東京近，昨日失火的消息定然傳了過去，只怕嬸娘會擔心。」

林依出主意道：「既是如此，明日咱們走一趟，與叔叔嬸娘報平安。」

張仲微感激她體貼，摟她在懷，緊抱了好一陣才鬆開。所謂母子連心，真真切切，張仲微這裡想著與方氏報平安，那邊方氏亦是掛念著他，第二日，林依想先備一份禮，才去祥符縣，人還沒出門，方氏已是到了。

楊家一小丫頭來報：「張二少爺、二少夫人，你們家的二老爺、二夫人和大少爺來了，正在廳上等著呢。」

林依對張仲微一笑：「真是心有靈犀。」

張仲微帶著她迎到廳上，向張梁、方氏請安，又與張伯臨相互見禮，道：「大哥公務在身，怎地也來了？」

張伯臨道：「咱們一聽說朱雀門東壁失火，哪裡還坐得住，恨不得連夜奔來。你大嫂是行動不便，不然也要來。」

二人講話時，方氏已拉著張仲微，將他上上下下打量了好幾遍，見他並無傷處，才放了心，道：「到底是我兒子，跑得快。」

張梁問道：「好端端的，怎會失火？」

張仲微將失火原因講了一遍，道：「並不是有人故意縱火，乃是失手，想來是我們該當有此一劫。」

方氏聽說引起火災的人就住在張仲微隔壁，氣惱非常，忿忿罵著。牛夫人進來，見她這副模樣，便知她是張仲微親母了，上前笑道：「不知貴客前來，有失遠迎。」

張梁一家人忙與她見禮，方氏真心謝她道：「多虧牛夫人幫忙，不然我更擔心。」

張梁亦道：「仲微給妳添麻煩了。」

牛夫人招呼他們坐下，笑道：「自家親戚，客套什麼，儘管在這裡住著。」

寒暄過後，牛夫人起身，道：「你們好不容易來一趟，吃了飯再走，我還有些雜事，恕我失陪。」

張棟與方氏在牛夫人面前，亦是晚輩，忙起身道：「牛夫人不必客氣，是我們叨擾了。」

牛夫人一笑，叮囑丫頭們留飯，自出門去了。方氏待她一走，便向張仲微道：「你們住在哪裡？帶我去瞧瞧。」

張仲微與林依領著他們來到客房，方氏在院中轉了一圈，裡裡外外都看過，道：「這院子不錯，我還怕牛夫人怠慢於你，這下放心了。」

張仲微把他們引進正房坐了，道：「外祖母待我們極好的，嬸娘放心。」

方氏馬上道：「那你們在這裡多住幾日，省些房錢。」

張仲微有些尷尬，咳了兩聲，道：「娘，住在親戚家，到底不比自己家住著自在。」

方氏對此話倒是贊同，道：「也是，到底不是親的。」想了想，又道：「我們租的屋多出幾間，你不如搬到祥符縣去住。」

張仲微猜想，那房子多半是李舒出的錢，他怎好意思去占那便宜，忙道：「娘，我每日要早起當差，住到祥符縣，行動不便。」

張梁見方氏越講越不像話，責備道：「仲微如今是朝廷的人，哪裡由得了妳做主。」

方氏嘀咕道：「那也是我生的兒。」

張伯臨道：「仲微是朝廷官員，還怕沒屋住？」

還是張伯臨的話有理又中聽，方氏終於消停下來，側頭看那小几上的花瓶，讚嘆道：「這是定窯紫釉梅瓶呀，牛夫人家真有錢。」

張仲微一聽，生怕她又講出什麼占便宜之類的話來，忙與林依使眼色，示意她把話題帶開。

林依會意，問道：「聽說大嫂幫嬸娘開了個雜貨鋪，生意可好？」

方氏這才想起一件事來，忙把任嬸叫進來，取過她手中的一只提籃，掀開蓋子，裡面裝著梅子薑、金絲黨梅等物，道：「是在門首開了一間鋪子，賣些零嘴兒，我與你們帶了些來，無事時揀兩個吃吧。」

林依向她道過謝，命青苗將提籃拿去，現裝幾碟子出來待客。張梁捋著鬍子，笑道：「妳大嫂孝順，與我開了一個館，收了十來個學生，如今咱們家日子很過得。」

林依替他們高興，也為李舒高興，與張仲微笑道：「看來就咱們還沒起色，須得加把勁。」

方氏如今有生意做，多了掛念，見張仲微毫髮無傷，又有著落，就想著趕回去。張梁也惦記著那十幾個學生，便道：「你們住在親戚家諸多不便，我們就不吃飯了，改日有空再來。」

張伯臨有公務在身的人，也道：「仲微與弟妹有空，到祥符縣來玩。」

張仲微也是覺得在親戚家待客不大好，便留他們上外面去吃，方氏連連推辭：「你們正是用錢的時候，花費那些做什麼。」

張仲微苦留不住，只得陪他們出門，同林依兩人送到城門口方才回轉。今日方氏沒提納妾收通房的事，林依很是高興，暗道，她到底有了事做，眼界開了些，不再只盯著兒女，看來以前還是太閒的緣故。

住在牛夫人家的這幾日，青苗照舊出門打聽開腳店的各種成本，林依擔心被牛夫人察覺，格外囑咐她小心行事，莫要走漏了消息。青苗亦明白同行即冤家的道理，每次出門，都挽個籃子，稱去考察蘿蔔和甘露子的賣價，倒真沒引起過楊家人懷疑。

幾日後，青苗將開腳店最關鍵的成本——酒價打聽清楚，來報與林依知曉。大宋酒水，大致分兩種：秋季出的酒稱「小酒」，最高價每斤三十文，最低價每斤五文；夏季出的酒稱「大酒」，最高價每斤四十八文，最低價八文。

青苗辦事這些天，很有長進，不但打聽到大致價格，還自行記錄了一張表，上有各種名酒的具體價格。林依對此大為稱讚，誇她有做買賣的天賦，將來腳店開起來，就交由她打理。

二人將市場行情打聽得一清二楚，卻對著滿紙的酒名傻了眼。林依問青苗：「這哪些是烈酒，哪些是口味清淡的？」

青苗搖了搖頭，道：「我問過，店家卻不肯告訴我，只道買了嘗嘗便知。」

林依無法，只得等張仲微回來，向他請教。張仲微捧著酒名表看了一遍，道：「這些都是名貴酒，我也只吃過其中幾種，其他的卻是不知。」

林依遞過筆，叫他在吃過的酒名下標註出大致口味，又道：「外祖母家開著酒樓，想必對酒水很是清楚，你不妨去套套舅舅的話。」

張仲微撓了撓腦袋，為難道：「娘子，妳是知道我的，套話這樣的事體，我是不會的。」

林依道：「這有什麼難的，且附耳過來。」

張仲微聽話地湊過去，學了幾招，大呼娘子有頭腦。他立時便去尋到楊升，裝了受挫的樣子出來，嘆氣道：「舅舅，我今日與同僚吃酒，被人恥笑。」

楊升奇道：「當差不力被嘲笑也就罷了，吃個酒，怎地也被取笑？」

張仲微道：「他們尋了家正店，邀我前去，滿桌子的酒水，我卻只認得兩三樣，他們便笑話我蠢。」

楊家開著酒樓，外甥卻認不得酒，楊升亦覺得臉上無光，馬上拍著張仲微的肩膀道：「這有何難，你明日告假，跟著舅舅到酒樓走一走，保管你認得比他們還全。」

張仲微十分感激，正要道謝，楊升又開口：「別急著謝我，先答應我一件事，我才帶你去。」

張仲微隱約猜到是何事，百般不情願，無奈有求於人，只得硬著頭皮開口問道：「什麼事？」

楊升摟住他的肩，低聲道：「待得吃完酒，你仍在酒樓坐著，等我回來，再一同歸家。」

張仲微暗嘆一口氣，又問：「舅舅要去多久？」

楊升道：「不消多長時間，小半天即可。」

張仲微為了完成林依交代的任務，只好勉為其難應下來。

楊升十分高興，摟著他的肩朝外走，才到門口，金寶來攔，問道：「少爺要去何處，我喚袁六來。」

楊升湊到張仲微耳邊，悄聲道：「袁六與這妮子相好，是半個我娘的人。」說完朝金寶揮手：「我帶張二少爺上咱們家酒樓吃酒，帶袁六做什麼。」

金寶連忙跑回牛夫人房中稟報，牛夫人笑道：「都道張二郎是個正派的，果然不錯，升兒跟他一起，也好了許多，妳看他何曾到咱們酒樓瞧過，如今也曉得去了。」她吩咐金寶道：「傳話給兩家酒樓掌櫃，不拘他去了哪一處，都好生伺候著。」

金寶領命而去，想先將牛夫人同意楊升出門的事告訴他，不料楊升根本沒把牛夫人的意見放在心上，早就走了。

楊升帶著張仲微來到自家一間酒樓，門前招牌金光閃閃，上書楊樓二字，楊升指著招牌向張仲微道：「這是我們家最先開的一家酒樓，酒水最是齊全。」

張仲微問道：「這是正店，還是腳店？」

楊升道：「開正店光有錢可不行，還得靠關係。」

張仲微聞言，便知楊樓是一家腳店了，心道是腳店正好，除了考察酒水品種，還能問一問價錢，看哪家正店賣的酒水最便宜。

二人進到店內，掌櫃的早得了消息，親自來迎，將他們引自樓上一間濟楚閣兒，點頭哈腰道：「得知少爺要來，早備好了酒水，我這就叫他們端上來。」他一面指使小二上酒上菜，一面又殷勤道：「少爺可要聽曲兒？」

楊升故意道：「叫兩名妓女來陪。」

掌櫃的乃牛夫人親自挑選的人，深知她喜好，哪敢應承，連連擺手道：「少爺，莫教小人為難。」

楊升哼道：「滾出去。」

掌櫃的忙不迭地朝外走，嘴裡念叨：「滾出去，我這就滾出去。」

張仲微瞧著不堪，忍不住道：「這掌櫃的也太卑躬屈膝。」

楊升笑道：「他是照管酒樓，又不是當官，來往的酒客就愛這一套，巴不得掌櫃的和小二把身段放得低低的，好把他們捧上天去。」

這也是經營之道，張仲微默默記下，又問：「那掌櫃的不敢與舅舅叫妓女來，是何緣故？」

楊升道：「還能有什麼緣故，聽我娘的話而已。」

張仲微明白了，大概是因為多年前出了蘭芝一事，牛夫人才不許楊升再接近妓女，他為此深深感謝牛夫人，不然楊升叫上兩個妓女，再傳到林依耳裡，他張仲微也要吃不完兜著走了。

轉眼，小二已照著楊升的意思，將酒樓內中上等的酒水擺了滿桌，因天氣寒冷，所有的酒都盛在溫酒壺內，那溫酒壺乃是一整套湖田影青，煞是好看。張仲微再次默默記下，心道，待得自家店開，也要覓幾套好瓷器來充場面。

楊升向張仲微道：「你們做官的人，想來也不會吃那粗劣酒水，因此我只叫了中等以上的來。」他指了指桌上離他們最近的一只酒壺，身後侍立的小二馬上上前，執壺與他們二人各斟了一杯。

楊升待得張仲微吃完，問道：「味道如何？」

張仲微讚道：「香氣撲鼻，入口綿長。」

楊升笑道：「此乃流霞酒，高陽店所造。」

張仲微笑道：「我娘有名丫頭，名喚流霞，原來出自這裡。」

楊升是認得流霞的，笑著點了點頭，命小二又斟了另一種酒，遞與張仲微品嘗，道：「這是清風酒。」

張仲微嘗過清風酒，又吃了玉髓酒，稱讚不已，問道：「後面這兩種酒是哪家酒樓所釀？」

楊升笑道：「自然也是高陽店。我們家這間酒樓，只能到高陽店買酒販賣。」

張仲微詫異道：「這是為何？」

楊升解釋一番，原來大宋有「買撲」之法。某店「買撲」到某地酒稅後，便可獨占這一片地區的酒利，該片區內的腳店只能到它那裡買酒販賣。

張仲微這才明瞭，怪不得楊升稱開正店不但要有錢，還得靠關係呢。他惦記著自家還未開張的腳店，問道：「舅舅，你這一片的腳店都只能到高陽店買酒？」

楊升搖頭道：「須到『買撲』酒店買酒的腳店，乃朝廷指定，並非該地每家都得去。」

張仲微聽了這番解釋，暗自高興，看來自家那腳店，只要不在朝廷指定的範圍內，還是能自由選擇酒源的。在楊樓只能嘗到高陽店所造的酒，沒法比較口味及價格，張仲微吃了幾杯，就有些興致寡然，起了離去之心。

楊升瞧出他想走，不但不失望，反倒很高興，便遣走小二，拉住張仲微道：「好外甥，你若是吃膩了，我帶你到另一家去，你在那裡吃酒等我。」

張仲微問道：「那家還是高陽店的酒？」

楊升道：「自然不是，那家的酒水比不得這家名貴，卻勝在品種齊全。」

這話合了張仲微心意，便隨他下樓，到楊家另一家酒樓去。這家店比起楊樓略小，雖名為酒樓，卻只有一層，內裡大多是散座，僅在後面設有三兩間濟楚閣兒。楊升引著張仲微到後面坐了，命掌櫃的上酒上菜，又故意大聲道：「我到街上買些物事，馬上就來，外甥且等一等我。」

張仲微明白他是要藉機去會蘭芝，只好點了點頭，道：「舅舅不急，我在這裡等你。」

這家店掌櫃的也是奉牛夫人之命看著楊升，聽了他這番話，真以為他只是暫離，就放他去了。

這店果然如楊升所述，酒水品種齊全許多，各種黃酒、果酒、藥酒，乃至大燒酒，這裡都有。張仲微先品了品大燒酒，入口極烈，他想到自家腳店是準備專門招待女客的，便擱至一旁，不作考慮。黃酒中有幾個品種味道清淡，他一一記下，果酒雖也清淡，但味道並不怎麼好，他猶豫片刻，還是記下，待得回家，讓林依定奪。他只為了考察市場，並不是要吃酒，因此每種酒嘗過味道，就急著要回家報與林依，但等了又等，還是不見楊升回來，讓人好不焦急。

將近一個時辰過去，掌櫃的也覺得楊升去得久了，走進來問道：「張二少爺，我家少爺到底去了何處？」

張仲微替楊升扯謊道：「他有位友人過幾日生辰，因此上街挑選禮物去了。」

掌櫃的放下心來，笑道：「我這裡還有好些按酒果子，新鮮得很，與張二少爺端上來嘗嘗？」

張仲微待要推辭，轉念一想，自家開店，按酒果子亦是必不可少，正好順路考察一番，於是點了點頭，道了聲「勞煩」。

過了一時，小二端上四五只小小白瓷碟，裡面盛著些糖脆梅破核兒、乳糖獅兒、重劑蜜棗兒等物，張仲微嘗了幾個，只覺得入口甜絲絲，心想林依應是愛吃的，便向小二道：「與我包起來。」

小二曉得他是東家的親戚，忙知會過掌櫃的，將各樣果子另包了一包呈上。張仲微接過，又等了個把時辰，終於等來眉眼帶笑的楊升。掌櫃的率先迎上去，道：「少爺，與友人慶賀生辰的禮物可備好了？」

楊升聽著糊塗，但他頭腦靈活，看到張仲微一個眼色，立時明白過來，打著哈哈道：「選了兩個時辰，好不容易挑到一件中意的，店家卻道沒貨，氣煞我也。」

他講得有模有樣，不但去了掌櫃的疑心，還令他上前好生安慰一番。楊升遣走閣中人，大讚張仲微：「外甥到底是做官的，機靈得緊，下回吃酒，我還找你。」

張仲微唬了一跳，忙道：「我要當差，哪能總出來吃酒。」

楊升認定他是個好拍檔，不與他爭辯，喚來小二，命他把張仲微愛吃的酒，全送一份到楊府客房。

張仲微連忙謝他，楊升道：「謝什麼，該我謝你。」

張仲微舉了舉手中的按酒果子，不好意思道：「我還包了一包果子，帶回去與你外甥媳嘗嘗。」

楊升連聲道：「怎麼只帶這一點子，夠誰吃。」小二忙奔了出去，另包了一大包來，遞與張仲微。

張仲微連聲道謝，與楊升一同回家。楊升心情極好，拉著張仲微有說有笑，張仲微勸他道：「舅舅，你老這樣瞞著也不是個事，遲早會被外祖母知曉。與其讓她動怒尋你，不如主動相告。」

楊升嘆道：「前幾年初識蘭芝，就是我主動告訴她的，結果如何？她一刻不停尋到牙儈，背著我把蘭芝賣了，這叫我哪還敢讓她曉得。」

楊升有他的擔憂，張仲微想不出好法子幫他，只得罷了。

楊升與張仲微一回到楊府，牛夫人便把楊升喚了去，說是要問問他對自家酒樓的印象。張仲微回到客房，將按酒果子遞與林依，道：「我瞧這果子味道不錯，與妳捎了些回來。」

林依笑話他道：「你還真是又吃又兜。」說完將包裹遞與青苗，吩咐道：「前些日，二夫人不是也拿了幾樣果子來的，妳連著這一包全部裝盤，端來咱們對照對照。」

青苗應了，捧著包裹去了廚下。林依開始問張仲微正經事：「酒水口味嘗得如何？」

張仲微道：「全記在心裡呢，趕緊磨墨，我默下來與妳看。」

林依知道他科舉出身的人有副好記性，連忙磨墨鋪紙。張仲微提筆，一氣寫完，遞與她看。玉髓酒濃烈、流霞酒適中、清風酒清淡、白羊酒甘滑，還有幾種果酒，荔枝酒、黃柑酒、葡萄酒、菊花酒等。

張仲微道：「果酒甜津津，我覺得不夠味，不過女子應是愛的，妳待會兒嘗嘗再說。」

林依奇道：「我上哪裡去嘗？」

張仲微賣了個關子：「過會兒便知。」

林依還在猜測，金寶求見，拎進一只大盒子，掀開來看，滿滿當當一盒子酒壺，稱：「這是張二少爺喜愛的酒，酒樓送了來。」

林依接下道謝，待她走後，驚喜問張仲微：「舅舅送的？」

張仲微點頭，道：「舅舅待咱們真是沒話講，我們開店的事卻瞞著他與外祖母，是不是不大好？」

林依道：「你不曉得，我之前在外祖母面前透露過要開腳店的意思，外祖母卻極力勸阻。」

張仲微不解道：「為何？怕我們虧本嗎？可我瞧他們那兩個酒樓，生意都是極好的。」

林依道：「自然是怕多一個同行搶了他們的生意。」

張仲微隱約有些明瞭，問道：「妳是怕外祖母曉得咱們也要做這行會不高興？」

林依搖頭，反問道：「討長輩歡心與養家糊口比起來，哪個更重要？」

張仲微毫不猶豫答道：「自然是後者。」

林依道：「那便是了，外祖母再不高興，為了生計，我們也得把腳店開起來。」

張仲微更加奇怪，繼續問道：「娘子，妳瞞著外祖母，不是擔心她生氣，那是為了什麼？」

林依道：「萬一外祖母看到女人店有利可圖，捷足先登，怎辦？」

張仲微恍然，道：「那倒也是，外祖母開了許多年的酒樓，若真想開女人店，說開就能開，比咱們便捷多了。」

青苗捧了只托盤上來，將幾碟子果子放到桌上，問道：「二少爺與二少夫人現在就嘗果子？」

林依指了那盒子酒與她瞧，道：「不急，咱們且先嘗嘗酒水。」

青苗便取了酒杯來，斟了一杯，遞與林依，林依道：「妳也來嘗嘗，多個人多份意見。」

青苗應了，另取了一只酒杯，一起嘗起來。

林依十分認真，每嘗一種，先問張仲微酒名，再記到紙上，並註明色澤口感等。

林依與青苗將一盒子酒嘗遍，商量著選出了五種酒，除清風酒外，另四種都是口味偏甜的果酒。張仲微問道：「我看那白羊酒也好，怎地沒選？」

林依道：「白羊酒太貴，哪怕是官宦夫人，只怕也吃不起。」

張仲微卻道：「妳放心，只要能招攬來官宦夫人，還怕商人婦不跟著來？」

林依想了想，大呼有理，忙在後面添上了白羊酒一項。

青苗收好酒壺，道：「這些傢伙還是要還的，待會兒我叫袁六與酒樓送去。」說完又捧過果子碟來，請張仲微與林依品嘗。

張仲微記著方氏，先揀了一塊金絲黨梅吃了，建議道：「咱們開腳店，按酒果子必不可少，正巧嬸娘開了賣零嘴兒的鋪子，不如就到她那裡買去，肥水不流外人田。」

林依還未接話，青苗先叫了起來：「祥符縣一去一來要個把時辰呢，這些物事一次又不能買多，要讓我隔三差五跑一趟，腿也得跑斷。」

張仲微不滿她這番說辭，沉下臉來。林依想的卻是成本問題，道：「不知嬸娘是在哪裡進的貨，若我與她到同一處買，一次進的貨更多，興許店家能便宜些。」

張仲微來了興趣，道：「不妨同嬸娘一道去問問，若真能便宜，兩下得益。」

林依點頭道：「極是。」說完吩咐青苗，命她第二日往祥符縣走一趟。

三人嘗完果子，選出幾樣味道好又方便拿取的，林依提筆記了，再取過青苗之前呈上的酒價單，與張仲微默下的對照，發現還有數十種酒沒有嘗過，於是叫張仲微隔日從翰林院回來時，順路尋幾家酒店，帶回來嘗一嘗。

酒嘗完，按酒果子嘗完，張仲微與青苗又各自有了差使在身，不禁笑道：「二少夫人運籌帷幄，有大將之風。」

林依嗔道：「你們每日都在外頭，就我留在屋中無事，好不煩惱。」

張仲微道：「妳不妨去尋外祖母閒聊，暗自打聽開腳店的訣竅。」

林依道：「是要去的，但不是現在，待得咱們各項事務打點妥當，我再去向外祖母討教。」

第二日，青苗起了個大早，照著林依的吩咐，把昨日楊家酒樓送來的按酒果子裝了幾樣作禮物，放到籃子裡挽了，步行至祥符縣。張伯臨乃祥符縣縣丞，僅次於知縣的人物，因此青苗沒花什麼力氣就打聽到了二房住處。二房所租的房屋，就在路邊，當街一間店面，任嬸與楊嬸坐鎮，青苗上前問好，笑道：「兩位嬸子近來可好？」

楊嬸起身，迎她進來，笑道：「好好，二少爺與二少夫人可好？」

青苗隨她進屋，道：「都好。我今兒是帶著二少夫人的吩咐來的，不知二夫人在不在？」

方氏已聽到了聲響，自己問道：「有何事尋我？可是仲微有事？」

青苗上前與她行禮，笑道：「二少爺每日除了去翰林院，就是與楊少爺吃酒，快活著呢。」

方氏聽了這話很是開心，笑道：「男人就該如此。」

青苗將籃子裡的吃食奉上，道：「昨日牛夫人家的酒樓送了幾樣按酒果子來，二少夫人特特囑咐我送來與二夫人嘗嘗。」

青苗的話講得好，方氏很是受用，當即命楊嬸裝盤端上來。青苗趁著方氏高興，道明來意，稱林依想與她一齊進貨。

利人利己的事，方氏自然是願意的，但臉上卻不好看，嘀咕道：「我就說，她怎會好心與我送果子來，果然是有所求。」

青苗暗道，幾個果子能值幾個錢，林依若不是看在張仲微面兒上，才懶得使她來呢。照著青苗往常的脾氣，立時就要頂嘴的，但她今日身上擔著差事，怕辦砸了不好交代，只得耐著性子道：「二少夫人是特特遣我與二夫人送果子來的，合夥進貨一事只是順路。」

方氏也真有能耐，竟道：「既是如此，果子我收下，妳且回吧。」

青苗呆住：「二夫人，若進貨能便宜些，妳不願意？」

方氏開這零嘴兒店，消磨時光的目的大於賺錢，再說反正本錢是李舒出的，是虧是賺，她根本不在乎，於是道：「我進貨本就不多，再便宜也就節省幾文錢，能值什麼？」

青苗心想這不是生意之道，想要反駁，又怕更惹惱了她，好不焦急。楊嬸見狀，忙端起兩碟子果子，向方氏道：「大少夫人昨日才說自家店裡的果子吃膩了，可巧二少夫人就送了別樣的來，我與她端兩碟子去？」

方氏不悅道：「就她花樣兒多。」她嘴上雖嘀咕，到底看在孫子面兒上，還是衝楊嬸揮了揮手，楊嬸一喜，忙朝青苗打眼色，青苗便道：「好些日子不曾見過大少夫人，我去與她請個安。」說著向方氏福了一福，跟在楊嬸後頭出去了。

到得門外，楊嬸悄聲與青苗道：「鋪子不是二夫人開的，她自然不上心，妳只與大少夫人說去。」

青苗謝她道：「幸虧妳提醒這一句，不然我就要無功而返。」

楊嬸問道：「你們如今的日子，可還過得？」

青苗道：「勉強過得，待到腳店開起來，應會更好。」又笑道：「楊嬸，妳是真關心二少爺。」

楊嬸道：「我一手帶大的，自然掛念。妳回去與二少夫人講，若是有用得著我的地方儘管吩咐，我雖老了，力氣還是有一把的。」

青苗察言觀色，問道：「可是二夫人待妳不好？」

楊嬸搖頭嘆氣，沒有多講。

二人走到李舒房前，錦書接著，問青苗道：「二少夫人遣妳來的？」

青苗點頭，福身道：「錦書姊姊好。」

錦書進屋與李舒通報：「大少夫人，二少夫人使青苗來看妳了。」

李舒與方氏總是話不投機，正愁無人講話解悶，忙道：「快請進來。」

青苗進屋，行禮畢，奉上那兩碟子按酒果子，笑道：「二少夫人叫我送果子來與大少夫人嘗嘗，可惜大少夫人如今飲不得酒，只能光吃果子了。」

李舒笑道：「還是妳講話俏皮逗人樂，我在家都悶壞了，你們二少夫人也不來瞧瞧我。」

青苗忙道：「要來的，只是才剛遭了火災，耽誤了。」

李舒歉意道：「火災我聽說了，想要去看看，卻無奈身子沉重。」

青苗笑道：「大少爺去瞧過了，就是大少夫人瞧過了。」

李舒連聲讚她會講話，青苗趁機就將一起進貨的事體講了，李舒當即答應下來，又道：「二少夫人要開店？開張時別忘了下帖子，我定去道賀。」

青苗代林依謝過，李舒問道：「不知二少夫人頭回進貨想買多少，告訴我數目，我好使人一併去談價。」

青苗道：「八字還沒一撇，不過是先來與大少夫人商量，待得最後定下來，我再來相告。」

李舒點頭道：「使得，橫豎我們的店時常要進貨，你們也要進貨時，隨時過來知會一聲便得。」

青苗謝過她，又陪她閒聊一陣，起身告辭。她回到楊府，將此行經過報與林依，大發牢騷道：「二夫人好不近人情，與她有利的事，她都不肯應。」

林依舉起食指放到嘴邊，做了個噤聲的手勢，道：「理她呢，反正不與咱們住一處。妳別到處嚷嚷，免得二少爺知曉，又要難過。」

青苗點頭應了，自去楊家下人廚房做薑辣蘿蔔。林依則磨墨鋪紙，記下她會做的一些點心小吃，預備開店時寫菜牌。

花開兩朵，各表一支。

且說張仲微在翰林院辦完一天的公事，歸家途中，照著林依的囑咐，上街挨個尋酒店，看哪家生意好便走進去叫上幾壺酒，討個盒子拎著，約定改日再來歸還。東京酒店一般都很大方，別說酒器能外借，只要你來店中消費兩次，連銀器也肯借與你，因此張仲微一路暢行無阻，一條街走完，已拎了沉甸甸兩盒子酒壺。

楊升恰巧也在這條街上閒逛，無意中瞧見張仲微舉止古怪，連接鑽了幾家酒店卻不落座，只買酒拎著。他心下奇怪，又正好無事，便一路尾隨，直到看見張仲微準備回家，才上前拍他的肩膀，問道：「外甥，你若想吃酒，何不坐下吃個痛快再歸家，為什麼要拎在手裡累人？」

張仲微被他嚇了一跳，急中生智道：「一人吃酒，有什麼趣味，因此想拎回去與娘子同吃。」

楊升笑話他道：「我看你是畏妻如虎，不敢在外面吃酒吧。」

張仲微一心想脫身，也不與他爭辯，只連連點頭，道：「舅舅昨日送的好酒水，咱們吃上了癮。」

說完欠了欠身，辭道：「手上拎著物事，不好與舅舅行禮，娘子還在家等著，我且先去了。」

楊升自他話裡聽出趣味來，也去買了幾壺酒，拿去與蘭芝同吃，直吃到有了幾分醉意，方才歸家。回到家中，牛夫人把他堵在房門口，責問道：「你又去了哪裡鬼混？」

楊升把張仲微搬出來當幌子，扯謊道：「不曾鬼混，是與外甥吃酒去了。」

牛夫人自然不信，道：「休要哄我，張二郎早就回來了。」

楊升這才想起張仲微就住在他家，瞞不得行蹤，只好另尋了個理由出來，道：「娘，我方才遇到一件蹊蹺事，張二郎四處尋酒店，卻不落座，只買了酒帶回家來。」

他是隨口編來，好讓牛夫人不再逼問他，不料牛夫人卻對此頗感興趣，不但不準備放過他，反一把將他拖進屋內，問道：「此話當真？」

楊升一心想讓她快些離去，忙點了點頭，打著酒嗝道：「千真萬確，你若不信，自個兒打聽去吧，我要睡了。」

牛夫人拍了他一掌，罵道：「就只曉得睡，萬事不操心。今日咱們家兩家酒樓掌櫃的都在議論，說張二郎昨日向他們打聽了好幾種酒的價格，我看他這架勢，是也想開腳店。」

楊升不以為意道：「如今腳店賺錢，他想開一家也屬平常。」

牛夫人頗有些恨鐵不成鋼，點著他的額頭道：「你說得輕巧，東京城大小腳店三百餘家，本來就是僧多粥少，多他一間，就多個搶生意的。」

楊升嗤笑她道：「我看妳待他們親親熱熱，還以為妳有多心善呢。他們現下無處謀生，想開個腳店，妳不幫也就罷了，還要攔著。」

牛夫人有些尷尬，辯道：「在商言商，這與是不是親戚沒得干係，總不能因為要幫他們，就減了咱們自己的收益。」

世間眾人，大都把自身利益放在前頭，所謂人不為己，天誅地滅。牛夫人為楊家家業打算，這無可厚非，楊升覺得她的話有幾分道理，就不再頂嘴，轉為安慰她道：「他們能有多少本錢，就算開腳店，也頂多是個拍戶，能與咱們家搶生意？」

牛夫人想起張仲微兩口子進門時，只得兩只箱子，就笑了，道：「你說的不錯，確是我擔心太過。」又摸著他的頭道：「升兒，你還是有經商天分的，就此跟我把做生意學起來，過兩年……」

楊升拚命躲過她的手，不滿道：「我不愛學，除非妳讓我娶蘭芝。」

牛夫人還不知蘭芝已被楊升養起，嗔道：「蘭芝是別人家的妾，講什麼胡話呢。」

楊升試探了一下她的態度，見她如此反應，不敢再朝下講，只得裝作醉了，一頭栽到床上去。

楊升這裡與牛夫人講述了偶遇張仲微的情景，那邊的張仲微亦是一樣，一面與林依嘗酒，一面道：「今日遇到了舅舅，好不容易才糊弄過去。」

林依打趣他道：「不錯，你如今也學會扯謊了，有做個生意人的潛質。」

張仲微輕斥道：「胡說，做生意要誠信為本，怎可欺詐於人。」

林依贊同道：「這話在理。」

張仲微問道：「外祖母做慣了生意，為人一定精明，若是舅舅把方才情景講與她聽，會令她警覺。」

林依笑道：「且放寬心，他們頂多猜出咱們要開腳店，猜不出咱們是要專門招待女人。」

張仲微感嘆道：「不過開家店而已，什麼大事，還要瞞來瞞去。」

林依道：「我有什麼辦法，若不是外祖母曾勸阻我開店，也不至於如此。」

二人嘗過酒，又叫青苗來嘗，最後選出幾種，與昨日的那些記到一起。林依撥著算盤，算出成本，桌椅暫定了六套，共八百四十文；櫃檯及酒櫃兩百三十文；酒具器皿、炭爐、木炭等物，約一貫錢足陌；酒水共定下五種，按斤計，單價總共一百四十文。
林依算完，報了個數：「共需兩貫零兩百一十文，足陌，按酒果子與人力另算。」
張仲微歡喜道：「成本不算高，這腳店很是開得。」又問：「與嬸娘合夥買按酒果子的事可問清楚了？」
林依點頭，隱去方氏刁蠻一節，只揀好聽的講起來，果見張仲微開心不已。青苗在旁聽完，問道：「二少夫人要雇夥計？」
林依先向張仲微道：「若我時時守在店裡，只怕要被其他官宦夫人看輕。」
張仲微連連點頭，道：「確是如此，除非必要應酬，不消出來得。」
林依再向青苗道：「既然如此，到時妳一人怎忙得過來，還是須得再雇一人供使喚。」
青苗道：「現雇一人，若不曉得底細，倒被騙一把也是有的，不如尋個熟人來做事。」
林依道：「若有熟人肯幫忙自然更好，但這是東京，又不是眉州，一時半會兒，哪裡尋去。」
青苗將今日在二房家遇見楊嬸的情景講了，道：「我看楊嬸在二房家，過得不甚如意。」
林依道：「二夫人本來就不大寵她，準是任嬸又藉機排擠她了。」
楊嬸乃是張仲微奶娘，張仲微對她很有些感情，聞言急道：「我好不容易熬出頭，做了官，怎能讓奶娘還在吃苦。既是她與任嬸不和，不如咱們把她接來養活。」
楊嬸為人林依最信得過的，若她來幫忙看店，真是再好不過的事了，但方氏會不會放人卻是難說。張仲微亦是拿不準方氏的心思，只能道：「待尋到房子，把店面佈置好後，咱們上祥符縣一趟。」
林依點頭同意，將成本單收起，靜候災後福利資訊。沒過幾日，朝廷詔令下達，減免遭災租戶三個月的房租，下等房減一半，中等房減四成，上等房減三成。照著張仲微一家先前租的兩間房，通共三個月算下來，不但沒賠，反倒賺了一筆，林依撥著算盤，喜出望外：「咱們竟是因禍得福了。」

青苗也很興奮，但卻擔心他們先前租的那種套房不方便開腳店，道：「雖是減免房租，但僅限於朝廷出租的房，咱們若想租私人的，卻是不行。」

林依想了想，道：「朝廷出租的套房有明有暗，客廳用來開店，裡間住人，倒是不錯，只是地方小了些，擺不開桌椅。」

張仲微道：「若只是地方小，倒也不難，咱們租一套一明兩暗的，把一裡間和客廳打通，那樣地方就寬敞了。」

林依笑讚：「這主意真不錯，還是你頭腦靈活。」

張仲微很高興馬上就能搬離親戚家，第二日便向翰林院告了半日假，直奔樓店務，問那「店宅務專知官」，東京城現有哪些房屋是減免租金出租的。「店宅務專知官」仔細查看過張仲微帶來的原有房屋租賃契約，拿出一本厚簿子，擱到桌上，道：「這裡面圈了紅圈的便是了，你自己看吧。」

張仲微站在桌前，一頁頁仔細看過，幾乎各處都有減免租金的房屋出租，但並不是每處都有上等套房，他一直翻到最後幾頁，才選定一處，既有三間的套房，也有下等房。他對此處十分滿意，指與「店宅務專知官」看，道：「我想租在這裡，不知還有無空房。」

「店宅務專知官」曉得張仲微是位翰林編修，笑道：「你倒是會挑，這間上等房再過去兩間就是王翰林家，後面下等房裡還住著歐陽府尹。」

張仲微驚訝道：「前幾年去拜訪歐陽府尹時，他還租著小院子，如今怎地只住下等房？」

「店宅務專知官」以手掩嘴，悄聲道：「家中人口漸漸多了，又不肯收禮，不住下等房還能如何？」

張仲微甚是佩服歐陽府尹剛正不阿，就沒有接話，只問：「我選的那處究竟有無空房？」

「店宅務專知官」又取了本簿子出來，翻了幾頁，答道：「才遭了災，沒幾人租得起上等房，還有好幾間空著呢，下等也是有的。」

張仲微放下心來，又問他道：「若我今日付錢，能不能當天就搬進去？」

「店宅務專知官」極愛這等爽快之人，笑道：「自然是行的。」又捧他道：「編修好眼力，這處房子雖稍顯僻靜，但與富商雲集的州橋僅隔一條巷子，實在算是鬧中取靜。」

州橋連接的乃是一段御街，人來人往，熱鬧非凡，青苗每日賣小菜的夜市，還有楊府，都在那附近，這樣的地段做起生意來，應是極好的，但張仲微擔心林依不願住得離牛夫人太近，便道要回去與娘子商量，將簿子還了回去。

他離了樓店務，回到楊府客房，林依接著，遞過一盞茶水，問道：「房子租在哪裡？」

張仲微將茶一氣喝乾，道：「與這裡僅隔一條巷子，我怕妳不喜歡，因此沒敢付訂金。」

林依奇道：「這裡位置還算不錯，我為什麼會不喜歡？」

張仲微問道：「妳願意與楊府離得近？」

林依笑道：「這有什麼干係，雖然外祖母不大願意我們也開腳店，但總得讓咱們討一碗飯吃。」

張仲微把茶盞一擱，站起身來，道：「那成，我這就領妳去旁邊巷子瞧一瞧。若是妳滿意，咱們就租下來。」

林依便去取了蓋頭，又喚來青苗，隨張仲微一齊出門。

州橋御街旁，深宅大院，住的全是鉅賈；旁邊的小巷子則是朝廷搭建的出租房，住的幾乎全是大小官員。這裡的房子，與朱雀門東壁的房屋格局大致相同，前面一排上等房，中間下等房，最後一排中等房。

林依先在房外來回走了兩趟，讚道：「你們這些做官的倒還清廉，不然不會全買不起房。」

張仲微帶她走到巷子正中間的一間上等房前，道：「我看中的就是這間，妳看如何？」

這屋子窗紙有些破損，倒方便了林依。走去透過窗子朝裡一看，一明兩暗的套房，面積比他們先前住的房屋大些。她回頭向張仲微道：「位置很好，房子也不錯，但這屋子比咱們之前住的那套大，不知租金是不是也多些？」

張仲微摸了摸腦袋，道：「因為沒定下來要租，我就沒打聽價錢，明兒去問問再說。」

林依囑咐他道：「問問他，朝廷官員租房能不能便宜些。」

張仲微笑道：「妳還沒當上老闆娘，生意人的架勢倒先出來了。」

青苗自後面跑來，驚喜叫道：「二少爺、二少夫人，這間房後面的下等房門口有個現成的灶台，咱們就租那一間，如何？」

張仲微與林依走到後面瞧了瞧，都覺得那灶台搭得不錯，相視一點頭，將這兩處訂了下來。第二日一早，張仲微先去翰林院，以搬家為由，請了一天的假，再直奔樓店務，問那兩間房的價格。

樓店務對房屋價格的演算法與林依不同，面積並不是主要依據，只要不是過大，價格是一樣的。一套一明兩暗的上等房，加上一間下等房，共計八貫零一百四十九文，足陌。

張仲微是帶了錢來的，當場清點完畢，將租賃契約簽了，再一路奔回楊府客房，興奮道：「娘子，咱們搬家。」

他們總共只有兩只箱子，搬起來容易得很，青苗把箱子拖出來，讓張仲微扛一只，她與林依共抬一只。林依嗔道：「急什麼，我們在楊家住了這些天，臨行總要去辭別。」

張仲微是樂過了頭，竟忘了禮數，不好意思起來，忙整了整儀容，同林依一道去見牛夫人。

牛夫人聽說他們要搬家，遺憾道：「我還想把客房隔斷出來與你們住呢，那小院圍牆外，其實是臨街的，開門做生意最合適不過。」

牛夫人話中隱晦的意思，林依聽了出來，但時機未到，她只忽略過去，道：「我們也極想在外祖母這裡住著，但朝廷減免了租金，不租可就虧了。」

牛夫人也不強留，又講了幾句客套話，喚來兩名小廝，命他們幫張仲微一家把行李搬到新屋去。

林依謝牛夫人道：「待得屋裡收拾乾淨，來請外祖母去吃茶。」

牛夫人笑道：「自然是要去與妳暖屋的。」又向張仲微道：「莫要忘了外祖母，時常來坐坐。」

楊升也接到了他們要搬家的消息，帶著袁六自門外進來，道：「我來幫外甥搬家，你可別換了地方住，就不來尋我吃酒。」

張仲微知道這吃酒的意思，含糊應了一聲。楊升命小廝們把兩只箱子扛了，又叫二門外備轎。林依忙道：「才幾步路，不消麻煩。」

牛夫人道：「妳如今是官宦夫人，派頭該有的，哪怕一步路，也得坐轎子。」

林依退卻不過，只得從了，到二門前上轎，張仲微騎馬，兩名小廝扛了箱子，由青苗領著，一行人朝州橋間壁的巷子去。

到了新租的家中，林依指揮著小廝將箱子擱進東邊裡屋，數出賞錢，送走他們，再將裡間一鎖，出來指了廳中西邊那面牆，吩咐青苗道：「路上就有等生意的匠人，妳且去喚幾個來，咱們先把這堵牆砸了，將西間與客廳打通。」

青苗應著去了，請來兩名匠人，先將牆砸了，再粉刷一新。待得屋子收拾乾淨，已是第二天，張仲微要去翰林院當差，僅剩林依與青苗二人忙碌，還好她們在鄉下時獨立自主慣了，做起事來利索得很，擺桌椅、置酒器，不出三日，小小腳店已是像模像樣。

青苗再次去了趟祥符縣，向李舒報上林依所需的按酒果子數目，請她一併去買，約好兩日後去取。

腳店生意興隆的關鍵，還是在酒。林依將進酒的差事交與了張仲微，叫他拿著事先擬好的酒單子，挨個去買來。

如此過了幾日，各項事務齊全，獨缺一名好熮糟。林依在東京人生地不熟，不知上哪裡尋去，欲找牙儈幫忙，青苗卻道：「二少夫人，我與妳推薦一人。」

林依奇道：「妳在東京能認識什麼人？」

青苗道：「此人二少夫人也認得，就是我們先前住所對面的賣酒婆婆。上回火災，她家酒肆化作了一團灰，一家人正沒著落呢。」

賣酒婆婆溫酒的手藝，林依是嘗過的，確是不錯，連張棟都曾稱讚過，於是道：「那妳去問問，看她願意不願意，不過，妳可曉得她如今棲身何處？」

青苗道：「曉得，全家人在夜市邊上搭了個棚住著呢。」她當即去了夜市旁，尋到賣酒婆婆，道明來意，賣酒婆婆正愁全家生計無著落，想再開酒肆，卻本錢全無，因此極爽快答應下來，稱自己隨時能上工。

青苗將賣酒婆婆領到林依面前，道：「二少夫人，賣酒婆婆尋來了。」

林依將賣酒婆婆打量一番，見她如今雖落魄，但身上衣著仍舊整齊，遂暗自點了點頭，問道：「一直婆婆、婆婆地叫著，還不知老人家如何稱呼呢？」

賣酒婆婆答道：「老身姓祝，二少夫人喚我祝婆婆吧。」她自家開酒肆的經驗，比林依足，曉得此番叫她來不是只問問姓名而已，遂主動道：「溫酒的傢伙在哪裡，我與二少夫人燙上一壺。」

林依這頭回開店的人，極是願意招些有經驗的人來幫扶，聞言十分歡喜，連忙叫青苗將炭爐等物搬來，請祝婆婆展示手藝。祝婆婆見器皿中有件影青蓮花燙酒壺，還未動作，先讚了一聲。

林依笑道：「那是我的陪嫁，如今生活艱難，只好拿出來充數了。」

祝婆婆升起炭爐，熱水燙酒，動作嫻熟，轉眼一杯溫熱的果酒端到林依面前。林依啜了一口，溫度適中，口感極好，她雖未面試過其他人，但之前考察腳店時，見過的熮糟不少，許多大酒樓的燙酒嫂嫂還比不上這手藝，於是讚道：「祝婆婆的酒燙得越發地好了。」

祝婆婆謙遜道：「是二少夫人的酒好。」

林依當場決定留下她，暗自琢磨試用期一事，忽地想起，大宋並無勞動者保護法，若她對祝婆婆不滿意，是隨時可以辭退她的，甚至連理由都不消編得。

祝婆婆聽說林依願意雇她，十分高興，趴下磕頭謝她。林依與之約定，三日開始上工，早上須得提前一刻鐘到店裡準備溫酒器皿，晚上則遲走一刻鐘，收拾傢伙，每天工錢八十文，包一頓午飯。

這待遇很是公道，祝婆婆滿意地應了下來，又再三謝過林依，方才離去。林依向青苗道：「雇工雖少，規矩還是要的，妳且擬個條目出來。」

青苗愣道：「這可怎麼寫？」

林依教她道：「簡單。早上幾時上工、晚上幾時收工，若遲到早退，要扣幾多錢……諸如此類。」

青苗聽明白了，連稱：「這個簡單。」她馬上鋪紙，寫了幾條，捧與林依瞧，上面除了林依想要的考勤制度，還有工作期間不許無故離開，不許吃零嘴嗑瓜子兒之類。林依提筆改了幾處，誇她道：「孺子可教，往後妳就照著這些條目來管店。」

青苗將「規章制度」收起，鄭重點了點頭。

晚上張仲微歸家，帶回一疊帖子，遞與林依道：「東京與鄉下不同，不興自己做帖子，都是買這種現成的、滾金邊的帖子。我想那些夫人，都是講究的人，便也買了回來寫。」

林依讚道：「你考慮得周到，應該如此。」她取過一張帖子瞧了瞧，上頭邀請等語，俱已印好，只消填上人名即可，很是方便。

張仲微之所以帶帖子回來，是因為林依打算與翰林院各位官員的夫人下帖子，邀請她們開張之日來吃酒——全場免費。

大宋習慣，已嫁女子並不冠以夫姓，而是以娘家姓氏呼之。林依舉著筆，犯了難：「你一個大男人，不好去打聽同僚夫人姓氏，可這帖子該如何填？」

張仲微道：「不知女子姓氏，而暫以夫姓稱呼，也是有的，算不得失禮。」

林依放下心來，叫張仲微擬出翰林院同僚名單，再照著名單，朝帖子上端端正正填了。待得她忙完，發現少了一人，忙問張仲微道：「歐陽府尹的夫人怎地不在名單上？歐陽府尹如今雖然離了翰林院，但到底與你有知遇之恩，不請他家夫人不大好吧？」

張仲微道：「妳不曉得，歐陽府尹的夫人與王翰林的夫人素來不和，不但這回不能一起請，就是往後，妳也要警醒些，千萬別讓這二人遇上。」

林依奇道：「歐陽府尹與王翰林交惡？不曾聽你講過。」

張仲微道：「歐陽府尹與王翰林親熱得緊，時常在一處吟詩作對，我也不知他們的夫人為何相互瞧不上眼。」

林依猜道：「難道是因為男人要顧著官場情面，撕不開臉，因此把氣惱交由娘子來處理？」

男人天生不愛八卦，對此猜來猜去的話題無甚興趣，張仲微附和了幾句，馬上將話頭引開去：「咱們說好要把楊嬸接來的，正好我明日有空，咱們上祥符縣去一趟？」

林依道：「嬸娘本來就不大喜愛楊嬸，加之她是你奶娘，只要你開口，嬸娘定然肯的。」

張仲微聽這話的意思，是要他獨自前往，就有些不高興，問道：「妳不與我同去？」

林依心道，若方氏見了她，無事也要刁難三分，本來挺容易的一件事，反倒要複雜化，還不如張仲微一人前去的好。她怕這話講出來，張仲微又要打破砂鍋問到底，因此另想了個理由出來，道：「咱們腳店開張在即，不再怕外祖母搶先一步，我看是時候去知會她一聲了，不然等到開張那天她才曉得，肯定要生氣。」

此話在理，張仲微也是早就擔心過這個問題，於是將林依先前的提議爽快答應下來。

第二日，他夫妻倆分頭行事，張仲微去了祥符縣，林依則準備動身朝楊府去。她想起那天牛夫人講過的「派頭」等語，怕被她看輕，因此雖然只一巷之隔，還是命青苗雇了個轎子來，坐了過去。

牛夫人正在帳房算帳，聽說林依來了，忙放下帳本，到廳中相見，笑問：「你們新租的屋收拾好了？準備哪日與我下帖子？我好帶妳舅舅去暖屋。」

牛夫人不過禮貌性一問，不料林依真就取出一張帖子來，雙手遞與她道：「我們新開了一家店，後日開張，到時想請外祖母同舅舅來坐坐，不知能否賞臉。」

牛夫人早猜到他們要開店，絲毫不驚訝，接過帖子瞧了瞧，故意問道：「你們要開什麼店？」

林依道：「是一家腳店，不過只招待女客。」

牛夫人這下驚訝起來：「只招待女客？哪有這樣的店？」

正是還無人涉足，才好賺這頭一份的錢呢，林依笑道：「仲微許多同僚家的夫人平日裡沒有去處，因此我尋思著開一家店，以供她們歇腳。」

大宋尚無女客酒店的先例，牛夫人對林依這份創意執懷疑態度。她對林依也開腳店一事本還存著三分不滿，如今聽說是個女客店，心道與自家生意沒得妨礙，這就完全放下心來——不但放心，還隱隱生出些同情——哪有良家女子無事想要出去吃酒的，這樣特立獨行的店，虧本只是遲早的事。

牛夫人心中七分同情三分不屑，嘴上卻捧林依道：「恭喜你們開店，生意一定比我們家的好。」

林依不知牛夫人真實想法，忙道：「只是小店一間，哪敢同外祖母的大酒樓相提並論。」

牛夫人將帖子遞與金寶收好，道：「到時我一定帶妳舅舅去捧場。」

林依見她有送客的意思，忙道：「我今日來，除了與外祖母送帖子，還有一事相商。」

牛夫人以為林依是要借錢，斟酌一時，才問她有何事。

林依講的，卻同她心中所想完全不同：「我們店所進的酒中，有一種名為清風酒，還有一種白羊酒，聽仲微講，這兩種酒，外祖母家的酒樓也有賣的，因此我想占外祖母一個便宜，與妳一起進貨。」

牛夫人沒明白意思，問道：「妳不知在哪裡進貨？還是不願跑路？」

林依搖頭道：「都不是，我是想，若咱們一起進貨，買得多些，高陽店會不會把價格降一降。」

牛夫人從未聽過這種做法，詫異道：「妳倒是會算計，像個生意人。」她頓了頓，又道：「我們家兩家酒樓進貨量本來就大，同不同妳一起都是一樣的。」

林依不知她是真嫌棄自家店小，還是欲擒故縱，便道：「若是外祖母不願意，那我再去別處問問。」

牛夫人沒想到她並不繼續勸說，只好自己把話尾接了上來，道：「咱們是親戚，自然要幫扶妳一把，妳要進多少酒，報個數目來。」

林依先謝過她，再答道：「首批酒因急著開張，已是買了，等過上幾天我就能估算出下批的酒量，到時再來告訴外祖母。」

牛夫人答應下來，命人端上湯水，林依聽楊氏講過這條城裡的規矩，迎客的茶，送客的湯，便端起碗略碰了碰嘴唇，告辭離去。

林依回到家沒多久，張仲微便回來了，身後還跟著楊嬸，不禁驚喜道：「你辦事可真夠快的。」

張仲微道：「嬸娘爽快就應了我，還要留我吃飯，我怕妳等久了，沒吃便回來了。」

林依朝他一笑，拉了楊嬸的手問個不停。楊嬸笑道：「二少夫人如今做了官夫人，還是沒架子。」

林依命青苗搬了凳子來，請她坐下，笑道：「再有架子，在二少爺的奶娘面前也擺不起來。」

楊嬸朝屋內四下打量，嘖嘖讚道：「這店佈置得真不錯，一定生意好。」又問：「二少夫人要我做什麼，儘管吩咐。」

林依道：「我也是小娘子上花轎，頭一回，該如何做，咱們商量著辦吧。」

楊嬸道：「做下人也好，做小二也好，總歸不過是服侍人，這個我卻是會的，二少夫人放一百個心。」

林依笑道：「曉得妳脾氣好，有耐性，這才特特向二夫人討了妳來，還望妳莫要嫌棄我這裡簡陋。」

楊嬸抹了抹眼睛，聲音有些哽咽：「我曉得二少夫人與二少爺是體諒我在那邊過得不好，這才把我接了過來。」

林依道：「是我們粗心，妳是二少爺奶娘，本就該與我們住在一處，早就該把妳接過來的。」

青苗插話道：「來了就好，還提不開心的事作甚。」

林依道：「極是，往後咱們高高興興過日子，比什麼都強。」

青苗接過楊嬸手中的包袱，問林依道：「二少夫人，楊嬸與我同住？」

林依給了肯定的答覆，青苗便挽了楊嬸的胳膊，同她到後面去，與她指點住處。須臾，楊嬸重回店內，再次向林依道謝。林依問道：「楊嬸，妳在二房時，每月月錢幾多？」

楊嬸明白，這便是要與她定月錢了，忙道：「有一口飯吃便得，不要什麼錢。」

林依道：「那成，不把月錢，付工錢吧。咱們店才開張，也不曉得是賺是虧，妳與青苗都是自家人，我便剋扣一二，每天五十文吧。」

楊嬸默算一時，慌忙擺手道：「每天五十文，一個月就是一千五百文，我在二房時，一個月才兩百文呢。這也太多了，使不得，使不得。」

林依笑道：「妳也別高興太早，店裡有得賺，才有工錢發，若是虧了本，只怕連每月的兩百文我都拿不出來。」

楊嬸忙道：「我們自當盡心盡力，一定虧不了。」

林依體諒楊嬸一路勞累，許了她一天的假，叫她歇著去了，楊嬸卻閒不住，才到後面，就幫著青苗洗蘿蔔切甘露子，忙個不停，直叫青苗感嘆，店裡多了楊嬸，少請兩名雇工。

貳之章　腳店開張

三日後，張家腳店開張，張仲微特意買來一串鞭炮，掛在門口放了。巷中來往人等，俱駐足張望，又有人聽說這是翰林編修家開的店，就想進去嘗嘗，但門口卻有楊嬸攔門，稱該店只接待女客，男人不許入內，令許多人嘖嘖稱奇，圍在門前想要一睹奇觀，不肯離開。

林依見這許多人關注她新店開張，本是十分高興，但她在店內等了許久，還只等來了牛夫人，就開始焦急起來，琢磨著是不是因為門口擠著的男子太多，所以那些官宦夫人不肯來。

這副景象卻在牛夫人的預料之中，她並不知林依是事先下過帖子的，且請的是張仲微同僚夫人，只暗暗可憐林依，出口安慰她道：「莫要心急，我們東京城的娘子們是不大愛出門吃酒的。」

這話雖是安慰之語，林依卻聽著不大對味，心道，牛夫人處處熱心，對晚輩關愛備至，但只要事關她家生意，就變得計較起來，也許這便是生意人的特性？

漸漸的，青苗也疑惑起來：「聽二少爺講，那些夫人大多就住在這巷中，短短幾步路，卻怎地還不見有人來？莫非是見著我們店前男人太多，嚇著了？」

林依擔心牛夫人又幸災樂禍，把青苗拉至一旁，才道：「我猜想也是這原因，卻一時想不出好法子，妳可有什麼主意？」

青苗毫不猶豫道：「我出去轟。」

林依嗔道：「胡鬧。新店開張有人圍觀，多好的彩頭，妳卻要特特去趕人家，小心趕走了人氣。」

青苗苦惱起來：「又要他們走，又不能趕，那還能有什麼法子？」

主僕倆絞盡腦汁，還是未能想出好方法。正一籌莫展之時，忽聽得外面一聲驚叫，一陣喧嘩，待得她們出門去看時，才發現門口圍觀的人群已盡數散開。林依心下奇怪，朝前一看，原來路邊停了一乘小轎，轎後跟著好幾個衙役，怪不得人群都散開了，想來是因為害怕官差的緣故。

她半是高興半是擔憂，高興的是，圍觀的人群終於離去，翰林院的夫人們大概就快來了；擔憂的是，她家店前來了衙役的事，估計用不了多久就會傳遍，不知會不會影響日後的生意。

容不得她多想，轎上下來一位眉眼透著英氣的娘子，逕直走到她面前，旁邊跟著的丫頭介紹道：「這是府尹夫人。」

歐陽翰林的夫人？林依愣住了。

府尹夫人毫不奇怪她有如此反應，帶著些嗔怪口吻，道：「我家老爺與妳家編修好歹算是有個知遇之恩，妳家新店開張，竟不請我來？」

林依才去一難題，另一難題就又接踵而至，她暗自苦笑，擔心王翰林夫人與歐陽府尹夫人遇個正著。她為何不請府尹夫人來，這原因可不敢直說，便胡亂編了個理由出來，道：「府尹夫人有所不知，今日小店才開張，酒水備得不算齊全，有一樣酒要明日才到貨，因此準備明兒再與夫人下帖子。」

歐陽夫人爽朗笑道：「這有什麼關係，我今日先吃著，明日還來。」

話到此處，林依哪還敢推諉，忙親自帶路，把府尹夫人請了進去，命青苗取了檔次最高的白羊酒來，交與祝婆婆去溫。楊嬸端上一盤按酒果子，林依道了聲「請」，藉口要去廚下與府尹夫人炒兩個下酒小菜，溜到了後面去，抹了抹滿額的冷汗。

青苗跟著出來，一面張羅下酒小菜，一面問道：「二夫人怕府尹夫人？」

林依搖了搖頭，道：「聽二少爺講，府尹夫人與王翰林夫人不對盤，我特意錯開了日子請，哪曉得她今日就來了，也不知是故意的，還是誤打誤撞。」

青苗道：「理他呢，又不是與咱們不對盤。」

林依想了想，笑道：「也是，是我糊塗了。她們乃是官宦夫人，基本的涵養應是有的，再相互看不順眼，也不至於在店內就鬧起來，我怕什麼。」她放寬了心，就想著要把府尹夫人招待好，交代青苗，將大宋男女老少都愛吃的軟羊裝一盤子，以保萬無一失，再把紅絲水晶膾切一碟，看看府尹夫人可喜歡。

青苗將兩樣下酒小菜備好，交由林依端上桌去，府尹夫人見下酒菜真是從她自家廚房端來的，不禁奇道：「大凡小酒店，酒菜都是外來的，妳家店怎地卻是自備？」

林依解釋道：「我開的是娘子店，只招待女客，男經紀不許入內，這就去了大半賣吃食的——」她把府尹夫人一指：「加之今日有貴客臨門，不敢放外人進來，因此酒菜都是我自家廚房做的，花色雖少了些，但勝在乾淨。」

府尹夫人讚了幾句，又道：「若尋到靠得住的女經紀，許她們進店來，還是使得的。咱們女子，吃酒還是次要，最愁無人說話兒，若店裡有兩個經紀，聽她們講講街頭巷尾的故事新聞，勝過多少下酒菜。」

林依暗笑，女人愛八卦，果然不分朝代，不分階級，連府尹夫人都有這樣的需求，看來尋經紀人之事得提上日程了。

府尹夫人談性頗高，一面吃酒，一面拉著林依聊個不停，牛夫人在旁看到眼紅，心道林依倒是有些本事的，竟能將府尹夫人請來。她又是佩服，又是羨慕，就想也把府尹夫人請到自家酒樓裡去坐一坐，為酒樓添些光彩。她這樣想著，就端了酒杯湊上前去，向府尹夫人笑道：「今日得見府尹夫人風采，真是三生有幸。」

府尹夫人不知牛夫人是何許人也，先把林依看了一眼，林依忙介紹道：「這是我外祖母，牛夫人。」

府尹夫人這才展了笑顏，與牛夫人碰了一杯，道：「不知是張翰林夫人的親戚，多有怠慢，勿怪勿怪。」

牛夫人哪敢怪罪府尹夫人，忙恭維了幾句，順勢就在桌前坐了。府尹夫人雖不喜她不請自來，但到底看在林依面上，又正好閒坐無事，便與之攀談起來。但閒話幾句，得知牛夫人乃是商籍，就有些心不在焉起來。牛夫人覺出府尹夫人的情緒，就沒敢把邀約的話講出口，準備私下求一求林依，請她幫忙。

府尹夫人講話開始有一搭沒一搭，牛夫人知情識趣，自動自覺離了桌子。林依怕她難過，正準備跟過去，卻聽見門口楊嬸在招呼：「各位翰林夫人光臨鄙店，真是蓬蓽生輝。」

林依扭頭一看，幾位夫人已至門首，連忙迎了上去。打頭一位夫人，面容柔和，衣著樸素，卻被眾夫人簇擁著，無人敢越過她一步。翰林院中，數王翰林資格最老，林依便知這位是王翰林夫人了，忙上前與她見禮，道些歡迎之詞。

王翰林夫人並不託大，回了一禮，才與林依介紹她身後的眾位翰林夫人──趙翰林夫人、孫翰林夫人、黃翰林夫人、鄧翰林夫人、陸翰林夫人。林依用心記下，與她們一一見禮，再將眾人引至店中落座。

方才是在門口，王翰林夫人只留意打量林依，就沒往店裡看，此時走進來才發現，歐陽府尹夫人正端坐桌前，一手執杯一手執筷，吃得好不快活。她略愣了愣，旋即人就到了府尹夫人桌前，笑著打招呼：「府尹夫人也來吃酒？真是巧了。」

府尹夫人亦笑著回話：「原來是王翰林夫人，來同吃一杯？」

林依悄聲與青苗道：「我們猜的果然不錯，兩位夫人再不對盤，還是顧著面兒上情。」

正說著，王翰林夫人朝這邊走來，將林依拉至一旁，道：「張翰林夫人，我們共有六人，須得拼個大桌。」

林依道：「這不難，我這就叫她們把桌子拼起來。」

王翰林夫人作為難狀，小聲道：「妳看，府尹夫人在店當中坐著，我們人又多，只怕不好安排。」

她們一行六人，僅需兩張桌子即可。府尹夫人是坐在當中沒錯，但並不妨礙她們，因此王翰林夫人這番話，顯見得是故意了。

林依暗自苦笑，才剛稱讚王翰林夫人有涵養，她就與自己出難題來了，這可叫人怎麼辦才好。林依頭一回開腳店，無甚經驗，不知如何處理，左右環顧，正好瞧見牛夫人好奇朝這邊張望，突然想到，牛夫人經營腳店多年，定是經驗豐富，何不去向她請教一二。

想到此處，林依向王翰林夫人道：「牛夫人也坐在中間，我先去問問她願不願意挪。」說完不等王翰林夫人接話，飛快走到牛夫人桌前，附耳請教。

這種事情，牛夫人在經商途中不知遇到過多少回，自然曉得如何處理。她還有求於林依，便很樂意教一教她，賣個人情，於是也附耳過去，道：「妳既開了店，就是老闆娘，不是什麼翰林夫人，客人提要求，妳照辦便是，就算得罪了另一位，也是客人得罪的，與妳店家何干？」

林依覺著有理，聽得連連點頭，牛夫人繼續道：「客人間的糾紛，只要不過火，妳看熱鬧便是，頂多勸一兩句，切莫摻和進去。」她說完，主動挪到了邊上的桌子跟前去，笑道：「我不與妳添麻煩。」

林依福身謝過她，再走到府尹夫人桌前，道：「府尹夫人，王翰林夫人要拼桌子，想請妳挪一挪。」

府尹夫人抬頭，朝四周看了一看，道：「那許多空地，為何偏要我挪？」

林依謹記著牛夫人的教誨，一句也不辯駁，只道：「我這就轉告王翰林夫人。」

府尹夫人點了點頭，仍舊獨自吃酒。

店內空間不大，府尹夫人又沒壓低聲量，因此她的話幾位翰林夫人全聽見了，王翰林夫人自覺失了面子，待林依走到面前，不等她開口，便道：「張翰林夫人，妳該幫我勸一勸，我們一定要中間的位置。」

她態度和藹，語氣卻斬釘截鐵，一副府尹夫人不挪地兒，她就不吃酒的架勢。林依很是為難，正想再去與府尹夫人說一說，忽見其他幾位翰林夫人齊齊與她打眼色。她不知何意，只好停了腳步，趙翰林夫人出聲道：「我們幾個想更衣，勞煩張翰林夫人帶路？」

更衣即入廁的委婉說法，但趙翰林夫人定然只是想藉機與林依說話，因此林依道了聲「各位夫人請隨我來」，將她們引至後面的下等房坐下。

趙翰林夫人果然是有話要講，剛坐下就道：「張翰林夫人，妳千萬別聽王翰林夫人的話，她敢得罪府尹夫人，咱們可不敢。」

林依本以為讓府尹夫人挪位子是眾位翰林夫人共同的意思，如今看來並不是。她直接問了出來：「只有王翰林夫人想與府尹夫人換位子？」

一眾翰林夫人七嘴八舌道：「只有她與府尹夫人過不去，我們可沒那意思。府尹夫人早就看咱們不順眼了，就是被她帶累的。」

林依不瞭解她們的恩怨糾紛，也不太願意瞭解，只為難道：「王翰林夫人有吩咐，我哪敢拗著。」

趙翰林夫人道：「翰林院眾位翰林學士並無高下之別，只不過王翰林資歷最老，咱們才捧著她。不過面兒上情，她倒還當真了，與府尹夫人對著幹時，非要拿我們作聲勢。」

這話太過露骨，其他幾位翰林夫人面面相覷，不敢接話。林依見場面冷下來，不知其他夫人是什麼意思，又不好直接問，只得問道：「各位都不願拼桌子？」

鄧翰林夫人道：「拖兩張桌子，不拘在哪個邊上拼一拼便得，何苦去得罪府尹夫人。」

黃翰林夫人見林依仍有為難之色，與她出主意道：「妳就照著王翰林夫人的意思，使人再勸府尹夫人幾回，若勸得多了，她仍不同意，那誰也沒轍。」

此計雖算不得上策，但也唯有如此了。林依福身，口稱多謝。黃翰林夫人招呼其他夫人道：「咱們出去吧，莫讓王翰林夫人等久了。」

林依退至一旁，讓她們先走，幾位夫人依次出門，鄧翰林夫人卻故意落在後頭，留了下來，拉著林依道：「趙翰林夫人怎樣待王翰林夫人我不曉得，但我卻是真心尊敬她的。」

林依還沒會過意來，鄧翰林夫人對她一笑，已是出去了。她正琢磨，卻見黃翰林夫人折返，掩了門道：「有的人就是膽大，王翰林現在在翰林院雖然算不得上司，但誰曉得他日會不會拜相，她還怪王翰林夫人敢得罪府尹夫人，豈不知她自己也是個膽大包天的。」

林依一聽就曉得她所指何人，但她不好接話，只能裝傻問道：「黃翰林夫人指的是誰？」黃翰林夫人「呀」了一聲，丟下句「妳真是個糊塗的，自個兒留意吧」，轉身走了。

林依哭笑不得，直拿頭搖，還沒等她出去，孫翰林夫人又進來了，道：「趙翰林夫人莽莽撞撞，講的話都作不了數的，我們……」

她話還未講完，噎住了，林依扭頭一看，趙翰林夫人就站在門口，瞪圓了雙眼，責問道：「孫翰林夫人，我哪裡莽撞了，妳倒是說說看。」

背後講人壞話卻被撞見是極為尷尬的一件事，孫翰林夫人訕訕一笑，道：「我也就是一說，沒別的意思。」

趙翰林夫人道：「妳們就是嫌我家官人資歷淺，處處排擠我。」

孫翰林夫人賠笑道：「真沒這意思，妳多心了。」

趙翰林夫人見她態度尚好，就又笑了，二人當著林依的面，親親熱熱講了一陣，攜手出去了。

林依正感嘆於她們精湛的演技，轉眼孫翰林夫人又來了，朝外張望好一陣，才走進來與林依道：「趙翰林夫人編排王翰林夫人的話，是她自己的意思，與我可沒關係，張翰林夫人莫要誤會了。」

林依忙道不會，孫翰林夫人又道：「那趙翰林最是個不會當差的，我們家的官人就沒幾個沒被他帶累過的。」

這話可就扯得遠了，林依開始不自在，忙轉了話題，問道：「孫翰林夫人是從店裡來的？妳們要的桌子可拼起來了？」

孫翰林夫人道：「王翰林夫人執意要趕府尹夫人走，已是使喚妳家女小二去勸了兩回了。」

林依聽了這話，頓悟，她是老闆娘，又不是店小二，此等小事，在後坐鎮即可，何必要出去讓自己為難，也讓王翰林夫人覺得失顏面。

她這樣想著，心就定了下來，也不急著出去，拉了孫翰林夫人坐下，問道：「那府尹夫人反應如何，可願意讓了？」

孫翰林夫人掩嘴笑道：「歐陽府尹與王翰林的品階雖相當，府尹夫人的父親卻是位老將軍，連聖上都要禮遇三分的，她才不怕王翰林夫人呢。」說完起身道：「可不敢待久了，不然王翰林夫人疑心。」

林依送她到門口，自己卻沒出去，只坐在房內等消息。她回想方才一連串的情景，竟忍不住伏在床頭笑了起來。這些所謂官宦夫人，人前端莊賢淑，派頭、架子端得足足的，可背地裡與尋常婦人也沒什麼不同，照樣會暗地裡排擠人，背著人說三道四。

她歇了一會兒，青苗抹著汗進來，叫道：「累死我了。」

林依坐直了身子，問道：「外面情形如何？」

青苗比劃著道：「又來了好些客人，把中間那兩張桌子全坐滿了，王翰林夫人總不能叫別人都來讓她，只好收手了。」

林依驚喜道：「生意這樣好？」

青苗嘟著嘴道：「好什麼，來的都是巷中官宦夫人，那王翰林夫人真是過分，逢人便道她們是免費的，害得其他夫人都起哄，要二少夫人一視同仁，不許收她們的錢。」

林依驚呆住，良久才道：「王翰林夫人是在怪我沒本事讓府尹夫人挪位子，報復來了？」

青苗道：「她講得笑吟吟，咱們也不好為這事兒責怪她。」

林依苦笑道：「二少爺與她們家官人同朝為官，要我請客也說得過去，只是……罷了，開張大吉，請就請吧。」又問：「店中除了官宦夫人們，再無別人？」

青苗道：「有她們在，誰還敢來。」

林依讓她先回，宣佈免單一事，隨後自己也去了店中，舉了酒杯，感謝各位夫人賞臉，與她們一一碰杯。杯觥交錯間，許多夫人在議論，稱：「張翰林夫人真真是大方，說不收錢就不收錢。」還有人道：「哪裡是她大方，那是被王翰林夫人逼著了，也不知她們結了什麼梁子。」另有知情的人道：「不是她們結了梁子，是王翰林夫人在府尹夫人那裡沒討到好，遷怒於張翰林夫人。」

林依穿梭在桌椅間，把這些話斷斷續續聽到了一些，不禁暗自感嘆，果然有女人的地方就有八卦，這件事只怕過不了幾天就會傳遍東京所有官員家的後院了吧。

這些夫人來得都晚，沒吃幾盅就到了正午，但她們沒一人有要走的意思，林依只好叫青苗看店，喚了楊嬸到後面的簡易廚房，張羅著做午飯。楊嬸抱怨道：「什麼官宦夫人，與尋常人家也沒什麼兩樣，一聽說今日不用付錢就賴著不走了。」

林依笑道：「這是給咱們面子，別人家想請她們去還請不到呢。」

楊嬸也笑道：「那倒也是，咱們使出本事來做頓好的，叫她們吃了還想來。」

林依看了看灶台，笑道：「像咱們這樣僅有六張桌子的腳店，頂多算個拍戶，哪有自己與客人開伙的，都是到外面端飲食進來。」

楊嬸一面生火，一面道：「說好今日請客，若到外面去買可就貴了。」

林依挽了袖子，戴上攀膊來擇菜，道：「正是，若不是因為請客，我也懶得做，十好幾個人呢。」

她們沒料到客人要留在店內吃午飯，菜備得並不多，楊嬸犯愁道：「這可怎生是好，我現去菜市買些來？」

林依為成本考慮，先擺了擺手，坐在菜筐子旁仔細想了一時，問道：「楊嬸，妳可還記得煲仔飯？」

楊嬸笑答：「怎會不記得，二少爺最愛吃，以前在鄉下，二少夫人老給他做的。」

林依臉一紅，道：「進了城，日子一直緊巴巴，沒能買個爐子，好些日子沒做給他吃了。」

楊嬸問道：「二少夫人想與店裡的客人們做煲仔飯？」

林依道：「只有這樣能省些錢，不消準備那許多菜色，而且不會浪費。」

楊嬸猶豫道：「主意不錯，可咱們哪來的爐子？」

林依拍了拍額頭，道：「糊塗了，現去買爐子哪裡來得及，不如做蓋飯，先把飯蒸熟，再炒個菜鋪陳到飯上。」

楊嬸讚道：「這蓋飯聽起來更容易做，不過咱們到底是待客，一個菜不大好，至少得兩個。」

既然菜色少，就得依了各人口味，不然有人不愛吃可就難辦了。各位夫人究竟愛吃什麼菜，哪裡才能打聽到？林依略想了想，就有了主意，吩咐楊嬸道：「眾位夫人帶來的丫頭們就在店外候著，妳去買幾籠大包子，每人分兩個。」

楊嬸道：「那可得花錢。」

林依道：「反正今日破費是定了，不差這幾個。」說完，回屋取來錢，交與楊嬸去辦，又叫她送包子時，順路打聽各位夫人的口味。

楊嬸這才會過意來，連聲稱讚林依想得周全。她袖著錢，先到包子鋪買了幾籠酸餡大包子，端來與十幾個丫頭分發。那些丫頭在外站了多時，正是飢腸轆轆的時候，接到包子，個個喜出望外，齊聲讚林依體恤下人。

楊嬸就趁機將各位夫人的喜好問了，回報與林依，林依迅速做出安排，吩咐她去買菜，兩人忙碌不到半個時辰，十來份雙菜蓋飯外加兩碟小菜一碗湯，就擺到了各位夫人的面前。

府尹夫人今日心情最好，蓋飯一端上來，就先嘗了一筷子，讚不絕口，道：「都是我愛吃的菜，多謝張翰林夫人款待。」

其他夫人也是面露欣喜，不吝讚美之詞，一時間，店內誇讚聲四起，聽得林依都有些不好意思。

其實所謂眾口難調，儘管林依費了心思，還是有人不喜這種安排的，但這是免費的午餐，有什麼好說道，於是那些不滿的聲音都被各人嚥到了肚子裡。

趙翰林夫人看起來是真喜歡蓋飯，吃了個一乾二淨，還又叫了一份薑辣蘿蔔。她抹完嘴，仍意猶未盡，問林依道：「張翰林夫人，這是什麼飯，竟如此美味。」

其實蓋飯能有什麼特別，只不過林依特意交代楊嬸多留了濃濃肉湯汁，淋到了飯上，這才格外地香。她回答張翰林夫人道：「這是我家楊嬸做的，她在廚下幹了一輩子，才有這手藝。」

楊嬸見提到她，便走上前去，與趙翰林夫人行禮，謙虛道：「手藝不好，趙翰林夫人若有哪裡不滿意，儘管提。」

趙翰林夫人笑道：「好得很，只恨我家廚子做不來。」說完又問：「這蓋……飯，是怎麼個做法，妳教教我，我好回去了也能做來吃。」

做蓋飯的程序不複雜，但仍有訣竅在，因此楊嬸犯難，只拿眼看林依。林依正斟酌詞句，黃翰林夫人開口道：「趙翰林夫人，這是人家開店的訣竅所在，若被妳學了去，還怎麼開店？」

此話在理，眾人紛紛應和，連王翰林夫人都覺得趙翰林夫人的要求太過分，悄悄瞪了她一眼。

趙翰林夫人再次被針對，又是委屈又是氣憤，便將了十來個錢出來，打賞楊嬸道：「妳的蓋飯做得好，下回我還來吃。」說完面露得意，挑釁似的朝四面望了一圈兒。

官宦夫人最好面子，見趙翰林夫人先行把了賞錢，又是這副模樣，哪肯落於人後，紛紛掏出錢來打賞楊嬸。有那爭強好勝的，不但打賞楊嬸，還捎帶著把青苗和祝婆婆的賞錢也給了。

小二得賞錢，與東家不相干，林依悄悄退至一旁，細心留意，發現官人的官階高的夫人，把的賞錢都刻意多加了幾文，付得最多的，當屬府尹夫人與王翰林夫人。

眾夫人打賞完，有那小氣的就失了興致，先行告辭，還有人越打賞興致越高，又坐了半個時辰才離去。

待到店中空下來，已是午後，林依還沒能吃上飯，累得癱坐在椅子上。牛夫人本還羨慕林依，但此時替她算了算帳，整個上午沒賺到錢不說，還虧了老大一筆，她那滿腔的羨慕加嫉妒就化作了同情，上前安慰她道：「官宦夫人的面子還是要賣的，她們也不會總來。」

林依打起精神，勉強笑了笑，留她道：「外祖母再坐會兒。」

牛夫人看了看店中，三排桌椅，每排兩張，所有椅子都是空空如也，一個客人也沒有，她不忍心再坐下去，又講了幾句安慰的話，告辭離去。

青苗送走牛夫人，回身問林依道：「二少夫人，還有飯菜，妳是到後面吃，還是我與妳端到前面來？」

林依望了望空蕩蕩的店，苦笑道：「橫豎又沒得客人，就在這裡吃吧。妳們都來，添些人氣。」

青苗動了動嘴唇，想勸慰她，又不知講什麼好，只得低低應了一聲，到後面端來蓋飯，招呼幾人落座。

楊嬸已是在後面數完賞錢，笑著向林依道：「二少夫人，妳不用太難過，我得的賞錢不少，能抵今日三成本錢了。」

林依道：「那是妳得的，我怎能占用。」

楊嬸道：「我是張家人，分什麼你我，待會兒就與二少夫人拿來入帳。」

青苗拍了拍荷包，也道：「我這裡還有。」

林依忍不住熱淚盈眶，想起在鄉下的苦日子也全靠她們一老一少幫扶，才能走到今天。

祝婆婆見她們主僕同心，也很受感動，熱了一壺酒來，與林依斟上，道：「今天是好日子，二少夫人且吃杯酒，樂一樂。」

林依示意她與楊嬸和青苗也滿上，舉杯道：「說的是，今日開張，怎能不碰一杯。」

幾人舉起酒杯，碰到一起，發出清脆響聲，把門口探頭探腦的張仲微嚇了一跳。林依聽到動靜，回頭去看，道：「怎地這樣晚才回來，我還以為你今日就在外面吃了。」

張仲微朝桌上坐了，道：「早就回來了，見店裡都是女客，沒敢進來，溜達了一大圈，才又回來瞧。」

林依又是心疼，又是好笑，道：「你不曉得到後面廚房去？」

張仲微摸了摸腦袋，道：「被眾位夫人嚇著，忘了。」

桌上幾人哈哈大笑，沖淡了些愁緒。楊嬸與張仲微添了碗筷，祝婆婆與他斟滿酒，林依再次舉杯：「來，咱們再碰一個。」

林依除了考察腳店那會兒，極少吃酒，張仲微笑道：「今日娘子這樣高興，定是因為店中生意很好。」

林依發牢騷道：「是很好，都怪你們那位王翰林的夫人攪了局。」

「王翰林夫人？」張仲微連忙問緣由。

林依懶怠再講，青苗代勞，把前因後果講了一遍。張仲微聽完也很惱火，道：「這兩位冤家怎聚到了一處？不知是哪個與府尹夫人報的信，真真是可惡。」

林依苦笑道：「官宦夫人的本事我今日算是領教了，叫你吃了虧還講不出不是。」

青苗插話道：「不但如此，還要擠出笑臉來，裝作是心甘情願。」

林依繼續苦笑：「這就是所謂的打落了牙，還得往肚裡嚥了。」

張仲微不忍娘子難過，安慰她道：「雖然虧了本，但贏了好口碑，也算好事一樁。」

林依道：「我也是這樣想，不然就腆著臉皮硬收錢了。」

張仲微點頭道：「是，凡事該往好處想，莫要積鬱在心裡，再說這才一個上午呢，興許下午生意就好了。」

林依當他這是安慰之語，雖露了笑臉，但沒往心裡去，哪曉得到了下午，張仲微的話竟成了真，一大群娘子蜂擁至店內，有些好奇地四處張望，還有的指指點點不停。

林依見她們並不像要吃酒的樣子，便使青苗上前攀談，得知這些人中，大部分是商人婦，還有的是小官小吏家的娘子，她們雖是一同進店，但並不是一道來的。

既然不是一路人，為何舉止都一樣？林依正奇怪，就聽見其中一位高個兒娘子叫道：「店家，上午府尹夫人坐的是哪張桌子？」

青苗連忙上前，把她引到最中間的那張桌子前，伸手一指：「就是這張了。」

高個兒娘子面有驚喜，高高興興坐下，又叫道：「店家，上午府尹夫人品了哪些酒，吃了哪些果子，全給我照樣來一份。」

敢情是來體驗府尹夫人生活的，青苗忙應著去了，打酒端碟子。

這高個兒娘子帶了頭，剩下的一眾女人就跟炸開了鍋似的，這個叫：「王翰林夫人上午坐在哪裡，吃了些什麼，也與我照樣來一份。」

那個叫：「我也要坐府尹夫人的桌子。」

總共才六張桌子，她們人人要坐，少不得要拼著坐。有些人大度，讓出地方來，還有些人霸道，就不肯，一時間店內吵吵嚷嚷，如同塞進了幾百隻鴨子，叫林依頭昏腦脹。

青苗也是嫌吵，但生意火爆，誰人不喜歡，滿面帶著笑，穿梭在桌間，安排這個，勸說那個。楊嬸本在門口守著，見狀也來幫忙，兩人忙亂了好一時，才把眾人安撫下來。

林依站在櫃檯裡幫著裝果子遞碟子，青苗走過來道：「二少夫人，這些娘子不知從何處聽到的消息，個個都要上午官宦夫人們吃過的物事。」

林依笑道：「那不是正好，都是現成的，不必另買。」

青苗道：「可她們連蓋飯也要吃，這不上不下的時候，吃飯做什麼。」

林依嗔道：「客人就是天，妳怎能計較這個。」

楊嬸也走過來，道：「我到廚下做去。」

林依推開櫃檯側面的矮門走出來，道：「店裡人多，妳們兩人還忙不過來呢，我去便得。」她走到後面簡易廚房，繫上圍裙，把上午做過的蓋飯原樣又做了一遍。

待得這些蓋飯端上去，眾位娘子個個讚嘆不已，高個兒娘子道：「做官人家的夫人就是會吃，妳們瞧瞧，這樣的蓋飯可曾見過？」

同桌的娘子們都道：「別說見，聽都沒聽過。」

另一桌上有位娘子探過頭來，道：「妳們瞧這桌椅，竟也是不曾見過的樣式。」

眾娘子都低頭去看，連連稱是，就有人問林依：「老闆娘，這樣的桌椅，樣的飯菜，難為妳怎麼想得出來？」

蓋飯也好，桌椅也好，都不過是稍稍改良，哪有什麼特別，林依正要謙虛，忽地記起，她現在是生意人，身分是老闆娘，遂作了得意表情出來，笑道：「咱們店時常要招待官宦夫人，自然要多花些心思。妳們現在吃到的蓋飯，都是官宦夫人們最喜愛的口味呢。」

此話一出，果然又聽見一片驚嘆聲，有甚者就多叫了幾份，稱要帶回去與家人孩子也嘗嘗。

生意太好，林依只好重回廚房，又開始做蓋飯，心裡默念，生計所迫，只不過是廣告效應，各位官宦夫人莫怪。

這撥體驗官宦夫人生活的客人走後，生意又漸漸淡下來，但總算還有三三兩兩的人來，不至於讓店裡空蕩蕩。楊嬸與青苗竊喜，林依卻擔憂，雖然有客人，但幾乎全是巷中的居民，大概是聽到消息，來瞧新鮮的，整條州橋巷，通共也沒幾戶人家，女人就更少了，若生意只靠她們撐著，賺的錢大概連糊口都難。

臨近晚飯時，客人漸漸多起來，好些娘子在門口探頭，問楊嬸道：「聽說妳們這裡有蓋飯賣，幾個錢一碗？」

楊嬸答道：「一份蓋飯，內含一盤白飯、兩個熱菜、兩個小菜、一碗湯，共需五十文。」

問話的娘子叫道：「這樣的貴？」

林依正擔心生意不好，見來了顧客，不肯錯失，連忙走過去解釋道：「五十文的蓋飯是兩個葷菜，若妳只要一葷一素，便是四十文。若只要兩個素菜，只要三十文。」

娘子緩了驚訝的神情，問道：「那若只要一個素菜，幾個錢？」

林依默默算了算，回答道：「二十文。」

那娘子還是嫌貴，旁邊有個也等著買蓋飯的大娘已是掏了二十文出來，道：「到經紀人那裡買份按酒果子還要十來文呢，二十文吃飽飯，實在是合算。」

那娘子想了想，也是，便也數出錢來，道：「我買五份，免得晚上開伙。」

楊嬸歡歡喜喜接了錢，交與林依，林依彷彿看到了另一條生財之道，想了想，還給那娘子一文錢，道：「一次買五份，少收妳一文。」

那娘子十分驚喜，到店內坐下等飯菜時還在念叨：「到這裡吃蓋飯，比在家裡開伙還划算。」

與她一同買蓋飯的大娘笑道：「這話可又講偏了，若這裡的飯菜比家裡做的便宜，那店家賺什麼？」

娘子道：「我省了開伙的時間，能多做些活計，可不是更便宜？」

大娘仍與她辯駁，但待得蓋飯上來，卻自己轉了口，驚嘆道：「僅這兩碟子薑辣蘿蔔和醬甘露子，在別家店裡就要賣十文。」

她倆拎了盛蓋飯的食盒子，歡歡喜喜出店門，轉眼就把張家酒店的蓋飯分量足又便宜的名聲傳遍了整條巷子。這條巷中所住的人，與朱雀門東壁的巷子不盡相同，他們大多只是無錢買高價房，溫飽還是不愁的，因此許多人聽說了蓋飯好吃的消息，就打聽著來到張家酒店門首，想買一份嘗一嘗。

生意陡然好起來，林依十分得意，方才退還一文錢，引來這許多顧客，真真是合算。此時聞訊而來的客人幾乎全是只買蓋飯不飲酒，因此祝婆婆清閒下來，林依成了最忙的人，在廚下炒個不停，直到張仲微回來，她還沒能脫開身。

張仲微沒打店門口過，逕直繞到後面簡易廚房，見林依正在做蓋飯，歡喜道：「正巧我餓了，娘子真體貼。」

林依朝他一笑：「抱歉，勞煩多等等，這是客人的。」

張仲微驚訝道：「咱們家是酒店又不是食店，怎地賣起飯菜來？」

林依笑道：「我也沒料到會如此，但客人要買，難道我不賣？」

張仲微也笑了：「管他酒店還是食店，能賺錢就好。」

他以為林依一會兒就忙完，便到旁邊等著，不料店中生意極好，他們又只有一灶一鍋，因此等了好半天還沒能吃上飯，餓得肚子咕嚕直叫。
林依讓官人久等，有些不好意思，便道：「你到屋裡拿些錢，上街上吃去吧。」
張仲微擺手道：「妳勞累了一天，還沒吃上飯呢，我哪能獨自去快活。」說著走到菜筐前，幫她擇起菜來。
下等房周圍的鄰居都極活絡，有些早就發現林依這邊忙不開身，想過來幫忙，又敬畏她是位官宦夫人，不敢輕易搭話，此時見到張仲微也加入了做飯的行列，就尋到了搭話的由頭，幾人一擁而上，搶過張仲微手中的菜，將他推至一旁，七嘴八舌道：「這不是大男人做的事體，放著我們來。」
張仲微突然被群媳婦子推開，有些不知所措，愣了一愣才反應過來，她們是來幫忙的。在鄉下時，一家有困難，四鄰來相幫，是極為常見的事，因此他馬上適應過來，笑著作了個揖，道：「多謝各位嫂子幫忙。」
那群媳婦子哪敢受他的禮，四下避開。有一名機靈的媳婦子挨到林依身旁，自稱姓肖，要與她幫忙炒菜。這活計，林依可不敢假於他人之手，連忙婉拒。肖嫂子不死心，又道：「那我去店裡與夫人幫忙，幹到打烊，工錢二十文。」
林依想了想，同意了，衝著前面叫了兩聲，喚來青苗，讓她領著肖嫂子去前頭招待客人，換楊嬸到廚下做蓋飯。
其他媳婦子見了，眼紅不已，但都是左右鄰居，既然肖嫂子占了先，她們就不好搶生計，只能繼續幫忙擇菜。
林依很感激她們來幫忙，但畢竟是店中廚房，若廚房敞開，誰人都能進來，有些事體還真不敢擔保，於是她笑著上前，與她們福身，謝她們熱心，又道：「有了肖嫂子，就忙得過來了，各位且回吧，若明日我這裡還缺人，妳們再來。」

林依與她們留了希望，幾人就高興起來，回過禮，四下散去。店裡青苗、肖嫂子與祝婆婆在忙著，廚下楊嬸打理，林依終於忙裡偷閒，歇了一會子，又開始張羅著做全家人的晚飯。

張仲微幫林依拾掇著菜蔬，問道：「娘子，大鍋占用著，咱們到哪裡開伙？」

林依擱下菜刀，在圍裙上擦了擦手，回屋取來錢，遞與張仲微，叫他到巷口買個爐子回來。張仲微應了，接過錢朝巷口去，不一會兒便搬回一個，生起火來。林依翻出一只小鐵鍋，架到爐子上，笑道：「今後咱們全家人吃飯就靠它了。」

她利索地燒熱鍋，放油炒菜，轉眼三菜一湯就得，先與張仲微二人吃了，再招呼其他人，輪換著把晚飯解決。

接連幾天，店中生意雖算不得太好，倒也正常，林依便與張仲微商量，請二房一家來吃酒，認認門。張仲微自是欣然同意，親筆寫了帖子，託個正好去祥符縣的同僚捎了去。

二房一家接到帖子都很高興，商量著上張仲微家去做客。李舒身子沉重，不好出門，但還是張羅著打點禮物，將家中零嘴兒店賣的果子各樣包了一包。她與林依合夥進貨一事，方氏是不同意的，但她們還是將事情辦了起來，因此惹得方氏到現在都不大高興，就責備李舒道：「仲微媳婦現開著酒店，什麼果子沒得，還消妳特特帶去？妳把我店裡的果子都搬走了，叫我賣什麼？」

明明是李舒開的店，轉眼成了她一人的，李舒忍著氣，好言辯解道：「她的是她的，咱們的是咱們的，物事一樣，心意卻不同。」

方氏如今天天有錢賺，氣壯不少，當即叫罵道：「妳心裡只有仲微媳婦，有無把我這個婆母放在眼裡？」

他們租住的院子小，張梁在那邊聽到動靜，忙跑過來勸架，罵方氏道：「仲微不是妳親兒？他開店，妳連禮都不送？」

自打進了城，方氏還沒挨過打，就忘了板凳的滋味，頂嘴道：「誰曉得他媳婦賺的錢有無進到他口袋裡去，我還是謹慎些好。」

張梁硬話不起效，想舉凳子，又怕嚇著李舒動了胎氣，只好把方氏拉至一旁，好聲好氣勸道：「媳婦乃是好意，妳攔著做什麼？再說她替咱們懷著孫子呢，妳也讓著她些。」

方氏一聽就火了，將他一推，尖聲道：「你處處護著兒媳，什麼意思？她懷著孩子了不起？誰人沒懷過？」說著把張浚明住的屋子一指：「我自有孫子，不消她生。」

張梁強忍怒氣道：「妳別忘了，伯臨能到祥符縣來當縣丞，乃是李太守幫的忙。」

他不提李太守還好，一提起他來，方氏就是一肚子的氣，罵道：「李太守設計大哥，逼得仲微只能窩在翰林院受排擠，別以為我不曉得，這都是媳婦娘家害的，虧你還好意思說。」

李舒被方氏吵鬧慣了，本沒當回事，仍若無其事站著，但她對李簡夫設計張棟一事確是有些愧疚，就不好意思再聽下去，轉身回了臥房。

這被方氏瞧見，又得了理，衝著她背影叫罵道：「你瞧瞧，有這樣做人兒媳的？婆母還在這裡站著，她倒先回房了。」

李舒離了跟前，張梁再無顧忌，二話不說，提起一只板凳就朝方氏身上砸。方氏這才記起張梁是有絕招的，但她卻絲毫不後悔方才的言論，一面躲一面叫：「咱們去衙門，找伯臨評評理，仲微到底是不是他大嫂娘家人害的。」

張梁有許多道理可以與她講，但都懶怠出口，只顧輪著板凳，追趕方氏。方氏左躲右閃，到底敵不過，被他追上，身上挨了好幾下，最後一下還正好砸在額角，腫起個大包。

張梁還要再打，方氏吃痛，求饒道：「二老爺手下留情，破了相，可不好去見兒子。」

張梁這才勉強住了手，丟下凳子，上前面零嘴兒店的櫃檯裡摸出一把錢，出門吃酒去了。任嬸阻攔不及，眼睜睜看著他把錢取走，急得直跳腳，一溜煙跑回後院，向方氏告狀：「二夫人，不好了，二老爺又上鋪子拿錢去了。」

方氏捂著額角，有氣無力道：「妳只惦記錢，沒見我額上起了包，還不趕緊拿冷巾子來幫我敷敷。」

任嬸有經驗，一見她這模樣，就曉得發生了什麼事，迅速端來一盆冷水，動作熟練地絞了巾子幫她敷著。

敷了一時，方氏緩過勁兒來，就又惦記上了鋪子裡的錢，責問任嬸道：「再三叮囑妳要把錢看緊些，怎地又讓他鑽了空子？晚上算帳，虧空的錢從妳月錢裡扣。」

任嬸真是滿腹的冤屈無處訴說，若不是方氏惹了張梁生氣，他哪會上鋪子裡拿錢，明明都是方氏的錯，損失卻要她來承擔。

方氏正在氣頭上，任嬸不敢頂嘴，手下越發小心翼翼，生怕被她揪出錯來，更要罰些錢去。她幫方氏敷完額頭，越想越委屈，便走到李舒房裡，問道：「大少夫人，妳可曉得二夫人做什麼被二老爺打了？」

院子總共只這麼大，張梁打方氏那樣大的動靜，李舒自然是早就知道了，但她不知任嬸來意，便裝作不知情，反問道：「二老爺打二夫人了？怪不得方才那邊屋裡乒乒乓乓。」

任嬸朝屋裡看了看，甄嬸、錦書、青蓮都在，人數不少，便問：「妳們可曉得二老爺為何要打二夫人？」

青蓮以為她是要來講故事，嗔道：「有話就直說，非要吊人胃口。」

任嬸道：「我是真不曉得，瞧見二老爺到鋪子裡拿了錢，這才知道二夫人惹惱了他，挨了打。」

那鋪子本就是開給方氏混日子的，張梁去不去拿錢，李舒不在乎，便道：「都是一家人，拿了就拿了，妳別總掛在嘴上，惹二老爺不高興。」

她不在乎那點錢，任嬸卻是十分在意，哭喪著臉道：「大少夫人，二夫人說，二老爺拿走的那些錢要從我月錢裡扣呢。」她繞了半天圈子，終於講到了正題，李舒好笑道：「二夫人要扣妳的月錢，我有什麼辦法，妳又不是我屋裡的人。」

任嬸把甄嬸她們看了一眼，又想起去了林依家的楊嬸，嘆道：「只有我是個命苦的，脫不了身。」

李舒瞧她可憐，便與她出主意道：「二老爺如今坐著館呢，又不是沒收入，他既拿了二夫人的錢，叫二夫人去要回來便是，何苦為難妳一個下人。」

任嬸喜道：「還是大少夫人明理，我這就與二夫人講去。」她幾步快走，回到方氏房內，將李舒出的主意冒充是她自己想出來的，添枝加葉講了一番。方氏覺得這主意不錯，但她害怕張梁的板凳，猶豫道：「學生的束脩都是直接交到他手中，我哪曉得他藏在哪裡。」

任嬸道：「二夫人，又不是要妳去翻找，直接去找二老爺討不就是了。」

方氏瞪了她一眼，道：「若我要得來錢，還消妳在這裡出主意？」

任嬸道：「我這裡有個好法子，就怕二夫人不敢。」

方氏問道：「什麼法子，且先講來聽聽。」

任嬸吊她胃口道：「二夫人若依照我這法子，不但能把二老爺拿走的錢填補回來，還另有賺頭。」

方氏果然來了興趣，連聲道：「什麼好法子，趕緊講來，若是有效，與妳漲月錢。」

以任嬸對方氏的瞭解，什麼漲月錢都是一句空話，但求不扣月錢就是好的了。她附到方氏耳邊，低聲獻策道：「二夫人暗地裡尋二老爺的一個學生，叫他下回的束脩莫要交與二老爺，而是交與妳。」

方氏白了她一眼，罵道：「妳當學生是傻子？就算學生年小不懂事，他家父母也不是好糊弄的。」

任嬸叫道：「我的二夫人，妳照原價收，人家自然是不准。」

方氏聽出了意思來，試探問道：「妳是叫我……減些費用？」

任嬸連忙擺手道：「我可什麼也沒說。」

方氏琢磨一時，覺得此計可行，就滿臉堆出笑來，連頭上的包也覺得沒那麼疼了。此時離交束脩還有些日子，要想動作還得等上一等，方氏覺得日子有了奔頭，滿心歡喜，也不計較李舒送禮的事兒了，高高興興把她包好的果子收拾了，紮了個漂亮的包裹，準備到東京城去慶賀張仲微家的酒店開張。

二房還沒來東京，張仲微先犯了難，與林依道：「娘子，咱們這店只招待女客，那我坐哪裡？叔叔與大哥又坐哪裡？」

林依還真沒考慮過這問題，聞言也愁起來，道：「要不咱們打烊一天，專門招待叔叔一家？」

張仲微不同意，道：「他們來，就是想看看店裡情景的，妳把店關了，還能看著什麼？」

林依心想也是，沒有客人來慶賀酒店開張，卻把店關掉的道理，她仔細想了想，記起楊氏男女分席的規矩，立時有了主意，道：「咱們把下等房收拾出來，到時女客坐店裡，男客坐後面，又有禮數又合規矩，你看如何？」

張仲微連聲稱讚這主意不錯，於是兩口子齊齊動手，到後面挪桌子、搬凳子，把下等房收拾得乾淨又寬敞。

二房來做客這天，張仲微與林依早早就起了床，將店內一張桌子移到邊邊上，再使了個現買的屏風擋著，隔斷出一個小小的、簡易的包間來。因二房來的女客只有方氏一人，林依便請了牛夫人作陪，男客則由楊升作陪客。

方氏一進店門，就四處挑刺，先嫌門首的酒旗不夠大，又嫌店內的桌椅太少。待得到包間坐下，又道：「怎麼連個像樣的濟楚閣兒都沒得，用個屏風擋起，好不寒磣。」

牛夫人在旁微笑，並沒有出來幫忙講話的意思，林依只好自己上陣，親手斟了杯酒與方氏，道：「小店是簡陋了些，但酒水是上好的，嬸娘且嘗嘗。」

方氏抿了一口，皺眉道：「這是酒還是水？怪淡的，一點味兒都沒有。」

牛夫人暗自發笑，也端了酒杯，掩飾嘴角笑意。

林依深吸一口氣，道：「店面簡陋，酒水不上檔次，都是本金不夠的緣故，正想向嬸娘借幾個錢，好擴展生意呢。」

方氏馬上住了口，道：「其實這酒水細吃起來還是有些滋味的。」

牛夫人再也忍不住，噗哧一聲笑出來，方氏不悅道：「牛夫人笑什麼？」

牛夫人尷尬，忙道：「方夫人所言極是，這酒水要慢慢吃，才嘗得出滋味來。」

方氏把人家的藉口當作了真心誇讚，得意起來，轉著酒杯道：「牛夫人，別看妳是開酒樓的，吃過的酒不一定比我多，我在娘家時，哥哥做官，每日裡送酒的人家數不勝數。」

牛夫人強忍著笑意，連吹帶捧，把方氏哄得高高興興。林依在旁瞧著，心道，到底是生意場上的老手，連哄方氏都不在話下，這份本事自己可得學著點。

青苗將方氏帶來的果子拆包，端了幾碟子上來，道：「這是二夫人帶來的按酒果子，各位嘗嘗。」

方氏端起碟子讓牛夫人，又與林依道：「我們家僅剩這些果子，我全與妳帶了來。」

林依連忙謝她，道：「我這裡也有果子，待會兒嬸娘帶些回去嘗嘗。」

方氏看著她道：「真專程送我，還是另有所圖？」

林依不知何意，愣住。

方氏道：「上回妳叫青苗到祥符縣送果子與我，我還當妳是特意去的，歡喜老半天，到最後才曉得，原來是為了搭我的福氣買便宜果子。這回又送果子與我，莫非也是另有目的？」

面對這般沒道理的話，胡攪蠻纏的人，林依只有吸氣吸氣，再吸氣，將那火氣壓得低低的，才開口道：「嬸娘別生氣，我年紀輕不懂事，行事難免有偏差，妳看在仲微面子上，教教我呀。」

換作別人，對方服了軟，道了歉，就當給個臺階下，可方氏卻不理這一套，自顧自吃酒，看也不看林依一眼，道：「妳現下是官宦夫人，酒店老闆娘，我哪有本事教妳。」

林依尷尬非常，恨不得立時就將方氏送回祥符縣，偏後者並不覺得自己有哪裡不對，照常吃酒，照常夾菜，還時不時與牛夫人開開心心聊兩句。

過了一時，青苗端上蓋飯來，道：「這是咱們店裡才有的蓋飯，各位請嘗嘗。」

牛夫人道：「開張那天我是嘗過的，這飯的確好吃。」

方氏不知想起了什麼，心思不在蓋飯上，她透過屏風的縫隙，朝外盯著忙碌的青苗看了又看，問林依道：「我瞧妳店裡生意不錯，青苗一人忙得過來？」

林依答道：「勉勉強強，實在太忙時，我就到廚下做飯，讓楊嬸也到前面來招待客人。」

方氏忽地關心起林依來，道：「何必那樣辛苦，再雇一個人便是，也花不了幾個錢。」

林依道「是有這個打算，但合適的人不大好找，且再看看吧。」

方氏馬上道：「不消費力找尋，我送一個人給妳。」

林依暗自懊惱，早該想到方氏是別有目的，不該與她留話頭的。此時改口，為時過晚，只得硬著頭皮問道：「嬸娘要薦哪個？」

方氏道：「妳認得，還做過妳幾天的丫頭呢，叫冬麥。」

冬麥品行如何，暫且不論，她如今可是破了相的人，怎好做店小二的事？林依直接表述了自己的意思，方氏卻道：「標緻的，妳怕成了通房，我與妳送個放心的來，妳又不願意，可真是個難伺候的主兒。」

這是哪裡跟哪裡，後院的事怎能與生意相提並論？林依哭笑不得，道：「嬸娘，非是我嫌棄冬麥，只是她如今一臉坑坑窪窪，到店裡做事，嚇跑了我的客人怎辦？」

方氏嘀咕道：「哪有那樣不經嚇。」

林依聽了這樣的幼稚言論，更是發笑，指著牛夫人道：「開店的人，哪個不要求店小二相貌端正，不信妳問我外祖母。」

這一聲外祖母，終於叫牛夫人肯出來打圓場，道：「方夫人，既是破了相的丫頭，尋個牙儈來賣掉便是，多少還能賺幾個錢，妳留在家裡，浪費糧食。」

方氏才不肯賣了冬麥，這可是她對付張梁的好藉口，如今只要張梁想買通房，她便以屋裡已有一個的理由打發回去。

林依與牛夫人都聲稱冬麥不適合做店小二，方氏只好偃旗息鼓，幾人終於能好好吃酒，林依鬆氣同時，更不敢掉以輕心，直到飯畢送走她們，才徹底放下心來。

林依走到後面，與張仲微抱怨道：「嬸娘真是難伺候，非要把冬麥塞給我們。」

張仲微道：「妳不答應便是。」說著將一包錢遞與她道：「大哥背著人給我的，稱我們才開店，手頭一定緊張，因此拿了錢來幫襯咱們。」

林依掂了掂，重量不小，驚訝道：「大哥才做了幾天官，哪來這許多錢，難不成是大嫂的？」

張仲微嘆了口氣，道：「這是別個與他送的禮，我已勸過他不要再如此，他卻責怪我沒腦筋。」

張伯臨油滑勝過張仲微許多倍，因此林依道：「大哥做事自有分寸，你管好自個兒便是。」

她同張仲微回到裡間，將錢收起，道：「平日外祖母待我那樣親熱，今日卻始終不幫我講講話，害我獨自對付嬸娘，好不辛苦。」

張仲微道：「並不是人人都似妳一樣會打圓場，許是她沒瞧出來。」

林依緩緩搖頭，道：「肯定不是，外祖母何許人也，能瞧不出我尷尬？」她總覺得有哪裡不對，卻又講不清楚，使勁想了想，還是無果，只得放下。

自腳店開張，來買蓋飯的人多過吃酒的，林依初時並沒覺得有什麼，反正做生意，能賺就行。但過了一段日子，始終不見那些官宦夫人再來，就漸漸起了擔憂之心，不知自己是哪裡做得不對，才讓她們不肯做回頭客。

這日，她在店裡坐著，瞧得趙翰林夫人在門前下了轎子，不禁喜出望外，連忙迎上前去，卻見趙翰林夫人朝店內探頭望了幾眼，又退回了轎子。她著起急來，三步併作兩步追上去，隔著轎窗問道：「趙翰林夫人，都到了門口了，怎地不進來坐坐？」

趙翰林夫人指了店內幾名買蓋飯的婦人，道：「妳瞧她們，穿得破爛不說，還髒兮兮的，我與這樣的人同坐一間店中，好不丟臉。」

那些人是買二十文一份的蓋飯的，自然穿得不算好，至於髒兮兮，倒也不像趙翰林夫人講得那樣誇張，林依正想辯解兩句，趙翰林夫人已是起轎走了。她不禁認真思考起來，官宦夫人不肯再上門是否與此有關？酒店要走的路線是否得定一定？

當晚，新晉老闆娘林依，召集所有的員工，包括親屬張仲微與臨時工肖嫂子，開了個會，討論酒店的經營方向問題。她將趙翰林夫人到了門口卻又回轉的事講完，問眾人道：「是乾脆改作食店專心賣蓋飯，還是只為達官貴人家的夫人們提供酒水？」

青苗率否決了第一個選項，道：「來買蓋飯的，大都只買得起二十文的，賺頭太少，還是賣酒水合算。」

楊嬸道：「只招待貴人們自然更賺錢，可別個要買蓋飯總不能攔著。」

青苗道：「好辦，咱們定一條店規，不點酒水，不許入內。」

張仲微反對道：「這是哪門子規矩，東京大小酒店幾百家，恐怕也沒把客人攔在門外的。」

肖嫂子笑道：「你們只曉得窮苦婦人在店裡時官宦夫人不肯進來，卻不曉得官宦夫人在店裡坐著時，那些買二十文蓋飯的人怕衝撞了貴人，也不敢進來呢。」

說者無心，聽者有意，林依琢磨，照這說法，兩種不同消費層次的人，自身都是不願同處一店的，那要想個什麼法子才能把她們分開呢？她想了一時，仍是沒得頭緒，半是感嘆半是玩笑道：「咱們還是店面太小，不然設兩間房，吃酒的坐一間，買蓋飯的坐一間。」

青苗自從賣薑辣蘿蔔，生意竅日漸開啟，聞言計上心來，附到林依耳邊獻上一絕妙好計。

青苗建議，在下等房處另設一櫃檯，專賣蓋飯，只買蓋飯不吃酒的客人，都叫她們到後面排隊去。此計甚好，解決了貧富兩撥人不願共坐一店的矛盾，又沒有增加成本。林依撫掌大讚，講與另幾人聽，另幾人也是齊聲稱妙。

青苗的建議還是太簡單，林依仔細思考過後，將之完善。下等房並不設櫃檯，僅把窗戶稍作修改，使其成為遞送蓋飯的窗口，要買的人在此排隊；單賣的蓋飯不再現炒現賣，而是事先大鍋炒好，盛在食盆裡，以供客人隨意搭配；酒店內賣的蓋飯還是現炒現賣，但賣的價錢貴上三成。

酒店內允許女經紀人自由出入，但為了貴人們的安全考慮，僅限於從業三年以上的熟面孔——這項辨認工作就交由祝婆婆把關。

林依對人員分派也另作了調整，下等房內空間相對封閉，面對的又是容易做手腳的食物，因此須得一個可靠人，就讓青苗坐鎮；酒店內是楊嬸負責，要求祝婆婆不用溫酒時也要幫忙招呼；廚下則由林依親自操勺。

如此安排過後，客人們買蓋飯無須再等待，隨買隨走，雖不能坐下吃，但難得快捷，生意反而好了許多。每日裡到下等房前排隊的客人排起長隊，其中不僅有州橋巷的近鄰，還有聞名而來的遠客。

林依瞧著這情景，喜在心頭，炒起菜來格外起勁。然而生意雖更好了，她卻日益清閒下來，因為蓋飯窗口的飯菜都是一大鍋一大鍋事先炒好，往往忙碌半個時辰便能管上很久；前面酒店賣的蓋飯倒是現炒現賣，但客人還是不多，因此讓她沒了活兒幹。

楊嬸與祝婆婆每每感嘆，雖然單設了蓋飯窗口，酒店生意還是不大如意，林依看在眼裡急在心裡，但一時之間也想不出什麼好辦法，真真是愁人。

青苗那裡生意好，卻也有抱怨，稱一次性做的飯菜太多，往往還沒賣完就冷掉了，因此向林依提議：「二少夫人，咱們一次少炒些？」

林依忖度，就油鹽柴火等成本考慮，肯定是炒的回數越少越賺錢，不如做個保溫食台，又方便又節省。她尋來個工匠，將自己的想法細細講與他聽，大宋的工匠領悟力和手藝都是極好的，隔日就送了個薄鐵皮食台來。上面八個食槽，打開下面的櫃門，乃是加火的爐子，裡頭丟上幾塊木炭，讓它慢慢燃著，能管大半天。

青苗見了這樣物事，愛不釋手，立時將飯菜移了過去，朝窗前一擺，再也不用擔心飯菜會涼掉。

蓋飯生意日益走上正軌，前面酒店的生意也漸漸好轉，隔三差五就有翰林院的夫人來照顧生意，帶得那些愛體驗官宦夫人生活的娘子們也頻頻光顧。

這日，林依暫時無事，在店內閒坐，忽見牛夫人到訪，連忙迎了上去，親自引她入座，笑道：「多謝外祖母來照顧我生意，想吃什麼酒？」

牛夫人卻先示意她坐下，再才喚來楊嬸，點了一壺白羊酒、一個四色果子拼盤，又尋一個經紀人將軟羊和鮓脯各買了一碟子。酒菜齊全，牛夫人招呼林依道：「今日外祖母請妳。」

林依也不推辭，笑著先敬了她一杯。

牛夫人朝店內環顧，見店內六張桌子已坐滿四張，這樣好的生意實在出乎她意料之外，不禁問道：

「生意還好？」

林依謙虛道：「勉強度日。」

牛夫人替她布了一筷子菜，又問：「府尹夫人這些日子沒來？」

林依笑道：「府尹乃是一城長官，府尹夫人想必也是忙的，哪有空總來。」

牛夫人細細問她府尹夫人的喜好等，又壓低了聲音求她道：「我想結交府尹夫人，苦於沒有門路，仲微媳婦，妳幫幫我。」

林依奇道：「上回我腳店開張，不是已把妳引薦給府尹夫人了？」

牛夫人嘆道：「那日妳也瞧見了，府尹夫人瞧不上商籍的人呢。」

府尹夫人的態度林依沒法改變，但她感念牛夫人恩情，便替她想出個主意來：「不如我再把府尹夫人請到店中來，叫外祖母作陪？」

牛夫人是想把府尹夫人請回楊家酒樓，到張家腳店來有什麼用，於是與林依商量道：「能否把招待府尹夫人的地方設在我家酒樓？」

林依吃驚道：「外祖母，妳家酒樓可是有男客的，府尹夫人怎會前去？」

牛夫人自己做生意，拋頭露面慣了，並不覺得女人家偶爾去酒店坐坐有什麼要緊，便道：「又不是沒有濟楚閣兒，朝閣裡一坐，門一關，誰人看得見，好過妳這裡大門朝路邊開。」

林依十分為難，又不好推卻，只好道：「那我幫外祖母去問問，成與不成的，不敢打包票。」

牛夫人見她應下，十分高興，笑道：「不管成事與否，我都承妳這個情。」

林依雖答應幫牛夫人的忙，但仍覺得此事懸得很，當初她考察大小腳店還是張仲微陪著才敢進去坐一坐，府尹夫人身分高貴，在這些方面肯定更是講究。她料得果然不錯，府尹夫人聽了這邀請，想也沒想就拒絕了，不但如此，還罵了好幾聲餿主意。

林依辦完了差事，把牛夫人請到店中來，卻沒敢把府尹夫人的態度如實報與她，只道府尹夫人不肯去有男客的店。牛夫人感到十分遺憾，道：「從後門繞進去，不叫人看見，也不成？」說完不待林依開口，自己反駁道：「堂堂府尹夫人豈肯從後門進。」她長嘆一口氣：「難道我真沒這個福氣？」

林依見她失望，又出主意道：「要不外祖母在家裡設宴，邀府尹夫人前來？」

此法雖是退而求其次，但也算不錯，牛夫人就又高興起來，連聲稱讚：「還是妳腦筋活。」她馬上回家去準備，而邀請府尹夫人的差事就又落到了林依身上。

青苗聽說此事，抱怨道：「府尹夫人何許人也，是那樣好邀請的？牛夫人也太強人所難。」

林依道：「罷了，牛夫人待我們不錯，就當報恩了。」這回她去見府尹夫人時，鄭重帶上了帖子，不料府尹夫人卻很不高興，將其丟到一旁，道：「三番兩次相邀，定是有事相求，我家老爺公正廉明，可不做這樣的事情。」

府尹夫人把話講到這裡，林依就不敢再邀，不然背個拖府尹夫人下水的名聲可不好聽。

隔日，牛夫人主動來打探消息，林依將府尹夫人的話原封原轉告與她，又安慰道：「許是邀得太頻繁，外祖母晾一晾再去。」

牛夫人很是懊惱，道：「是我考慮不周，不該頻頻相邀，這下府尹夫人記得了我，只怕下回再邀，也是被拒絕。」她說完，一杯接一杯開始吃悶酒。

林依瞧她這模樣，以為她是真有事求府尹夫人，遂關心問道：「外祖母可是遇到了難事，不妨說出來聽聽。」

牛夫人能有什麼難事，只不過是張家腳店開張那天，見到許多官宦夫人來捧場，覺得極有光彩，便也想請一位到楊家酒樓坐坐。

林依聽了牛夫人的想法，覺著很不可思議，問道：「既然外祖母只是想尋人撐場面，為何不直接尋達官貴人來，而非要尋他們的夫人？」

牛夫人暗道，她連官宦夫人都請不來，哪有能耐請她們的官人。不過林依這話給了她提醒，開口笑道：「妳這話有理，竟是我糊塗了，我家酒樓裡進出的都是男客，自然請官老爺來更便宜。」

林依見她想轉過來，笑著點頭稱是。

牛夫人就等著她表達，見她點頭，馬上話鋒一轉：「可惜我們商籍人士平日裡哪有機會見到達官貴人，連他們家的門朝哪邊開都不知道。」

林依心裡咯噔一下，暗道不妙，果然牛夫人下一句話就是：「仲微媳婦幫幫我，請歐陽府尹到我家酒樓坐坐呀。」

林依苦笑連天，婉拒道：「我一婦道人家，哪好去請府尹大人。」

牛夫人已替她想好了方法，道：「不消妳去，叫張二郎走一趟。」

林依去邀府尹夫人，只是女人家私下的交情，多去幾次並不妨，但若是張仲微出面，性質可就大不一樣了。牛夫人是親戚不假，有恩在前也不假，但林依可不敢拿張仲微的前程做賭注，這樣的要求她不能答應。

她斟酌著詞句，向牛夫人道：「外祖母，最近朝廷捉拿行賄的官員，查訪得緊呢，讓仲微在這風口浪尖上府尹家，不大好吧？」

任她言辭婉轉，牛夫人還是不大高興，當即沉下臉來，道：「妳若是怕這怕那，那還開這腳店做什麼？」

先前一直親親熱熱，此刻一語不合就變了臉色，林依回想牛夫人以前對待張棟前後不同的態度，心道，看來這位外祖母性子未變，還是同以前一樣「愛恨分明」。

牛夫人到底是長輩，林依再怎麼反感她強人所難，也不好為了一點小事就鬧翻臉，於是故意忽略之前的話題，道：「我的確是膽子小，不過這與開不開腳店並無什麼干係。」

牛夫人上下看她兩眼，道：「妳是真不知道還是假不知道，朝廷早就明令京官、朝官和州官都不許行商，在京城的，除了自家住的房屋外，還不許廣置物業呢。」

難道那些官宦人家寧願受窮也不做買賣，不僅是觀念差異，還另有這樣的原因在？如果真是這樣，從開張到現在，店裡來過那許多官宦夫人，怎無一人提醒林依？又或者，她們都心知肚明，是故意想看著林依倒楣？也許已經有人在朝上參了張仲微一本了？林依明知牛夫人在此情此景下講出這番話應是別有目的，但還是忍不住往深處去胡思亂想。

牛夫人瞧出林依還是在意的，遂添油加醋道：「有個太子洗馬，因『坐知瓊州日販易規利』而貶了官，還有法令規定，別說官員不能做買賣，連赴任時購進貨物帶到任上去賣都是不行的。」

牛夫人講得有鼻子有眼，由不得林依不信，但她再怎麼相信，也不敢再流露出來，免得更加被動，於是道：「那我明日就把店關掉，回鄉種地。」

她拿這話一堵，牛夫人反倒不知再講什麼，訕訕道：「我也是恰好想起，怕妳吃虧，才提了一提，並不是故意要嚇唬妳。」

林依順著她這話，真裝出驚恐的模樣來，起身道：「外祖母先回吧，我要去尋仲微商量商量，把店關掉算了，他的前程要緊。」

牛夫人以為林依真信了她的話，幾分內疚，又有幾分竊喜，心道，若林依關了店，正好她自己再開一家，把生意接過去。她越想越美，便離了張家酒店，回家與楊升商議去了。

林依雖然曉得牛夫人嚇唬她的成分大些，但還是有些惶恐不安，待得張仲微回來，馬上拉了他問詳細。張仲微笑道：「朝廷頒佈那些禁令是防止有些官員藉著行商，利用職務之便，以權謀私。咱們的腳店是自食其力，怕什麼。」

林依將信將疑道：「當真？事關你的前程，可得打聽清楚了。」

張仲微見她還是擔心，安慰道：「妳放心，我這樣的小官，無權無勢，又沒礙著誰的路，哪有人來管我？還有，外祖母講的太子洗馬一事，還是開寶年間的事，那些法令也是真宗時的事，這許多年過去，官員經商的有增無減，從未聽說誰被降職。」

林依聽他這一說，放心之餘，突生受騙之感，都是好幾十年前的事了，牛夫人還拿來講，敢情是真糊弄人。她又是氣憤又是委屈，與張仲微抱怨道：「我倒寧願沒住過她家了，不欠她人情，也就不會如此被動。」

張仲微認為牛夫人故意嚇唬晚輩，害他娘子擔驚受怕，實在過分，便道：「往後不必給她面子，她災後收留我們，也不過是看在我和爹做了官的分上，不然妳想想，以前妳同娘去她家，茶都沒吃一口就被她趕出大門哩。」

張仲微的硬氣給了林依極大安慰，撲到他懷裡道：「下次她要我去邀府尹夫人，我再也不去了。」

張仲微為了逗她開心，便將些今日生意如何的話來問她，果然成功轉移了林依的注意力，令她精神抖擻地搬出算盤和帳本，一樣一樣算給他看。

張仲微雖也關心生意，但並不關心帳目，在旁聽得直打瞌睡，林依這才反應過來，他只是要轉移話題，遂嗔道：「當差沒幾天，本事漲了不少。」

張仲微愛她這含嬌帶怒的模樣，一把摟住她，香了個嘴兒，道：「咱們好幾天沒……」話音未落，外面楊嬸叩門：「二少夫人，店裡有位客人點了蓋飯。」

林依連忙應了一聲，推開張仲微，到鏡前去攏頭髮。張仲微嘆了口氣，道：「娘子，我看妳開店比在鄉下種地還辛苦，種地再累，好歹晚上能歇歇，妳這真是不分白天黑夜了。」

林依道：「既是酒店，總不好天一黑就關門，我也沒辦法。」

張仲微道：「馬上月底，我就要發俸祿，等拿到錢，我與妳雇個人來幫忙，如何？」

林依急著去做蓋飯，道：「到時再看吧。」

張仲微看她匆匆出門，實在是心疼她日夜勞累，便跟了出去，到廚下與她幫忙。二人剛到廚房，楊嬸追了過來，急問：「二少夫人，蓋飯還未做吧？」

林依剛把鍋鏟拿起，搖頭道：「還沒來得及，怎麼，客人要換菜色？」

楊嬸擺手道：「不是，才剛曉得，那位客人並不吃酒，只是買蓋飯。」

林依道：「那妳請她到後面蓋飯店排隊。」

正說著，前面店裡傳來吵嚷聲，楊嬸一聽那聲音，道：「就是那位只買蓋飯不吃酒的客人，方才要她到後面來，她不肯，不知這會兒又怎麼了。」

林依放了鍋鏟，把廚房鑰匙遞與張仲微，叫他鎖門，再與楊嬸到店裡去。店內，楊嬸所述的那位客人是一名三十開外的婦人，身上衣裳破舊，拿藍手帕包著頭，正與祝婆婆爭吵：「妳們這是什麼酒店，既然進來了，還能不叫我吃飯？」

祝婆婆還未搭腔，旁邊有個華服娘子嘲笑道：「既然知道是酒店，為何不吃酒只吃飯，這又不是食店。」

這話雖有幫襯店家的成分，但讓那藍手帕娘子聽見，無疑是火上澆油，她一屁股坐到桌前，再不站起來，拍著桌子道：「有本事就別賣，既是賣了，為何不許我吃？今兒妳們不把蓋飯端上來，我就不走了。」

楊嬸直皺眉，悄聲向林依道：「我看她這陣仗勢就是來鬧事的，但這身打扮又不對，定是被人收買，替人砸場子來了。」

林依道：「進門就是客，不管她什麼來路，不能欺壓，旁邊客人都瞧著呢。」

事。」

祝婆婆走來，笑道：「我開那小酒肆時，別的沒學到，就會對付這樣的人，二少夫人且看我行事。」

林依就是看在祝婆婆有開店的經驗才雇她來的，因此也極想看看她的本事，遂點了點頭，叫她上去。

祝婆婆走到藍手帕娘子桌前，低頭哈腰，把姿態擺得低低的，恭敬道：「娘子，我們店的蓋飯除了白飯一碗，另有兩葷兩素，外加兩樣小菜，薑辣蘿蔔和醬甘露子，還有一碗湯。小菜和湯是附送的，葷菜每樣三十三文，素菜每樣十三文，不知娘子要幾葷幾素？」

藍手帕娘子眼一瞪，大聲質問道：「妳欺負我不懂行？葷菜明明是每份二十五文，素菜是每份十文。」說完站起身來，揮動手臂，高聲叫嚷：「大夥兒快來看哪，所謂店大欺客，張家腳店看我穿得破爛就抬高價錢，想要趕我走。」

酒店是臨巷的，經她這一嚷嚷，門口迅速聚來一群人，男男女女都有，店內其他女客，本有人在罵藍手帕娘子窮酸樣，想幫著店家趕她走，但一見門外有了男人圍觀，馬上結帳離去。還有那渾水摸魚的，未付酒錢就想溜，被楊嬸抓住，還振振有詞：「我在妳店裡受了驚嚇，還被男人圍著看，不向妳討要損失就罷了，妳還來找我要錢？」

楊嬸拉她不住，叫她扎進人群跑了，待得要追，又擔心店裡少了人，正猶豫，林依叫她道：「除非她下回不來了，不然總有追討酒錢的時候，且先把這位鬧事的打發了。」

此時，藍手帕娘子嚇走了店內客人，得意非凡，正準備也開溜，祝婆婆一個跨步上前扭住她手臂，叫道：「鬧了場子還想跑？快隨我去見官。」

藍手帕娘子年輕，力氣大，用力一掙，便脫身出來。祝婆婆哪肯讓她走，繼續上前抓她，二人一個抓，一個躲，待得楊嬸放走吃白食的娘子過來相幫時，二人已扭作了一團。

楊嬸費了好大力氣才把她們分開來，定睛一看，祝婆婆脖子上好幾道紅痕，都是藍手帕娘子抓出來的，不過藍手帕娘子也沒討到好去，頭髮被扯落一地。林依恨道：「天子腳下竟有刁民，楊嬸快快拿繩子來，綁了她去見官。」

藍手帕娘子拔腿就跑，楊嬸箭步上前，抓住她後背心的衣裳猛地一扯，就把她扯進懷裡來，再牢牢將她箍住。藍手帕娘子拚命掙扎，可楊嬸是在鄉下做慣了粗活的，很有一把力氣，輕易根本掙不脫。藍手帕娘子心一急，叫道：「妳敢拿我？可曉得是哪個叫我來的，說出來嚇妳一跳。」

林依拿了塊上書「打烊」字樣的牌子朝門外一掛，再將店門一關，笑吟吟問道：「是哪個，我正想曉得呢，且講來聽聽。」

藍手帕娘子見她栓了門，真個兒慌起來，衝著門口高聲道：「別以為妳關了門就無人曉得，那些看熱鬧的還在外頭呢。」

林依還是笑，把聲量提得比她還高：「我雖然關了門，可一沒罵妳，二沒打妳，就算外頭有人聽著又怎樣？」

藍手帕娘子狡黠一笑，張口就叫，聲音尖利：「來人啦，有人動用──」話未完，戛然而止，原來林依從櫃檯裡抓了一把錢丟到她面前。藍手帕娘子看看地上的銅板兒，又看看林依：「妳這是作甚？」

林依下巴一抬，道：「講出背後主使，這錢就歸妳。」

藍手帕娘子低著頭，目光從左至右，又從右至左，口中還念念有詞，似是在數錢，過了一時，抬頭道：「添十文，我就告訴妳。」

林依爽快地又丟了十文到地上：「說。」

藍手帕娘子飛快地答道：「是歐陽府尹的夫人叫我來的。」

林依繼續問：「為什麼叫妳來，是何目的？」

藍手帕娘子道：「這我可就不知道了。」

對話中，林依一直盯著她的眼睛，覺出她目光有閃爍，略一沉吟，命楊嬸放開她。藍手帕娘子沒了束縛，迅速蹲下身子把地上的錢一攏，朝荷包裡一塞，飛奔出門去了。

林依把楊嬸一推，急急地吩咐：「追，跟著她。」

楊嬸連忙跟出門，盯準藍手帕娘子，一路尾隨，楊嬸到底不是東京人，對東京地形並不熟悉，在州橋巷中時還好，但一出巷，七拐八拐，眼前就不見了藍手帕娘子的蹤影。她使勁揉了揉眼睛，四處轉了一氣，還是一無所獲，只得垂頭喪氣歸家，向林依請罪道：「二少夫人，我跟丟了人，請妳責罰。」

林依聽她講了經過，安慰道：「這不是妳的錯，罰妳做什麼。」

祝婆婆道：「我倒是對東京熟，但卻年老了，跑不動，不然就跟出去了。」

楊嬸問林依道：「二少夫人不相信是府尹夫人主使的？」

林依道：「府尹夫人與咱們無冤無仇，為何要使人來鬧事？」

楊嬸與祝婆婆一想，都點頭稱是。

這時，青苗跑進店來，道：「蓋飯賣光了。」林依正要開口，青苗又道：「我曉得有人鬧事，二少夫人無心再炒菜，因此把窗口關了。」

林依哭笑不得，道：「就妳鬼機靈，既是不做活兒了，來幫我想一想，這鬧事的娘子到底是何人指使的。」

青苗先把那鬧事的人大罵一通，再問：「二少夫人沒把她捆起來問個詳細？」

林依道：「外面都是人，還沒捆，她已鬼哭狼嚎，我擔心把官差招來，便丟給她五十文錢，誘她講了。」

青苗馬上問：「那是誰？」

林依答道：「她說是府尹夫人。」

青苗毫不猶豫搖頭道：「不可能。」

林依奇道：「何以見得？」

青苗肯定道：「府尹夫人我是見過了的，滿臉英氣，待人又爽利，肯定不會做這種事。要說是那刁鑽難侍候的王翰林夫人所為，我倒還信些。」

楊嬸得了提示，悟出些門道來，道：「莫非鬧事娘子的背後主使是王翰林夫人？她與府尹夫人不和，咱們可都是看見了的。」

祝婆婆覺得楊嬸所講有理，附和道：「王翰林夫人為了栽贓府尹夫人，這才使人來鬧事，又故意報出府尹夫人的名號，好與她添麻煩。」

她們分析得都有道理，林依卻緩緩搖頭，問楊嬸道：「妳真看見鬧事的娘子出州橋巷了？」

楊嬸重重點頭，道：「若不是出了巷，我也不至於跟丟。」

林依道：「那只怕與府尹夫人和王翰林夫人都沒得干係。」

另三人齊齊問道：「何以見得？」

林依故意考青苗，以目光示意，要她作答。

青苗想了一時，道：「我曉得了，府尹夫人與王翰林夫人就住在巷子裡，那鬧事的娘子肯定急著回去報信，卻逕直出了巷子，說明背後之人是住在巷子外。」

林依讚許點頭，楊嬸卻提出不同見解：「也許主使人就是府尹夫人，鬧事娘子洩了底，擔心受怕，因此不敢去報信，逕直回家躲起來了。」

林依一愣，這也不是沒可能，畢竟無人能擔保鬧事的一定不是府尹夫人。青苗幾人繼續分析，你一句我一句，越討論越糊塗，到最後竟是人人都有嫌疑。林依聽到頭痛，揮手叫她們下去，獨自回房坐下，對著牆壁發呆。心道，城中謀生果然比鄉下更不易，鄉下頂多有幾個地痞無賴，都在明面兒上，不似城中人，個個臉上笑嘻嘻，背地裡捅刀不惜餘力。

且說張仲微，鎖好廚房門後就去了街上溜達，考察各酒店有無好酒水，有無好菜色，待到他回來，發現腳店、蓋飯店都打了烊，心下十分奇怪，再進屋一看，林依呆坐在桌前，忙上前輕輕將她一推，問道：「娘子，出什麼事了？」

林依將方才的情形講與他聽，道：「好險，差點讓她亂嚷嚷，壞了名譽。」又嘆：「有人渾水摸魚，未付酒錢就溜了，還不知虧了多少。」

張仲微悔道：「我不該去街上，害妳受累，幸虧沒出什麼事，不然我真是後悔莫及。」

林依不甚在意，道：「既開了腳店，這些事是免不了的，總不會回回你都在家。」

張仲微問道：「可曉得是誰主使？」

林依苦笑一聲，把方才與青苗幾人的分析講與他聽，道：「人人都有嫌疑，怎辦？」

張仲微摸著腦袋，喃喃自語：「雇人鬧事，那可是要花錢的，誰人這樣大方？」

說者無意，聽者有心，林依腦中靈光一閃。是了，雇人鬧場子，既要出錢又要擔風險，若不是有利可圖，誰人會犯傻？

依照這條分析，雇人到酒店鬧事者，無非有兩種目的，一是所謂的商業競爭，眼紅林依賺錢，因此來鬧一鬧，好讓店中生意變差——符合此項的，非牛夫人莫屬；除此之外，大概就是與張仲微有關的黨派之爭，或是李簡夫一派，或是王翰林。

林依將自己的分析講與張仲微聽，又笑話他道：「中立真是不好，哪一派都想咬你一口。」

張仲微摸著腦袋，疑惑道：「最近翰林院風平浪靜，並無什麼跡象呀。」

林依默想一時，問道：「李太守是一派，嬸娘的哥哥方睿與他不對盤，因此是另一派，那歐陽府尹與翰林院的眾位翰林學士是哪一派？」她問完，不待張仲微開口，先自答道：「歐陽府尹與你有知遇之恩，那是看在李太守的面子上，因此他與李太守是一派，是也不是？」

張仲微想了想，道：「是，也不是。歐陽府尹雖與李太守交好，但政見並不盡相同，他與王翰林面和心不合，倒聽說是真的。」

林依聽糊塗了：「那歐陽府尹到底是哪一派？」

張仲微道：「他是哪派都沾點邊，又哪派都不是。」

圓滑一派？林依甩了甩頭，又問：「翰林院情形如何？」

張仲微道：「黃翰林、鄧翰林、陸翰林追隨王翰林；趙翰林與孫翰林則與李太守是一派。」

林依聽著聽著，覺出些滋味來，把開張那日翰林夫人們的明爭暗鬥講與他聽，好笑道：「原來孫翰林是王翰林的對頭，虧得他家夫人還急著表明立場，也不知是真心還是假意，又或是怕我在王翰林夫人面前講漏了嘴。」

張仲微道：「都說除了歐陽府尹，就屬王翰林拜相最有指望。誰人不給自己留條後路，就算政見不同，也不敢把關係鬧得太僵。」

林依道：「你們官場上的亂七八糟我鬧不懂，只想曉得今日有人鬧事是不是與他們有關。」

張仲微沉下心來，仔細思考林依先前的分析，最後得出結論，黨派之爭不可得知，但鬧事者的主使人肯定不是牛夫人。

林依接連被牛夫人逼迫，本來就不高興，聞言反駁道：「這結論你是怎麼得出來的，莫非就因為她是咱們的長輩？你別忘了，我們雖叫她一聲外祖母，其實卻並不親。」

張仲微道：「與這些無關，娘子，妳想想，外祖母雖然也開酒店，但她那兩間酒樓都是招待男客，就算鬧事者弄砸了我們的生意，與她又有什麼好處？」

林依光想著牛夫人勸阻過她開酒店，又試圖邀約府尹夫人的，就忘了這一碴。聽了張仲微這話，覺著有幾分道理，便道：「那暫且將她放到一邊，再想想官場上與你不和的人，哪些最有可能派人來搗亂？」

張仲微苦笑道：「既然是不和，那都有可能，一時哪裡分辨得出來。」

林依想了一時，也是好不頭緒，又見夜已深了，只得將疑問暫且按下，寬衣歇息。

參之章　以牙還牙

第二日酒店、蓋飯店，照常開張，由於頭天藍手帕娘子那一鬧，酒店生意慘澹了許多。林依十分惱火，卻又無可奈何，只能坐在櫃檯後，繼續猜想那鬧事人是誰。

青苗惦記昨日之事，無心賣蓋飯，便與楊嬸換了個差事，讓她到後面站著，自己則跑到前面店內，問林依道：「二少夫人，可有了頭緒？」

林依搖頭，把昨日與張仲微的對話講給她聽，問道：「都說當局者迷，也許答案呼之欲出，我與二少爺卻沒想到，因此請妳來講講，哪個最有可能？」

青苗迅速答道：「是牛夫人。」

林依奇怪道：「妳為何這般肯定？」

青苗道：「二少夫人講的什麼黨派之爭，我聽不懂，不過那些官老爺砸了咱們的店又有什麼好處？」

林依道：「牛夫人砸了我們的店也沒得好處，她家開的酒樓是招待男客的。」

青苗不以為然：「現在沒開，不等於將來不開。」

此話有理，林依若有所思，緩緩點頭。

青苗主動請纓道：「二少夫人，我去楊家找袁六問問，探探消息，如何？」

林依想了想，同意下來。

青苗解下腰間圍裙，朝楊府去。楊府就在州橋巷間壁，距離極近，沒幾步就到了，青苗到底在此處住過幾天，曉得規矩，沒過大門，直接繞到下人住的西跨院，向那守門的小廝道：「我來找袁六，麻煩大哥叫一聲。」

守門小廝被這一聲大哥叫得神清氣爽，側身朝院中幾棵樹下一指，道：「那不就是。」

青苗謝過他，朝樹下去，待得走近，才發現袁六不是一個人，旁邊還有一名女子，這女子青苗也認得，就是牛夫人的貼身丫頭金寶。青苗並沒有因為金寶就停下腳步，仍舊直直地走了過去。金寶瞧見她，一愣，旋即把頭仰得高了些，問道：「青苗今日有空到我們這裡來，店裡生意不忙？」

青苗覺得這話有深意，越發認定指使鬧事的人是牛夫人，遂道：「店裡生意實在太忙碌，我們二少夫人只好又雇了兩個人，倒讓我閒了下來，便來尋袁六哥說話兒。」

她這一聲袁六哥叫得親熱，金寶不經意地皺了皺眉頭，故意問道：「怎麼，妳又來找袁六哥借廚房？妳上回累得他被我們夫人罵了一通，我還沒找妳算帳呢。」

袁六被罵的事，青苗是頭一回聽說，怔怔問袁六：「真的？」

袁六擺了擺手，道：「也沒什麼，只是說了我兩句，妳別往心裡去。」

青苗聽了，越發想與袁六說話，便道：「袁六哥，借一步說話。」

金寶在旁聽了，酸溜溜道：「有什麼話非要背著人講，難不成是有信物相贈？」

青苗惱火她這態度，頂道：「就是送信物，怎地？」

金寶恨瞪了她一眼，氣呼呼地扭身離去。青苗向袁六笑道：「她走了正好，免得咱們挪步。」

袁六擔憂道：「金寶可是我們夫人面前的紅人，妳不怕得罪她？」

青苗奇道：「我又不是你們楊家人，她再紅，與我何干？」說完忽地叫了一聲，問道：「袁六哥，我沒帶累你吧？」

袁六搖了搖頭，道：「不妨，妳來尋我有什麼事？」

青苗扯了個謊，道：「我們酒店生意太好，店面不夠用，二少夫人就想擴一擴，無奈本金不夠，因此想向牛夫人借錢。她不知牛夫人大方與否，便遣我來打聽一番。」

袁六道：「這個只怕是難的。」

青苗問道：「怎麼個難法？是牛夫人小氣，還是她想自己開店？」

袁六一驚：「妳怎麼……」

青苗立時了然，臉上卻裝出不解，問道：「袁六哥，我不過隨口一問，你怎地如此驚訝？」

袁六這才覺出自己失態，忙掩飾道：「我們夫人是有些小氣，但卻不許人講，我是看妳口無遮攔說出來，這才吃了一驚。」

青苗一笑，也不辯駁，道：「既是她小氣，定然不肯借錢的，我且回去報與二少夫人知曉。」

青苗回到家中，在裡間尋到林依，先嘀咕道：「沒想到楊家的人都是兩副面孔，金寶是，連袁六也是。」

林依奇道：「何出此言？」

青苗將金寶講的那些話複述一遍，林依還不相信，道：「我們在楊家住著時，金寶服侍得極盡心的，從未講過過火的話。」

青苗嗤道：「她在主人面前一副嘴臉，下人面前又是一副嘴臉。」

這樣的人倒也很多，林依勸她想開些，又問：「妳不是去向袁六打探消息的，結果如何？」

青苗道：「袁六也是雙面人，平日待我不錯，真向他打聽起消息來，什麼都不說，還是不小心講溜了嘴，才叫我曉得了詳細——指使鬧事的人，肯定就是牛夫人沒錯。」

林依倒覺得袁六的行為無可否非，畢竟對於一個下人來說，還有什麼比忠誠更重要呢？青苗聽了林依的解釋，連連點頭，道：「二少夫人說的是，若換作他來向我打聽消息，我也是不肯講的。」

林依將面前的帳本拍了拍，長嘆一口氣：「就算曉得了又如何，拿她無法。」

青苗義憤填膺：「怎麼沒法，拿她去見官。」

林依問道：「妳可有證據？」

青苗愣住，旋即道：「二少爺可是個官……」說著說著，氣勢弱了下去，嘆道：「若二少爺是在開封府衙門當差就好了。」

林依被她逗笑起來，道：「就算二少爺在衙門當差，也不能以權謀私呀。」

青苗想了想，道：「若真想報復牛夫人，法子多的是，咱們且等兩天，待她的新酒店開起來，我也去砸場子。」

林依本想勸她兩句，但一想，青苗的性子是來得快，去得也快，等到牛夫人的店開起來，興許她早就過了衝動期了。她這回卻是想錯了，牛夫人的動作奇快無比，下午就聽見上街做工歸來，路過蓋飯店的肖嫂子稱，不遠處新開了一家酒店，也是專招待娘子們。那店裝修豪華，賓客盈門，比起張家腳店的生意來，好過許多倍。

牛夫人的動作竟這樣快，林依很是吃驚，她斷定，牛夫人的店肯定是在鬧事前就謀劃好了，只等鬧完事，張家腳店的生意一慘澹，她的店就開張，正好把張家腳店流失的客源拉過去。

正想著，王翰林夫人自店前經過，林依忙打招呼道：「王翰林夫人好久不見，進來坐坐？」

王翰林夫人柔柔一笑：「不是我不照顧妳家生意，只是聽說妳家常有人上門鬧事，我可受不起驚嚇。」

林依眼睜睜瞧著王翰林夫人出巷子上了轎，想必是朝楊家新店去了。她氣惱非常，忿忿朝櫃檯裡坐了。過了一時，有一娘子進門，林依認出，是最愛體驗官宦夫人生活中的一位，忙上前招呼，不料那娘子在店內環顧一圈，扭頭就走，口中抱怨：「裁縫娘子騙我，說這裡來了官宦夫人，哪裡有人影子？」

有人在外面高喊：「不是我騙妳，是妳尋錯了地方，有官宦夫人的店，在巷子那邊。」

林依強壓怒氣，正欲回到櫃檯，有名小廝上門，遞過一張帖子，道：「我們家酒店開張，請林夫人賞臉。」

林依見他認得自己，猜到是楊家人，打開帖子一看，果然是牛夫人請她去自家新開的酒店吃酒。

所謂熟人不輸陣，林依命青苗取錢，大方打賞了送帖子的小廝。青苗待那小廝一走，便朝後面衝，林依拉住她問道：「妳做什麼？」

青苗道：「咱們去恭賀牛夫人新店開張。」

林依奇道：「自然是要去的，可妳去後頭作甚？」

青苗更奇怪：「既是要去鬧場子，不操傢伙怎麼成？」

林依哭笑不得：「青苗，這裡不是鄉下，能由著妳性子來。妳這一去，可就授了人把柄，是能將妳抓去見官的。」

青苗恍然：「怪不得楊家那許多下人，牛夫人不派她們來鬧事，卻要另雇人來。」說完又懊惱：「城裡人行事許多彎彎道道，我實在看不慣。」

林依輕聲道：「見多了就習慣了。」

青苗眼珠轉了一轉，突然笑道：「我只不過是才來城裡，一時不適應罷了，拐著彎坑人，誰人不會？二少夫人且放心，看我行事。」

林依對牛夫人早已一肚子的氣，因此並不攔著青苗，只囑咐道：「小心些，別讓人發現。」

青苗附耳過去講出計策，叫林依放心，又問：「二少夫人，傢伙帶不得，那咱們怎麼去？」

林依笑道：「慶賀別人新店開張，自然是要備禮去。」

她翻出自家酒店開張時的禮單，尋到牛夫人一欄，照著備了一份價值相當的賀禮，再打烊了腳店，只留楊嬸在後面賣蓋飯，自己則帶著青苗與祝婆婆朝楊家新開的酒店去。

她們到巷口打聽了一回，來到楊家新酒店，你道這酒店在何處？原來就在楊家宅院，乃是把最後一進院子連著後花園隔斷出來，做了個庭院似的高級酒店。青苗懊悔道：「我方才來楊家時該繞到後面瞧一瞧的。」

林依安慰她道：「瞧了又能如何，還不是一樣要忍著氣帶著笑來道賀。」

酒店前，離著門老遠就設了一排紅綠杈子阻隔行人，杈子進口處，立著兩名膀大腰圓的媳婦子，負責攔住男客；門首還紮了兩層彩樓歡門，正中一梯形簷子，每層頂部都紮出山形花架，其上裝點有花兒、鳥兒等各類飾物，簷下垂掛著許多流蘇。

再往裡看，門上一面碩大招牌閃著金光，上書五個大字──楊家娘子店。

青苗見林依駐足不前，輕聲催她道：「二少夫人，這有什麼好看的，我恨不得幾棒砸了它。」林依卻道：「學著點，以後咱們家開大酒店，也照著這樣來。」

走到門口，遞上帖子，一名丫頭上前，引她們入內。迎面並非酒樓，而是楊府後花園，因是冷天，花樹凋零，然而枝頭卻遍紮彩紙，倒比真花更惹眼。園中廊廡掩映，排列著小閣子。閣上各垂簾幕，隱約可見簾後人影晃動，想來是吃酒的場所。

林依雖不齒牛夫人作為，但也不得不佩服這份巧心。大冷的天，坐在暖閣內飲熱酒賞風景，該是心曠神怡的一件事吧。

園角處更有一片竹林，結竹杪為廬為廊，作為釣魚休憩之所。林依越看越愛，忍不住讚嘆出聲，旁邊有人接話：「可惜不曾下雪，不然飲酒賞雪，真真是美事一樁。」

林依聽這聲音耳熟，扭頭一看，原來是府尹夫人。她正驚訝，自府尹夫人身後又轉出一人來，卻是牛夫人，她朝林依一笑，開口時，接的卻是府尹夫人的話：「這有何難，待得下雪，我再請府尹夫人來。」

府尹夫人對這回答似是很滿意，勾起唇角笑了笑，自朝閣裡去了。

林依瞧出來了，牛夫人這番舉動大有炫耀的成分，言下之意：託妳林依幫個忙，如此得難，妳看我自個兒還是把事情辦成了；又或是：我一商人婦，能憑己之力將府尹夫人請來，託妳幫忙時，妳卻稱不可行，難不成是故意推諉糊弄我？

牛夫人走近林依，笑道：「上回請府尹夫人來，因準備以男客店招待，惹惱了她，我一想到自己得罪了府尹夫人，誠惶誠恐，整夜地睡不著覺，因此考慮再三，開了這家娘子酒店，好向她賠罪。」

這話聽起來是對林依的一番解釋，其實林依並不認為牛夫人另開一家娘子酒店有什麼不妥，畢竟商業競爭到處都有，張家腳店不可能始終占那頭一份，但競爭歸競爭，為了拉客就雇人上對手店裡去鬧事，不是君子所為，更何況她是林依的長輩。

知道牛夫人是幕後主使又如何，她如今就站在林依面前，帶著勝利者的微笑，林依卻不僅拿她無法，還得露著笑臉，違心道一聲恭賀。

非常之人，須得使非常手段，幸虧還有青苗，不然這虧可就白吃了。主僕連心，青苗竟感應到林依所想，偷偷朝她舉了舉袖子，告訴她一切已準備停當。

林依想起青苗出發前自廚房取來的「成果」，忍不住微笑起來，腳步輕快地隨著引路丫頭，到觀景閣去。

進得閣內坐下，模樣標緻的女小二先端上數碟看菜請林依挑選。林依為了她們的後招，特意挑的都是湯湯水水的菜肴，好在這是冬天，如此刻意並不招人懷疑。

選好下酒菜，看菜撤下，酒水端上，林依點的酒名為「開門紅」，名字喜慶，但聽不出名堂，待得端上桌來，杯中果然是紅豔豔。林依吃了一口，有水果味道，卻又不是果酒，她從未見過這樣的酒，想要問小二，又怕被牛夫人知曉，更漲她氣焰，幸好帶了祝婆婆，討教一番得知，單論杯中酒水，其實普通，但這酒中卻是摻了櫻桃的。

大冬天的櫻桃實屬珍貴，正店所賣的酒水恐怕都達不到這檔次，林依不禁咂舌。祝婆婆則有些灰心，趁那小二出門，向林依道：「二少夫人，要不咱們還是回去賣蓋飯吧，這樣一家宅院酒店，賣的又是這樣的酒水，咱們哪裡比得上。」

青苗斥道：「祝婆婆，妳真是長他人志氣，滅自己威風。」

祝婆婆忙閉了嘴，又替自己辯白道：「我只是講實話，並不是生了貳心。」

林依看了她一眼，沒作聲。

轉眼菜肴上來，一道百味羹、一道三脆羹、一道鹽豉湯，小二還端上一碟子旋炙豬皮肉，道：「客人點的羹湯不好下酒，因此我們東家另送一份旋炙豬皮肉，您沾著這梅子醬吃。」

林依丟去賞錢，道：「代我多謝你們東家。」

小二道謝，躬身退下，順路替她們關上了門。

祝婆婆上前指點道：「旋炙豬皮肉不算名貴，但尋常酒店都是沾大蒜末和白醋，她這裡卻是用梅子醬，這就高了一層。」

林依今日來，撇去其他目的不談，也是偷師學習的好機會，因此用心記下，以備他日自家店裡使用。

青苗見閣內無人，上前一步，袖子一抬，就想行動，林依卻輕輕攔了她一下，吩咐祝婆婆道：「妳去把小二喚來。」

祝婆婆應著出去了，青苗奇道：「二少夫人，妳防著她？」

林依理所當然道：「她又不是咱們家的人，自然要防著。」

青苗點頭，自袖中取出一物來，迅速扔到百味羹裡，再拿調羹攪了攪。剛放下調羹，祝婆婆就領著個小二進來了，林依若無其事吩咐小二道：「我見府尹夫人也在這裡，妳幫我把這碗羹端過去，當是我請她的。」

小二才接過林依的賞錢，自是很樂意幫忙，馬上取來托盤，將百味羹裝了，端到府尹夫人那邊去。

林依目送小二出門，親眼見她進了側對面的一間小閣，心內默數一、二、三，就聽見那邊傳來一聲尖叫，正是府尹夫人的聲音：「羹裡有蟑螂！」

隨著這聲叫嚷，一群人朝那閣裡奔去，其中就有牛夫人。林依為了不讓人生疑，叫祝婆婆留在閣內，自己則帶了青苗，也到府尹夫人的閣內瞧熱鬧。

屋裡，府尹夫人坐在桌前，面若冰霜，她的一名丫頭指著碗邊的一隻蟑螂，正在質問牛夫人：「虧妳自誇一定會讓府尹夫人滿意，倒是說說，這是什麼？」另一丫頭幫腔道：「府尹夫人若有個閃失，妳擔待得起？」

牛夫人不愧為商場老將，面無一絲驚慌，鎮定自若地問道：「這道百味羹是誰端上來的？」

端菜來的小二奮力擠過人群，想進到屋裡去回話，但林依搶先了一步，誇張叫道：「這是我才點的菜，想到府尹夫人是愛百味羹的，因此才上桌，就讓小二給她端了來，怎地裡頭卻有蟑螂？都是我的不是，該看個仔細再送來的。」

圍觀的人群中不乏家中也開酒店的，極樂意瞧著牛夫人開張頭一天就倒楣，就有人出聲道：「林夫人，這與妳不相干的，蟑螂在羹下，再怎麼瞧也瞧不出詳細來，倒是該把廚子叫來問問，再到廚下考校一番。」

另一人酸溜溜道：「妳是不曉得，牛夫人酒店裡的廚房都是不許外人入內的，害怕別人使壞。」

先前那人道：「怕別人使壞？我看是廚房裡有蹊蹺，怕被人覺察吧。」

牛夫人見她們落井下石，氣憤不過，但這幾人並非她邀請而來，而是聽說楊家娘子店開張，特特趕來偷師的，巴不得她的店開張頭一日就關門大吉，好自己回去另開一家，因此根本不在意牛夫人的情緒，自顧自議論個不停。

林依看在眼裡，很是奇怪，難道人人的想法都是一樣，想別人家倒閉，自家一枝獨秀？東京城這樣大，招待男客的酒店好幾百家，難道大家多開幾家娘子店就真能搶了生意去，也不見得吧？

她目光掃過仍黑著臉的府尹夫人，明白過來，原來她們要爭搶的客源不是別人，正是這些官宦娘子。牛夫人派人去鬧事時，大概也是這樣想的，林依的店一日不垮，官宦娘子一日不肯賞臉到她這商人婦開的酒店裡來。

端百味羹過來的小二擠過層層人群，終於到得屋裡，喘著氣回牛夫人的話：「夫人，這百味羹是林夫人請客，叫我端與府尹夫人的。」

青苗不滿道：「這話我們二少夫人早就講過了，還消妳來補充？」

牛夫人抬頭去看，人人臉上俱是多此一話的表情，不禁暗恨林依把話講在了前面，搶占了先機。有些話她自己不好出口，便輕輕咳了一聲，示意身後的金寶出列。

金寶會意，馬上上前一步，衝青苗道：「這羹既是妳們送的，與我家夫人何干？說不準那蟑螂就是妳們偷偷放進去，來砸我們家招牌的。」

林依暗誇一聲聰明，只可惜青苗更勝一籌，早料到此場景，做了萬全的準備。她以目示意，叫青苗上前，青苗便走到桌邊，先向府尹夫人告了個罪，再拿起一雙筷子，問道：「府尹夫人，這筷子妳還用不用？」

府尹夫人顯出嫌惡表情，別過臉去：「髒死人，誰還使它。」

青苗輕輕一點頭，用那筷子夾起蟑螂，抬高了手，叫眾人看清楚：「各位看看，這蟑螂一看就是煮熟了的。」

那些官宦夫人當然是分辨不出來的，被那蟑螂噁心得個個朝後縮。開腳店的商人婦們則一眼就辨了出來，叫道：「牛夫人，真是妳家廚子煮羹湯時不留神掉進去的。」

牛夫人心裡直敲鼓，自己也開始懷疑是否真是自家廚子不當心，落了蟑螂到羹裡去，不過她再怎麼自疑，也不肯輕易承認，便再次輕聲咳了兩下兒。

金寶再次出列，她不敢直視林依，便斜眼瞄著青苗道：「無緣無故，為何要送百味羹與府尹夫人，其中定是有鬼。」

不待林依與青苗出言反駁，出乎意料的，府尹夫人開了口：「我與張翰林夫人相交已久，她請我吃碗百味羹，這也有問題？」

府尹夫人言語間維護了林依，金寶哪裡還敢開口，看了牛夫人一眼，灰溜溜縮到了後面去。楊家酒店的那些競爭者們立時抓住了機會，起哄道：「牛夫人，既是自己有錯就趕緊承認了吧，賴到客人身上去，算什麼本事？」

牛夫人極想回嘴，但府尹夫人的態度在前，她怕自己開了口，不但不能挽回什麼，反倒把貴人得罪了，因此只好忍了又忍，上前行禮賠罪：「小店管理不善，叫府尹夫人受驚，往後定當嚴加約束廚房。」

府尹夫人搭了丫頭的手，起身道：「妳若一開始就似這般態度，我便也看在妳新開張的分上，不予計較，但妳見到髒物，不但不認錯，反倒百般推諉，實在讓人厭惡。」

這話嚴重，牛夫人急著辯解，但府尹夫人根本不理她，逕直出店去了，對牛夫人緊追著解釋只當沒聽見。

林依實在沒想到府尹夫人會幫她，十分驚喜，她自己雖也備好了說辭反駁金寶的那些話，但肯定遠不如府尹夫人的發言更有效果。

店中的那些客人因為那隻蟑螂，更因為府尹夫人的拂袖而去，紛紛離店，轉眼花園就變得空蕩蕩。

牛夫人追著府尹夫人，一直到她上轎，仍舊無功而返。她頹然轉身，發現林依就在身後，先是一驚，隨即咬牙切齒：「沒料到妳花招還真多，連事先把蟑螂煮熟都想得出來。」

林依故作迷惑狀，道：「外祖母在講什麼，我怎麼聽不懂？」牛夫人正想咒罵，林依又自祝婆婆手中接過帶來的賀禮，雙手捧與牛夫人，笑盈盈道：「外祖母，我家腳店開張，多虧妳照顧生意。今日妳也開了腳店，這是我與的妳回禮。」

她把「照顧」與「回禮」兩詞咬得極重，登時看到牛夫人臉上紅一塊白一塊。金寶見牛夫人沒有反應，揣度她的心意，抬手揮落林依手中的賀禮，啐道：「貓給耗子拜年，不安好心！」

「啪！」話未完，臉上挨了結結實實一巴掌。

林依正在可惜滾落一地的賀禮，不曾留意，還以為是青苗打的，待得抬頭一看，才發現那一巴掌出自牛夫人之手。

下人幫主人出頭，反倒挨了打？林依詫異不已。

牛夫人罵金寶道：「妳是什麼身分，敢冒犯翰林夫人？」

囂張如牛夫人，雖敢暗中使壞，卻不敢明著得罪林依，這大概就是宦官夫人身分帶來的特權與好處。此種情景，應該淡定，但林依是俗人一個，還是忍不住嘴角上揚，心生幾分得意。

心裡頭再怎麼得意，場面話還是要的，林依先勸牛夫人：「外祖母仔細手疼。」又看著金寶道：「這樣不知尊卑高下的丫頭，教訓是該的，但外祖母切莫因此氣壞了身子。」

青苗覺得今日揚眉吐氣，趁她們講話的空檔，將地上的賀禮撿起，丟進金寶懷裡，道：「我們二少夫人是最講究禮數的。」

言下之意，你們家揮落親戚的一片心意，真真是無禮之極。牛夫人的表情又扭曲起來，林依不忍再看，匆匆上轎離去。

回到家中，張仲微已當差歸來，在裡間坐著了。青苗見祝婆婆已回去，便興高采烈地向張仲微講起她的好計策，講起牛夫人吃虧的景象。她正在興頭上，張仲微卻打斷她，責備道：「所謂冤冤相報何時了，外祖母暗算我們，妳再去設計她，那下回是不是又輪到她來我們店鬧事了？」

青苗雖覺得他的話有理，但一腔熱血被澆了盆冷水還是有些不服氣，辯駁道：「若不報復回去，牛夫人只會認為咱們好欺負，難不成就由著她一直暗算下去？」

張仲微啞口無言，但還是覺得青苗的行為不妥，便問林依道：「娘子，妳由著青苗去丟蟑螂，就不怕明日外祖母也上咱們家丟一隻？」

林依沉著臉道：「我處處怕得罪人，不想卻處處被人認為好欺負。從今往後，我也要做個惡人了，誰也休想占到便宜去。」

張仲微沒聽懂，問道：「娘子，妳說什麼？」

林依哼了一聲，道：「你怕外祖母以牙還牙，我還怕她不來呢。上回那娘子鬧事，是我才開店，沒經驗，下回若還有人來，你且看我手段。」

張仲微道：「若是能有法下一劑猛藥杜絕她的念頭，那就最好了。」

林依笑道：「不愧是我官人，我也正有此意。」

林依將今日府尹夫人與她幫腔之事講與張仲微聽，稱自己為此感到十分驚訝，張仲微卻道：「雖說咱們大宋朝天下學子都是天子門生，但歐陽府尹對我有知遇之恩，因此拿我當學生看，維護我一二實屬正常；他是老師，府尹夫人便是師娘，自然會在外人面前為妳開脫。」

林依打趣道：「這樣看來，我今日是沾了你的光了？」

張仲微大言不慚道：「那是自然。」

二人笑鬧一番，青苗插話道：「二少爺、二少夫人，你們究竟有無法子斬草除根？」

方才張仲微講的那些話，讓林依心裡有了數，此時聽到青苗發問，便命她磨墨，提筆寫下幾行字，遞與張仲微瞧，問道：「你看可行不可行？」

張仲微仔細看過，道：「倒也可行，反正歐陽府尹哪派都不是，妳與府尹夫人走得近些，倒不怕人講閒話。」
林依問道：「王翰林與歐陽府尹不對盤呢，你不怕他曉得，與你穿小鞋？」
張仲微道：「只要妳不講，歐陽府尹與府尹夫人不講，王翰林怎會曉得？」
林依道：「這可說不定，女人間話最多，難保府尹夫人不以此為炫耀，告訴王翰林夫人。」
張仲微到底更瞭解歐陽府尹，肯定道：「妳放心，歐陽府尹為人謹慎，而且清高，絕不會允許府尹夫人拿這事兒出去講。」他想了想，又道：「倒是歐陽府尹會不會同意這事兒，還真難講。」
林依聽了他前一段話，正高興，卻被他後一句打擊到，失望道：「照你這樣講，此事還真是不容易成。」她講完，也想了一想，突然道：「要不，我直接去尋王翰林夫人？」
青苗插話，表示反對：「二少夫人忘了？王翰林夫人那人小心眼，斤斤計較，還愛遷怒，與她打交道可真要費些腦筋，咱們去尋她，只怕一個不慎，情況更糟糕，還不如獨自撐著呢。」
林依笑道：「我不過一提，妳就講了一籮筐。」
青苗噘嘴道：「我是真心相勸。」
林依點頭道：「我省得，且不論王翰林夫人為人如何，單論對咱們的好處也並不大，雖說王翰林與歐陽府尹都是拜相的熱門人選，但就目前情況而言，到底是歐陽府尹的實權更大，更能幫上咱們家的忙。」
張仲微略為驚訝：「娘子，我從不知妳這樣會算計。」
林依嘆氣道：「人人都如此，我是不得已而為之。」
青苗道：「算計別人，總比別人算計自己好。」
林依道：「我無心害人，自保而已。」
她從張仲微手中拿回那張紙，又問了一遍：「真的妥當？」

張仲微笑道：「妥當，只是妳真的捨得？」

林依玩笑道：「在鄉下時，我為了討好嬸娘，什麼沒捨得過，這還算少的。」她重新坐到桌前，照著那張紙又撰了一份，待得墨跡吹乾，將其摺好，裝進信封，滴蠟封嚴實，再命青苗送至歐陽府尹家，又叮囑道：「遞到門上即可，不消妳進去，還有，記得打賞。」

青苗應了，將信封小心塞進懷裡，朝巷子東頭去。

林依這邊想著如何斷絕牛夫人想法，牛夫人那邊也在琢磨怎樣對付她。

牛夫人氣憤難平，一面罵林依欺人太甚，一面罵金寶沒眼色，竟敢明著與林依難堪，險讓她落人口實。

金寶十分委屈，但她很清楚，不滿的情緒是一絲也不能露出來的，不然死得更慘。在楊家，只有牛夫人舒坦了，底下的人才有好日子過，因此她默默把那些難聽的罵句受了，還與牛夫人出主意：「夫人，林夫人的法子粗劣得很，她能朝咱們羹碗裡扔熟蟑螂，難道咱們不會？」

牛夫人立在窗前，望她裝飾豪華的庭園式酒店，斥道：「妳懂得什麼！張家腳店本來就只一點點大，稱它腳店還是高抬了，充其量不過是個拍戶，就算吃出隻死蟑螂，別人也不會覺得有什麼，畢竟只花了那幾個錢，不好要求太高。咱們這酒店，就是在男客店裡，也是數一數二。」

金寶聽出牛夫人話語中流露出幾分得意，趕忙拍馬而上：「那是，好些個正店還比不上咱們家呢。」

這馬屁拍得恰到好處，牛夫人臉上微微露出些笑意，道：「正是因為如此，大家眼睛才盯著咱們，特別是那些男客店就比不過咱們的，更是懷著一腔妒意，一瞧見吃出隻蟑螂就跟著起哄，巴不得我們酒店立時就倒閉。」

照牛夫人的想法，是不想用丟蟑螂的法子，但金寶卻有不同見解：「夫人，今日被林夫人這一鬧，明日咱們的生意肯定要變壞，只怕我們好不容易拉來的官宦夫人，又要上張家腳店去了……」

牛夫人恨這話，狠瞪了她一眼，罵道：「我心裡沒數，還要妳來提醒？」

金寶趕忙解釋道：「夫人莫急，我有法子。」

牛夫人問道：「什麼法子，講來聽聽。若是不中用，拖去打板子。」

金寶哆嗦了一下，道：「她們的店與咱們的不同，乃是大門臨巷，門前人來人往，連個阻攔的屏風或院子都無，咱們只要尋兩個潑皮衝進去走一圈，擔保再無人敢去。」

牛夫人大笑：「妙呀，店裡進了男人，哪還有官宦夫人敢待。若是能把誰摸一把，別說官宦夫人，就是平民百姓的娘子也不敢去了。」

金寶見自己的計策得了牛夫人歡心，心知性命無憂，大鬆了一口氣。牛夫人向來賞罰分明，笑道：「只要能成事，漲妳月錢。」

金寶喜孜孜地應了，道：「那我這就去尋幾個潑皮來。」

牛夫人罵道：「糊塗，我們才與她們起了爭執，張家腳店馬上就有人去鬧事，人人都會想到是咱們下的手。」

金寶討好得過了頭，又挨了罵，旁邊幾個小丫頭想笑不敢笑，憋得好不辛苦。金寶不敢再多話，乖乖退至一旁，道：「我聽夫人吩咐。」

牛夫人得了好計策，再不為生意煩惱，躊躇滿志，只待時日過去，一等大夥兒都淡忘了楊家娘子店的蟑螂事件，就對張家腳店下手。

林依雖不知又有一陰謀詭計正在暗處伺機等待，但早料到牛夫人不會輕易甘休，因此有些焦急地等著府尹夫人的回信。據送信的青苗稱，開門的丫頭接了信，進去稟報府尹夫人，再出來時，只叫她回來等消息，其餘的什麼也沒講。

林依暗喜，既然沒直接拒絕，只怕是有戲，講與張仲微聽，張仲微也是如此想法。他們兩口子料得不錯，府尹夫人接到信封，還道是林依寫與她的信，她們離得如此之近，有什麼話不能使丫頭來傳，還要特特寫信來？展開來看，才發現封筒中並非是書信，而是一式兩份的契紙，契紙上大概的意思是，由於府尹夫人投資了張家腳店，因此得到為期一年的分紅，份額是一成。下面已加上了林依的大名，另有一空白處留著，只等府尹夫人簽署。

歐陽夫人遇見送禮的情形很多，但這樣兒的卻是頭一回見，她呆呆地看了契紙半天，冒出一句：「張翰林夫人這招真真是高明。」

歐陽夫人的貼身丫頭點翠，即那日在楊家娘子店責問牛夫人的那位，小聲道：「果真是高，就算被人瞧見，也辨不出這是送禮。」

貼身丫頭往往都是最知主人心意的，府尹夫人正是作了如此想法，才沒有同往常一樣斷然拒絕林依的好意，而是叫青苗回去等消息。

歐陽府尹清廉，名聲在外，府尹夫人在他的指示下，不知將多少禮物拒之門外，但說她不想收禮，那是假的，家中人口多，開銷大，掙錢的人卻只有歐陽府尹一人，哪怕他俸祿不低，仍是捉襟見肘，不然也不會從最先租住的小院落搬到了下等房裡來。

點翠瞧出府尹夫人的猶豫，慫恿她道：「夫人，張翰林夫人送禮必定與老爺無關，單純是為了夫人妳。」

府尹夫人奇道：「這話從何說起？」

點翠道：「一是要感謝夫人那日在楊家娘子店維護於她；二來嘛，張翰林雖是個編修，但無權無勢，他家那個腳店還得靠夫人妳照拂呢。」

府尹夫人本就猶豫，聽到這裡，更是心動，便道：「若真是像妳講的這樣，我收下這個倒也不算……」

她還沒說完，就被突然進屋來的歐陽府尹打斷：「不算什麼？」

府尹夫人嚇了一跳，來不及將契紙藏起，只好主動遞了過去。這位府尹夫人在外有幾分霸氣，但在家中卻是對歐陽府尹敬畏有加，因此心中害怕不已，只等他的責罵聲傳來。

不料歐陽府尹把那契紙翻來覆去看了幾遍，雖皺著眉頭，開口講的卻是：「夫人經商也是為了家裡，我不好說得，但此事莫讓他人知曉，免得惹來閒話。」

府尹夫人愣了好一會兒，才會過意來，欣喜道：「老爺你同意？」

歐陽府尹在她身旁坐下，道：「若是換作別人，我肯定不同意，但既然是張翰林家，那就算了。」

府尹夫人笑道：「老爺是真把張翰林當學生了。」

歐陽府尹道：「難得張翰林懂得感恩，在翰林院不偏不倚，絲毫沒有投靠王翰林的意思。我雖不屑於結黨拉派，但多個助力總是好的。」

府尹夫人點頭稱是，歐陽府尹還有公事要忙，起身朝衙門去了。點翠替歐陽府尹打過簾子回來，笑道：「恭喜夫人。」

府尹夫人一笑，命她磨墨，朝兩張契約上簽了名兒，再使人將其中一份送回張家腳店去。

林依一家接到這份已簽署了府尹夫人名字的契約，人人都是欣喜若狂，青苗立時便道：「我出去走一圈，叫她們都曉得咱們店不是好欺負的。」

林依責備道：「休要張揚，不然惹來更多麻煩。」

青苗忙住了嘴，低頭認錯：「我太高興，一時忘了形。」

林依將契紙好生藏起，道：「萬事俱備——」

「只待東風？」張仲微接了一句。

林依笑著搖頭：「只等咱們的外祖母上門。」

牛夫人沒有辜負他們的期望，過了十來天，一日晚飯時分，店中客人正多，忽有兩名潑皮不顧楊嬸阻攔，衝將起來，在店內左看看右摸摸。楊嬸趕忙上前，道：「二位客官，咱們這是娘子店，不接待男客。」

一潑皮朝外努了努嘴，嬉皮笑臉道：「明明是張家腳店，不是張家娘子店，嬸子莫要騙我。」有幾位面皮薄的娘子已把酒錢放到桌上，悄悄出去了。楊嬸見狀，著急起來，仗著力氣大，拽起一個潑皮就朝外走，那潑皮不曾留神，被拖出好幾步，方才叫道：「哎呀，這位大嬸好心急。」

楊嬸面紅耳赤，回頭啐了一口，罵道：「小兔崽子，我的年紀能當你祖母。」

另一潑皮見楊嬸騰不出手，抓住這機會，走到一娘子身旁，就要伸手去摸，卻忽地聽得一聲大吼：「住手。」

那潑皮唬了一跳，縮回手，扭頭去看時，卻也是一位娘子，就笑了，道：「怎麼，這位小娘子吃酸？」

他口中的這位小娘子正是青苗，只見她笑嘻嘻向潑皮走進幾步，道：「這兩位大哥請稍帶片刻，我們家店主定不會叫二人失望。」

那兩名潑皮還道店家要塞錢了事，對視一眼，心道多收一家的錢也沒什麼不好，反正他們進來過了，已能交差，於是雙雙閉了嘴，只等青苗領他們下去把錢。

青苗安撫住兩名潑皮，再朝店內幾位正想躲出去的娘子喊道：「今日讓各位受驚，實在過意不去，因此幾位的酒水一律免費，另還送上軟羊一盤，與各位壓驚。」

那幾位娘子聽見，腳步頓了一頓，遲疑道：「妳這娘子店來了男人，叫人怎麼吃酒？」

青苗輕輕一笑，抬手拍了兩下，掌音未落，就見四、五名彪形大漢手執麻繩，衝將進來。眾人還沒瞧明白，那兩名潑皮就已被捆了個結結實實，嘴裡還被細心地塞上了麻布。

青苗朝眾娘子團團一福，道：「這就捆了他們去見官，到時還請各位作個見證。」有幾位娘子看在免費酒水的分上就點了點頭，青苗謝過，叫楊嬸看著店裡，自己則帶了那幾名彪形大漢，押著兩名潑皮，到開封府衙門告狀。

歐陽府尹聽說是張家腳店出了事，格外上心，立時升堂，命人將潑皮押上來，審問道：「張家腳店與你們有何冤仇，使得你們去搗亂？」

那兩名潑皮大呼冤枉，叫道：「青天大老爺，我們並不是有意，只不過以為張家腳店是男客店，想進去吃杯酒，不料還沒坐下，就被他們捆了來。」

歐陽府尹見青苗跪在堂下，便問：「他們講的可屬實？」

青苗將方才店內情形描述了一遍，道：「店內的娘子們都能作證，只是她們都有些身分，不好拋頭露面上堂來。」

歐陽府尹道：「這倒不妨，遣下人來也一樣。」

幾名衙役領命，由青苗帶路，朝張家腳店去。

腳店裡，那些娘子都還在，青苗請幾位衙役在門外候著，自進店去將上堂作證的請求講了。這些娘子方才受了驚嚇，對那兩名潑皮也是恨意頗深，加之只需下人前去便得，就都答應下來，各自派出丫頭隨青苗去堂上作證。

有了證人，案子變得簡單，歐陽府尹聽過幾名丫頭所述，當即丟下簽兒來，打了兩名潑皮各三十大板。

那些衙役都會察言觀色，瞧出歐陽府尹有懲治之心，不敢留餘力，一板板下去，都是實打實，三十板結束，兩名潑皮的屁股已皮開肉綻。

歐陽府尹案子辦完，正要退堂，師爺湊到近前，悄聲道：「府尹，方才點翠朝這邊打眼色，只怕是夫人有事尋你。」

歐陽府尹本不喜夫人干預公事，但一想，張家腳店是有府尹夫人股份的，或許真有事也不定，於是暫不退堂，先到後面見夫人，問道：「夫人怎地到衙門來了，可是有事？」

府尹夫人道：「張翰林夫人才剛來找過我，稱那潑皮鬧事乃是背後有人指使。」

歐陽府尹撚鬚頷首：「不錯，我也有此猜測。他們平素行徑雖無賴，但也並非沒腦子的人，若不是得了別人的好處，哪敢貿然得罪朝廷官員。」

府尹夫人繼續道：「老爺不妨派兩名衙役悄悄尾隨那兩名潑皮，暗中探一探。」

歐陽府尹認為此計可行，答應了府尹夫人的請求，待得回到堂上，便與師爺耳語幾句，叫他下去安排。

退堂聲響起，幾名衙役上前提溜起兩名潑皮扔了出去，兩名潑皮身體皮實，雖被打了三十大板，仍忍住疼痛，爬起來就跑，卻不曾留意到，身後已有四名衙役正在悄悄尾隨。

潑皮急著去向主使者討藥錢，彎路都沒繞一個，逕直來到楊府後門，叫守門的婆子領了進去。見到牛夫人，哭天搶地，外帶抱怨，稱她交與的差事太棘手，拖累了他們，因此要多討五貫足陌的醫藥費。

五貫足陌可是整整五千文，顯見得是敲詐了，牛夫人氣不過，罵道：「你們辦砸了我交代的差事，還有臉回來？」

潑皮之所以稱之為潑皮，自然是不肯講道理的，一個哼哼唧唧稱打得重了走不動，一個則在地上翻滾，要起無賴來。

牛夫人經營酒店多年，牛鬼蛇神見得多了，哪會怕這些，當即喚了幾名家丁進來，要拖他們下去。

一潑皮叫道：「牛夫人，妳有本事就在這裡將我們一棒打死，否則來日方長，有妳好看。」

另一潑皮補充道：「除非老實付錢。」

牛夫人被激起了性兒，怒道：「我倒要看看你們有什麼能耐。」說完吩咐幾名家丁取傢伙來，先將他們老實打一頓再轟出去。

潑皮仍舊耍橫，嚷嚷道：「有本事將我們一頓打死！」

話未完，雨點般的棍子已落到了身上，疼得他們抱頭就朝外竄，不料還未到門口，就被人堵住了去路，與此同時，追著打的棍子也停頓下來，抬頭一看，原來四名衙役跟門神似的攔在門口。

一潑皮反應極快，馬上跪倒在地，喊起冤來：「牛夫人仗勢欺人，動用私刑，請青天大老爺作主。」

一衙役道：「我不是青天大老爺，你也不消裝腔作勢，全跟我們到衙門走一趟。」

牛夫人想到她與潑皮方才的對話衙役全聽到了，一顆心差點跳了出來，她一面暗罵看門的小廝不盡心，一面上前招呼想挽回一二：「幾位官差，請廳裡坐。」

四名衙役根本不吃這套，兩人押了潑皮，另兩人朝外一指：「牛夫人請。」

看來這趟衙門是非去不可了，牛夫人只好喚來管家，向衙役道：「我婦道人家怎好上堂？幾位官差行個方便，叫管家代勞，如何？」

能到楊府做管家，自然是人精，左右一瞄，瞧準個領頭的，湊到跟前假裝行禮，一塊分量十足的小元寶就塞到了衙役手中。那衙役不動聲色，若無其事地將元寶轉到袖子裡，道：「那就管家隨咱們走一趟吧。」

牛夫人見衙役肯收賄賂，心道此事還有回轉的餘地，大喜，忙將管家拉至一旁，好生叮囑了幾句，才叫他隨衙役到衙門去。

此事她卻沒料準，歐陽府尹自身清廉，對下屬的管教也極嚴，根本無人敢私自收受賄賂。那打頭的衙役一到堂上便將元寶呈上，他不急著講辦案經過，卻先將牛夫人指使管家行賄一事講出，門口圍觀的人群一聽，紛紛都道：「定是那牛夫人使的壞，不然為何要行賄，心虛而已。」

管家聽得冷汗淋漓，惶恐不安。歐陽府尹聽完衙役所述，又聽過潑皮的交代，將驚堂木一拍，作出如下判定：牛夫人買凶鬧事，罪不可赦，處以罰金百貫。

百貫對於牛夫人而言並不算多，但此事的惡劣影響遠不是金錢可以彌補的，自歐陽府尹退堂之後，牛夫人便被列為各大酒家最不受歡迎的人物，店主們個個對她提防萬分，楊家三酒樓的名譽也降到了極點。

不僅如此，楊升最大的興趣就是流連酒樓，但自從出了這事兒，不論他進哪家酒店都被拒之門外，酒家皆稱：「誰曉得你是來吃酒的，還是來搗亂的。」

楊家壞名遠揚，楊升深受其苦，無奈悶在家裡，對牛夫人抱怨不停。牛夫人責罵他道：「我這般舉動也是為了生意，如今出了事，你不幫著也就罷了，還只曉得抱怨我。」

楊升頂嘴道：「咱們家的生意一向很好，若不是妳突發奇想要開什麼娘子店去與外甥家搶生意，就什麼事都沒有。」

言下之意是怪牛夫人自討苦吃，牛夫人氣極，抓起雞毛撣子就打，那雞毛撣子原是插在花瓶中作裝飾用的，紮得並不牢固，還沒打幾下，雞毛飛落了一地。楊升不是逆來順受的人，不肯乖乖挨打，東躲西藏，將那熏爐打翻了兩個，花瓶打碎了三個，氣得牛夫人咒罵不停。

楊升正躲得歡，忽地瞟見金寶在門口與他打眼色，心知有事，便胡亂叫道：「娘，妳要生意回轉也不是沒得辦法。」

牛夫人曉得她這兒子雖吊兒郎當，頭腦還是有的，便住了手，氣喘吁吁地扶著博古架問道：「你有什麼餿主意，且講來聽聽。」

楊升急著出門向金寶問究竟，胡謅道：「妳去向外甥媳婦賠個禮道個歉，叫東京城裡的人都瞧見妳們和好了，萬事就解決了。」

牛夫人聞言更氣，手一舉，已沒剩幾根雞毛的雞毛撣子又朝楊升身上招呼過來，罵道：「好你個混小子，我身為長輩，叫我去向她賠禮？」

楊升一面躲一面道：「她雖是晚輩，卻是官宦夫人，咱們若不是親戚，娘妳見了她還得行禮呢。」

牛夫人一愣，突然兩行淚流了下來：「都怪你爹去得早，生計無奈，入了商籍，不然我也算是個官宦夫人。」

楊升見母親傷心，不好再躲，忙上前去攙她。牛夫人生性好強，推開他的手，道：「你接著出去犯渾吧，我自去歇一歇。」

金寶連忙過去扶她回臥房，路過楊升身旁，迅速低聲吐出一詞：「袁六。」

楊升了然，待牛夫人回房，一溜煙跑到二門外，袁六果然在那裡候著，見他前來，忙附耳過去，小聲道：「少爺，蘭芝方才捎信來，稱牛大力又來調戲她。」

牛大力乃楊升表兄，牛夫人哥哥的兒子。楊升聞言，雙眼圓瞪，怒道一聲「欺人太甚」，朝外衝去。到得蘭芝住處，牛大力已走了，蘭芝撲到楊升懷裡，哭道：「少爺，他成天來擾，如何是好。」

楊升撫慰了她幾句，轉身又朝牛家跑，叫出牛大力，二話不說，先一拳揮過去，直擊他鼻子，頓時鮮血淋漓。

牛大力吃痛，伸手一抹，滿手是血，登時嚇得哭叫起來，一面朝家中跑，一面叫道：「我要去告訴爹娘，叫他們評評理。」

牛大力爹娘乃是牛夫人哥嫂，他們知曉，可不就等於牛夫人知曉了。楊升不敢冒險，連忙追過去，扯住牛大力，道：「虧得你還是我表兄，做人忒不厚道，跟蹤我到蘭芝處也就罷了，竟然還去調戲她，你到底有無把我放在眼裡？」

牛大力覺得十分委屈，捂著淌血的鼻子道：「你還曉得我是你表兄？為個妓女就能把我打成這樣。」

楊升吼道：「是你調戲她在先。」

牛大力道：「你那蘭芝不知被多少調戲過，你怎地不一一打回去，就曉得欺負我。」

此話戳中楊升深埋心中的痛，忍不住朝他胸前又補了一拳。牛大力再次哭喊起來，又要朝家中跑，楊升拽住他道：「你要什麼妓女我買了來送你，但蘭芝不行，你若再碰她一下，小心我剁掉你的手。」

牛大力梗著脖子道：「蘭芝不一樣是妓女，憑啥你能碰我不能碰？別的妓女我還就不要了，就要蘭芝。」

面對如此不講道理之人，楊升氣結：「她是我的女人，你不曉得？」

牛大力嗤笑道：「你的女人？把賣身契拿來與我看。」

楊升語塞，蘭芝雖被原先的銀主趕出，但並未將賣身契還給她，簡而言之，她如今還是個奴，主人卻不是楊升。

牛大力見楊升講不出話來，洋洋自得，道：「既然沒得賣身契，那蘭芝就算不得你的人，既然不是你的人，憑什麼不讓我碰？告訴你，我不但要碰，還要把她接進家裡去。」

楊升威脅他道：「別忘了我們楊家有做官的親戚，你別惹惱了我……」

牛大力打斷他道：「你們家不就兩門官親嗎，一個遠在衢州，另一個雖在跟前，但人人都曉得你們才剛鬧翻了，他們不來尋你們麻煩就該高呼萬幸，還敢尋來做靠山？」

牛大力雖渾，講得話卻句句在理，楊升再一次語塞，就不免抱怨牛夫人與張仲微家把關係鬧僵，弄得現在連個撐腰人都無。他現在就想回去勸牛夫人，讓她上張仲微家去緩解關係，不過眼前有更重要的事情要做，那便是安撫牛大力，因為他又在嚷嚷，要回去向父母告狀，還要將楊升欺負他的事告訴他的姑姑牛夫人。

楊升故作親熱，摟住牛大力肩膀，問道：「表兄，你要我怎樣才肯放過蘭芝？」

牛大力歪著腦袋仔細想了想，道：「你能開什麼價碼？論錢財，你家沒我家多，論權勢，我爹還捐了個官在身上呢，你全家都是布衣。」

楊升一愣，還真是這樣，他的確拿不出什麼具有誘惑力的物事來，不禁懊惱，都道牛大力人蠢，為何到了他面前，腦子比誰都靈光。

牛大力也摟住他肩頭，笑道：「表弟，你也莫太小氣，那蘭芝不過是個妓女，就是借我玩兩天又怎地，待我興致過了，一定原封不動還給你。」他見楊升的臉色越來越糟糕，連忙補充道：「不僅還你，還多送兩個。」

楊升深吸一口氣，努力壓制住揍他的衝動，正色道：「表兄，我是想迎娶蘭芝作正妻的，這樣的玩笑開不得。」

牛大力張大了嘴，驚訝道：「我開玩笑？我看你才是開玩笑。這都多少年了，怎地還把這話掛在嘴上。」

楊升盯住他眼睛，認真道：「我是說真的。」

牛大力一陣大笑：「你就白日做夢吧，娶蘭芝，別說妳娘，我都不會答應，我可不願管一名妓女叫弟妹。」

楊升道：「管你願不願意，蘭芝都是你未來的表弟妹，你對她尊重些。」

牛大力捧腹，笑得喘不過氣來，指著他道：「好好好，我等你一個月，若一個月後你還沒將她娶進門，我就將她收進房。」

在一個月內娶蘭芝，楊升可沒有把握，不過能贏來一時安寧還是不錯的，他想了想，道：「一個月太短，一年。」

「兩個月。」牛大牛搖頭。

楊升：「十一個月。」

牛大力：「三個月。」

……

二人一陣討價還價，最終達成折中協定，以半年為期，若半年內楊升還沒辦法娶蘭芝過門，她便歸牛大力所有。

楊升暫時穩住牛大力，與其分別後，直奔家中，勸說牛夫人去張仲微家賠禮道歉，修復關係。

牛夫人才被他氣到，還躺在榻上緩氣兒，就又見他來講這個，立時火大，指著他喚金寶：「去替我打這個不肖子。」

金寶哪裡敢打楊升，但牛夫人的命令若不服從，下個挨個的人就是她，只好硬著頭皮上前，裝模作樣朝楊升身上拍了兩下。牛夫人猶覺不解恨，連聲叫道：「取傢伙來打。」

金寶只好去尋了柄條尺來，朝楊升胳膊上敲了兩下。牛夫人還在喊打，金寶勸道：「夫人，少爺已曉得錯了，暫且放過他吧。」

牛夫人豎起眉毛，罵她道：「小騷蹄子，妳為什麼替少爺講話，莫非是看上了他？」

金寶連聲稱不敢，牛夫人卻已伸出手，朝她身上擰了好幾下。楊升瞧得直皺眉，一語不發，轉身就走。他回到自己房間，心想勸牛夫人去道歉看來是行不通了，不如自己去也是一樣的。既然是道歉，就得備份像樣的禮，最近楊家生意慘澹，楊升已有好久沒從牛夫人那裡領到零花錢，數了數自己的積蓄，少得可憐，只好在臥房中搜羅一番，偷偷將些值錢的傢伙裝起，當作禮物送到了張仲微家。

他挑的時候不錯，正是張仲微在家，不然林依肯定見也不會見。張仲微請他到裡間坐下，道：「舅舅今日怎地有空到我家坐坐？」

楊升誠懇道：「我是來特意來向你賠禮的。」

張仲微忙道：「你是長輩，這話我怎麼敢當。」

楊升嘆道：「現如今不管我去哪個酒樓都只有被拒之門外的份，真是苦不堪言，我知道是我們錯在先，怪不得你們惱怒，只望你大人有大量，原諒我們這一回。」

張仲微撓了撓腦袋，誠實道：「我們並沒有惱怒。」

也是，張家既沒上楊家去鬧，也沒嚷嚷著要找牛夫人算帳，罰款的事兒乃是歐陽府尹發的話，衙役執行的，那些罰來的錢張家也並未撈著好處，全部是充了公，因此張仲微說他沒有惱怒，楊升還真挑不出什麼來。

此路不通，楊升靈機一動，不再提道歉的話，改口道：「我家有位友人自四川來，捎了好些辣豆瓣，我看你今日就有空，不如到我家去嘗嘗。」

張仲微不想去，便扯謊道：「這兩日身上不爽利，別把病氣帶到了你家。」

楊升道：「正巧我認得一位好郎中，且隨我去瞧瞧。」

張仲微無病，自然不肯去，又再尋不出藉口，只好大聲喚楊嬸來換茶。楊嬸聽到，連忙走到櫃檯邊上，向林依道：「我才送了茶進去，怎地就要換，只怕是二少爺遇到了難事，二少夫人快進去看看。」

林依聽了，覺著有理，便取來一壺熱茶親自送進去。楊升曉得張家腳店真正作主的人是林依，見她進來，忙邀請她與張仲微一道上楊家做客。

林依並不推辭，只問：「勞動舅舅親自來邀，怎麼好意思，不知你此行是不是外祖母的意思？」

楊升習慣性地想點頭，但忽地警醒，這事兒可說不了謊，不然萬一林依去了楊家，牛夫人卻不肯出來作陪怎辦？他思來想去，還是只能講實話：「是我自己來的，我娘也有這意思，只不過……只不過……」

他下一句話在林依的注視下講不下去，磨蹭一時，將牙一咬，把他與牛大力訂協議的事原原本本講了一遍，央道：「這事兒拖了好幾年了，外甥、外甥媳婦，你們幫幫我。」

長情的人難得，更何況對象是那樣的身分，林依很有幾分佩服，便問道：「舅舅想要我們怎樣幫你？」

楊升見她沒有拒絕，喜道：「上我們家吃頓飯便得。」

林依好笑道：「我倒是願意去的，就怕還沒進門就被外祖母趕出來。」

這事兒牛夫人還真做得出來，楊升無言，只好退而求其次：「那咱們到酒樓去坐坐。」

林依笑道：「依我看，根本不消這樣麻煩，舅舅今日到我們家來肯定不少人都瞧見了，你只要離去時臉上是帶笑的，旁人便都明瞭了。」

楊升覺得這話不錯，大喜，謝過林依，將禮物留下，告辭離去。

張仲微有些奇怪，與林依道：「我還以為娘子要將他趕出去。」

林依嗔道：「到底是長輩，怎能如此對待？不論他如今怎樣，當初收留我們時是真心實意的。」

張仲微卻道：「早知外祖母是這樣的品行，當初咱們就是睡大街也不到她家去。」

林依道：「舅舅一向不理睬家中生意，外祖母行事他定是不曉得，今日卻能以長輩身分來道歉實屬不易，咱們做人不能太過，再說成人姻緣，美事一樁，是積德的事呢。」

張仲微忍不住笑起來：「只怕這樁美事會叫外祖母氣得直跳腳。」

林依笑看他一眼：「我可沒這樣講，是你胡謅。」

青苗賣完蓋飯，打烊進來，瞧見地上一只箱子，問道：「二少夫人何時上街買了這許多物事回來？」

林依搖頭道：「不是我買的，乃是楊少爺送來的禮。」

青苗很是驚訝，取過剪子拿在手裡，慫恿她趕緊開箱，瞧一瞧楊家的禮是真心，還是假意。

林依點了頭，又笑罵：「妳這妮子，曉得什麼禮是真心，什麼禮又是假意？」

青苗已是剪斷麻繩，掀開了箱子蓋兒，叫道：「二少夫人，妳來瞧這禮。」

林依探頭一看，兩只珍珠地刻花瓶、一只雲紋鏤空薰爐，餘下的幾樣她就叫不上名字了，忙喚仲微道：「你是做了官的人，快來瞧瞧這幾樣名貴物事。」

張仲微湊過去，覺得越看越眼熟，奇怪道：「這不是舅舅臥房裡的擺設？我在他房裡見過的。」

林依恍然，好笑道：「看來他果真是背著外祖母來的，手中無錢備禮，因此把自己房裡的物事搜羅了一箱子來，也真是難為他。」

張仲微道：「只怕外祖母曉得，要責備於他。」

林依道：「那是肯定的，咱們與他還回去。」她蓋好箱子，另取來一條麻繩，原樣捆了，再到路邊喚來個人力，叫他跟著青苗把箱子送去楊府。青苗領著那人力，邊走邊抱怨：「這送的是哪門子的禮，倒要我們自己貼人力錢。」到了楊府門首，她心裡還有氣，就懶得交代那許多，只道是送還回來的禮，卻沒提楊升的名字。楊府乃是牛夫人當家，那看門小廝理所當然地就把箱子抬到了她面前。

牛夫人命人開箱，只掃了一眼，就瞧出這是楊升房中之物，立時將他喚了來，劈頭蓋臉地罵。

楊升辯解道：「好不容易有門做官的親戚，與他們親近些有什麼不好？」

牛夫人卻道：「做官又如何，他們只顧著自己賺錢，可曾與咱們的生意添一分助力？再說，我嚥不下這口氣。」

楊升嘀咕道：「家中生意已然不如以前，我勸妳老人家該嚥的氣還是得嚥了，莫要意氣用事。」

牛夫人聽了這話，卻笑了：「你也太小瞧你娘，以為離了張二郎那芝麻大點的小官，就成不了事嗎？」

楊升不明白這話的意思，正要問詳細，金寶進來稟道：「夫人，王翰林夫人的轎子已到二門了。」

牛夫人歡喜起身，連聲吩咐：「快快請進來。」

楊升見牛夫人有客要待，心想這是溜出門去的好時機，於是連忙轉身，一溜煙跑出門去瞧蘭芝了。

且說青苗辦完差事回到家中還在抱怨：「一份禮沒收著，倒貼幾文錢，還白送楊少爺一人情。」

林依安慰她道：「只要咱們生意好，理那許多作甚。」

這話在理，青苗又有了幹勁，與楊嬸幫忙去了。

林依與牛夫人的那場官司出人意料的，造成極大的廣告效應，許多酒家都在琢磨，一定是娘子店的生意好，二人才爭到對簿公堂。既然有錢賺，大家都想分一杯羹，不出一個月，東京城的娘子店如同雨後春筍，一夜之間冒出十家來。所幸林依本身是為官宦夫人，那稍微講究些的夫人們還是愛上她店裡來，加之府尹夫人時不時地來坐坐，替她留住不少「慕名而來」的客人，因此雖有競爭，生意也還算過得去。

生意好轉，林依忙碌起來，每日裡不但要準備蓋飯店的伙食，還要應付腳店客人的要求，十分辛苦。有些客人很不理解，問她為何要拚命掙錢，憑張仲微的俸祿，大家節省些，也不是過不下去。她們不曉得，在林依帳本的最後一頁寫著這樣幾個字：努力工作，賺錢買房——林依穿越前，這八個字記在她職業規劃的最後一頁，但還沒來得及實現，就一頭扎到了宋朝，也不知是不是老天開了個玩笑，這目標在千年後沒能完成，卻挪到這千年前來了。

她日夜辛勞，張仲微看在眼裡疼在心裡，每每自翰林院回家，便自動自覺到後面幫忙，但林依亦心疼他當差辛苦，總將他趕出廚房去。

轉眼到了發放俸祿的時間，張仲微將四貫錢帶回家，交與林依，慚愧道：「當差一個月只有這幾個錢，實在愧對娘子。」

林依接過錢，笑道：「你的功用不在於此，因此不必難過。你想想，若不是你有官職在身，咱們就打不贏官司，生意也不會像現在這樣好。」

這是實話，若無張仲微的身分在，張家腳店或許挺不到現在。張仲微稍感安慰，將林依的手放在掌心握了握，又道：「同僚們都領了俸祿，相約湊份子吃酒，我還在猶豫去不去。」

林依當即數了錢出來與他，道：「交際還是要的，為人隨和些，莫要格格不入。」

張仲微應了，接過錢放好，自覺保證道：「妳放心，我不叫妓女陪酒。」

林依朝他一笑，收好他的俸祿，自去廚下忙活。

過了兩三日，張仲微休假，與同僚們上酒樓去吃酒，林依則照常在店中照料生意，她剛炒完兩份蓋飯，想要歇一歇，就聽得楊嬸在喚，走到店中一看，原來是府尹夫人來了。

府尹夫人聞得林依一身油煙味，不經意皺了皺眉，問道：「妳究竟是店小二，還是翰林夫人？」

林依引她到桌前坐下，無奈道：「人手不夠，沒得辦法。」

府尹夫人再次開口，隱隱有責備之意：「店中生意雖要緊，也別忘了妳真正的身分，總在店裡忙活，都不出來與其他官宦夫人聚一聚，怎麼能成。」

語氣雖有些嚴厲，卻是一片好心來提醒，林依心下感激，卻又有些委屈：「老早就聽我家官人講，他那些同僚的夫人最愛集會的，我倒是也想去，盼來盼去，卻無人與我下帖子。」

府尹夫人冷哼道：「翰林院的那幫子人個個自視清高，眼睛長在額頭上，休要理會他們。」說完又問：「明日我們就有集會，我來邀妳，如何？」

林依笑答：「受寵若驚。」

楊嬸照著府尹夫人平時的喜好，端上酒水、下酒菜等，直到看到府尹夫人臉上露出滿意笑容，這才退下。

府尹夫人與林依碰了一杯，道：「我雖邀了妳，卻並非我做東，因此帖子就不下了。」

林依好奇問道：「那主人家是誰？」

府尹夫人在碟子裡揀了一塊軟羊吃了，隨口答道：「管他是誰，反正不是妳我。」

這回答讓林依感到詫異，又問：「那地點選在何處？」

府尹夫人笑道：「這般好事自然不能便宜了別個，就在妳這店裡吧。」

林依尊府尹夫人是位股東，也不謝她，只玩笑道：「府尹夫人可是存了私心了。」

這話聽在府尹夫人耳裡，比感謝的話更悅耳，頓時笑容滿面，與林依又碰了一杯。

林依仍舊有些疑惑，一般召集聚會的主人都對酒水吃食等有些特定要求，但她卻不知主人是誰，怎生是好？

府尹夫人叫她放寬心，道：「好吃好喝的儘管上，挑貴的，便宜的不要。」

府尹夫人發過話，林依心裡有了底，連聲保證，一定讓參加聚會的各位夫人滿意。府尹夫人叮囑道：「好幾位官宦夫人都要來，她們平日裡什麼山珍海味沒吃過，不會在意酒水好不好，只是來找個樂子，尋個消遣，因此妳要多備些棋盤等物，讓她們樂呵樂呵。」

林依還真不知那些夫人們平日愛好什麼，遂虛心向府尹夫人討教：「我家只有圍棋，不知夠不夠用？」

府尹夫人馬上回答：「這哪夠用，圍棋、象棋、彈棋、雙陸都得備著，可惜場地不夠大，不能玩射箭。」

不愧是將門之後，居然惦記著射箭。林依想了想，投壺與射箭倒也差不多，便提議道：「我準備個銅壺，咱們玩投壺，如何？」

府尹夫人連聲稱妙，又道：「我方才講的那些玩意兒，妳去街上買來備著，錢到時算在酒水裡。」這也有人付帳？林依對這次聚會越來越好奇。聽府尹夫人的口氣是，只求高興，本錢不計。既是花錢，誰人不會，林依當天就將各種棋子兒買了回來，還遣青苗到勾欄訂下一位專會講故事的女說話人，到時來熱鬧熱鬧氣氛。

各色準備停當，第二日，林依在腳店門上掛上了打烊招牌，停業一天，清出場地，專門招待各位夫人。巳時，張家腳店前已停了好幾乘轎子，幾位客人悉數來齊，其中除了開封府少尹夫人是新面孔，其餘幾位都是林依見過的諸翰林夫人。

店中的長方形桌子早已拼到了一處，因來客以府尹夫人為尊，便請她上座，府尹夫人卻不肯，道：「大夥兒隨意聚一聚，這般講究作甚？快把桌子挪開來，還照平日的擺放，愛到哪裡坐就到哪裡坐。」

趙翰林夫人勸道：「尊卑有序，禮不可廢，還是有個講究的好。」

少尹夫人卻道：「還是府尹夫人會安排，咱們坐著一張老大的桌子怎麼下棋作樂？」

府尹夫人朝少尹夫人輕輕點頭，露了笑顏。林依忙指揮楊嬸與祝婆婆，將桌子重新歸位。趙翰林夫人湊到林依身旁，小聲嘀咕：「就屬少尹夫人最會溜鬚拍馬。」

林依不好回話，也不願回話，但她身分最低，若不開口便顯得沒禮貌，只好道：「我是頭一回見少尹夫人。」

趙翰林夫人還要再說，孫翰林夫人走過來，強行把她拉走，小聲道：「開封府與翰林院井水不犯河水，妳與少尹夫人有什麼爭頭。」

府尹夫人與林依暗地裡是合作夥伴，卻不願讓旁人知道，因此刻意不與她親近，只讓少尹夫人陪坐。林依也十分配合，除了過去敬酒，就只在翰林夫人那兩桌打轉。

趙翰林夫人熱情地拉林依到她與孫翰林夫人那桌坐下，笑道：「張翰林夫人好本事，楊家那樣大的一家店，就因一官司，差點關門大吉。」

這話聽著有些刺耳，林依顧不得什麼禮貌不禮貌，沒有作聲。隔壁桌上的黃翰林夫人瞧見，主動出聲解圍：「楊家是咎由自取，與張翰林夫人倒也沒什麼關係。」

林依因著這話，就勢坐了過去，避開趙翰林夫人。黃翰林夫人很樂意看到趙翰林夫人吃癟，笑容滿面，與林依道：「多少次都想叫妳出來一聚一聚，卻怕耽誤了妳的生意。」

林依玩笑道：「像今日這般，直接到我店裡來，就不耽誤了。」

黃翰林夫人道：「放心，咱們官人同在翰林院為官，自然是要照顧妳生意的。」

鄧翰林夫人卻道：「張翰林夫人，平日裡不是咱們不愛來，實在是因為妳這店裡未設濟楚閣兒，魚龍混雜，不好講話兒。」

店內沒有包廂的確是一大問題，但林依目前資金不多，實在解決不了，只能道一聲抱歉。

黃翰林夫人安慰她道：「誰都是從無到有，一步一步慢慢來的，我看妳店裡生意一向不錯，想必用不了多久，就能把這店面擴一擴了。」

林依笑著舉杯：「承妳吉言。」

三人講了這一時，同桌的陸翰林夫人始終只悶頭吃酒，一句話也不肯多講，林依以為是自己哪裡招待不周，忙悄聲詢問黃翰林夫人。

黃翰林夫人看了陸翰林夫人一眼，藉著更衣，把林依拉至店後，方道：「別多心，非是妳招待不周，是她自家出了煩心事。上回妳家店開張時，她也是一句話也無，妳忘了？」

林依回想一時，的確如此，便問道：「不知陸翰林夫人家出了什麼事，咱們可幫得上忙？」

鄧翰林夫人不知使了什麼藉口，也溜了出來，湊到她們近前，介面道：「這事兒咱們可幫不上忙，是他們家走失了一名妾室，尋了好幾個月都沒找到人。」

黃翰林夫人掩口笑道：「妳哪裡得來的消息，根本不是這麼回事兒，什麼妾室失蹤，是陸翰林夫人編出來哄陸翰林的。那妾室名喚蘭芝，當年乃是京城名妓，自從陸翰林買到家裡來，陸翰林夫人就看不過眼，一日趁陸翰林不在家，將其趕了出去，陸翰林回來向她要人，她便謊稱是蘭芝自己走失。」

蘭芝被楊升藏著呢，自然是輕易找不到的，不過蘭芝的銀主就是陸翰林，林依倒是沒想到。

鄧翰林夫人不解問道：「這樣的藉口不是很好？為何陸翰林夫人還要悶悶不樂？」

黃翰林夫人面露不屑，道：「沒得管住男人的能耐，還要耍手段，怪得了誰？陸翰林因蘭芝一事，一直不大搭理她，如今更是各個妓家的常客。陸翰林夫人見他總也不歸家就著起急來，想把蘭芝重新找回來，不料這蘭芝卻跟蒸發了似的，怎麼找也找不著。」

林依聽到這裡，插嘴問道：「朝廷不是有明令，不許官員狎妓的？」

黃翰林夫人與鄧翰林夫人齊齊笑道：「看來因為張翰林才出仕不久，妳對官場也不甚瞭解。那狎妓，除非捉姦在床，怎作得了數？朝廷又沒說不許官員上妓女家坐坐。」

林依見她們談起這類事體，表情輕鬆，想來都是御夫有道之人，便誇讚了幾句。

鄧翰林夫人笑道：「咱們能有什麼本事，做個悍婦罷了，王翰林夫人才是真正的御夫有方。他們家別說妾室，連通房都無，王翰林更是從不踏入妓館半步。」

因林依就在一旁，黃翰林夫人便道：「張翰林夫人是否深得王翰林夫人真傳，家中也是沒個屋裡人的。」

林依可不願被人把她和王翰林夫人綁在一起，忙道：「我哪能與王翰林夫人相提並論，我們家倒是想養屋裡人，只是沒錢。」

黃翰林夫人一笑，道：「咱們出來得久了，趕緊回去吧，免得陸翰林夫人生疑。」

鄧翰林夫人再次與林依抱怨：「妳瞧，沒得濟楚閣兒就是不方便，大冷天的，咱們要講悄悄話兒還得出門來。」

林依玩笑道：「各位夫人多捧場，讓我多賺幾個，馬上就能設幾間濟楚閣兒了。」

幾人回到店內，府尹夫人正在同另幾位夫人投壺作戲，還有一群娘子圍在左右，卻是林依不認得的。黃翰林夫人與她介紹道：「那是些商人婦，還有幾名小官吏的娘子，來巴結府尹夫人的，妳不消理會得。」

林依點頭，隨她們一同上前，那群娘子紛紛上前見禮，其中一名的穿著打扮富貴不凡，開口笑道：「人到得齊了，不如我們都來耍，且拿些彩頭作注。」

各人一聽此話，心知肚明，她這是想送錢來了。幾位翰林夫人面露笑容，齊齊稱讚這主意不錯。府尹夫人卻跟沒聽明白似的，笑道：「如此甚好，且取酒來，投輸的自飲一杯。」

夫人們面面相覷，趙翰林夫人道：「吃酒無甚趣味，還是拿錢作賭注的好。」

「俗氣。」府尹夫人丟掉手中竹矢，生起氣來，重新坐回酒桌前，不再理她們。

出主意的華服娘子著慌，忙上前解釋：「我們生意人只認得錢，無意污了府尹夫人的耳，請夫人原諒。」

府尹夫人哼了一聲，自顧自吃酒。少尹夫人道：「府尹夫人能讓妳們來，已是與了妳們臉面，莫要太過。」

華服娘子連連點頭，其他娘子則噤若寒蟬，再不敢輕易出聲。幾位翰林夫人失望回座，臉上大都有不屑神色，性子最直的趙翰林夫人已在口無遮攔，小聲嘀咕：「假清高。」

孫翰林夫人扯了扯她袖子，勸她莫要亂講話，趙翰林夫人卻一副不甘不願的表情，別過了臉去。

林依見氣氛有些尷尬，忙叫那女說話人上場，講起故事來，這才將大家的注意力吸引了過去。

楊嬸端上熱菜，旋煎羊、盤兔、野鴨肉，北宋餐桌以牛羊肉為尊，其中由於朝廷保護耕牛，牛肉不是輕易能買得到的，因此有羊肉已是極好；其次便是雞鴨鵝等家禽，至於豬肉，是窮人的口食，上不得檯面的；且東京城流行吃野味，因此這三道菜一端上來，眾人都讚好，連府尹夫人都暗地裡朝林依點了點頭。

三張主桌上，數林依輩分最低，她端著酒杯挨個敬過去，好不容易落座，正想吃兩筷子菜，那群商人婦與小官吏娘子們又圍攏上來，少不得也吃了兩杯，幸好這些酒度數都不高，不然真能醉倒。她打發走娘子們，終於安穩坐下來，吃了兩口菜，抬眼望去，各位夫人都是紅光滿面，卻無一人現出醉意，看來個個都是歷練過的，有副好酒量。

府尹夫人由少尹夫人陪著，聽那說話人講故事，極為專心，林依看見，鬆了口氣，看來今日的安排，還算合她的心意。

趙翰林夫人大概吃多了幾杯，笑問眾翰林夫人：「咱們家的老爺少爺們今日也去酒店吃酒了，不知這會兒在聊些什麼？」

孫翰林夫人不知她接下來又要講出什麼驚世駭言，忙搶先接住她的話：「都是翰林院同僚，還能講什麼，左不過是些公事。」

趙翰林夫人撐著臉，哈哈大笑：「妳也太老實，我可不信妳家鄧翰林這般盡職盡責，酒桌上還談公事。」

孫翰林夫人見她果然沒得正經話講，有些著急，連忙喚來楊嬸，吩咐道：「趙翰林夫人醉了，煮碗醒酒湯來。」

鄧翰林夫人卻故意要逗趙翰林夫人講話，裝出一副虛心求教的模樣，探過身子問道：「他們不談公事還能談什麼？」

趙翰林夫人不顧孫翰林夫人阻撓，揮舞著胳膊道：「一群男人聚到一處，除了聊女人，還能聊什麼？」

鄧翰林夫人目的達成，朝後一縮，把鄰桌同樣探著頭的趙翰林夫人暴露出來，果然，府尹夫人猛一回頭，一記凌厲眼神掃來。林依以為府尹夫人要出言斥責，但沒想到，她那眼神極快地又收了回去，垂著眼簾，語氣溫和：「雖是平常集會，但娘子們都在呢，莫要太出格。」

此話是在告誡趙翰林夫人，這裡不僅有她們幾個官宦夫人，還有布衣娘子，言語上要以身作則，莫要掉了價，失了身分。

官宦夫人看來都挺在意身分一事，府尹夫人此話一出，各人都狀似不經意地與趙翰林夫人劃清了界限。黃翰林夫人與鄧翰林夫人講話，孫翰林夫人端起酒杯，去了陸翰林夫人旁邊。

趙翰林夫人覺察出不對勁，十分委屈，挪到林依身旁坐了，道：「一個二個虛偽得很，面兒裝得正經無比，心裡還不知怎麼想呢。」

林依也想離她遠些，卻不好做得太明顯，便道：「府尹夫人也是為了妳好，她是不想別的娘子誤會妳，我想妳也不願意她們出了門，在妳背後指指點點，是不是？」

趙翰林夫人覺得林依的話有道理，略想了想，道：「那我得去向府尹夫人道謝。」說著拿起酒杯、酒壺，起身朝府尹夫人那桌去了。

林依成功將趙翰林夫人從自己身邊支走，長出一口氣。黃翰林夫人瞧見，暗地裡朝她豎了豎大拇指。

鄧翰林夫人面有得色，指了一盤新上的下酒菜，招呼大家來吃。幾位夫人說笑著，轉眼就彷彿忘掉了方才的不快，另起話頭，討論起各自官人俸祿的支配情況來。

黃翰林夫人道：「我家老爺留一貫錢自用，其餘交與我做家用。」

陸翰林夫人正與陸翰林冷戰，家用錢大概沒得多少，勉強笑了笑，沒作聲。

鄧翰林夫人則得意稱：「我家老爺最自覺，俸祿一領到手，直接交與我，一文私房也不攢。」

黃翰林夫人與陸翰林夫人都不相信，道：「他們在外的應酬不少，荷包裡怎麼可能不留錢。」

大宋大概沒有什麼收入隱私一說，鄧翰林夫人見她們不相信，急著證明，便將鄧翰林的收入脫口而出，道：「你們別不相信，真是交給了我。」

黃翰林夫人與陸翰林夫人齊齊笑出了聲：「鄧翰林與我們家老爺品階一樣，俸祿怎地少了好幾貫？」

陸翰林夫人在此事上找到了平衡，又補了一句：「莫不是攢了私房，逛妓館去了？」

黃翰林夫人一本正經道：「鄧翰林不是那樣的人，頂多養了個外室。」

鄧翰林夫人十分尷尬，又不願跌了面子，分辨道：「我家老爺資歷淺，俸祿比妳們家老爺少。」

少尹夫人來敬酒，聽到這話，覺得奇怪，就多了句嘴：「俸祿多少可不關資歷的事。」

鄧翰林夫人立時下不來台，狠瞪了她一眼。少尹夫人不知哪裡得罪了她，舉著酒杯，敬也不是，不敬也不是，正為難，幸好府尹夫人喚她，這才解了僵局，告了個罪，回桌去了。

鄧翰林夫人不再開腔，獨自吃悶酒，那捏酒杯的力度比先前大了些，林依猜測，等她回家，第一樁事恐怕就是盤問鄧翰林的俸祿去向了。她正琢磨別人，忽聽得黃翰林夫人道：「張翰林老實本分是出了名的，他的俸祿定是全數上交。」

鄧翰林夫人才受了暗氣，心情不好，在旁道：「張翰林的俸祿總共才五貫錢，自然要全交的，不然吃什麼。」

五貫？昨日張仲微回來，可只交了四貫。是他瞞下了一貫，還是鄧翰林夫人故意這樣講？

林依腦中轉瞬好幾個念頭過去，臉上卻若無其事，問道：「鄧翰林夫人講的沒錯，咱們家貧，若不都拿出來家用，就只能喝西北風了，不過，我家官人領了多少俸祿，鄧翰林夫人怎麼知道的？」

這話隱含質問之意，鄧翰林夫人卻不以為然，道：「百官俸祿自有等階，又不是什麼祕密，在座的幾位，家中官人大都做過張翰林一樣的職位，想必也都知道俸祿是多少。」

林依一面聽她講，一面留意各翰林夫人的表情，卻並未發現有什麼變化，也無人反駁鄧翰林夫人的話，她心中那莫名的不安越發多了些，難道鄧翰林夫人的話是真的？張仲微的俸祿真是五貫錢？那還有一貫去了何處，為何不告訴她？難道是他攢了私房？

一貫錢可不少，他瞞下這錢作甚？花天酒地，包養妓女？不會的，張仲微一向老實，斷不會有這樣的花花心思。林依暗地裡替自己打氣，旋即又有個聲音冒出來：東京繁華世界，妓館遍地，再老實，他也是個男人，在法度和社會規則都縱容的條件下，誰人能保證他不會變質？自從張仲微進京趕考到正式進城，他點滴的改變，林依都看在眼裡，頭腦靈活了一點，處事圓滑了一點，伶牙俐齒了一點，也不排除……向張家其他男人以及各位同僚，學習了一點。

林依越朝深處想，越是心煩意亂，抬手一口飲下杯中酒，走到府尹夫人身旁，趁著同桌的少尹夫人不在，問她道：「府尹夫人，歐陽府尹可曾做過翰林編修？」

府尹夫人答道：「做倒是做過，不過是許多年前的事了，妳問這個作甚？」

林依扯了個慌，扭捏著道：「昨日官人要將俸祿交與我，我顧著面子，不曾收，今日醒轉，卻想曉得到底有幾多。」

府尹夫人大笑，林依怕引起他人注意，忙道：「我羞著哩，府尹夫人莫要講出去。」

府尹夫人笑道：「男人賺錢養家天經地義，他與妳錢，為何不收，這與面子什麼干係？」說完回憶一番，道：「若我記的沒錯，翰林編修的俸祿是五貫錢。」

肆之章　小姑被休

這話如同一支鼓槌，再次將林依的心狠撞了一下。她並不是介意張仲微攢私房，而是對他瞞著自己有芥蒂。回想成親以來的種種，不禁反思，難道是她管得太嚴了，適得其反？

林依故作鎮定，在府尹夫人處圓了話，聽過她的教誨，重回翰林夫人桌前，陪她們吃酒下棋講閒話。好不容易熬到聚會結束，她已是身心疲憊，渾身無力，便將外面一攤子丟與楊嬸等人去收拾，自己則回到裡間，一頭倒在了床上。

張仲微晚上才回來，手中拎了一盒子，進門便叫喚：「娘子，那酒樓的點心好吃，我與妳捎了一盒。」

無事獻殷勤，非奸即盜！林依恨恨想著，沒有挪身。張仲微沒等到回應，抬起醉眼一看，林依蒙著被子，躺在床上，他唬了一跳，酒意醒了幾分，跑上前摸她的額頭，問道：「娘子，妳怎地了，怎麼大白天地睡覺，可是身子不爽利？」

林依氣道：「都什麼時辰了，還大白天。」

張仲微朝窗外看了看，天色確是有些晚，他自覺理虧，便打開盒子，取出塊點心，餵到林依嘴邊，討好道：「娘子，快些嘗嘗，好吃著呢。」

無事獻殷勤，非奸即盜！林依將這幾個字再次默念一遍，下意識地就想推開他的手，突然間腦中有念頭閃過，或許正是自己管得太嚴，才有今日後果，不如使些手段，外鬆內緊，先不打草驚蛇，待得暗地裡慢慢查探。

她打定主意，臉上就顯出笑來，將那點心輕輕咬了一口，讚道：「果然不錯，你們會享受。」

張仲微見林依熄了火氣，心花怒放，繼續討好道：「娘子，他們都叫了妓女，就我沒叫。」

林依此時聽到這話就有些不大相信，不過她也不著急，反正官宦夫人的集會就是小道消息集散地，什麼都打聽得到。

張仲微服侍林依吃完點心，又主動去打來水，與她洗澡歇息。林依看著他忙前忙後，越發斷定他是做了虧心事，心中將他斬作了百萬段，只臉上裝出笑來。

第二日早上，林依極想悄悄尾隨張仲微，看他究竟是不是逕直去了翰林院，但卻被不知情的楊嬸絆住了腳，只得作罷。

楊嬸捧上帳本，向林依稟報道：「這是昨日官宦夫人們集會的帳目，請二少夫人過目。」

昨日吃了哪些酒水菜肴，林依心裡大致有數，因此只掃了一眼，她對何人結的帳更感興趣，問道：「昨日開銷不少，不知最後是誰做的東？」

楊嬸回道：「那位娘子頭一回到咱們店來，我並不認得，就是昨兒滿身綢緞，打扮最入時的那位。」

林依想了想，問道：「是不是投壺時提議拿錢作彩頭的那位？」

楊嬸點頭道：「就是她。」說著，將昨日結帳時的情形描述了一遍，原來聚會結束後，官宦夫人們先行離去，那群娘子卻留了下來，你推我攘，爭搶著要結帳，最後華服娘子勝出，將酒錢結了。

林依詫異道：「她們家中都那般有錢？還爭著結帳？」

楊嬸道：「我聽她們講，凡是官宦夫人集會，她們必定到場結帳，為的就是與夫人們套套近乎，遇事時能與她們行個方便。」

那幫娘子們的行為很容易讓人理解，不過是變相行賄罷了，但林依回想昨日府尹夫人的種種，卻是費解。既然府尹夫人肯來參加聚會，就是認同了變相行賄一事，那帶彩投壺也是變相行賄的一種，她卻為何生起氣來？

林依覺得，府尹夫人的這番行為很值得琢磨，也許想通了，她才能成長為一名合格的官宦夫人。她將帳本帶回裡間，坐到桌前，托腮凝思，暫將張仲微攢私房一事忘卻。

林依苦思冥想一整天，茶飯不思，還真讓她理出些思路來——參加集會的不止府尹夫人一個，就算有人告發，她大可推到別人身上去；但若是投壺，論技藝，當屬府尹夫人第一，再說其他人也不敢贏過她去，遊戲下來，彩頭必定全落府尹夫人處，如此這般，目標太明顯，她怕引起不必要的麻煩，因此佯裝生氣，一來能避免落人口實，二來能表明自家清廉，一舉兩得。

林依總結出這一大篇，也不知猜得對不對，她一面佩服府尹夫人心思縝密，一面可憐所有的官宦夫人，包括她自己，活得太累，一句話出口得先在腦子裡過三遍。

人生之不如意十之八九，既不能逃避，就只能坦然面對，林依對著鏡子握了握拳，替自己鼓了把勁。

昨日聚會上，好幾位夫人對張家腳店目前的情況都有些意見，一是認為環境不夠高雅；二是認為酒水不夠名貴；三是希望店內能有濟楚閣兒。府尹夫人私下與林依商量過，問她是否考慮走高檔路線，林依卻是有心無力，資金不夠，什麼都是空談，不過她將這些意見都認真記錄下來，作為小店的經營目標。

大的改善做不到，小的還是可以試一試，林依去訂做來兩架竹簾似的屏風，朝兩處角落擺了，裡設酒桌板凳，這樣的濟楚閣兒雖簡陋，但那竹簾屏風卻有趣，人坐在閣兒裡，外面景象一覽無遺，外頭的人卻瞧不見裡面。這樣的設計許多人都愛，倒也增添不少生意。

林依嘗到甜頭，繼續開動腦筋，想請勾欄的女說話人來腳店講故事。說話人嫌張家腳店人流量太小，不願意。林依誘惑她道：「我這店客人雖不多，卻是一個頂倆，妳講的故事若被府尹夫人聽過，臉上難道沒得光彩？」

說話人心動，與林依達成協定，每日飯時到張家腳店講故事，收入全歸她自己，腳店不抽成。

有了說話人，腳店熱鬧許多，客人們坐的時間長了，點的酒水相應也多了，林依每日瞧著，心裡喜孜孜。她除了照料腳店，還有一半心思放在張仲微身上，期望有一天他能主動交代那一貫錢的去向，然而等了好幾日也沒有跡象。

這日青苗上菜市買菜歸來，急巴巴地來尋林依，問道：「二少夫人，咱們家要添人口？」

林依開玩笑道：「連妳都養不活，哪來的錢再養人？」

青苗奇道：「那二少爺去賣人口的地方做什麼？」

林依腦中轟的一聲，立時想起張仲微瞞下的一貫錢，急問：「真是在買人口？妳別看錯了。」

青苗言之鑿鑿：「頭上插著草標，旁邊站著牙儈，錯不了，就在那菜市門口，二少夫人若是不信，儘管自己去看。」

林依按捺住衝將出去的念頭，繼續問道：「妳既然瞧見二少爺，怎地不上前問他？」

青苗答道：「怎麼沒問，二少爺稱是二少夫人叫他去的，我這才回來問妳。」

林依沒作聲，青苗前後一想，覺出不對勁，結巴起來：「興許是我聽錯了，二少爺不是那樣的人。」

林依恨道：「我賺點錢不容易，可沒多的拿出來替誰養人，妳叫楊嬸去菜市門口把二少爺叫回來，記著，不許他買人。」

青苗道：「何需楊嬸，反正店已打烊，沒得事做，我去便得。」

林依道：「怕他倔脾氣上來，不聽人勸，楊嬸是他奶娘，講話比妳管用。」

青苗恍然，忙跑出去叫來楊嬸，將林依的吩咐轉告。楊嬸一聽，生怕張仲微小倆口由此不和，比林依還著急，腳不沾地地去了。

林依在房內走來走去，等到心焦，暗道，菜市離家不遠，楊嬸跑得又快，怎地還不回來？她正想遣青苗再去看看，青苗自己跑了進來，臉上紅撲撲，稟道：「二少夫人，袁六來送喜帖。」

「喜帖？」林依一愣，旋即想轉過來，問道：「楊少爺要成親？」

青苗點頭道：「袁六是這般講，我還沒敢收帖子。」

林依道：「為何不收？再這麼著也是親戚，若真是他成親，自然是要去吃一杯喜酒的。」

青苗應著去了，到門口不知與袁六講了幾句什麼，再捧了喜帖進來時，臉上就更紅了。林依好奇看了她一眼，沒有多問，展開帖子來看，果然是楊升要成親，但帖上並未寫明是哪家女子，只註明著日期與吃酒的地點。

林依捧著這樣的帖子，覺得很是奇怪，就算不寫新娘閨名，總要有個姓氏。

青苗指了帖上寫的酒樓名字，道：「袁六特意叮囑，請二少爺與二少夫人到時直接上酒樓去，不消先去楊府。」

在酒樓辦酒席並不奇怪，她早就聽官宦夫人們講過，東京有許多酒樓專門承辦紅白喜事，客人去了自有人招待，不消主人操半點心，但楊升辦親事怎地不讓人上門道賀，難道北宋婚慶儀式到了如此超前的地步，能在酒樓裡完成？

她腦中無數個問號，想把袁六叫進來問問，他卻已走了，只好吩咐青苗把帖子放好，等張仲微回來再商量。

林依足足等了半個多時辰，才從窗戶裡看到張仲微身影，見他身後並未跟著人，這才鬆了口氣。楊嬸先一步進門，悄聲向她道：「沒得事，二少爺是一片好心。」

林依不解其意，故作鎮定，待張仲微進來，若無其事地將袁六送來的喜帖遞過去，道：「舅舅三日後成親，使人送了張奇奇怪怪的喜帖來。」

張仲微接過喜帖卻不看，眼睛直朝林依臉上瞟，吭哧道：「我、我本是想買個人回來與妳，無奈東京人口價格太貴，一貫錢連根頭髮都買不著，我與楊嬸討價還價半日，還是空手而歸。」說著將一貫錢取出，交與林依。

林依強迫自己平靜下來，沒接那錢，大方道：「男人手頭留些錢是該的，你自拿著花吧。」

張仲微主動把錢鎖進錢箱，道：「我清閒官員一名，平日又沒什麼應酬，留錢做什麼。」

林依聽見這話，實在忍不住，問道：「那你這回留錢又是為什麼？」

張仲微馬上回答：「為了買人啊，想與妳挑個人幫忙，卻挑來挑去都是貴。」

林依酸溜溜道：「我要什麼人幫忙，是你想買個人服侍吧？」

張仲微愣了愣，才醒悟林依在想什麼，好笑道：「妳成日忙得團團轉，倒還有閒心胡思亂想。我是看妳成日辛勞，想買個人與妳打下手，免得妳被廚房鎖住了腳。」

林依將信將疑：「當真？扯謊可沒好下場。」

張仲微正色道：「我既答應過妳，就不會出爾反爾。妳且放一萬個心，咱們家不會突然多出個人來。」

林依不好意思起來，重開了錢箱，將那一貫錢又取了出來，塞給他道：「身上無錢怎能叫男人，你自留著吧。」

張仲微還是不接，道：「月掙五貫，付房租都不夠，哪還好意思攢私房，妳快些收回去。」又道：「只恨東京人口價格太貴，買不到一個來與妳分憂。」

林依心裡甜絲絲，依偎著他道：「何必買人，東京店家大都是雇人使呢，待我得閒也雇一個來。」

張仲微歡喜道：「看我，還道是在鄉下種地了，竟忘了雇人這碴。」說著就朝桌前坐了，說要寫個招工啟示。

林依按住他的手，道：「這些日子都忙過來了，雇人不急這幾天，你且先瞧瞧舅舅送來的帖子，叫人好生奇怪。」

張仲微展開帖子一看，也連聲稱奇：「哪有成親不許客人上家中觀禮的。」

林依道：「難道是東京風俗與鄉下不同，新人能在酒樓拜堂？」

張仲微肯定道：「不可能，哪有這樣的規矩，其中必有蹊蹺。」

林依心中有個猜想，難道楊升要娶的對象乃是蘭芝，想要瞞過牛夫人，才有如此舉動？若真如此，這事情可太過荒謬。聽翰林夫人們的口氣，蘭芝並非自由身，還是陸翰林家的人呢，楊升要偷娶朝廷官員家的妾，這罪過可不小。

張仲微聽過林依所述，吃了一驚：「蘭芝竟是陸翰林家的妾？舅舅怎會犯這樣的糊塗，鬧不好是要吃官司、坐大牢的。」

林依苦笑：「他雖有舅舅的輩分，年紀卻比你還小，又從未涉足世事，會有此幼稚舉動倒也不奇怪。」

張仲微將喜帖朝袖子裡一塞，起身道：「不成，我得尋舅舅去問問，這事兒若鬧大了，咱們是要受牽連的。」

什麼是親戚，就是打斷了骨頭連著筋，林依忙替他扯了扯袍子，叫他趕緊去，再三叮囑，若楊升要娶的真是蘭芝，千萬要讓他將念頭打消。

張仲微應了，先到楊府，門上小廝卻稱楊升前幾日與牛夫人大吵一架，忿然離家出走，已好幾日沒見人影了。張仲微做了幾日官，人情世故懂得了些，毫不猶豫地將幾個錢遞過去，問道：「為何事爭吵，能否告知一二？」

小廝在袖中捏了捏錢，嫌少，便只含混道：「聽說是天大的一件事，詳情我卻不敢講，被夫人曉得，定要被趕出門去。」

要換作以前，張仲微定然聽不出這話中的意思，但今日不同往昔，他一聽就明白，這是嫌錢太少，於是又數出十來枚遞了過去。小廝接過第二筆錢，總算滿意了，也不怕牛夫人驅趕了，將事情始末詳詳細細講了一遍。

楊升與牛夫人爭執的正是他與蘭芝的婚事，事情很簡單，一個想娶，一個不讓。牛夫人放出狠話：「要想娶蘭芝，除非我死了。」楊升有別於一般的「孝子」，聽了這話不是回心轉意，而是離家出走，至於去了何處，牛夫人正在氣頭上，並沒派人去找。

張仲微聽完看門小廝所述，心裡有了數，看來林依所料不錯，楊升成親的對象多半就是蘭芝，為了瞞過牛夫人，才準備把婚禮放在酒樓舉行。

張仲微雖然把事情弄了個清楚，無奈找不著楊升，正苦惱，突然想起喜帖是袁六送來的，遂問看門小廝道：「你可曉得袁六現在何處？」

看門小廝答道：「那日隨少爺一同出門，也是到現在還未歸家呢。」

這下行蹤全無，張仲微沒辦法，只好先回家，將事情講與林依聽，二人一同商量。林依斬釘截鐵道：「舅舅要怎樣折騰咱們管不著，但連累親戚卻是不道地，這樁親事不能成行。」

張仲微犯愁道：「道理我曉得，可找不到他的人怎辦？」

林依略一思忖，道：「我們犯不著替別人管教兒子，再說是長輩呢，輪不到晚輩指教，且取筆來寫一封匿名信送到楊府。」

張仲微直呼好主意，當即一人磨墨一人鋪紙，拿左手寫了一封歪歪斜斜的信，請個閒人送到了楊府。

牛夫人接到書信一看，馬上就信了，她是最瞭解自己兒子的，背著家人成親的事他還真做得出來。片刻之後，楊府家丁盡數出動，四下搜尋蘭芝下落，牛夫人則親自回了趟娘家，向牛大力詢問楊升去向。

牛大力曉得蘭芝住處，但自詡是守信之人，要恪守那道協議，因此不肯講。牛夫人嚇唬他道：「蘭芝是有主的人，你不曉得？若我們被人告了，你們家也討不了好。」

牛大力只知楊升離家出走，並不知他已作了娶蘭芝的準備，因此以為牛夫人指的是他自己，忙解釋道：「姑姑，我只想把蘭芝接回來玩幾天，並不是真要收她。」

又是個不爭氣的種子，牛夫人氣不打一處來，但面前畢竟是內侄，比不得兒子能隨意打罵，只得壓了火氣，好聲道：「好孩子，我曉得你講兄弟義氣，但你表弟想要娶蘭芝，這可是天大的禍事，不是你能兜得住的。」

牛大力跳將起來，叫道：「我只當他說笑，他還真要娶？我可不要下賤的妓女做親戚。」說著，不等牛夫人發問，主動將蘭芝的藏身之處講了出來，道：「楊升沒別處可去，必定就在那裡。」

牛夫人馬上帶領眾家丁，氣勢洶洶朝蘭芝住處去，不料卻撲了個空，據房東稱，就在幾天前楊升已將蘭芝接走了，至於現在何處並不知曉。

牛夫人又是一頓氣，重新調配人員，四下散開去搜尋。

林依與張仲微在家也很是焦急，時不時地遣青苗去打聽，但每次得來的消息都令人失望。林依道：「陸翰林夫人找尋蘭芝的時日不短，也是沒找著，看來在東京城尋個人，的確有如大海裡撈針。」她想了一想，將喜帖重新翻出來，把上面酒樓的名字記到一張紙條上，遣一名閒人送與牛夫人。

張仲微有些不明白，林依解釋道：「舅舅既然去酒樓訂了酒席，或許留下了住址，不妨讓外祖母去試一試運氣。」

牛夫人是聰明人，接到紙條，立即奔赴酒樓，卻不料楊升也是聰明人，除了付訂金，什麼也沒留下。牛夫人一連搜尋了三天仍舊無果，眼看著到了婚禮這天，實在無法，只好派人埋伏在酒樓四周，只等楊升一出現就將其擒獲，捆回家中。

青苗打探消息是把好手，將這些資訊一一報與張仲微和林依知曉。小倆口聽說牛夫人已作了安排，大鬆一口氣，連聲道：「這個舅舅真不讓人省心，只望此事之後能讓他長些教訓。」

牛夫人酒樓設埋伏，不到一個時辰，就將歡歡喜喜來成親的楊升逮了個正著，當場捆了個結結實實，嘴裡塞上布，抬回了家中。至於蘭芝，牛夫人恨不得將她千刀萬剮，但念及她是別家的人，不好動手，便沒為難她，只命人將其送至陸翰林家。陸翰林夫人正愁找不到蘭芝，忽見其歸來，歡喜不已，倒謝了牛夫人好些話。

楊升的荒謬事終於順利解決，牛夫人為了徹底斷掉他心思，迅速替他訂下了一門親，只待定、聘、財三禮行完便成親。

消息傳到張仲微耳裡，他徹底放下心來，大讚林依：「幸虧妳想出匿名寄信的法子來，不然就算解決了此事，也要得罪舅舅。這下可好，皆大歡喜。」

林依有些感嘆，驚世駭俗之事到底是不長久，楊升自詡部署周密，卻被牛夫人輕輕鬆鬆就破壞掉了。經過此事，林依對自身也有感嘆，沒想到她也有學會彎彎道道、背地裡行事的一天，果然是環境造就人。

危機解除，張仲微又開始催促林依，希望她儘快雇一名幫工，別讓自己那樣累。林依得官人體貼，欣然從命，將張仲微親筆書寫的招工啟事貼到了大門旁，她開出的工錢只能算中等，但張家腳店店面小，意味著事情少，活少輕鬆，加之貴婦盈門，在這裡做工，哪怕只是小二都覺得有面子，因此廣告貼出去不到兩天，前來應聘的人幾乎把門檻踏斷。

林依對店小二的挑選十分嚴格，相貌端正、手腳勤快自不用提，除此之外，還得家事清白，識文斷字為佳，最好是東京本地人，免得出了事找不到人。在這苛刻的條件下，一連挑了數日都未招到合適人選。

張仲微覺得林依要求過高，林依卻認為，張家腳店幾乎每天都有官宦夫人光臨，若挑選的店小二不合適，衝撞了貴人，可是天大的損失和麻煩，因此寧缺毋濫，一定要挑個好的。

這日，林依忙完廚房的事體，照常朝店中角落裡坐了，挨個詢問應聘者。忽然，門口的楊嬸輕呼一聲，林依沒有在意，繼續低頭查看應聘者的指甲縫是否乾淨，過了一會兒，有一人朝林依桌前站了，輕聲問道：「三娘子，我來妳店裡幫忙，可使得？」

這聲音林依再熟悉不過，抬頭一看，驚喜叫道：「八娘？」張八娘神情憔悴，風塵僕僕，勉強笑道：「還以為我再也見不到妳了。」

張八娘出現在此處，林依本就驚訝，再聽見這不對勁的話，越發覺得奇怪，忙叫那些應聘者改日再來，挽起張八娘，將她帶進裡間。

在外面，張八娘是硬撐著，一進屋，就抱住林依哭開了。林依安慰了她好一陣，才叫她勉強止了淚，問道：「妳怎地進京來了？可是妳家公爹改任？」

張八娘雙眼紅腫，含著淚，哽咽道：「我、我被休了。」

這消息太過震驚，林依愣了好一會兒才回過神來，急問：「好端端的，為何要休妳？」

張八娘的淚又流了下來，轉眼泣不成聲，林依從她斷斷續續的話語中聽出個大概——張八娘的舅舅兼公爹，與李簡夫的關係越來越惡化，他三番兩次想拉攏外甥張伯臨都是未果，一怒之下，便指使兒子方正倫寫了封休書，將張八娘趕出了家門。

張家已舉家遷往京城，張八娘無處可去，幸好李舒有家僕留在老宅，打聽到城中有一位娘子要北上進京尋夫，便叫張八娘與之結伴，這才使她順利到了東京。

林依還有許多疑問，但見張八娘實在哭得傷心，不好開口，又得知她還餓著肚子，便去廚下親自炒了幾個菜，端過來與她吃。

張八娘滿腹愁苦，根本吃不下，經林依再三勸說才勉強吃了半碗飯。林依暗嘆一口氣，撿那不打緊的問題先問著：「妳怎麼曉得我們家住在此處？」

張八娘露出些許笑容，道：「是我運氣好，與我同行的丁夫人就在這隔壁租了一間房，我本來打算到她那裡先住下再慢慢找尋，卻不想在店門口瞧見了楊嬸，這才曉得你們就住在這裡。」

林依忙道：「丁夫人是鄰居？那我備一份禮過去謝她。」

張八娘低頭扭手指，不好意思道：「進京的路費我還沒還她，三娘可有餘錢先借我使一使，我到妳店裡做工抵債。」

林依嗔道：「一家人計較這些做什麼。」

她問過張八娘路費的數額，取出錢來，本想立時備禮過去道謝，但見張八娘的精神狀態實在不佳，便叫她在房內休息，獨自朝隔壁去，報上姓名，將錢還與丁夫人，萬福道：「多謝丁夫人帶我家八娘上京，還替她墊付路費，這裡先將錢還上，改日再來拜謝。」

丁夫人回禮道：「林夫人太客氣，我與張八娘都是苦命人，相互幫扶是該的。」

想必丁夫人的婚姻也是不順，林依不便多問，再次替張八娘謝過，告辭回家。

張八娘還呆呆地坐在桌前，眼神空洞，林依坐過去，輕聲問道：「叔叔和嬸娘可曉得此事？」

張八娘機械般地搖頭，道：「我不敢寫信給他們，因此應該是不知情。」

林依便道：「那我請人到祥符縣跑一趟，給叔叔嬸娘捎信。」

張八娘驚慌，抓住她的手道：「別，千萬別。若我爹曉得，定要打上門去，若被我娘曉得，定要把我罵個半死。」

若是因為擔心挨罵而瞞著，倒能夠理解，但出了這檔子事，難道不希望娘家人替自己出氣？張梁打上方家門去有什麼不好？

張八娘囁嚅道：「我兒子還在方家……」

「他們不肯把兒子還妳？」話一出口，林依便知講錯了。在這個時代，若生的是閨女，跟著娘被一起趕出門還有可能，若是兒子，就趁早斷了念想吧。

張八娘大概是想兒子了，又小聲啜泣起來。林依很同情她，但也被哭到頭疼，勸她道：「我曉得妳難過，可光哭也解決不了問題，妳且先坐著，我到街上尋個閒人先到祥符縣報信。」

張八娘見她站起身了，慌了，忙拖住她胳膊，哭道：「三娘子，看在咱們打小就在一處的交情上，千萬莫要告訴我爹娘，我不想把事情鬧大。」

「不想鬧大？那妳有什麼打算？」林依被她拖著動不了身，只好重新坐下，道：「妳把想法講給我聽聽，若是有道理，我就替妳瞞著。」

張八娘見林依還是願意幫忙的，就抹了淚水，道：「我不願被休，我想回去。」

林依不解：「既是想回去，為何還要進京？」

張八娘的眼淚又落了下來：「我到方家求過許多次，舅娘和官人都願意我回去，只舅舅不肯，因此我想求你們幫忙去勸一勸舅舅。」

林依認真問道：「王夫人和方正倫真的都願意妳回去？」

張八娘重重點頭，林依卻仍舊不相信，他們若真還想認張八娘這個媳婦，為何不送些錢與她，或替她尋個暫時安身的地方？不過也有可能是真的，畢竟像張八娘這樣柔順的媳婦，就是在大宋也不多見，有了她，方正倫能隨意逛妓館收通房；有了她，王夫人怎樣擺婆母的威風都無妨。

張八娘惦記兒子，任林依怎樣分析都不信，一心只想讓方睿回心轉意，把她接回去。

林依無法，只得順著張八娘的意思，幫她想主意，問道：「妳舅舅為何要趕妳出門？」

張八娘答道：「因為與李太守生隙。」

林依繼續問道：「李太守與妳有什麼干係？」

張八娘繼續回答：「因李太守是大哥的岳丈，舅舅這才遷怒於我。」

林依問到這裡，不再發話，張八娘醒悟過來：「我該去尋大哥幫忙。」

張八娘終於想通，林依卻一點兒都不高興，她才脫離了苦海，又想跳回去，還不聽人勸，真是讓旁觀者急死，而她自己卻渾然不覺。

但婚姻與感情的事，外人只能勸導，無法幫忙拿主意，張八娘自己認準了道，林依再著急也無法。

既然想著重歸於好，那就只能讓二房諸人幫忙，於是林依重提去祥符縣報信的話題，張八娘沉默一時，道：「三娘子，妳只與大哥大嫂報信，別讓我爹娘知曉，可好？」

林依道：「我能這樣吩咐送信的人，但妳爹娘與大哥大嫂住在同一處，想瞞著他們只怕不大可能。」

張八娘就又沉默了，林依明白，這是不想讓她送信的意思。她很願意尊重張八娘的意見，可這事兒除了二房幾人，她與張仲微都幫不上忙，於是想了一想，與張八娘商量道：「要不，我遣人請大哥前來，只道有事，並不與他講明，待他到了，再由妳與他講，如何？」

這樣既能解決問題，又能瞞過張梁與方氏，張八娘高興起來，道：「還是妳有主意，就是這樣吧。」

林依便走出門去，尋了個閒人，叫他上祥符縣去報信。

張八娘認為林依幫了她的忙，想要報答，就不肯閒著，主動到店裡與楊嬸一起招待客人。她生得柔弱，講話又輕聲細語，倒是有許多夫人喜愛她，紛紛讚林依雇了個好小二。林依哭笑不得，挨個解釋完，又拉張八娘進去，心想她嬌生慣養的人哪裡做得來這個，不料張八娘掙脫她的手，擺起碗碟來，動作極麻利，道：「我在家做的活兒比這個多多了，服侍客人算不得什麼。」

客人中有那過來人，竟連聲附和：「正是，服侍過婆母再服侍客人，輕鬆不過。」

林依看著張八娘忙碌的背影、嫻熟的動作，心中升起的不是佩服，而是心酸。她在家也是捧在父母手心，受盡百般寵愛的小娘子，幾年未見，怎被磨礪成這樣，或者該說是……折磨？

晚上張仲微回來，照例不敢進店，只在後面待著，直到吃完飯吃才發現多了一人，再仔細一看，那多出來的竟是他許久未見的妹妹張八娘。他大吃一驚，問道：「八娘，妳怎地進京來了？」

張八娘把她對林依講過的話又與他講了一遍，然後垂首不語。張仲微老實人，也有發脾氣的時候，把桌子重重一拍，怒道：「妳又沒犯七出之罪，他們竟敢休妳？」說著飯也不吃，稱要趕去祥符縣，讓方氏寫信向方睿問個明白。

張八娘雙眼含淚，望著林依，林依深以為張仲微的做法很對，就沒作聲。張八娘見林依站在張仲微那邊，只好自己開口道：「二哥，三娘子已使人捎信去祥符縣了。」

如今的張仲微不怎麼好糊弄，當即問道：「什麼時候去的？」

張八娘怯怯答道：「上午……」

張仲微本已坐下，一聽這話，又站了起來，道：「從這裡去祥符縣來回只要一個時辰，若真是去了信，叔叔與嬸娘怎會到現在還不到？」

他一把將張八娘從座位上拉了起來，拖著朝外走：「妳休要軟弱，且隨我去祥符縣，向叔叔與嬸娘講個明白，再叫他們與妳討公道。」

林依望著張仲微，突然覺得這個男人真的成熟起來。

張八娘叫道：「三娘子，妳告訴他呀，咱們真去過信了。」

張仲微還是信任林依的，遂停下腳步，回頭問道：「娘子，真去過信了？」

林依毫不隱瞞，將張八娘想瞞著張梁與方氏，只與張伯臨去信的事情原原本本講了一遍。

張仲微本是想把張八娘拖去祥符縣，聽了這話卻變了主意，不但不拉她朝外走，反將她推進裡間，再端進去幾樣飯菜，最後將門反鎖。

林依聽著張八娘在裡面哭喊，十分詫異張仲微所為，而張仲微的解釋也大大出乎她意料：「我看她就是犯糊塗，這樣的混帳夫家還想著回去作甚，離了方家也好，憑著咱們一家人做官，還怕再尋不著人家？」

林依怔住，他口中的「混帳夫家」可是他血緣上的舅舅家，換作平時，他決計不敢這樣罵，看來此番真的是氣著了。

張仲微緩了口氣，見林依也站著，忙道：「娘子，妳忙了一天，趕緊吃飯吧，我到祥符縣去去就來。」

天色已晚，林依擔心他安危，不許他獨自前去，勸他道：「方家遠在四川，你就算這會兒趕到祥符縣又能如何？不如等天亮了再去，耽誤不了什麼。」

張仲微方才是氣著了才那般著急，此時冷靜了一會兒，覺得林依的話有道理，便坐了下來，與她一同吃飯，道：「我早就料到過，方家不會善待八娘子。」

林依夾了一筷子菜給他，道：「那你就別生氣，為方家人氣壞了身子不值當。」

張仲微沉著臉道：「我是氣八娘子，都被休了還不醒悟。」

以張八娘的性子，作出重回方家的選擇，林依一點兒都不覺得奇怪，作為兒時玩伴，親密的小姊妹，她很是心疼張八娘，不願她回去，恨不得也學張仲微，把她關起栓起，好不讓她回去繼續受苦。

現實與想像總是有差別，林依吃完飯，覺得老把張八娘關著也不是個事，便問張仲微道：「你準備將八娘子一直關著？」

張仲微道：「等明天叔叔與嬸娘來了再說。」

張八娘心裡本就苦楚，再讓她一人獨處只怕會更難過，林依很想去開導開導她，講些安慰的話，但張仲微就是不許她開門，稱這是為了張八娘好。

林依想了想，決定採取迂回戰術，問道：「你把八娘子關在裡面，若她要如廁怎辦？」

張仲微毫不猶豫答道：「裡面有馬桶。」

林依暗暗翻了個白眼，又問：「她睡裡間，我們睡哪裡？」

張仲微朝店中看了看，道：「外面地方不小，咱們把桌椅拼起來，就在這裡睡。」

張仲微竟是油鹽不進，林依才剛佩服他有魄力，轉眼就被氣得牙癢癢。她來回走了幾步，突然靈機一動：「大冬天的，你總要讓我進去抱床被褥出來吧？」

正是天氣冷的時候，張仲微無法不答應，便點了點頭，走去幫她把門打開。林依身手靈活，側身閃進屋，飛快地把門又關上了。張仲微再推時，裡面已上了栓，急得他大叫：「娘子，妳別慣著她。」

林依笑道：「我陪八娘子一處安歇，怎麼就是慣著她了？」

原來只是林依進去，並不是要放張八娘出來，張仲微就放了心，不再作聲。林依開箱，翻出一床乾淨被褥，又取了個枕頭，再半開房門，將物事遞出去。不一會兒，外面就傳來拖動桌椅的聲音，張八娘聽見，抹了抹淚眼，驚訝抬頭，問道：「三娘，外面什麼動靜？」

林依道：「是妳二哥在拼桌椅，咱們家小，只得這一間臥房，我把他趕到外面睡去了。」

張八娘眼中疑惑更甚，問道：「那青苗住哪裡？」

林依指了指後窗，答道：「後面還有一間房。」

張八娘不解道：「那為何不讓二哥去青苗房裡睡？」

林依一愣，看來張八娘與大多數人一樣，都認為陪房來的丫頭自然而然是屋裡人。她解釋道：「青苗有志向，不願做小，我想與她挑個好人家呢。」

張八娘問道：「那二哥願意？」

林依好笑道：「我的丫頭與他什麼相干。」

張八娘擔心道：「妳真是膽大，妳不怕婆母責備？」

林依笑道：「婆母遠在衢州，管不著。」

張八娘滿臉的羨慕，掩也掩不住，道：「要是表哥也能掙個功名謀個官做就好了。」

林依很是懷疑張八娘管教官人的能力，只怕就算離了王夫人，她也管不住方正倫。這話她不敢講出口，以免更惹張八娘傷心，想了想，鄭重問道：「八娘，妳真還想回方家？可想好了？」

張八娘低頭扭手指，道：「兒子還在方家呢，我想回去。」

母親想兒子，天性使然，林依不好勸得，又問：「這次方家休妳，乃是因為方老爺遷怒，那平日裡他們待妳如何？」

張八娘低聲道：「只要勤快，就還過得去。」

「什麼？」林依吃驚，「妳長子嫡妻，方家又富貴，要妳勤快做什麼？難道不是侍奉好公婆即可？」

張八娘道：「舅娘講了，家中人口多，開銷大，手腳不勤快點，總有一日要受窮。」

林依默默數了數，方家連上張八娘，總共只有五口人，這叫人多？張八娘卻搖頭，稱方家奴僕不算，內院所住人口多到數不清，除了嫡親的五口兒，還有方睿的妾室、方正倫的妾室，另還有專供待客的姬妾無數。

林依瞠目結舌，方家宅院她也去過，不想那不大的後院竟住了這許多人，方睿與方正倫真是好胃口。不過方家有錢，王夫人又精明，若是養不活，絕不會讓這許多人住在家裡，林依可以肯定，王夫人要求張八娘手腳勤快是為了折騰她，而非為了賺錢。

張八娘聽了林依的分析，並不反駁，只道：「她是婆母，只有她吩咐的，沒有我回嘴的理。」

林依教她道：「沒讓妳去回嘴，但妳可以不做，就算要做，還有下人們呢，瞞著王夫人讓她們代勞，有什麼不可？」

張八娘搖頭道：「別說代勞，就是幫一下，舅娘馬上就能知曉。」

原來方家下人都是王夫人耳目，林依很奇怪，張八娘當初嫁到方家是帶了陪嫁丫頭去的，後來方氏又送去一個通房，這些難道不是張八娘的心腹？難道她們都是同任嬸一樣的人，見利思遷，投靠了王夫人？

林依講出這疑惑問，張八娘道：「她們倒算是忠心，可惜幾個丫頭被舅娘賣的賣送的送，一個也沒留下給我，後頭送來的通房，表哥嫌她生得不好，遣去做了個粗使丫頭。」

林依越聽越覺得這樣的人家待不得，同時又氣張八娘自個兒立不起來，方家富貴不假，可張家也不差，雖說窮點，卻出了三個官，要換作個跋扈的媳婦，有娘家撐腰，又有兒子在手，能在家橫著走，為何張八娘就甘願矮人一等過活呢？

林依拿這話來問張八娘，張八娘很是不解，道：「我謹守婦德仍然被休，若做個不守規矩的，豈不是更慘？」

林依與她思維不同，想不到一處，頓生無力之感，靠在椅背上緩了緩神，告誡她道：「有娘家撐腰，妳想回去也不是不行，但若這性子不改改，苦日子還在後頭，就是再被休一回也不是不可能。」

張八娘被嚇哭起來，捂著臉道：「我處處謹慎，力求挑不出錯來，卻為何人人要與我為難。」

林依嘆道：「是妳自己先為難了自己，所謂人善被人欺的道理，妳該明白。」

張八娘哭著辯解：「難道我該與婆母頂嘴，不聽她的話？不事姑婆，只怕被休得更快。」

繞來繞去還是繞不出這個圈子，林依把消極抵抗和迂迴戰術細細講解與她聽，道：「讓自己過得舒服些，並不是非頂嘴不可，當面一套背面一套，又有什麼不行？」

張八娘覺著林依講得有理，卻擔心自己學不會，其實林依對此也很懷疑，又認為照張八娘的性子，

被休並不算壞事，能脫離苦海沒什麼不好，就算再尋不著好人家，獨自一人快快活活過一生，也強過被婆母折磨一輩子，

在這之前，林依是順著張八娘的意願在思考問題，想教她如何在方家立足，但這一番談話下來，她越來越覺得張八娘的柔弱性子根深蒂固，是改變不了了，若她再回方家，註定還是要受苦。

至此，林依改變了想法，開始勸阻張八娘重回方家，又道：「八娘，我這裡正缺幫手呢，留下來與哥嫂住，定不讓妳委屈。」

張八娘握住林依的手，感激道：「我曉得妳待我好，擔心我，只是各人有各人的命，我命中註定就是要受苦的，沒得法子，再說兒子還在方家，我放心不下。」

林依很是氣惱她這毫無道理的命運論，恨道：「照我看來，妳這回被休正是老天爺開了眼，好不容易助妳一回，妳卻要自作孽，怨得了命？」

張八娘囁嚅道：「我兒子……」

林依毫不猶豫打斷道：「他是妳兒子，也是方正倫的兒子，更是妳舅舅舅娘的寶貝孫子，妳還怕他們虐待了他不成？只要有妳舅娘在，就算方正倫日後再娶，也虧待不了他。」

張八娘最怕強勢之人，林依好言勸著，她還能反駁兩句，此時林依的態度強硬起來，她就結結巴巴講不出話來了。

林依看出這一點，心想，既然張八娘是這樣兒的性子，此事倒也好解決，待得明日將張梁方氏請來，叫他們強命她留在娘家，就什麼都解決了，這樣做張八娘也許會不甘心，但總好過再次羊入虎口，自個兒受苦不說，還叫親人們跟著擔心。

二人談心，至深夜才睡，第二日林依便想賴床起晚些，張八娘卻早早兒地就坐到桌前梳妝打扮了，她也只好跟著起來，打著呵欠問道：「妳不睏？多睡會子也無妨。」

張八娘開了林依的妝盒，開始抹粉，道：「我聽見外面在擺桌椅了，想必是店已開門，我出去幫幫忙。」

林依按住她的手，道：「店裡有人照料，不消妳操心，趕緊去睡吧。」

張八娘卻不肯，笑道：「在家時，起得比這還早呢，今日已是睡得久了。」

林依無言，心中一陣酸楚，越發打定主意，不能再送張八娘去方家，過那不是人過的日子。

張八娘很快收拾好自己，打開臥房門，到店中與楊嬸和祝婆婆幫忙。楊嬸見張八娘這樣早就起床，想起她在娘家時的嬌生慣養，不由得悲從中來，悄悄抹了抹眼睛。

張仲微走進裡間來，林依服侍他梳洗，問道：「昨夜睡得可好，桌子硬不硬？」

張仲微有些無精打采，道：「睡得不算好，卻與桌子無關，我聽見八娘哭到半夜，哪裡睡得著。」

林依道：「都怪我，是我勸她留在娘家，她卻不肯，這才哭了。」

張仲微一捶桌子：「她竟然還沒想通。」

林依把強行留張八娘在娘家的主意講與張仲微聽，問道：「我這樣是不是管得太寬了些？」

張仲微搖頭道：「我想的與妳一樣，不過到底能不能成行，還得看叔叔與嬸娘的意思，畢竟父母在堂，沒有我們晚輩講話的地方。」

張仲微言語間不再像昨日那般衝動，想來昨夜也是想了很多，冷靜了下來。林依道：「說的是，八娘的事咱們做不了主，關鍵還得看叔叔和嬸娘的意思，不過若她真留在娘家，我願意接濟她，叫她搬來與咱們住吧。」

張仲微梳好頭髮，站起身來，道：「那就這樣，我先去祥符縣報信，待把叔叔與嬸娘接來再商量。」

林依點頭，另取一件乾淨棉袍與他換上。剛套進一隻袖子，外面傳來吵嚷聲，張仲微側耳一聽，竟是方氏的聲音，驚訝道：「我還沒去報信，嬸娘怎地就來了？」

林依還不信，走去將門打開一道縫，朝外一看，那拉著張八娘又哭又笑的還真是方氏。她很能理解方氏見到女兒的心情，但這畢竟是酒店，鬧出這樣大動靜，怎麼做生意？

門外，楊嬸已開始勸說方氏，讓她小聲些，莫要影響其他客人。方氏哪裡是肯聽勸的人，聞言聲量更大了些，尖著嗓子叫道：「這可是親妹子，千里迢迢來投奔，不好生招待也就罷了，還叫她做這些粗笨活兒。」

這哪裡是在駁楊嬸，分明是在罵林依。林依在官宦夫人堆裡混跡久了，圓滑許多，並不出去接話，只招手叫張仲微近前，把他朝外一推：「嬸娘罵你呢，快出去辯解。」

張仲微對方氏也深感頭疼，暗嘆一口氣，走出去解釋道：「嬸娘，我們疼八娘還來不及，哪會逼著她做活。」

張八娘輕扯方氏的袖子，小聲道：「娘，是我自己要幫忙的，妳別怪二哥二嫂了，咱們進去再說。」

方氏叫道：「有什麼見不得人的話還非要進去講？我就在這裡站定了，不講清楚，誰也別想走。」

林依將門框狠捶幾下，心想今天的生意只怕是做不成了，與其開著門把客人嚇跑，不如趁時辰尚早，關門打烊一天算了。她走出門去，與店內的兩三位客人團團萬福，稱張家腳店今日關門歇業，請她們明日再來，又笑道：「家家都有本難念的經，這本經書今兒輪到我家。」

客人們都是過來人，不但沒刁難，反而朝林依理解地一笑。林依親自把她們送出門去，再三道歉。

方氏見林依被迫關了店門，十分得意，轉向張八娘道：「妳別怕，有娘與妳撐腰，他們不敢欺負妳。」

林依被氣笑起來，到底是誰欺負誰？她很想與方氏理論一番，但考慮到今日的主角並非方氏，而是張八娘，便把火氣忍了下來，問方氏道：「嬸娘好些日子沒進城了，今日怎地有空來坐坐？」

方氏看起來比林依更生氣，豎起眉，瞪了眼，邊講邊罵，林依與張仲微費了大力氣才聽明白個大概，原來方氏今日來完全是誤打誤撞，她原本的目的是來借錢的，沒想到一進門就看見張八娘在做活，一時怒氣直衝腦門，就把借錢的事忘了，改罵起林依來。

林依聽完這些話，滿腹的氣憤全化作了哭笑不得，直截了當問道：「嬸娘，妳就不問問八娘子為何隻身來了京城？」

方氏看了林依一眼，那眼神像是在看傻子：「這還用問，定是我大哥高升，舉家赴京了。」

林依徹底無語，與這樣的糊塗人還有什麼好說道？她決定使個金蟬脫殼，將方氏留給張仲微兄妹倆去應付，遂道：「嬸娘大清早就趕來，想必還沒吃早飯，我這就下廚去，炒兩個妳喜歡的菜端上來。」

方氏沒覺察出林依是想溜，反而對她這番賢慧的舉動稍感滿意，於是端著架子輕一點頭，到桌邊坐下來。

林依舒了口氣，迅速溜到廚房。青苗正在廚房裡洗菜，準備做早飯，見林依進來，問道：「二少夫人，前面出了什麼事？我聽見有人嚷嚷，正想要去看，又平息下來。」

林依挽了袖子，與她幫忙，道：「沒出事，是二夫人來了，今日歇業一天。」

青苗嘀咕道：「二夫人好大的派頭，她一來，咱們就得歇業。」她從菜筐裡又翻出根蘿蔔，問道：「早上多加菜？」

林依沒好氣道：「加什麼，照常，她耽誤我一天的生意，這損失還沒處討呢。」

青苗很高興林依這態度，歡快應了一聲，把蘿蔔放了回去。兩人齊動手，早飯很快便得，青苗正要朝外端，林依拉住她道：「咱們吃飽了再出去，待會兒還不知怎麼鬧呢。」

青苗便將托盤放下，盛了兩碗飯，與林依先吃起來。還沒吃完，就聽見前面店裡已鬧將起來，砰砰砰拍桌子的聲音、乒乒乓乓器皿落地的聲音，還夾雜著方氏尖厲的叫罵聲。

青苗幾次想站起來，都被林依按下，只得隨林依的節奏，慢慢吃完飯，又慢慢把碗筷洗了，直到前面安靜下來，才端了托盤一同朝店裡去。

方氏餘怒未消，見到林依主僕進來，馬上罵道：「一頓早飯花了個把時辰，妳想把我餓死？」

林依根本不理她，把托盤朝桌上一放，就喚楊嬸取筆墨紙硯來，問道：「壞了哪些物事？」

楊嬸一面仔細察看，一面稟報：「屏風一架、裝果子的小碟兩只，酒杯三個。」

青苗上完菜，扭頭叫道：「還有一把椅子也砸壞了。」

林依一一記到紙上，擱筆責怪張仲微：「明曉得嬸娘火氣大，還端酒與她吃。」

方氏氣道：「我來看望親兒，酒也不能吃一杯？」

林依還是不理她，搬來算盤，一面算損失，一面報數，她故意把損失報高了些，聽得張仲微都直皺眉，深恨剛才手腳慢了，沒能拉住方氏。

方氏見林依只算帳不理她，故意挑釁道：「不過砸壞妳幾個杯盞而已，怎麼，妳還想要我賠？」

林依推開算盤，笑道：「嬸娘哪裡話，咱們如今雖然是兩家人，可畢竟也是妳養大的，別說幾個杯盞，就是百個千個，也由得妳砸。」

這話講得極中聽，就是張仲微方才對她還有些埋怨，此刻都消散開。方氏對這話也挑不出錯來，哼了一聲，氣呼呼坐下。

林依走到飯桌前，招呼他們落座吃飯。張八娘眼睛紅腫，想來是剛剛又哭了一場，林依取出自己的手帕遞給她，安慰道：「莫要難過，嬸娘在這裡呢，定會與妳作主。」

方氏聽見這話，臉上有明顯被驚醒的表情，問道：「八娘子，妳是因何被休？」

林依非常詫異，方氏已大鬧一場，物事也砸過不少，卻連張八娘被休的原因都還沒弄清楚？那她方才大發脾氣是為了什麼？

楊嬸湊到林依身旁，小聲告訴她：「二夫人一聽說八娘子被休，就氣到拍桌子砸板凳，嚇得八娘子只曉得哭。」

林依明白了，敢情方氏是只顧著發脾氣，還沒來得及聽緣由。張八娘抽抽搭搭，把她被休的原因講了一遍。方氏氣道：「男人官場上的事與女人何干，妳舅舅這回太過分。」

林依默念一聲佛號，到底是親娘，脾氣再壞，腦子還算清醒，沒糊塗到把罪過推到自家閨女身上去。

張仲微見方氏也有責怪方睿的意思，便道：「嬸娘，八娘子還想回去，妳說她糊塗不糊塗？」

方氏沒作聲，內心十分矛盾。她心疼閨女不假，但張八娘被休是使張家蒙羞的一件事，往後不管是張伯臨還是張仲微，都會因此事被人嘲笑，這是她很不願看到的。所謂手心手背都是肉，閨女是親生的，兒子也是親生的，到底是為了臉面送張八娘回去，還是顧全張八娘後半生的幸福留下她來？

方氏神色複雜可是少有的事，林依和張仲微都看呆了，一時竟猜不出她心中所想。

方氏猶豫時的小動作同張八娘一樣，都是扭手指，左扭扭右扭扭，直到林依擔心她手指斷掉，才開口道：「此事重大，我要同妳爹商量商量。」

張仲微急道：「這有什麼好商量的，咱們還在眉州時，方家待八娘就不怎樣，如今咱們遠在京都，她待遇如何可想而知，好不容易離了那裡，就在娘家安穩住下來，還回去做什麼。」

方氏此刻十分冷靜，與他道：「我曉得你心疼妹子，可也該替你哥哥替你自己想想。」

這話顯見得就有些重男輕女了，張八娘不知該繼續哭，還是該慶幸方氏也有將她送回去的心思。

林依覺得他們都有些想當然耳，張八娘已然被休，再送回去可不是一句話的事兒，還得看方家樂意不樂意呢。接受張八娘被休的現實固然丟家族臉面，可腆著臉皮去求方家重新接納張八娘就不丟臉了？況且，張八娘原先在方家的地位就不怎樣，被休後再回去，只怕更要被方家人踩在腳底下。

林依明白自己身為侄兒媳，若講出這些意見實在算得了多話，但一看到張八娘紅腫的眼睛她就克制不住，還是講了出來。

方氏聽完又生起氣來，問道：「照妳這樣講，送她回去也丟臉，不送回去也丟臉，那究竟是送她回去好，還是不送她回去好？」

林依暗自腹誹，虧方氏還自詡出身書香門第，理解能力竟如此低下，她的意思如此明瞭，是想留下張八娘，方氏為何就聽不明白呢？她哪裡曉得方氏不是沒聽懂，而是自身猶豫不決，她這番話，其實也不是在問林依，而是在問她自己。

張仲微回答了方氏的問話，道：「既是被休了，還回去做什麼，就留在娘家，父母俱在，還有哥嫂，餓不著她。至於臉面，不值得什麼，反正我是不在乎，哥哥應該也一樣。」

方氏平素挺爽快的人，今日磨蹭起來，把手指扭來扭去。林依實在受不了她這副模樣，扭頭喚青苗：「上祥符縣去一趟，把該請的都請來。」

方氏能夠預料張梁來後會是什麼樣的情景，忙道：「不消去得，待我回去再與他慢慢商量。」

青苗動作奇快，不等她講話，人已衝出門去了，急得方氏緊追出去，林依連忙把張仲微推了一把：「孀娘對州橋巷不熟，趕緊把她追回來，免得走丟了。」

張仲微應了，飛奔追去。楊孀站在門口張望一時，道：「二夫人回去後再同二老爺慢慢商量，也沒什麼不好，二少夫人何必叫他們都到店裡來，好不鬧騰。」

林依自然也曉得，張梁來後與方氏必有一場大鬧，但她為了張八娘，顧不了那許多了：「等她回去慢慢商量，三五日都得不出結果。」

說話間，張仲微把方氏追了回來，挽著她一路走一路勸：「娘，八娘的事耽誤不得，趕緊全家人聚齊商量商量是正經。」

方氏很滿意「全家人」這說法，稍稍安靜下來，重新落座。林依見飯菜已冷，下廚熱過，一家人繼續吃飯。

祥符縣此去不遠，加之張梁趕路，必然是急的，因此不到一個時辰，張梁和張伯臨就出現在張家腳店內。

方氏不敢看張梁，採取了先聲奪人的戰略，問張伯臨道：「你媳婦怎地沒來？」

張伯臨一愣：「她身子沉重，不太方便，再說家裡也不能沒人，便叫她留下了。」

方氏不給張梁開口插話的機會，繼續道：「身子沉重有什麼，坐個轎子就來了，又不用她走路。」說著吩咐跟來的任嬸：「回去一趟，叫大少夫人坐轎子到這裡來。」

任嬸看看她，又看看張伯臨，不知該不該邁腿。

張伯臨心疼媳婦，問方氏道：「咱們來是要商量八娘子被休一事，與我娘子有什麼干係，為何非要她前來？」

方氏等的就是這話，聲量馬上就高起來：「怎麼沒得干係？你妹子被休就是被她害的。」

張伯臨莫名其妙，問道：「娘，此話怎講？」

方氏將方睿受李簡夫一派排擠而遷怒張八娘的事講了一遍，反問道：「你舅舅就是因為你媳婦娘家才休了八娘，這難道沒得干係？」

張伯臨毫不猶豫反駁：「官場上爭來鬥去再平常不過的事，哪有因為這個就休掉親外甥女的？是舅舅做事太不厚道，與我岳丈什麼相干？」

方氏講一句他頂一句，實在氣不過，伸手打了他一掌，罵道：「你這不肖子，翅膀硬了，敢與娘頂嘴了？」

張伯臨挨了打，倔脾氣越發上來，不僅不道歉，反別過臉去。方氏一見他這模樣，更是氣得慌，又想打第二巴掌，但手還沒伸出去，自己臉上先挨了張梁一掌。

這一掌聲音清脆，想必使了大力，嚇得眾人本能一縮。方氏撫了撫臉，一片火辣辣，她只覺疼得緊，又不想在孩子們面前犯怵，便一梗脖子，問道：「為何打我？」

張梁氣道：「妳白活了一把年紀，越過越糊塗。伯臨能到謀到這樣的好差事是誰的功勞？妳若真想怪罪李太守，那先叫伯臨把官卸了。」

方氏辯道：「伯臨是正經八百的進士及第，就算沒有李太守，一樣能做官。」又道：「當初我就不同意娶他娶李氏，是你們一廂情願娶了她來家，依我看，趕緊將她趕回娘家，方家不來接八娘，就不許李氏回來。」

這番歪理既把張梁氣得鬍子亂抖，又讓他得了提醒，他把跟著來的任嬸喚過來，吩咐道：「我也寫一封休書，妳趕緊送二夫人回娘家，方家不來接八娘，二夫人就不許回來。」

林依正要為這主意撫掌叫好，方氏卻面露得意之色，道：「我替公婆守滿了三年孝，你休不得我。」

林依不大明白這說法，問過張仲微才知，原來「七出三不去」裡有一條，為公爹或婆母守孝三年的女人不能被休棄。

方氏此前並沒想到這一點，乃是急中生的智，她此時有恃無恐，連張梁的巴掌也不怕了，安安穩穩朝桌前一坐，道：「二老爺，你還是趕緊尋李太守算帳去吧。」

張梁警告她道：「不許在媳婦面前胡言亂語，不然小心我打掉妳的牙。」然後問張八娘：「閨女，妳有什麼打算？」

林依揉了揉發脹的太陽穴，老天，他們這一家子總算回到正題上來了。

張八娘被他們這一巴掌來一巴掌去的給嚇著了，就算跋扈如王夫人，也沒有動不動就打人的習慣。

林依見她瑟瑟講不出話來，忙過去摟住她的肩，撫慰了好一會兒，又代替她答道：「八娘子的意思是想回方家去。」

張梁一時沒轉過彎來，點頭道：「回去，是要回去，嫁妝得討回來。」

一群人都愣住了，林依推了推張八娘，示意她自己講。張八娘鼓起勇氣，開口道：「我想兒子，我不願被休，我想回方家去。」

張梁望著她，有些不敢置信：「他們這樣對妳，還回去作甚？聽爹的話，就在家裡住著，虧待不了妳。」

張八娘垂頭，默不作聲，方氏把張梁拉到一旁，小聲道：「閨女是親生的，我也想留她，卻怕兒子們在官場上被人笑話，你看這事兒……」

張梁不待她講完，又是一記巴掌甩過去：「平日裡叫妳為了兒子的前程善待兒媳，妳不肯聽，怎麼到了現在妳又曉得替他考慮了？」他打罵完方氏，轉頭問張伯臨與張仲微：「留你們妹子在娘家，你們可嫌丟人？」

張伯臨與張仲微齊齊搖頭，道：「八娘又沒犯錯，是方家行事不齒，有什麼好丟人的，不過這事兒不能就這樣算了，得討個公道回來。」

張梁連聲稱是，認為張家應該派人趕赴眉州，打上方家，一來為張八娘討公道，二來把嫁妝討回來，以供張八娘日後用度。

張八娘見他們你一句我一句，根本不考慮她的意見，傻眼了，拉著林依小聲道：「三娘子，幫我說說，我是想回去的。」

林依氣她氣到無力，道：「咱們都願意妳留下來，妳就非要往火坑裡跳？」

張梁聽見她們的對話，道：「八娘，妳要重回方家讓爹娘擔心？這可是不孝。」

「不孝」的大帽子壓下來，張八娘只好將心思壓下，不敢再作聲。方氏對於張八娘的去留本來就只是猶豫，並非不願她留下，此時見張家男人們都沒意見，也就隨了大流，上前扶起張八娘，道：「快隨娘回家去，叫妳嫂子與妳做頓好的。」說完順路瞪了林依一眼：「妳大嫂這回欠了妳人情，定會好好對妳，不像妳二嫂，只會叫妳做活。」

林依只盼她趕緊走人，懶得辯解，張梁與張伯臨都曉得方氏愛無事生非，也都只當沒聽見。

方氏見無人搭理她，一生氣，又不走了，拉著張八娘重新坐下，道：「妳二嫂開酒店呢，想必菜色不錯，咱們吃了中飯再走。」

林依氣到笑起來，她不肯在眾人面前小氣，以免落了口實，便吩咐楊嬸去廚下，拾掇午飯。

張梁難得來看一回兒子，見林依願意招待，也就不走了，坐下問道：「既然不急著走，咱們且來商量商量，派誰回眉州討八娘的嫁妝。」

眾人對望，張伯臨與張仲微都有公務在身，不能隨意離京，在座的只有張梁是自由人。張梁看了一圈，自己也明白過來，笑道：「原來只有我是個閒人，也罷，就我一人去吧。」

方家家僕眾多，張梁獨自前往能討到什麼好？別公道沒討著，反被方家傷了。林依心細，想得更多，把張仲微的袖子輕輕一扯，道：「叔叔路上無人服侍，把大嫂的家丁帶幾個去。」

張仲微會意，補充道：「大嫂在老家也有幾名家丁，爹，你到了眉州先別急，叫齊了人一道去。」相比他們的擔心，張梁顯得胸有成竹，把張伯臨的肩膀一拍，道：「我先去雅州，向親家借人，看他方家能有多神氣。」

林依一直以為張梁除了打方氏再無別的本事，聽了這話，對他刮目相看，直覺得他比起方氏來還是多出幾分頭腦。

張伯臨隸屬李簡夫一派，極樂意打壓方睿，以前還礙著他親舅舅的身分，不好出手，如今是他休張八娘在前，就再無什麼顧忌。

張仲微如今是中立人士，李簡夫與方睿相鬥，跟他一點關係也沒有，因此他也極樂意看到方睿吃虧，替張八娘出一口氣。

大家都沒意見，張梁就準備繼續討論出行時間，正要開口，方氏叫道：「二老爺路上無人照料，我與你同去。」

張八娘也怯怯開口：「我也想與爹一道去。」

方氏要跟去眉州，大家都心知肚明，定是她擔心娘家吃虧太狠，想去調和調和。可張八娘為何也想去眉州？幾雙眼睛，齊刷刷望向了她。

張八娘深埋著頭，聲音細如蚊蚋：「我想回去見見兒子。」

「不行。」張梁斬釘截鐵回絕了她的要求，他是最瞭解這個女兒的，她這一回去，多半會放下身段，哀求方家讓她回去。

眾人都猜得到，若張八娘回去，只會自取其辱，於是紛紛來勸她。多重聲音響起，張八娘立時沒了主意，道：「你們說怎樣就怎樣吧。」

張梁勸服了張八娘，又轉向方氏：「妳就留在家中，我一人去便得。」

方氏生怕去不成，賠著笑道：「此去路遠，你沒個人服侍怎麼成，還是我跟去的好。」

張梁道：「家中那麼些丫頭，不拘哪個跟去就好。」原來他是想一舉兩得，既替張八娘出了氣，還能一路有美人相伴，方氏暗恨，故意道：「那就讓冬麥跟去。」

張梁果然馬上反對：「冬麥笨手笨腳，另換一人。」

此等小事拿到眾人面前來討論，張伯臨嫌丟人，忙道：「丫頭都是我娘子管著呢，回去問她去。」

方氏一想，兒媳跟前的丫頭，想必他做公爹的人不好意思討要，就放下心來，附和張伯臨的話：

「伯臨講得有理，我身邊再無人，你只跟兒媳說去。」

張梁猜出了她的用意，狠瞪一眼過去，卻無可奈何。

轉眼便是午飯，楊嬸端上飯菜來，眾人同桌坐了，夾菜吃酒。張八娘惦記兒子，最關心張梁何時出發，便問了出來，張梁稱，待得盤纏行李備齊就出發。

張八娘被休的事太過沉重，眾人都無心好好吃飯，沒扒幾口就將碗筷放下了，只有方氏不願張梁去眉州，故意拖延時間，慢吞吞吃著。張梁急著回去湊盤纏，一把奪下她的筷子，罵了幾句，將她從座位上拖起來。

方氏掙不脫，只得隨他出門，張八娘跟在後面走了幾步，突然道：「爹、娘，我想就留在三娘這裡。」

方氏詫異回頭，道：「妳到娘身邊住著豈不更好些？妳二嫂只會使喚妳，留在她這裡作甚？」

林依淡淡道：「若我真使喚她，她又怎會甘願留下？」

張八娘懇切道：「我與三娘多年未見，好些話要講，就讓我留幾日吧。」

方氏還要勸她，張梁卻認為張八娘住在哪裡實為小事，不願為這個耽誤時間，便截住她的話，問林依道：「八娘叨擾妳幾日，妳可願意？」

林依笑道：「自家妹子有什麼願意不願意的，只怕屋小，委屈了她。」

張梁對她的回話很滿意，遂將張八娘留下，拖著方氏走了。張伯臨落在後面，望著張八娘嘆了口氣，道：「此事到底與我有關，是大哥對不起妳。」

張八娘忙道：「大哥何出此言，是我自己命歹，與你不相干的。」

張伯臨自袖子裡掏出一塊銀子，遞與她道：「來得匆忙，不曾去兌成銅錢，妳自己跑一趟吧。」

張八娘不接：「大哥這是做什麼。」

張伯臨道：「妳淨身出門，想必沒帶什麼錢，且拿著使用吧，與自家哥哥還客氣什麼。」

張八娘只好接了，轉頭就遞與林依，向張伯臨道：「我住在這裡，吃喝都是三娘的，我把這錢與她，大哥勿怪。」

張伯臨一笑，叫她把錢留著，另取了一塊銀子給林依，道：「勞煩弟妹。」

林依推了回去，打趣他道：「我曉得大哥上任後撈了不少油水，只給這點銀子我嫌少，拖一滿車來我才要。」

張伯臨曉得他們如今還算過得，不缺張八娘一口飯，便將那塊銀子也塞給張八娘，笑道：「妳且等著，總有那一天。」

伍之章　雙喜臨門

張仲微去送張伯臨，林依則拉了張八娘進裡間坐，命楊嬸端上茶來。張八娘捏了捏手裡的兩塊銀子，問道：「三娘，附近哪裡有兌房，我兌來銅錢與妳使用。」

林依道：「我不缺這幾個錢，妳自己留著吧。」

張八娘不分由說，將銀子塞進她手裡，捂住她的手道：「妳若不收，我就回去了。」

林依拗不過她，想了想，將兩塊銀子還給她一塊，道：「妳總要留些錢零花，咱們各拿一塊，可好？」

張八娘應了，林依便喚楊嬸進來，叫她趁今日得空，去兌房將銀子換成銅錢。待得銅錢換回來，足有兩千文，張八娘便道：「三娘幫我租個房子。」

林依笑道：「使得，我再與你妳上幾貫，就在這巷子裡租一間。」

張八娘看了看面前的一堆銅錢，詫異道：「這許多錢還不夠租嗎？」

林依道：「東京物價貴，猶以房價為最，我這套上等房，按月算，每間是八貫。」

張八娘咂舌道：「還真是天價，那後面青苗住的下等房每月幾多錢？」

林依答道：「五貫九十七文。」又安慰她道：「妳不用擔心，我與妳添些錢便是。」

張八娘堅決不肯，道：「我吃妳的喝妳的，本就過意不去，怎好意思再要妳出錢租屋。」

林依再怎麼勸她不要見外，張八娘還是不肯，她只好道：「妳並不是沒錢的人，等叔叔把妳的嫁妝討回來妳再還我，好不好？」

張八娘臉紅起來，扭了半日手指，才小聲開口道：「我當年陪嫁過去的物事早花得差不多了。」

林依很是氣憤：「方家還缺錢花嗎，竟花妳的錢？」

張八娘嘆了口氣，道：「這倒不是他們花的，我在方家住著，上上下下都要打點，胭脂水粉也要花錢，不知不覺就花得差不多了，幸好幾畝田還在那裡跑不掉。」

林依怔道：「他們不把月錢給妳？」

張八娘輕輕搖頭，林依長嘆一聲，不再提這讓人既傷心又氣惱的事體。張八娘不肯讓林依資助她租屋，又不肯回娘家，這可讓林依犯了難，總不能讓她上下等房和下人一起睡。上等房雖有三間，可其中兩間都改作了酒店，只得一間臥房，若天天都跟昨日似的叫張仲微睡桌子，他肯定要抱怨。

張八娘看出林依為難，道：「三娘，妳不必操心我的住處，店裡地方這樣大，我把桌子拼一拼便得。」

林依不同意，道：「大冷的天睡桌子，不出三日就得得病。」

張八娘欲爭辯，但一想，若真受寒生起病來，請郎中、抓藥花費的錢只怕比租房子還多些，於是就閉了口，苦思住處的問題。

二人各自想辦法，屋內一片寂靜，突然敲門聲起，楊嬸在外稟道：「二少夫人，隔壁的丁夫人來了。」

林依回過神來，忙道：「快快有請。」

丁夫人走進屋來，與林依、張八娘相互見禮，又遞上一只陶罐，道：「這是我從四川帶來的辣醬，請林夫人嘗嘗。雖不是什麼物事，卻是家鄉口味。」

林依接了，當場開罐聞了聞，喜道：「好醬，正愁東京買來的所謂四川辣醬都不對味呢。」

丁夫人見林依喜歡，比自己吃了還歡喜，笑道：「若真喜歡，吃完了我再送來。」

林依笑著謝過，請她到桌邊坐下。丁夫人見張八娘面有愁容，奇道：「八娘子，妳千里迢迢到京城來不就是為了尋娘家人的，如今見到了，怎麼還是愁眉不展？」

張八娘把住房的難處講與她聽，苦笑道：「我只想過東京繁華，就沒想到繁華的地方物價也是貴的。」

林依道：「我要給她另租間屋子，她卻不肯，正商量對策呢。」

丁夫人道：「這也沒什麼難的，若是八娘子不嫌棄，就搬去與我同住。」

張八娘自眉州一路行來，與丁夫人日夜相處兩個月，二人已是相熟，聽了這話，有些動心，卻又不好意思，道：「我一路上的吃穿用度都是丁夫人資助，到了京城還要叨擾妳，實在過意不去。」

丁夫人笑道：「算不得叨擾，我如今一人住著，正愁沒得伴兒呢，妳若願意過去陪我，我倒要感激妳。」

林依昨日替張八娘還路費時，去過丁夫人家，她家確是人口簡單，除了她自己，就只得奶娘夫妻相伴，而後者住在青苗隔壁，上等房內僅丁夫人一人居住，連個丫頭也無，因此她稱孤單，林依倒是相信的。

張八娘想要過去住，又怕林依不同意，便只拿眼看她。林依有些好笑，說起來張八娘比她還大三歲呢，遇事卻沒個主意，不過這事兒，她做嫂子的擔不起責任，便道：「等問過妳二哥再說。」

尋常人家，女人都是做不了主的，大小事體須得問男人，丁夫人對此很理解，便不再提，另將些家鄉趣聞來講，讓林依聽入了神。

丁夫人告辭前，順口問了林依一句：「林夫人是一直都在州橋巷住著？」

照目前看來，丁夫人肯一路照應張八娘，將她安穩帶到京城，為人應是不錯，但所謂防人之心不可無，林依的回答還是保留了幾分，道：「是，我家官人在朝為官，這裡離他當差的地方近，因此一直住在這裡。」

林依這話透露出兩個資訊，第一，不願丁夫人再往下講，以免多生事端；第二，告訴對方，張家是官宦人家，最好別打主意。

不料丁夫人一聽說張仲微是個官，反倒興奮起來，連朝外走的腳步也停下，問道：「我正想上衙門尋人，能否請妳家官人幫個忙？」

若只是尋人，林依還是樂意幫忙的，但涉及衙門，她就愛莫能助了，告訴丁夫人道：「我家官人並不在衙門當差，只怕幫不了妳。」

丁夫人頓感失望，福了一福，告辭歸家。

丁夫人一走，林依便問張八娘道：「妳曾講過丁夫人進京尋夫，她要上衙門找的人可是她家官人？」

張八娘點頭稱是，又道：「三娘，我能順利找到你們，全仗丁夫人，她此番要尋官人，卻人生地不熟，你們若能幫上忙就幫一把吧，我在這裡替她謝過。」說著，朝林依福下身去。

林依是她嫂子，倒也受得她的禮，便沒有躲開，問道：「丁夫人是什麼人家，官人又是誰，為何失蹤？」

張八娘想了想，答道：「她夫家姓賈，聽說住在朱雀門東壁。」

林依聽了這話，心中一動，正巧張仲微送完張伯臨回來，便喚他道：「快來聽聽，只怕是我們與舊鄰居有緣。」

張仲微進得裡間來，好奇問何事。

張八娘將丁夫人的家事講了一遍，稱她家官人賈老爺，乃是個行商，在東京置了一外宅，一年到頭回不了幾次家，對此丁夫人早已習以為常，但眼看著天冷下來，家中老小要添置過冬衣物，卻不見賈老爺捎錢回家，丁夫人就著起急來，到處打聽賈老爺的下落。這不打聽還好，一打聽嚇一跳，原來賈老爺在京吃了官司，現正在大牢裡出不來，丁夫人情急之下，只好將孩子交與公婆照看，再向親戚借了幾貫錢，上京救夫來了。

林依聽得一個「救」字，嗤道：「這樣的男人還有什麼救頭，告訴丁夫人，別耗費錢財了，隨他去吧。」

張仲微以為她是看不慣賈老爺養外宅，駁道：「各人想法不盡相同，賈老爺長年不在家，另買一人服侍，情有可原，再說他吃官司並非他的錯，而是被林夫人連累。」

林依話語中帶了些氣憤，道：「養外室的人不在少數，可養了外室就不顧家的人沒幾個。你沒聽八娘講，丁夫人連置辦過冬衣物的錢都無，賈老爺能撇下家中老小，只把錢給林夫人，真真可恨——喚她林夫人，真是抬舉了，頂多當個林娘子。」

張仲微方才沒聽仔細，經林依這一說，有些慚愧，道：「如此看來，確是人品不佳，怨不得吃官司。」

林依突然想起一事，打開箱子，翻出一匹蜀錦，道：「這是當初林娘子為了封口送與我的，你們瞧瞧，她一個外室出手如此闊綽，正室夫人卻連過冬的錢都無。」

張八娘聽到這裡才完全明白，原來賈老爺在京不僅吃了官司，還有一外室，她問道：「那你們講的林娘子如今何在？」

林依將那日朱雀門東壁失火的情景講與張八娘聽，道：「她婦德有虧，又闖了禍，想必是躲起來了。」她將那匹蜀錦遞與張八娘，道：「這是丁夫人家的物事，還是歸還原主，妳與她送過去吧。」

張八娘接過蜀錦，看了看張仲微，欲言又止，林依瞧見，替她問道：「八娘子想上丁夫人家借住，不知你同意不同意。」

張仲微問道：「丁夫人家幾口人？」

林依推了推張八娘，張八娘答道：「上等房住的只她一人，奶娘夫妻住在後頭，就在青苗隔壁。」

張仲微看向林依，見她微微點頭，便答應下來，道：「若只她一人，去住無妨，改日再叫妳二嫂登門道謝。」

張八娘見他同意，歡喜應了一聲，捧著蜀錦朝隔壁去了。

林依笑問張仲微：「你這般輕易就答應了，不怕八娘子被丁夫人騙了？」

張仲微道：「一路上好幾個月，要騙早就騙了，非要挨到八娘子尋到娘家才騙，難不成是傻子？」

林依笑著摸了摸他的腦袋，道：「我家官人越發聰敏了。」

張仲微朝窗外看了看，道：「八娘子這一去，定要將我們方才談論的話告訴丁夫人，只怕過不了多時，她就要來尋妳了。」

林依不以為意，道：「就算尋我，我也只能將當日情景如實相告，尋夫一事，恕我無能。」

張仲微學她方才的樣子，也摸了摸她腦袋，笑道：「妳在官宦夫人堆裡混跡了幾日，也變聰敏了。」

林依拍掉他的手，嗔道：「少油腔滑調，我只是明白，凡事要量力而行，再說賈老爺那樣的人有什麼好救的。」

張仲微愛她嬌嗔的模樣，將手挪到她腰間，一把攬過來，親了下去，恰逢張八娘掀簾進來，看個正著，二人慌忙分開，雙頰通紅。張仲微尷尬咳了兩聲，問道：「蜀錦丁夫人收下了？」

張八娘促狹地朝林依眨了眨眼，故意問道：「三娘，妳的臉怎地這樣紅，莫不是病了？」

林依聽了這玩笑話，感覺未出閣前那嬌憨的張八娘又回來了，忍不住有淚盈眶。張八娘見她眼角濕潤，還道是她著羞，趕忙轉移了話題，道：「丁夫人很喜歡那匹蜀錦，請妳過去一敘呢。」

林依料想丁夫人是要詳細打聽賈老爺的情況，也不推辭，理了理衣衫頭髮，由張八娘做伴，朝隔壁而去。

丁夫人將林依當作了貴客接待，親手煮茶，又端上好幾碟果子，道：「茶果粗陋，只怕入不了林夫人的眼。」

林依拈起一塊嘗了，又抿一口茶，笑道：「丁夫人客氣，我正想家鄉的吃食呢，妳這茶也煮得好。」她對於自家住處方才扯過謊，因此不待丁夫人相問，自己圓話道：「我曾在朱雀門東壁住過，但那場大火太過嚇人，我實在不願再提，因此不管誰問，我都只稱沒去過那裡。」

此話出口，林依小小鄙視了一下自己，還真如張仲微所講，官宦夫人堆裡混久了，圓謊的本事都見長。

這謊果然圓得好，丁夫人表現出十二萬分的理解，慚愧道：「說起來，這火是因我家才起，我這裡與林夫人賠不是。」說著起身，福了下去。

林依卻躲閃開，道：「與丁夫人八竿子打不著的事，妳賠的哪門子禮？」

丁夫人也不堅持，重新落座，嘆氣問道：「林夫人，聽八娘講，我家官人在東京有一外室，可是真的？」

林依怔道：「丁夫人不知情？」

丁夫人苦笑道：「我早有察覺，也問過幾次，可官人總不耐煩，久而久之，就不敢問了。」又問：「夫人不知那外室的下落林？」

林依道：「大禍臨頭，只曉得逃命，實在無暇去照管她，不過並未聽說有人喪生火海，因此她性命應是無礙。」

丁夫人有些失望，林依將她神情瞧在眼裡，很是奇怪，難道丁夫人想找林娘子不成？不過，林娘子偷情害得賈老爺吃官司，或許丁夫人想將她揪出來替夫報仇也不定。

丁夫人還真是想找尋林娘子，她端起一盤果子，讓了讓林依，央道：「林夫人，妳家官人在朝為官，家中又開了腳店，人來人往，消息定然靈通，若是有我家外室的消息，能否相告？」

若不是林娘子偷情，也不會引來那場大火，林依自己還想找到她罵幾句呢，因此爽快答應。

丁夫人謝過她，指著張八娘送過來的蜀錦道：「我家多年未見過蜀錦，區區外室卻能以此物送人，想來她手中錢財不少，我須得討回來，以奉養公婆，撫育孩兒。」

林依先前以為丁夫人的性子與張八娘差不多，此刻聽了這話，卻對她刮目相看，看來她還是有主意的人，不消旁人乾著急。

這對於張八娘來說是極好的教育案例，林依一告辭回家，便將丁夫人所為分析給她聽，道：「丁夫人先前太軟弱，不敢逼著官人要家用，才使得家中連過冬的錢也無，如今她吸取教訓，硬氣許多，能想到尋外室討錢，今後的日子應是不會差。」

張八娘苦笑道：「我已是被休的人，還講這個有什麼用。」

林依急道：「妳這性子若不改改，就算再嫁，也沒好結果。」

這話大概有些重了，張八娘嚶嚶哭起來，張仲微聽見動靜，欲進來相勸，林依卻拉了他出去，道：「忠言雖然逆耳，但總要有人來講，且讓我當一回惡人敲醒她，不然她這一輩子都是苦。」

張仲微不忍，但仔細想了想，還是一咬牙，同林依一起退了出去。林依將丁夫人想找林娘子的事告訴他，道：「你若有她的下落，也告訴一聲。」

張仲微磨牙道：「不消妳說得，因她不守婦道，害得多少人流離失所，若真尋到，我先將她送到官衙。」

第二日一早，林依趁著店還未開張，召齊楊嬸幾個，將找尋林娘子的事講了，楊嬸未經歷過那場大火倒還罷了，青苗想起燒毀的鍋碗瓢盆和衣裳，祝婆婆想起以前的小酒肆，都是恨到磨牙，齊齊稱，要竭盡全力幫丁夫人找到林娘子，狠揍一頓。

店中生意一如既往，六張桌子爆滿，林依正在裡間得意，祥符縣來人報信，稱方氏臥病在床，想見兒女。雖然報信人急得滿頭是汗，林依卻不以為意，心道方氏昨日離去時還是好好的，怎會一夜之間就臥床不起，定是她想跟去眉州所耍出來的花招。

她心裡如此想，樣子還是要做，便取出幾個錢打賞報信人，勞他多跑一趟，到翰林院請張仲微回來。張仲微聽說方氏生病，也是不信，無奈告假，與林依相視苦笑，帶上張八娘，雇了三乘小轎，奔赴祥符縣。

他們卻都料錯了，方氏是真臥床不起，不過並非生病，而是受傷，頭上紮著的白布還滲著血。張仲微幾人俱是一驚，張八娘猛撲上去，哭叫道：「娘，妳這是怎麼了？」

張仲微與林依稍顯冷靜，到床前看過方氏，就把任嬸朝外一拉，問道：「二夫人是誰人所傷？」

任嬸看了張仲微一眼，道：「除了二老爺，誰敢傷她？」

原來兇手是親爹，張仲微責怪的話、罵人的話全都出不了口，張嘴愣住。林依問道：「二老爺為何打二夫人，可是為了昨日的事？」

任嬸搖頭稱不是，卻又不肯講緣由，林依問了好幾句，也沒問出什麼來，只得轉身去尋李舒。

李舒臥房門口掛著厚厚的皮簾子，小丫頭通報過後，打起簾兒，請林依進去。屋內，李舒在榻上躺著，手裡抱著暖爐，錦書與青蓮一邊一個，正替她捶腿。林依上前行禮，笑道：「大嫂倒會享福。」

李舒連忙起身，回禮道：「才從二夫人那裡回來，站了半天，腿直發麻，這才叫她們來捶捶。」說著請林依到桌前坐下。

青蓮端上茶來，向林依抱怨道：「稍微好心些的婆母，見兒媳替她懷著孫子，哪會讓她親力親為，又不是沒得下人服侍，就算不是真心，客套話總要講一句，咱們這位二夫人……」

李舒厲聲打斷她的話，斥道：「婆母臥床，兒媳侍病，乃是天經地義，妳自個兒想偷懶，莫要把我扯上。」

錦書見青蓮挨訓，偷笑幾聲，上前拉她道：「大少夫人賢慧的名聲生生叫妳給污蔑壞了，還不快隨甄嬸去領家法。」

青蓮好心維護李舒，卻沒分辨清場合，活該被罰，癟了癟嘴，委委屈屈地隨甄嬸下去了。

林依茶還未來得及吃一口，先觀了一齣戲，不禁替李舒覺得累。

李舒問她道：「妳去瞧過二夫人了？」

林依點頭道：「瞧過了，聽任嬸說，她是被二老爺打的？」

張梁打方氏，李舒已是習以為常，一面嗑瓜子兒一面慢慢講，權當是佐茶的八卦。

原來，昨日張梁一回家就開始翻箱倒櫃，說是要湊盤纏，翻來翻去，卻發現錢袋子空了，他不好意思來向李舒借，便想出個主意，去學生家提前收束脩，不料接連跑了兩三家，學生們都稱束脩已被方氏收走了。張梁當時就發了脾氣，責怪學生們不該將束脩交與別人，一學生膽小，見他吹鬍子瞪眼，怕了，吐露實情：「師娘稱，交與她，能少出幾個錢。」

張梁聽說方氏少收了束脩，氣得只差吐血，他擔心跌了臉面，不好意思逼著學生補齊，就只能回家拿方氏出氣，抓起就打。

李舒慢悠悠道：「我們想去勸，無奈關著門，只聽見二夫人高聲求饒，也不知打了幾下，門開時才發現她頭上破了皮。」

林依不得不佩服方氏膽子大，這種事稍微想一想，就能猜到張梁會發火，她不但代收束脩，還少算了錢，也不知是當時沒想到張梁的反應，還是明知故犯。

李舒談性甚濃，看出林依的疑惑，不待她發問，主動解釋道：「二老爺愛出門吃酒，自己賺的錢不夠花，就隔三差五上二夫人的零嘴鋪子打秋風，二夫人是虧空得狠了，才想起打二老爺束脩的主意。」

原來是報復行為，林依恍然大悟，聯想起方才任嬸的反應，問道：「這餿主意是任嬸給二夫人出的吧？」

李舒大笑，手一抖，一把瓜子兒散落地上：「弟妹真真是聰敏，一猜即著。」

林依也笑，暗道，任嬸這狗頭軍師已不知是第幾回帶累方氏了，也虧得方氏還一如既往地信任她，實乃奇事一樁。

李舒笑了一氣，問林依道：「聽說八娘回來了？她可曾恨我？」

看來他們並未把張八娘被休的事瞞著李舒，林依寬慰她道：「八娘是明白人，不會亂埋怨，大嫂別多心。」

李舒拿瓜子尖劃著桌面，道：「不埋怨最好，埋怨也無妨，今兒上午二夫人還道要把我休掉呢，我不在乎多一人抱怨。」

林依輕笑道：「大嫂是聰敏人，這事兒怎麼想不明白？八娘子的夫家即是二夫人的娘家，她就算曉得是方家的過錯，也不會在旁人面前講，當著我們的面，她除了抱怨妳和妳娘家，還能怎樣？」

李舒一愣，旋即丟掉那粒瓜子兒，拍著桌子笑道：「妳看我，真是當局者迷，光顧著生悶氣，就忘了二夫人也是有苦難言。」

林依見她想通，起身一福，道：「八娘子是苦命人，此番被休回家，還要靠大嫂多照拂，我這裡替她謝過。」

李舒道：「妳是她嫂子，難道我不是？不消妳提醒，我自好生待她，怕只怕，我做得再好也入不了二夫人的眼。」

說曹操曹操到，林依還沒接李舒的話，小丫頭來報，稱張八娘來了，李舒忙命備茶備禮。張八娘進來，與李舒和林依行禮，喚了聲「大嫂」，再到林依身旁坐下。

李舒接過甄嬸遞來的一只盒子，推到張八娘面前，道：「妳才來東京，想必少胭脂水粉使用，我這裡有幾樣送妳，妳別嫌棄。」

張八娘堅辭不受，二人推來推去，使那盒子跌落，震開蓋兒，現出裡頭的物事來，金燦燦地晃人眼，原來不是什麼胭脂水粉，而是滿滿一盒子金首飾。

張八娘詫異無比：「大嫂，妳這是……」

李舒擺手止她下面的話，道：「咱們女人從來都是身不由己，妳別問緣由，我也不道那勞什子的歉，快把盒子收起，好好過日子吧。」

李舒講話爽利，張八娘反不知所措。林依幫她把首飾收好，塞到她懷裡，道：「既是大嫂的一片心，妳就收下吧。」

張八娘這才將那盒子捧了，起身向李舒道謝。

李舒擺了擺手，扶著腰起身，道：「我也歇了好一會子了，再不到前面去，二夫人又要罵，就不留妳們了。」

張八娘想起自身懷著兒子時，服侍婆母也是照常不誤，不禁心生同命相連之感，上前扶住李舒，再回頭喚林依：「咱們一同去。」

大概是因為見到了兒子與閨女，方氏的精神好了些，林依幾人到時，她已坐起身，半躺在床上，由張仲微餵粥吃。

方氏被親兒服侍著，本是高高興興，但一見林依和李舒進來就變了臉色，責道：「服侍婆母乃是兒媳的職責，妳們一個二個跑得不見影子，卻要我做官的兒子來忙碌，什麼道理？」

此話全然道理不通，還冤枉了人，林依與李舒念及她正在病中，都不與她計較，默默將這責罵受了。

方氏見她們不作聲，越發來了興致，推開張仲微道：「兒子，你歇著去，叫你媳婦來餵我。」

林依正要上前，李舒卻搶先一步，接過粥碗來，向方氏笑道：「娘，哪有我這兒媳閒著，卻叫侄兒媳來服侍妳的道理，沒得讓人閒話。」

此話明是表孝心，實則在提醒方氏，張仲微如今已是大房的兒子，同她不相干了。

方氏見李舒偏著林依，越發惱怒，便等她將一勺子粥餵到自己嘴邊時，故意刁難，咬住半邊調羹一用力，讓大半勺子的粥灑得滿被子都是，隨後藉機大罵：「伯臨娶妳何用，連個粥都不會餵。」

李舒知她是故意，也不辯駁，只喚來任嬸替她換被子。方氏當她不理睬，更來勁，聲稱要休她回家。眾人都習慣了方氏的鬧騰，從張仲微到張八娘，個個充耳不聞，只幫著收拾床上的那一攤子。

不想方氏趁眾人不注意，一巴掌朝李舒臉上招呼過去。李舒挺著肚子，躲避不急，結結實實挨了這一掌，半邊臉立時腫起來。李舒何曾受過這種氣，立時哭起來，拉了甄嬸就朝外走，道：「既然二夫人瞧我不順眼，那咱們就回家去。」

眾人都忙著去勸李舒，只有林依留意到，方氏在李舒講出這句話後，臉上現出奸計得逞的表情。她不禁心中一動，難道說方氏不是單純耍潑，而是故意為之？

一向冷靜的李舒，在挨過方氏一巴掌後，方寸大亂，不顧眾人相勸，哭哭啼啼地回房，疊聲吩咐她房裡的下人們收拾衣物細軟，準備回娘家。林依趕過去，湊到李舒耳邊小聲道：「大嫂，妳若真回娘家，可就中了二夫人的計了。」

李舒心思玲瓏更勝林依，聽了這話，略一思忖，便明白了意思，方氏是故意要趕她回家，好以此為要脅，逼李家按兵不動，別跟著張梁上方家去鬧。

一旁的甄嬸也聽明白了，趁機勸李舒道：「大少夫人，此去雅州甚遠，妳又有孕在身，萬一有個閃失，怎生是好？」

李舒已抹去了淚，嘴上卻道：「我自然曉得此時不宜遠行，只是婆母趕我，我不好意思厚著臉皮再待下去。」

林依明白，李舒已不想回娘家，只是還差個臺階下，此時不拘張梁或張伯臨，來勸兩句便好了，可惜這兩人一人在衙門一人還在外收束脩，遠水解不了近渴。她想了想，故意問道：「大嫂，你們這院子不錯，租來幾多錢？」

李舒不知林依突然問這個作甚，照實答了價錢，道：「祥符縣離東京近，物價也貴，這麼個小院子，不比妳城裡那幾間房便宜。」

林依順著她的話，又問：「那是誰人出的錢？」

李舒好笑道：「自然是我出的，他們誰拿得出錢？」

林依把甄嬸看了一眼，不再出聲。甄嬸是人精，馬上會意，向李舒笑道：「大少夫人，院子是咱們出錢租的，憑什麼讓我們走？且安安穩穩大大方方地住下，誰要是看不慣，自走不送。」

林依此計甚妙，李舒果然高興起來，道：「我竟忘了，這本就是我的屋，去留由我自己作主，別個管不了。」說著挽了林依的胳膊，留她道：「你們好不容易來一回，吃了飯再走。」

方氏在病中，林依兩口子的確不好馬上就走，便應了下來。李舒吩咐小丫頭道：「讓廚房備兩桌酒，再使人到衙門知會一聲，叫大少爺早些回來陪二少爺。」

李舒在家時，大概是專門受過家事培訓的，安排起事務來井井有條，那些下人也全是機靈無比，一聽說她不回娘家了，不消人吩咐，馬上快手快腳把已打包的物事重新歸位。

林依一面留神觀察，一面暗暗學習，李舒經方氏這一鬧，身子疲乏，朝榻上歪了，笑道：「弟妹莫怪我沒坐像。」

林依笑道：「又沒外人，大嫂想怎麼躺就怎麼躺。」

二人吃著點心，有一搭沒一搭地閒聊，也不管方氏在由誰服侍。小半個時辰後，張伯臨大概是聽報信人講了家中情形，匆匆趕回家來，他怕被方氏纏住，不敢先去看她，逕直回房，問李舒道：「娘子，妳沒事吧？」

李舒抬手指了指，叫打簾子的青蓮將張伯臨攔在門外，道：「我已被休了，大少爺還不曉得？二夫人要趕我回雅州，我挺著肚子走不動，幸好這院子是嫁妝錢租的，想來還是住得。」

言下之意，這院子張家人是住不得了，張伯臨進退兩難，僵在那裡。青蓮心疼他，向李舒求情道：「大少夫人，要休妳的是二夫人又不是大少爺，妳與他置氣做什麼？」

再大度的正妻，心裡都藏有一小罈醋，更何況李舒並不是真大度，青蓮當著她的面維護張伯臨，恰似隻不懂事的貓撞翻了那罈子，酸味飄得滿屋子都是。張伯臨還算機靈，猜到李舒要吃味，馬上抓住青蓮的胳膊朝外一推，責道：「妳是什麼身分？這裡有妳講話的地方？」

錦書逮住機會，馬上走出去補了一句：「看來家法還沒領夠，甄嬸該再取尺子來。」

甄嬸老成，不似兩個小的只會互掐，當即朝張伯臨使了個眼色，又向林依道：「二少夫人，我們大少夫人為小少爺扯了幾尺布，卻不會裁剪，能否勞駕移步，幫忙看看？」

甄嬸口中的小少爺是指庶出的張浚明，她這一句話語出雙關，主要目的是引走林依，將空間留給李舒兩口子，附帶目的是告訴張伯臨，李舒賢慧至極，自己懷著嫡子，還想著與庶子添新衣，反觀之，方氏要休她，是多麼的不明智，多麼地無理取鬧。

林依暗讚一聲好貼心的奶娘，起身隨她走了出去，道：「裁剪一事我也不大懂，甄嬸還是上街尋個好裁縫來，別耽誤了給浚明做新衣。」

甄嬸明瞭，這便是洞曉她用意了，遂一笑：「我是怕大少爺面皮薄，二少夫人見諒。」

林依笑道：「我不是那愚鈍之人。」二人分別，林依朝方氏臥房去，張仲微與張八娘正圍在方氏床邊，竭盡全力哄她開心。方氏見林依回來，連忙問道：「李氏動身了沒有？」

林依隨口扯了個謊，道：「身沒動，胎氣倒是動了幾分。」

張八娘馬上跳起來：「哎呀，這可是張家頭孫，我去得去瞧瞧。」

方氏也信了林依的話，嚇得一顆心狂跳不止。她聲稱要休掉李舒，不過是虛張聲勢，與李家施壓罷了，那一巴掌也只是想作個導火線，並非真想讓李舒千里迢迢回雅州，此時聽說李舒動了胎氣，又是後悔又是害怕，生怕張梁得知，趕回來將她打死。

林依將她神色瞧在眼裡，很是不屑，既然不是無所畏懼，又何必演那一齣，讓自己下不來台。

張八娘見方氏愣住，以為她是默許自己去探望李舒，便轉身要走。

此時張伯臨正在房裡哄李舒呢，可不好讓旁人去打擾，林依忙朝張八娘使了個眼色，示意她放心，又道：「大嫂本要留咱們吃飯，可眼下她那裡正忙，咱們就別添亂了。」

張仲微朝外看了看，天色已晚，他很想留下伺候方氏，無奈第二日還要去翰林院當差，便向方氏告辭，準備歸家。

張八娘道：「我留下照顧娘，你們趕緊回吧。冬天黑得早，別耽誤了路程。」

方氏還惦記著李舒動胎氣的事，生怕張梁回來再打她，就想把張仲微和林依留下當勸客，忙道：「仲微，你們留下住一晚，明早再回。」

此去東京不遠，明早再趕往翰林院倒也使得，張仲微猶豫起來，看向林依。林依猜得到這院子裡還有一場大鬧，才不願留下蹚渾水，便道：「我倒是願意留下的，只是住哪裡？」

二房所住的小院是按人頭租的，半間也不多，就是張八娘留下都沒得住處。

方氏生怕他們因此都走了，忙朝地下指了指，道：「有多的被褥，你們就在這裡打地鋪。」

林依問道：「我們睡在嬸娘臥房，那叔叔住哪裡？」

方氏愣住，這院子可沒有設書房，張梁除了臥房，沒有別的去處，她還曾為這個高興過好一陣子呢，不想今日卻成了掣肘。就在她愣神的時候，簾子掀起，張梁走了進來，見張仲微幾人都在，奇道：「你們今日怎到得齊全？仲微不用當差？仲微媳婦不用開店？」

張仲微答道：「聽說嬸娘受傷，我們趕來探望。」方氏再有不是，也是張仲微親娘，因此他有些埋怨張梁出手太重，就將「受傷」二字咬得重重的。

張梁卻認為方氏是罪有應得，活該挨打，唬著臉道：「我離家前，她還是活蹦亂跳，哪裡來的傷？都趕緊回去，該當差的當差，該開店的開店，莫要在這裡耽誤了時間。」

方氏生怕張仲微幾人就此離去，捂著額頭小聲嘀咕：「都流血了，這不是傷？」

林依也認為方氏挨打乃是自找的，特別是她打李舒的那一掌，也該讓張梁還回去，與李舒討個公道。張梁聽見方氏的嘀咕，將手一抬，作勢又要打，嚇得方氏一縮頭，再不敢開腔。

張梁轉身，將張仲微三人都趕出門去，稱方氏無病無災，不消他們來探望。張仲微看著被張梁關上的大門，覺得有些荒唐。他來探望傷病的親娘，卻被親爹趕了出來。林依心想，李舒的下人一個比一個精，想必過不了多時，李舒被打的事就要傳到張梁耳中，方氏又該自討苦吃了。

方氏在打李舒的時候，難道想不到張梁的反應？林依覺得，她還是知道的，只是她沒有想到李舒不是張八娘，不僅不會逆來順受，還會不動聲色反擊一下。

林依厭惡方氏為人的同時，也心生幾分佩服，她為了維護娘家，甘願冒被打的危險，這份勇氣幾人能有？

林依想心事，張仲微氣惱張梁，張八娘擔心方氏，一路無語。

回到家中，腳店蓋飯店都已打烊，楊嬸與青苗圍上來，問道：「二夫人無恙？」

張仲微與張八娘都是無精打采，連開口作答的意願都無，林依朝楊嬸和青苗眨了眨眼，道：「咱們還沒吃飯呢，快炒兩個菜端上來。」

青苗道：「我猜到你們是餓著肚子，早讓楊嬸做好了，熱熱便得。」

楊嬸下廚去熱菜，須臾端上來。三人吃了，林依先送張八娘到隔壁丁夫人處借住，再回來與張仲微兩個安寢。

隔了一日，祥符縣來人送信，稱張梁收齊束脩，已奔赴雅州，待向李太守借足了人手，再朝眉州去。另還捎來李舒與林依的書信一封，信中，李舒感謝林依在方氏面前提動胎氣一事，讓她尋著了藉口，如今天天躲在房裡安胎，輕易不出房門半步，到方氏跟前伺候的事順勢就免了。

既然張梁已不在家，張八娘就想去方氏房中打地鋪，照顧她養傷，但店中忙碌，少不得人，只好趁上午客人少，較空閒時趕去祥符縣，午飯前再回來。她這般來回跑，林依擔心她累著，便道：「我叫肖嫂子來幫幾日忙，妳住到祥符縣去，待二夫人傷好再回吧。」

臨時雇人可是要花費的，張八娘不好意思讓林依多出錢，搖了搖頭，仍舊兩頭跑。幸好方氏身子算結實，沒出幾日便大好，這日張仲微聽張八娘講了方氏痊癒的事，便又告了一日的假，買了些吃食，帶著林依和張八娘上祥符縣去探望。

他們到得方氏房間時，方氏跟前只有任嬸一人侍奉，她一見張仲微等人來，馬上訴苦：「我有兒媳卻跟沒有似的，整日不見人影，病中時也不見她來侍候。」

正巧李舒聽說林依來了，趕來相見，聽見這話，故作驚訝狀：「二夫人這樣快就娶了新婦？」

方氏一時沒聽明白，唬著臉道：「什麼新婦，妳莫要打岔，說的就是妳。」

李舒笑道：「我不是才被二夫人休了嗎，二夫人適才怪兒媳不來侍候，不知講的是誰。」

李舒平日總以溫文爾雅示人，方氏從來不知她也是伶牙俐齒的，不禁愣住。青蓮上回當著李舒的面維護張伯臨，沒能討到好，這回學乖了，幫腔道：「二夫人都已將二少夫人休了，怎還好意思住她的屋？」

俗話說的好，見好就要收，過了，便成了欺人太甚。青蓮多加的話，恰是後者，惹來李舒瞪眼，錦書察言觀色，忙將其拖了出去。

方氏奈何不了李舒，就打起林依的主意，當著李舒的面，起了勁地誇她，最後表示，想留她在這裡陪自己。

林依一口回絕：「大哥大嫂都在這裡，嬸娘卻獨留我侍候，置他們於何地？」

張八娘忙道：「娘，我留下來侍候妳。」

方氏只顧折騰兒媳，閨女還是心疼的，忙道：「罷了，妳二嫂又不肯放妳的假，來回跑累得慌。」

張八娘替林依辯解道：「二嫂許我回來的，是我自己不肯。」

方氏在李舒和林依處都沒討到好，唯一的閨女又偏著林依，直覺得一口氣憋在胸口悶得慌。

張伯臨中途從衙門回家取物事，聽說李舒在方氏房裡，以為她又被刁難，火急火燎趕來，隨便尋了個藉口，迅速扶著她離去。

方氏不招人喜歡竟已到了如此地步，林依幾人面面相覷，都不知講什麼好。方氏也覺出氣氛不對，生出幾分傷心，揮手道：「你們都不願陪我這老婆子，去吧去吧。」

林依生怕待久了，方氏又生出花招來，一聽這話，就真告退，先行溜了出去。沒過一會兒，張仲微與張八娘也出來了，稱方氏怕耽誤他們的正事，不要他們陪。林依心想，方氏還真是厚此薄彼，一點都不加掩飾。

幾人回家，生活重新走上正軌，張仲微照常當差不誤，林依料理腳店，張八娘成為店小二中的一員。如此過了幾日，林依漸漸發現，店中的客人開始對著張八娘指指點點，她心下奇怪，正想尋個相熟的客人問一問，就被來店裡吃酒的趙翰林夫人招手喚了過去。

趙翰林夫人叫林依坐下，指了張八娘問道：「張翰林夫人，那是妳家小姑子？」

林依答道：「是，我家二房的閨女。」

趙翰林夫人又問：「聽說她是被休回來的？」

趙翰林夫人鄙夷的神態絲毫不加掩飾，林依皺了皺眉，道：「這是我們家的家事，想來不影響趙翰林夫人吃酒。」

趙翰林夫人聽出林依的不滿，叫道：「我是替妳著想。家中有人被休已是很丟臉，妳還留她在店裡晃悠，生怕別個不曉得？」

趙翰林夫人的聲量不小，店中人都聽到了，齊齊扭頭望過來，張八娘的臉漲得通紅，已有落淚的趨勢。

孫翰林夫人是同趙翰林夫人一道來的，見林依黑了面，忙解圍道：「被休的是二房的人，張翰林夫人是大房的媳婦，談不上丟臉。」說完又小聲勸林依：「張翰林夫人，恕我講句不好聽的話，這小姑子要麼送回娘家，要麼另嫁他人，留在妳店中確是不好看，當心影響了生意。」

就算她們是好心勸告，也犯不著拿到店裡來講，更不該當著張八娘的面講。林依心下氣惱，沉著臉站起來，準備趕人，但還沒等她開口，已有人搶了先，屏風後傳出一洪亮的聲音：「一派胡言！」

聲音之響亮，引得店中客人紛紛回頭去看，只見屏風後走出一年輕女子，頭戴珠冠，穿著打扮不俗，眾人的目光都落在她身上，她卻目不斜視，逕直走到趙翰林夫人這桌，冷著面道：「被休的女子可恥？照妳們這樣講，我們這些做人媳婦的就算被婆家折磨死，也不能回娘家來？」

女子的話鏗鏘有力，但也不是反駁不起，依照三從四德，依照綱常倫理，為人媳者就該恭順無怨言，就該逆來順受，哪怕死在婆家，也不能回來讓娘家蒙羞。

趙翰林夫人脾氣衝，按說聽過這番話會將桌子一按，起來回嘴，但此時她卻噤若寒蟬，甚至露出一絲懼意，讓林依好生奇怪。

珠冠女子講完，見趙翰林夫人和孫翰林夫人都沒反應，丟下一句「懦夫」，命丫頭結帳，走出店門去了。

趙翰林夫人與孫翰林夫人見她的背影從門口消失，才拍著胸口，大喘了一口氣，匆匆丟下酒錢，也離去了。

林依悄聲問楊嬸：「剛才那戴珠冠的客人是誰？」

楊嬸搖頭稱不知，道：「以前沒來過，是新客人。」

林依將好奇和疑惑壓下，走去安慰了張八娘幾句。張八娘含著淚不敢講話，生怕一開口眼淚就要掉下來。林依見她傷心至極，不忍再叫她忙碌，便讓她進裡間休息，另喚了肖嫂子來幫忙。

隨後幾日，在張八娘背後講閒話的客人有增無減，嚇得張八娘不敢再出來。林依又是氣憤又是無奈，只好讓她去陪丁夫人做針線打發時間。

張仲微在翰林院的情形也好不了多少，敵對一派的同僚笑話他張家家教不嚴，妹子德行有缺才被休回了家；拉攏一派的同僚勸他趕緊給張八娘另尋人家，好止住流言。

對於張八娘德行有缺的誹謗，張仲微很想辯駁，但方睿是他血緣上的舅舅，若當著外人的面埋怨，那些愛揪錯處的同僚又該說他德行有缺了。

張八娘被休，讓張仲微和林依都鬱鬱不歡，張八娘十分過意不去，回娘家住了幾天，又給張伯臨和李舒帶來了同樣的麻煩，她感到絕望，三番兩次提起要重回方家。

方氏一直擔心娘家安危，又見張八娘被休一事讓張伯臨和張仲微遭人笑話，就有幾分意動，支持張八娘回眉州去。但張伯臨兄弟和林依堅決反對，李舒存心想看方家被打，若張八娘回去，這齣戲就看不著了，於是也幫著勸張八娘，這許多人堅持，方氏鬧騰不起來，張八娘又是個沒主意的，你一勸我一勸，就又留了下來。

一個月後，楊升娶親，張仲微與林依前去相賀。新人拜過堂，挑開新婦的蓋頭來，只見新娘子樣貌平淡無奇，甚至算得上醜，眾人不禁都好奇，楊家有錢，楊升又生得相貌堂堂，牛夫人為何與他挑了一房醜媳婦？

一知情者道出天機，原來牛夫人擔心楊升娶了媳婦就忘了娘，因此特意選了個面貌普通的，免得他過於沉迷。眾賓客聽了，議論紛紛，牛夫人卻是春風滿面，四處敬酒，似對新娶的兒媳十分滿意。

林依這桌坐的都是晚輩，按說牛夫人不必到這邊來，但她偏偏拐了個彎，湊到林依身旁，藉著與她碰杯，小聲道：「仲微媳婦，趕緊把張八娘送回去吧，閒話紛紛揚揚，都影響到我家生意了。」

林依如今最恨聽到這話，毫不客氣回嘴道：「外祖母家的腳店，自從被府尹罰過款，生意就慘澹，怎能把罪過推到我們八娘身上？」

牛夫人見林依講話如此犀利，不敢置信：「我可是妳外祖母，妳這樣與我講話？」

林依一心想把青苗培養成甄嬸那樣的人精，就沒接這話，只看了青苗一眼，青苗沒辜負她的期望，立刻上前道：「牛夫人，妳面前可是位官宦夫人，妳這樣與她講話？」

牛夫人沒想到連青苗也這般伶牙俐齒，登時張口結舌。林依心想，大喜的日子總要與楊升幾分面子，於是向牛夫人遞過警告性的眼神後，安靜坐下。

所謂欺軟怕硬，世人大抵如此，牛夫人連碰兩枚釘子就不敢再招惹林依，端著酒杯上別處去了。青苗附在林依耳邊，低聲笑道：「二少夫人，看來還是做惡人的好，叫別個怕咱們，勝過咱們怕別個。」

林依輕輕一笑，心道，那都是託張仲微的福，若不是她有個官宦夫人的身分，斷不敢與名義上的外祖母頂嘴。

楊家有錢，聽說新婦娘家也有錢，因此婚禮排場極大，新房的嫁妝擺不下，都擱在院子裡供人參觀。酒席不但府中有，三家腳店也擺開了，菜色流水般地朝桌上端。

酒席吃到一半，變故突生，幾個膀大腰圓的婆子將一名年輕女子推攘至牛夫人面前，笑道：「牛夫人，我們夫人得知妳今日娶新婦，特意送個妾來道賀。」

眾賓客紛紛朝牛夫人處望去，她們才見過了其貌不揚的新婦，再看那蘭芝，直覺得美若天仙。

牛夫人並不介意楊升納妾，但今日新婦才進門，此時納妾無疑是打新婦的臉，打新婦娘家的臉。

這時候，新婦雖已進了新房，不曾看到這一幕，但女家有些家眷還在席上坐著，個個盯著牛夫人，看她如何行事。

牛夫人心想，陸翰林與楊家無冤無仇，他絕不會無緣無故送蘭芝來攪場，其中必有緣由。牛夫人並非蠢人，能想到這層，就不敢輕舉妄動，將那領頭的婆子拉到一旁，塞去滿滿一把的錢，好言問道：「不知陸翰林有何指教？」

婆子收下錢，皮笑肉不笑道：「哪敢談指教，我們老爺一片好心，聽說牛夫人家缺人手，特意送兩個過來。」

兩個？牛夫人朝蘭芝那邊看了看，先是疑惑不解，待得想明白，嚇出一身冷汗，結結巴巴問道：「陸、陸翰林想要如何？」

那婆子是受過陸翰林叮囑才來的，並不想把這事兒鬧大，自懷中取出蘭芝的賣身契，道：「我們老爺講了，妾本來就是送來送去的物事，不值什麼，加之楊少爺年輕氣盛，更是能理解。這裡是蘭芝的賣身契，牛夫人拿一千貫錢來，蘭芝就歸妳。」

牛夫人叫道：「蘭芝如今是殘花敗柳，一千貫也太貴了些。」

那婆子不慌不忙道：「看來牛夫人是許久不曾買過人了，如今下等婢女也要四百貫一個呢。」

楊升已落人口實，對方還是個官，今日這蘭芝，牛夫人是買也得買，不買也得買，她平生頭一回感到憋屈，不情不願地叫那婆子跟著帳房去了。

眾賓客見蘭芝留了下來，頓時議論紛紛，有人問林依：「聽說楊少爺多年前就吵著要娶蘭芝，可是真的？」

還有人來打聽：「張翰林夫人，那蘭芝不是陸翰林的妾嗎？他家與楊家什麼關係，竟親厚到以妾相贈？」

林依雖恨牛夫人，但落井下石的事還是做不出來，因此不管誰來問，一律微笑以對。

有一眼尖的瞧見女家親眷紛紛離席，笑道：「什麼親厚，我看是有仇才是。你們別看新婦長得醜，娘家卻是有些權勢的，陸翰林擇了今日送妾來，擺明了是要看牛夫人笑話。」

林依抬頭看去，女家親眷已將牛夫人團團圍住，似在質問她為何還在今日與楊升納妾。牛夫人急得滿頭油光，解釋不停。過了一會兒，金寶大概是得了授意，走到蘭芝身旁，欲將她領出去，不料楊升卻滿臉驚喜地從二門外奔進來，一把將蘭芝摟進懷裡。

賓客們好奇的目光從牛夫人那裡轉到了楊升身上，還有些面皮薄的，見楊升舉止大膽，羞得別過臉去。

牛夫人見場面開始脫韁，當機立斷，喚進幾名小廝將楊升強行拖了出去，再命兩個婆子一左一右將蘭芝夾在中間，不知帶到哪裡去了。

林依見女家親眷重新落座，好奇問道：「不鬧了？」

一人笑道：「堂都拜過了，再鬧又能怎樣。反正來日方長，一名小妾而已，揉圓搓扁還不是由得正妻來。」

看來短期內楊家是不得消停了，牛夫人內宅不寧，大概就騰不出時間來暗算他人。林依暗自高興，連吃好幾杯酒，盡興而歸。

回到家中，張仲微見林依雙頰紅豔似桃花，忍不住連香好幾口，笑道：「舅舅成親，妳這樣高興？」

林依笑道：「我是替舅舅高興，終於抱得美人歸。」

張仲微雖然坐在外面席上，但對二門裡發生的事也略有耳聞，遂捏了捏林依的臉，好笑道：「替舅舅高興？我看妳是替外祖母『高興』吧。」

林依嘻嘻一笑，也不辯駁，仗著幾分酒勁，主動去扯張仲微的腰帶。張仲微且驚且喜，不顧外面就是腳店，將林依抱到了床上去，裹在被子裡做了些事體。

楊家妻妾一同進門的事，轉眼在州橋傳開，街坊鄰居的注意力全被吸引過去，隨後幾日，張家腳店最紅火的八卦話題，由張八娘被休事件轉為楊家妻妾分庭抗禮。

張八娘見眾人的目光不再盯在她身上，自在許多，漸漸地，又開始出來幫忙。那日替張八娘打抱不平的珠冠女子又上門好幾次，專程找張八娘閒聊，一來二去，兩人成了好友。

林依好奇珠冠女子的來歷，向張八娘一問，才知她是歐陽府尹的閨女，同張八娘一樣，也是新近才被休回夫家。

原來是府尹千金，怪不得那日趙翰林夫人與孫翰林夫人都不敢與之鬥嘴。林依很高興張八娘有了新朋友，認為這是她開始新生活的第一步，為此，她還專門以張八娘的名義設酒，款待了府尹千金一回。

月底，眉州傳來消息，李簡夫家僕與方家械鬥，混戰人數多達數百名，轟動鄉里，甚至驚動了官府。此事影響極為惡劣，據稱，當今聖上雷霆震怒，要求嚴加查辦。照說李、方兩家都有過錯，但李簡夫早已隱退，無法責罰，幾個兒子雖遭牽連，但因不言父過，只受到了口頭警告，未有實質性懲罰。而方睿則沒這麼幸運，他被勒令閉門思過，官職也降了一級。

張伯臨得知此事，暗樂，李簡夫真乃老狐狸，明明是張梁尋仇，卻不讓他露面，由此保護了張伯臨，不然那降職的人又要多一個。

沒過幾日，張梁帶著張八娘的嫁妝旗開得勝回京，隨後擺了兩桌酒，請張仲微一家吃飯。林依坐在席上，笑容滿面，跟李舒同時舉杯，與張八娘相賀。張八娘的嫁妝沒剩下多少，但數百畝的田契尚在，被張粱帶了回來。有了這些田，她就算不再嫁人，後半生也有依靠，張八娘想到這裡，臉上有了笑意，與林依、李舒二人頻頻碰杯。

席上的人都高興，只有方氏悶悶不樂，娘家吃虧，意味著她今後在張家要矮人一截，一遠一近兩個兒媳本來就不大聽話，這往後的日子該怎麼過？

林依和李舒曉得方氏的心情，卻都不願去安慰她，生怕惹事上身。張八娘心疼親娘，想安慰，卻又不知從何講起，只能默默幫她夾兩筷子菜。

悶酒最易醉人，方氏沒幾杯就喝高了，朝桌上一俯，吐了滿桌子，嚇得她旁邊的李舒花容失色。

張八娘把方氏攙了下去，一眾下人上來換過桌面，林依與李舒卻都無心再吃。好不容易熬到男人們散席，林依將微醺的張仲微扶了，告辭歸家。

張仲微看起來心情很好，一路上有說有笑，到了家中還不停歇。林依絞了巾子與他擦臉，故意逗他道：「方家吃虧，嬸娘正難過呢，你卻這般興高采烈，不怕她見了更寒心？」

張仲微卻道：「讓我高興的另有其事，與這個無關。」

林依更加好奇，追問不已，張仲微卻神神祕祕，不肯相告，只道過幾日便知。

第二日，張八娘自祥符縣回來，將田契交與林依，託她保管。林依當著她的面，將契紙同李舒送她的金首飾鎖到一起，再把鑰匙交到她手中，笑稱：「如今妳是咱們家最有錢的人。」

張八娘一笑，將鑰匙貼身藏好。她雖然手頭有了錢，卻仍甘願當個店小二，在林依店裡幫忙。張仲微怕委屈了她，便與林依商量著另雇一人，林依卻認為讓張八娘多接觸一些人有益無害，張仲微覺得林依所講有理，也就隨她去了。

府尹千金聽說張八娘向夫家討回了公道，備禮前來道賀，府尹夫人也隨著一道來了。林依不敢怠慢，留出屏風後的位置，端上最好的酒菜招待。府尹夫人指了閨女，向林依笑道：「這是我家三女兒，大家都喚她衡娘子，想必妳見過好多次了。」

林依笑道：「是，貴千金與我家小姑子是好友。」

府尹夫人站起身來，玩笑道：「既然她們相厚，咱們就不在這裡礙眼了。」

林依聞言，心知府尹夫人是有正事要講，便將她引進裡間，命楊嬸另備一份酒菜。

府尹夫人到得裡間，一眼瞧見林依自製的窗簾，好奇走過去，看了又看，讚道：「張翰林夫人手巧，難為妳怎麼想得出來。」

林依謙虛道：「簡單得很，府尹夫人若喜歡，我做幾個送到妳府上去。」

府尹夫人對窗簾很感興趣，欣然接受，又問道：「如今專門招待女客的酒店不少，可曾影響店裡的生意？」

林依笑道：「影響不了。咱們的店小，只得六張桌子，若東京城的客人們都上店裡來，還坐不下呢。」

府尹夫人放了心，道：「這倒也是，她們漏掉的客人就夠咱們賺了。」

林依將門打開一道縫，請府尹夫人看外面，只見店內張張桌子都是滿的，生意極好。她掩上門，笑道：「府尹夫人隔三差五來坐一坐，我們這一個月就賺夠了。」

府尹夫人笑著點了點頭，卻又問道：「楊家娘子店的事妳可聽說了？」

林依以為她指的是楊升娶親一事，道：「陸翰林贈妾的事，府尹夫人也聽說了？」

府尹夫人一愣：「妳這講的是哪一樁？」

原來她們所講的不是同一件事，林依尷尬一笑，將楊升成親那日，陸翰林送妾的事講了一遍。府尹夫人冷哼一聲：「男人們的風流韻事不提也罷。」又問道：「這段時間，楊家娘子店的生意又紅火起來了，妳竟是不知？」

林依聽出她話語中暗含責備之意，忙解釋道：「這個把月光顧著為小姑子忙活，想必府尹夫人也有耳聞。」

府尹夫人聽她提張八娘被休的事，突然笑起來：「世間之事機緣巧合，真是妙不可言。我家馬上就有喜事，說起來還要感謝妳家小姑子。」

喜事？林依馬上聯想到同樣被休的衡娘子，難道是她要改嫁？府尹夫人猜到林依在想什麼，擺著手笑道：「莫要想歪了。這樁喜事與婚嫁無關，而且既是我們家的喜事，也是你們家的喜事。」

林依越聽越糊塗，府尹夫人偏又不講明，讓她好奇心猛漲，追問了幾句。府尹夫人笑道：「別急，再過幾日自然明瞭。」

這話與那日張仲微的語氣倒有幾分相似，林依斷定，他們有事瞞著她。

府尹夫人把話題重新轉到正題上來，問林依道：「楊家娘子店的生意好轉，妳如何看待？」

府尹夫人從來只坐等分紅，不過問生意的，今日特特提起，林依十分奇怪，答道：「上回那事兒都過去個把月了，總會有人淡忘，加之他們店內環境雅致，生意好起來倒也不奇怪。」

府尹夫人道：「好大一隻蟑螂呢，官司又灰頭灰臉，哪能這麼容易就被人忘了。環境再雅致也沒用，他們生意能再度好起來，全因攀上了高枝。」

「高枝？誰？」林依頭一回聽說，驚訝問道。

府尹夫人並不直接回答，只道：「王翰林的俸祿還不如我們家老爺，她家夫人卻能天天去楊家娘子店吃酒，照妳看來，這是為何？」

此話雖是問句，但府尹夫人一定知道答案，不過是想考校林依。林依仔細琢磨起來，一種可能是牛夫人的思路與她一樣，與王翰林夫人送了股份，但參照牛夫人以往的行事作派，此種可能性不大。另一種可能即牛夫人許了王翰林夫人免費去吃酒，興許還送了禮，反正王翰林夫人一去，自有招攬生意的效果在，她橫豎是虧不了的。

林依將她的分析講與府尹夫人聽，又自嘲道：「我家官人同樣是個官，還與牛夫人沾親帶故呢。我的待遇卻與王翰林夫人截然不同，果然官階差了幾品就大不一樣。」

府尹夫人一邊聽一邊點頭，聽到最後這句，突然道：「別急，不遠了。」

這話沒頭沒腦，聽得林依一頭霧水，但府尹夫人並沒打算解釋，只接著她前面的話道：「我打聽到的消息同妳猜的一樣，楊家娘子店確是免了王翰林夫人的酒錢，且還送過一份大禮。」

府尹夫人講完，將酒杯朝桌上重重一頓：「王翰林夫人收受賄賂，好大的膽子。」

林依雖不大懂得官場上的道道，但也曉得官員私下收些小禮，大家都是習以為常，就算鬧出去也沒什麼大不了，畢竟像歐陽府尹這般清廉的官員並不多。

這些門道林依都知道，府尹夫人自然不會不曉得，那她為何還這樣大的反應？林依正疑惑，抬頭瞧見府尹夫人唇邊一絲得意的微笑，忽地明白過來，當下正是拜相之爭激烈的時候，任何一丁點兒小毛病都能被對手所利用，作出大文章來。

府尹夫人見林依不作聲，以為她是愣住，遂拉起她的手拍了拍，道：「這些事妳曉得就行，不必操心，凡事有我呢。倒是腳店的生意該想想轍了，若還是只有六張桌子，就算對手少了一家也多賺不了。」

這暗示太過明顯，林依不用動腦筋就能明白——王翰林要失勢了，王翰林夫人無法再替楊家娘子店做活招牌了，總而言之，楊家娘子店離倒閉不遠了，林依得想辦法擴大店面，以接納多出來的人流量。

林依很樂意擴大店面，但本金從哪裡來？開店幾個月來，雖然賺了一些，但遠達不到楊家娘子店那樣的規模。

府尹夫人只負責透露資訊，籌錢的事她可不管。在林依思索的時候，府尹夫人再次拍了拍她的手，勉勵了幾句，起身告辭。

林依早就想擴店面，今日經府尹夫人這一提，越發激起鬥志。待她一走，就去翻帳本撥算盤，忙個不停。

張八娘送走衡娘子，走進裡間來，見林依忙碌，奇道：「三娘，還沒打烊呢，妳算什麼帳？」

林依邊算邊嘆氣：「六張桌子太少了，想將店面擴一擴，錢卻不夠。」

張八娘笑道：「我還道什麼事。」說完，取出貼身收藏的鑰匙，開了藏錢的小箱，將李舒送她的一匣子首飾拿出來，放到林依的算盤前，道：「賣了這個，還能頂幾個錢。」

林依看也不看就推回去，道：「那是大嫂送妳的，我怎能拿來使用。」

張八娘道：「這有什麼，妳就當是我入了股，若不夠，我那裡還有百畝田。」

林依捧起匣子掂了掂，笑道：「大嫂還真捨得。」

張八娘也笑：「那妳這做二嫂的捨得不捨得？將妳這紅火的腳店分我幾股？」

林依拍了她一下，故意道：「幾股？妳胃口也太大，頂多分妳一股。」

二人嘻嘻哈哈，似回到了小時候。笑鬧一陣，林依取出一桿秤，秤了秤首飾的重量，再折算成銅錢，搖頭道：「還是不夠。」

張八娘驚訝道：「這匣子首飾不算少，足夠把隔壁的上等房也租下來了。」

林依奇道：「我是想開一家宅園式的酒店，再租一間上等房作甚？」

張八娘愣了半晌，感嘆道：「三娘，自小我就曉得妳是個有雄心的，但一口吃不成個胖子，得一步一步來。在東京買個宅院那得花多少錢，咱們還是先租一間上等房再說。」

張八娘所講不錯，但林依有她的想法，官宦夫人多，是張家腳店的優勢，人人都是衝著這點來的，反言之，若留不住官宦夫人，張家腳店也就離倒閉不遠了。而現如今東京城內酒樓式的娘子店、宅園式的娘子店已有好幾家，許多官宦夫人都愛去，張家腳店若不是還有府尹夫人常常來，生意早被搶光了。

林依問張八娘道：「若再租一間上等房改成腳店，會多吸引幾個官宦夫人來嗎？」

張八娘覺得不可能，搖了搖頭。

林依嘆道：「先前官宦夫人聚會時，就已有人抱怨了咱們店面小，又沒濟楚閣兒，她們不愛來呢。」

張八娘想了想，道：「妳講的也有道理，若一樣都是宅園式的酒店，咱們家掌櫃的是官宦夫人，她們家掌櫃的卻只是布衣，那些愛講究身分的官宦夫人一定更願意上咱們店來。」

林依又開始翻帳本，道：「就算租不了宅園，也該把酒樓租一棟，不然官宦夫人都要跑光了。」

張八娘問道：「不知租一棟酒樓或租一座宅園的價錢分別是幾多？」

林依道：「等妳二哥回來，叫他打聽去。」

張八娘點頭，笑指首飾匣，叮囑道：「別忘了我的股份。」

林依作勢要打她，張八娘迅速拉開門溜出去了。

晚上張仲微回來，林依沒急著講擴店面的事，先將府尹夫人提過的「喜事」來問他。她拎住張仲微的耳朵，道：「到底是什麼事？你們都曉得，只我一人蒙在鼓裡。」

張仲微叫了聲「哎喲」，求饒道：「娘子，是好事又不是壞事，妳揪我作甚？」

林依想了想，逗他道：「好事近了？莫非是要納妾？」

張仲微努力將耳朵掙脫出來，又箍住她的手，道：「盡瞎扯！好事在歐陽府尹家裡，我只不過是沾沾光。」

張仲微與府尹夫人都口口聲聲稱有好事，究竟能是什麼好事？林依問道：「這好事是歐陽府尹還是他家人？」

張仲微答道：「自然是歐陽府尹。」

歐陽府尹？男人這輩子三樁大喜事，無非是他鄉遇故知、洞房花燭夜、金榜題名時，林依突然靈光一閃，問道：「可是歐陽府尹要高升？」

張仲微趕忙捂住她的嘴，小聲道：「還只是小道消息，莫要嚷嚷。」

林依一猜即準，很有幾分得意，心道，這肯定不是小道消息，府尹夫人謹慎，張仲微老實，他們都道好事近了，那定然八九不離十。

張仲微聽過她心中所想，摸著腦袋一笑，並不反駁，林依越發斷定自己猜對了。

三日後，張仲微帶回消息，歐陽府尹在聖上面前參了王翰林一本，告他收受商人賄賂，聖上因前段時間的眉州械鬥事件，本來就對王翰林有看法——王翰林運氣不好，與倒楣的方睿同屬一派，此次受賄事件便成了壓倒危房的最後一根稻草，雖不至於令王翰林貶職，卻使他顏面掃地。

王翰林受賄一事被揭發，直接影響了行賄人，楊家娘子店的生意一落千丈，就在林依為此歡欣鼓舞，積極籌備資金，準備大幹一場之時，更好的消息傳來，兩派之爭，漁翁得利，歐陽府尹升官，任參政政事，權同副相。

所謂一人得道，雞犬升天，這話不太好聽卻十分貼切，曾經的歐陽府尹，如今的歐陽參政，雖不屬於任何黨派，卻有親近之人，張仲微很幸運，就屬於其中一員。

自從歐陽府尹高升的消息傳出，州橋巷的人流量陡增數倍，那些的官員個個都是人精，曉得張仲微與歐陽參政走得近，來道賀時就捎上了各自的夫人，叮囑她們到府尹夫人面前賀過，再來張家腳店與林依套套近乎。

張家腳店總共才六張桌子，根本容不下這許多人，幸好那些夫人並不是真來吃酒的，不拘哪裡挪個凳子就能坐下，只是苦了林依，不僅要親自出面招待，還要提起精神與她們周旋，如此迎來送往好幾日，把她累得夠嗆。

這日又送走一批官宦夫人，林依直覺得腰酸腿痛，早早兒地就打烊，躲進裡間，一頭倒在床上，再不想起來。張仲微與其相反，是在家閒了好幾天，見狀忙走上來，替她捶腰捏腿。

林依趴在床上，舒舒服服地享受著按摩服務，嘀咕道：「做什麼我一天到晚應酬那些夫人，你卻藏在房裡享清閒？」

張仲微道：「這是歐陽參政吩咐的，不能叫人瞧出我與他關係好，免得惹來麻煩，因此我只躲在家裡閉門謝客，連翰林院也不去。」

既是把麻煩事都算計上了，想必已對張仲微作出了安排，林依笑意盈盈，問道：「歐陽參政還與你講了什麼？」

張仲微曉得林依在想什麼，俯下身子，低聲道：「歐陽參政有心提拔，卻無奈我資歷尚淺，再說此時行事太過招搖，且再等上一等。」

林依並不性急，道：「如今朝中局勢混亂，比起以前有過之而無不及，官職低些並非壞事，再說背靠大樹好乘涼，趁著有歐陽參政照拂，趕緊多賺些錢，在東京安個家是正經的。」

張仲微替她捶著腰，慚愧道：「要安家得掙錢，靠我那幾個俸祿，不知要等到何年何月，幸虧娘子能幹，會開腳店。」

林依笑道：「那也是託你的福，若你不是個官，這店哪能開得順。」

小小一記馬屁叫張仲微笑開了懷，格外幫林依多捏了一會子。

第二日，張家腳店生意又爆滿，張張桌子前坐的都是官宦夫人，林依挨個看去，期間許多熟人，靠牆的趙翰林夫人，還有角落裡的陸翰林夫人。

趙翰林夫人拉住張八娘的一隻袖子，盛情邀她也坐下吃一杯，渾然忘了不久前她才講過張八娘的閒話。

陸翰林夫人與林依並不熟絡，今日卻主動走到她面前，問她可得閒坐一坐。林依實在有些累，不願應酬，但陸翰林夫人的身分比她高出許多，這會兒又是店中客人，她沒理由不去，只好隨她到桌邊坐下。

陸翰林夫人把身段放得低低的，親手斟滿酒遞到林依手中。林依有些受寵若驚，忙客氣問道：「我店裡的酒菜可還合陸翰林夫人的口味？」

陸翰林夫人點的酒還有幾碟子菜都是店中最貴的，笑道：「那楊家娘子店自詡東京第一，我看他們賣的酒菜還不如妳家的。」

楊家娘子店已瀕臨倒閉，陸翰林夫人怎拿出來與正當紅的張家腳店相比？這些官宦夫人個個精明無比，林依可不認為陸翰林夫人是無心之語，其中必有深意。她仔細想了想自身與牛夫人的關係，決定謹慎作答，道：「楊家娘子店乃是大酒店，我家卻只得六張桌子，頂多算個拍戶，哪能與它相比。」

陸翰林夫人略微一愣，不再深究此話題，轉而談起楊升的親事，道：「不知我送去的那個妾合不合楊少爺的心意，張翰林夫人若遇見他，替我問一聲。」

陸翰林夫人句句不離楊家，究竟是什麼意思？林依最討厭打啞謎，不由得抬手，揉了揉太陽穴，道：「陸翰林夫人說笑了，我這外甥媳婦怎好去過問舅舅的後院。」

林依語氣不善，陸翰林夫人聽了出來，忙賠笑道：「張翰林夫人休氣，我這不是擔心送的妾不合楊少爺心意，牛夫人不喜歡嗎？」

這話前言不搭後語，林依反倒聽明白了，陸翰林夫人大概也明白蘭芝送的不是時候，知道牛夫人會恨她。牛夫人的態度陸翰林夫人並不放在心上，但她拿不定張家與楊家的關係，擔心張家也因此恨她，所以到林依這裡探風來了。

張家有可能將陸翰林恨上，這結局陸翰林夫人肯定早就想到了，但早些時他們根本不把官微言輕的張仲微放在眼裡，因此不管不顧，如今時局不同，才著起急來了。

看來陸翰林夫人與陸翰林都不夠聰明，楊家與張家的關係如何哪裡需要試探，打聽打聽之前的官司，再看看楊家娘子店行賄一事是誰告發的就能知道了。

林依念及張仲微在翰林院當差，與同僚搞好關係很重要，於是就想寬一寬陸翰林夫人的心，但她不好當著外人的面明著講自家與外祖母家的關係不好，便只委婉道：「許久不曾去過楊家，不知情形如何，哪日遇到再幫陸翰林夫人打聽吧。」

按照常理，陸翰林夫人聽見這話該高興才是，但她嘴角雖然朝上翹著，眼裡閃過的卻是一絲失望。林依眼尖瞧見，大為困惑，待要仔細琢磨，卻聽見張八娘在趙翰林夫人那桌喚她，只好起身與陸翰林夫人告了個罪，轉到張八娘那邊去。

張八娘明顯吃多了幾杯，雙頰通紅，拉住林依道：「三娘，趙翰林夫人好酒量。」

林依猜想她是不會推酒才吃多了，不禁好笑道：「趙翰林夫人好酒量，又不是妳好酒量，為何要使勁吃？」

趙翰林夫人笑道：「我與八娘子投緣，就請她多吃了幾杯，張翰林夫人切莫怪她。」

林依看看她，又看看張八娘，不知她們是和解了還是面兒上情，只好講些不疼不癢的客套話：「我家的酒可還中吃？」

趙翰林夫人大聲讚道：「整個東京城就屬妳家的酒味道最好。」她似是為了證明自己的話，當即喚來祝婆婆，又點了一壺酒。

有人大方花錢，林依偷著樂，扶了張八娘起身，道：「八娘醉了，我扶她進去，趙翰林夫人慢用。」

趙翰林夫人明顯還有話講，但林依不待她出聲，就扶著張八娘轉過了身去，迅速進了裡間，叫張仲微把門關起。

張八娘酒勁衝上來，臉上發燙，忙掙脫林依的手，倒了盞冷茶吃下，方覺得好些。林依問她道：「趙翰林夫人與妳道過歉了？」

張八娘點了點頭，道：「她說那日是無心之語，叫我別往心裡去。」

林依提醒她道：「城裡不比鄉下，掏心掏肺的人少，虛情假意的人多，遇事得多分辨。」

張八娘的臉更紅了，慢慢垂下頭去，道：「我曉得這酒不該吃，但她是客人，又是官宦夫人，我不知如何推辭。」

林依教她道：「下回再遇見這種事，就道妳是酒保，要招待客人，不能飲酒。」

張八娘點了點頭，表示自己知道了。林依指了指床，道：「歇會子再出去吧。」

張八娘方才吃酒已是失職，不敢再停留，忙搖了搖頭，重回店中。

張仲微方才一直沒出聲，等張八娘出去，才替她求情道：「娘子，八娘子頭一回做店小二，規矩多有不懂，今日就饒了她吧，若有再犯，再扣月錢不遲。」

林依好笑道：「我一句重話也無，更沒提月錢，你這是求的哪門子情？」

張仲微笑道：「我曉得妳分寸拿捏得好，但言語間還是聽得出有責怪。」

林依道：「就是要她聽得出來，須知她朝店裡一站，就不僅是我的小姑子，更是酒保一名，凡事無規矩不成方圓，該責罰的不能含糊，不過念在她是頭次犯錯，我確是沒打算罰她。」

張仲微忙躬身一揖，道：「娘子大度，是為夫小人之心了。」

林依輕拍他一掌，拉他到桌邊坐下，道：「少嬉皮笑臉，我有正事問你。」

張仲微問道：「娘子有什麼事，願聞其詳。」

林依將陸翰林夫人的異狀講與他聽，又道：「稍微有點眼力勁兒的，都該看得出來我們與楊家關係不好，陸翰林夫人並不像那愚笨之人，為何卻看不出來，還特特來試探於我？」

張仲微聽了這話，嚴肅起來，仔細思忖一番，沉聲道：「的確是試探，但試探的目的只怕與妳想的不同。」

林依更加奇怪：「那她是為了什麼？」

張仲微沒急著作答，反問道：「陸翰林夫人試探張楊兩家的關係，妳是怎樣回答她的？」

林依道：「這事兒眾人都曉得，橫豎瞞不住，我便照實答了。」

張仲微大鬆一口氣，笑道：「到底是我娘子，就是機靈。」

林依糊塗了，問道：「這裡面有什麼干係不成？若我騙她，稱張楊兩家關係好，又會如何？」

張仲微道：「若真這樣答，可就中了她的圈套，如了她的願了。」

林依大吃一驚，她雖猜到陸翰林夫人是有所圖，卻沒想過事情這般嚴重，自己竟是差點中了圈套了，忙問：「陸翰林夫人究竟是什麼目的？」

張仲微擺了擺手，先起身察看門栓，牢牢鎖了，又將窗戶關嚴實，才再坐回來，低聲道：「照我看，他們準是懷疑我們兩家關係不好是裝出來的。」

林依大惑不解：「這有什麼好裝的？」說完又自嘲：「我自認為向那些官宦夫人們學到了不少，沒想到還是不中用。」

張仲微道：「官場上的事妳看不明白也正常，妳可還記得陸翰林與王翰林是同屬一派的？」

經這一提醒，林依明白過來，方睿、王翰林、陸翰林都是同一派的，近來他們那派接連受挫，先是方睿降職，後是王翰林被聖上責罰，前一樁事與張伯臨的岳丈有關，後一樁事與張仲微的外祖母有關，總而言之都與張家有些關聯，因此他們便對張家生出疑心來。

林依又仔細想了想，問道：「王翰林他們是懷疑牛夫人行賄一事乃張家故意安排，這才使陸翰林夫人來探消息？」

張仲微點頭道：「與我想的一樣。」

林依一陣害怕，若當時她答的是張楊兩家關係好，可就正中陸翰林夫人下懷了，她拍了拍胸口，道：「幸虧我照實答了，不然便要弄巧成拙。」

張仲微道：「張家太過顯眼已遭人記恨，往後還是避諱些好。」

林依贊同道：「說的是，也別盡想著升官發財，平平安安才最重要。如今咱們有歐陽參政庇護，哪怕你只當個編修，一樣能發財。」

張仲微見她胸有成竹的樣子，笑問：「娘子已想出發財的門道了？」

林依起身，端正福了一禮，笑道：「正是要求編修幫個忙，上牙儈那裡打聽打聽各種酒樓的租價。」

張仲微一愣：「妳要租酒樓？」

陸之章　買爛地興酒樓

林依將擴展店面的想法講與張仲微聽，本以為他會同張八娘一樣極力反對，但沒想到張仲微卻是大為贊同，他認為，從這幾日官宦夫人的往來情況就能窺見張家腳店日後生意的走向，因此租一間符合官宦夫人身分的酒樓十分必要。

林依獲得支持，有些激動，笑道：「我還以為你會反對，把說辭都想好了。」

張仲微道：「我為什麼要反對，我與同僚們出去吃酒，稍微差點的酒樓他們都不愛去，想來他們的夫人也是一樣講究的。如今她們看在歐陽參政的面子上還來照顧生意，但這終究不是長久之計，沒有人會願意一直坐在不合自己身分的酒店裡吃酒。」

林依撲過去，緊緊將張仲微抱住，激動道：「還是官人深知我心。」

張仲微回抱住她，慚愧道：「我也是嘴上講得好聽，落到實處，一籌莫展。租酒樓可是要錢的，我的俸祿少，光靠咱們攢下的錢只怕是不夠。」

林依取出張八娘的首飾匣，遞與他瞧，道：「這是大嫂贈與八娘子，八娘子又拿出來助我的，說是當她入了股。」

到底是親妹妹，行事大方又貼心，叫人感動，張仲微將匣子遞回林依手中，道：「既是有八娘子相助，咱們就把酒樓租起來。」他趁著這兩日告假不用當差，便避開巷中來往的官員，選了另一條路出巷，溜到街上去尋牙儈，打聽酒樓租價。

東京房價貴，租酒樓的價錢就更不用說，張仲微打聽了好幾家，認真做了記錄，最便宜的雙層酒樓每月租價是兩百貫足陌，宅園式的酒店就更貴了，一座最便宜也得上千貫，嚇得張仲微沒敢細問。

林依看過張仲微的記錄，很是失望，她最想租的宅園式酒店成為了泡影。張仲微見她沮喪，安慰道：「那酒樓是兩層的，總比咱們現在這間強，不如去看看再說。」

林依不是很願意，因為雙層的酒樓一般也是臨街的，她之所以中意宅園式酒店，除了環境優雅，就是因為帶個院子，能夠防止外人闖入，讓來吃酒的娘子們更有安全感。

不過，近日來張家酒店的官宦夫人實在太多，又個個點名要見林依，使她疲憊不堪，出去看酒樓正好能躲一躲，倒是好的。因此林依就依了張仲微，戴上蓋頭，隨他去見牙儈，再由牙儈領著，去瞧那棟月租兩百貫的酒樓。

林依對這樣的酒樓本就不大喜歡，等到了地方更覺失望，那兩層的樓房根本不能稱之為酒樓，裡面沒有刷牆，沒有鋪地磚，桌椅板凳也是全無，甚至連個像樣的廚房都沒有。她忍不住質疑道：「這樓只得個殼子也要兩百貫？」

張仲微也很不滿：「簡直是搶錢。」

牙儈曉得張仲微是個官，不敢怠慢，陪著笑道：「大官人，東京的酒樓就是這個價，你若覺得不合算，不如買一棟更好。」

張仲微問道：「買這樣一棟需得幾個錢？」

讓林依租這樣的酒樓她都不願意，買來作甚，忙道：「咱們不買，且到別處看看再說。」

她拉著張仲微，別過牙儈出來，嘆道：「我一直都曉得東京房價貴，但沒想到還是低估了，兩百貫竟只能租個破破爛爛的樓。」

張仲微道：「那樓只是簡陋些，並不破舊，咱們租下來，刷一刷牆鋪一鋪磚，還是能用的。」

林依很想捶他一拳，無奈是在大街上，只好忍住了，沒好氣道：「再置辦些桌椅板凳，重蓋一間廚房，是不是？」

張仲微啞口無言，尷尬咳了兩聲，紅著臉道：「花費的是多了些。」

林依自言自語道：「不知那裝修好了的每個月得多少錢。」

張仲微忙掏出他之前的記錄，指著其中一條與她看，道：「我問過牙儈的，這棟每月五百貫，裝飾得極好，別說桌椅板凳，連溫酒的爐子都有。」

五百貫，林依吞了口口水，張仲微每個月的俸祿是五貫，這棟酒樓每月的租金竟是他俸祿的百倍，著實嚇人。

張仲微也意識到這一點，更顯尷尬，把記錄收了起來，結結巴巴道：「咱、咱們再看看。」

回到家中，林依盯著帳本發了好一會兒呆，突然一拍桌子：「反正都是個貴，我還看那兩層的酒樓作甚，直接去瞧宅園。」

楊嬸正在推門，想要進到裡間來，猛一聽見這話，驚訝道：「二少夫人，妳怎麼曉得有人要出租宅園？」

林依愣了一愣才反應過來，問道：「有人要出租宅園？」

楊嬸點了點頭，將一封筒遞上，道：「不知誰家的小廝跑來將這個與我，說是他家有宅園要出租。」講完又問：「二少夫人，方才我還沒告訴妳呢，妳怎地就曉得租宅園的事了？」

林依轉過頭去，朝張仲微一笑：「這大概就是心想事成！」

張仲微也覺得這事兒太巧，湊過來同林依一起拆那封筒。封筒內並沒有信，只有一張招租啟示，兩人把啟示看完，齊齊「嗐」了一聲：「這叫什麼心想事成？」

原來那招租的人是牛夫人，她要出租的正是楊家娘子店。林依道：「這是預料之中的事，楊家娘子店如今門可羅雀，再不將店盤出去就要虧本了。」

張仲微道：「看這樣子，外祖母是急著脫手，不然不會也送一份來給我們，此時若租下，倒是能壓壓價，不過……」

林依見他吞吞吐吐，奇道：「當家人，你這到底是想租還是不想租呀？」

張仲微很矛盾，一方面他認為機會難得，出於成本的考慮，應該將楊家娘子店盤下；另一方面他卻擔心由此會讓人誤會張楊兩家的關係，畢竟王翰林一派已開始懷疑了。

林依聽過張仲微的疑慮，斬釘截鐵替他作了決斷：「咱們不租，楊家娘子店是自楊府後院隔斷出來的，我才不願和牛夫人離得那樣近。」

張仲微便將那張招租啟示揉作一團，丟到了一旁去，道：「就聽娘子的，咱們不租。」

林依自己不願租，但還是留意了楊家的動靜，心想，不知哪個有運氣能低價將那座宅園租了去。她卻是想錯了，從商者大都愛討個好彩頭，而楊家娘子店自開張以來便事故不斷，他們都認為該店風水不好，對牛夫人招租一事，要麼不屑一顧，要麼趁機壓價。

落到最後，無一家將生意做成，牛夫人無奈之下，只好又將酒店重新改回了楊家內院，可惜了那些豪華的裝飾。林依瞅準機會，託牙儈出面，將牛夫人低價拋售的貴重桌椅和精緻酒器盡數買下，撿了個大便宜。

酒器是銀的，擱到裡間，桌椅板凳擺不下，便搬到下等房藏起。青苗一面幫忙，一面笑得歡快：「牛夫人的店不曾盤出去，這回虧大了。」

林依道：「她再虧，咱們也賺不著，宅園還是沒著落。」

青苗不作聲了，良久，道：「二少夫人別急，咱們慢慢賺，總有攢夠錢的一天。」

青苗的性子才是最急的，卻反過來勸林依，惹來眾人一片笑聲。青苗抱怨道：「城裡就是麻煩，這要是在鄉下，隨便哪裡尋一塊地就能蓋房子，根本不消花錢去租。」

祝婆婆是土生土長的東京人，對城裡的情況更瞭解，反駁道：「妳這話卻差了，蓋房子跟城裡還是鄉下並無關係，只要有錢，在哪裡都能蓋。」

青苗嘆道：「說的是，可不就是沒錢，若咱們手裡有錢，也能在東京買一塊地，想蓋什麼樣的酒店就蓋什麼樣的酒店。」

林依聽她們講買地，突然想起在雜書中看過的一則小故事來，那本雜書還是在鄉下時，自張家小院一角落撿到的，她猜想張仲微大概也讀過此書，便叫青苗帶著眾人繼續搬桌椅，自己則拉了張仲微回房，問道：「仲微，你可曉得前朝富商竇乂？」

張仲微撓著頭想了想，道：「略知一二。他蓋房租屋起家，不到四十便為長安首富。」

果然張仲微也是知道的，林依興奮起來，奔到書箱前一陣猛翻，卻一無所獲，失望道：「那本書不曾帶到城裡來。」

張仲微疑惑道：「娘子，不過一本雜書而已，自然不會帶到城裡來，妳特特尋它做什麼？」

林依道：「我記得竇乂當年只花了極少的錢就買下了第一塊地皮，但卻忘了他是如何做到的。」

張仲微記性好，略想了想就記起來，道：「他之所以花費少，是因為買的地乃是個廢棄不用的糞池，雖然足有十幾畝，但根本沒人要，他只花了不到八十萬的錢，便將其買了下來，雇人填平，再蓋店鋪，租與波斯人做生意，由此發了財。」

林依聽著聽著，兩眼放光，恨不得立時奔往東京大街也尋個廢棄的糞池買下。

張仲微瞧出她心思，好笑道：「若錢這樣好賺，人人都去了。妳想想，朝廷可是不許布衣百姓大量圈地蓋房的，竇乂卻為何能做到？」

林依並不知朝廷有如此規定，愣了，道：「我只記得竇乂是買地建了馬球場，送與當朝太尉，討了他的歡心，從此才飛黃騰達，卻不知裡頭有這樣的原因在。」

張仲微見她蔫蔫的，似霜打了的茄子，問道：「娘子，妳突然提起竇乂作甚，難不成妳也想買地？」

林依趴到桌上，道：「我想學竇乂買糞池。」

這話太過逗趣，張仲微大笑不止，林依沒好氣白了他一眼，道：「怎麼，許竇乂買糞池蓋商鋪，就不許我也買個蓋酒店？只是我沒他那樣的好運氣，只能想想罷了。」

她半開玩笑，張仲微卻認真思考起來，道：「娘子，妳若只是想蓋酒店，何需十幾畝，一畝地甚至半畝地足矣。」

林依猛地直起身子，來了精神，急急問道：「你有辦法弄到地？」

張仲微緩緩踱著步，道：「識字的人不多，就算識字，也少有人會去看雜書，因此知道糞池也能蓋房發財的人定是極少的。」

林依聽得一頭霧水，問道：「別人不知這事兒，與咱們有什麼關係？」

她講這話時，張仲微正好走到她旁邊，見她雙眼懵懂，煞是有趣，忍不住伸手敲了敲她腦門，笑道：「既然大多數人都不曉得，那東京城說不準還有廢棄的糞坑遺漏也不定。」

林依不顧他的手還擱在自己頭上，跳將起來，拽了他就朝外走：「咱們上街瞧瞧去。」

張仲微從未見過林依這般性急的模樣，好笑道：「瞧什麼？看哪裡有糞坑不成？」

林依一頓足：「你少笑話我，難道你有更好的主意？」

張仲微拉了她重新坐下，道：「其實咱們大宋同竇乂一樣買地蓋房出租的人不在少數。」

林依點頭道：「那是，東京城遍地出租的房子，總是有人蓋的，那些人想必不是大商賈就是高官。」

張仲微道：「不只這些人，妳忘了咱們這兩間房是向誰租來的了？」

林依脫口而出：「樓店務。」

張仲微卻輕輕搖頭，原來樓店務只管出租，負責蓋房子的另有部門，稱為「修完京城所」，這修完京城所本來只負責修築城牆和宮殿，等到城牆修得差不多，宮室也蓋得夠豪華，便奏請朝廷劃撥地皮，蓋房出租，林依他們所租的房屋就是這樣來的。

張仲微講完，又道：「朝廷劃撥土地都是成片成片，我就不信其中沒有廢棄用不著的地方。」

林依一下一下敲著桌子，道：「有肯定是有的，但不靠關係肯定弄不到。」

張仲微的那篇話本是講解與林依聽，沒想到把他自己的信心也提了上來，道：「管他呢，先尋到地再說，說不準修完京城所正為無用的地發愁也不一定。」

此話有理，若真好運如同竇乂，能尋到眾人都不願要的地，林依也有信心將其買下來。

夫妻倆從前朝富商處得來啟示，說幹就幹。林依取過蓋頭，張仲微抓了把銅錢，二人到巷口租了一乘雙人轎同處坐了，方便低聲細語，免得被旁人聽了去。

東京城極大，這時天色又晚了，兩人不敢走遠，就在州橋附近轉了一圈，只見處處繁華，別說廢棄糞池，連竹席大小的無用之地都找不出來。

林依略顯沮喪，道：「竇乂的運氣果然不是人人都有的。」

張仲微頗不認同這句話，駁道：「虧妳還算聰敏人，怎麼悟不出來？竇乂那不是運氣，而是眼光。」

林依登時汗顏，慚愧不已，虧得她自詡穿越人士，見識卻不及本土男張仲微。慚愧之餘，又深感幸運，這位見識不凡的男子不是別人，正是自家官人，終身的依靠。她這樣想著，心中甜蜜，就不知不覺朝張仲微身上靠去。

轎簾還掀著呢，張仲微唬了一跳，卻捨不得將林依推開，便飛快地伸出一隻手扯下簾子，將路人的目光隔在簾外，再把林依緊緊摟了。

夫妻倆有了共同的目標，感情格外濃厚，兩人自外面回來，直到上床就寢，還在聊個不停，意猶未盡。林依蓋上被子，抱住張仲微，合眼微微一笑：「還有大半個東京城沒逛呢，一定能找出一塊廢棄的空地來。」

第二日，夫妻倆早早起床，精神抖擻地準備再次出發，尋找廢棄不用的荒地，不料才出臥房門，就見牛夫人端坐在店中，面前擺了四、五只酒壺，還有一整套四時花卉的酒杯。

牛夫人這時節這時辰到張家腳店來做什麼？林依一眼看出牛夫人面前的酒壺和酒杯都不是張家腳店之物，想必是她自己帶來的，她不由得暗自生疑，這是唱的哪一齣？

時辰尚早，店中別無其他客人，只有牛夫人靜靜坐在最中間的位置上，張仲微也看出了異狀，輕拉林依的袖子，悄聲道：「娘子，別理她，咱們悄悄溜出去。」

林依好笑道：「這是咱們的店又不是她的，做什麼要跟做賊似的。再說我行事向來問心無愧，心裡有鬼的人是她。」

張仲微見她停下了腳步，問道：「那咱們不出去了？」

林依道：「反正你這幾日都不用去當差，咱們待會兒再出去也是一樣，且等我去會她一會，看她又想出了什麼花招。」

牛夫人雖然是外祖母，張仲微卻極不放心她的為人，提醒林依道：「小心著點，她雖是長輩，卻隔了好幾層，別盡讓著她，也該讓她曉得咱們不是好欺負的。」

林依輕輕一點頭，道了聲「省得」，挺直腰朝牛夫人走去，笑道：「外祖母今兒怎有空上咱們店坐坐？一大清早就吃酒恐怕不太好，我這裡有各種各樣的甜水，外祖母要不要嘗嘗？」

牛夫人扯了扯嘴角，也不知是笑了還是沒笑，指著桌上的一排酒壺道：「這是我們家的酒，仲微媳婦來嘗嘗。」

林依臉一沉，上別人店請老闆嘗自家店的酒，這可就是較勁了，只是楊家娘子店都倒閉了，牛夫人這是踢的哪門子館？牛夫人好似沒瞧出林依臉色不大好，伸手朝自己對面的座位一指，示意她坐下。

林依如今可不怕她，倒想看看她葫蘆裡賣的是什麼藥，便遂了她的意，朝桌前坐了。

牛夫人親自執壺，將每只酒壺裡的酒都斟出一杯來，依次擺到林依面前，伸手做了個請的姿勢，道：「這是五種不同的酒，仲微媳婦，妳嘗嘗。」

牛夫人既然慎重其事地來，想必酒中有乾坤，林依抑住心中好奇，裝作不在意的樣子，隨手端起最邊上的一杯抿了一小口。這酒的味道林依還算熟悉，楊家娘子店開張時曾在桌上吃過，那時聽祝婆婆講，這是在酒中摻了櫻桃。再嘗另外四杯，也是在酒中摻了別的物事，只是摻的品種太多，一時辨不出來是哪些。

牛夫人待林依嘗完，問道：「仲微媳婦，妳也是開腳店的人，覺得我這酒水如何？」

林依放下杯子，真心讚道：「正店也有這樣的酒賣，卻沒外祖母家的味道好。」

牛夫人自得一笑，道：「這是我家祖傳的手藝，自然非同一般，妳若是看得上，我親自教妳。」

既冠上了「祖傳」二字，又怎會輕易教與別人？林依可不是好糊弄的人，一下就聽出了破綻來，不過她沒把心思露在臉上，反而順著牛夫人的話道：「這樣珍貴的祕方，那怎麼好意思……」

牛夫人見她如此，以為她上了道，露出笑容，道：「都是親戚，莫講見外的話……」

林依裝作迫不及待，急急忙忙打斷牛夫人的話，問道：「外祖母，這五樣酒便是五種祕方，妳賣與我要幾個錢一張？」

牛夫人見她迫切，笑容更盛，擺手道：「妳這話就更見外了，我是妳外祖母，怎好意思收妳的錢。妳把我家娘子店買下，這五張祕方不收妳一文錢，全附贈與妳。」說完又似捨不得，嗟嘆道：「妳這時候買我的店可是撿了大便宜了。」

誰不知道楊家娘子店已經倒閉了，且盛傳風水不好，誰買誰倒楣，牛夫人敢將這篇胡話講出來，讓林依不禁開始反省自己——平日她是不是表現得太軟弱可欺了？以致於牛夫人敢將這樣拙劣的伎倆拿出來糊弄她？

牛夫人見林依一直不作聲，以為她是在猶豫買不買，便道：「妳放心，我不會虧了妳，只要八百貫，那店就是妳的了。」

這價錢還真讓林依怦然心動，原來不是單純的拙劣伎倆，而是有價格攻勢作後盾，只可惜她就算把店便宜贈與林依，林依也不肯收下，她可不願將店開在楊家後門口，更不願因此讓王翰林一派起了疑心。

這些原因林依不能講出口，她也懶得現編理由，直接拒絕道：「我們不願買外祖母的店，妳還是去問問別人吧。」說完起身行禮，道：「我還有事，外祖母慢慢吃著，我先行一步。」

牛夫人欲出聲相攔，又覺得求著林依折了她長輩的身分，只好裝作若無其事繼續吃她自己帶來的酒。她渾然沒事人一般，青苗卻瞧她不順眼，同楊嬸嘀咕：「一大清早就來尋事，還想哄著二少夫人把她家破店買下，當咱們是傻子嗎？」

楊嬸也是個直脾氣，信奉有仇就要報，聽過青苗的抱怨，就想替林依出這口氣，遂把白巾子朝胳膊上一搭，再到櫃檯前取了一份酒水單裝樣子，走到牛夫人桌前彎了彎腰，恭恭敬敬道：「這位客人，我們店有規矩，不點酒水不能久坐。」

楊嬸臉色平靜，帶著些謙卑，渾然就是一名盡職盡責的酒保，絲毫瞧不出有怨氣，她也不管牛夫人認不認得字，將酒水單翻開，攤到她面前，道：「客人，小店有十數種酒水，任您挑選。」

牛夫人多年算帳，略識幾個大字，但面對密密麻麻的酒水單，還是有許多字認不出來。她對楊嬸講的那條規矩本就不滿，再看了這份看不太懂的酒水單，更不高興起來，陰沉著臉道：「我經營酒店數十年，從未聽說過有這規矩。」

楊嬸笑道：「那是因為您家酒店的店面大，您看咱們這小店一共只得六張桌子，若人人都跟您似的，真正要吃酒的客人可就沒位子坐囉。」

這話極有道理，牛夫人反駁不了，急了，將酒水單朝地上重重一扔，道：「不是我沒錢點，實在是妳們店中的酒水粗劣不堪，入不了口。」

她生氣，楊嬸卻不氣，臉上依舊帶著笑，問道：「那照您看，什麼樣的酒才算是好酒？」

這話問到了點子上，牛夫人馬上將桌上擺著的酒壺一指，道：「這才是好酒。」

楊嬸還沒接話，青苗忍不住了，叫道：「哎喲，我們夫人與妳客套一句，妳還就當真了。不就是果酒嗎，滿大街哪家沒有，我們祝婆婆調出來的比妳這個味道更好。」

牛夫人又是氣又是疑，道：「好話兒誰不會講，既是有好酒，拿出來瞧瞧。」

青苗站著不動，撇嘴道：「那是專門與官宦夫人準備的，等牛夫人封了誥命再來吃吧。」

若把楊嬸的話比作暗刀子，那青苗就是來明的，只這幾句就叫牛夫人受不了，將桌子猛一拍，呼地站起身，就要招外面的僕從進來。

青苗不待她開口，大聲喝道：「誰敢在朝廷命官家撒野？」

楊嬸裝作害怕不已，撒腿就朝外跑：「不得了，出事了，我上衙門報官去。」

牛夫人想起上回那場不愉快的官司，忙叫守在門口的自家丫頭攔住楊嬸，上前和顏悅色道：「我只是想嘗嘗妳們家的酒，妳急什麼？既是瞧不起我，不願給我吃，那我也不強求，這就告辭。」

楊嬸與青苗看著牛夫人拂袖而去，歡欣不已，相視大笑，只有祝婆婆很擔憂，牛夫人畢竟是張仲微的外祖母，這瞧不起長輩的名聲傳出去可不怎麼好聽。

晚上等張仲微夫妻回來，祝婆婆將這擔憂講出，林依這才知道他們不在家的一天裡，店中差點出了事。楊嬸與青苗都不肯承認自己做錯了，站在張仲微兩口兒面前異口同聲道：「就算罰我們的月錢，也要叫牛夫人曉得厲害。」

青苗還補充道：「最好讓她見了咱們就繞道走。」

張仲微覺得這話不對味，輕咳一聲：「別個見了大惡人才繞道走呢。」

眾人噗哧笑出來，氣氛緩和許多，祝婆婆道：「二少爺說的是，咱們開店做生意，來的都是客，得罪不得。」

張仲微卻道：「若放在以前，我就要說青苗幾句，不過今日得罪的好。」

他才剛隱晦批評過青苗，怎轉眼就改了口風？眾人都是不解，只有林依心知肚明，張家下人公然趕走牛夫人的事一傳出去，張楊兩家交惡，就由不得王翰林不信了。

雖然歪打正著，但林依還是說了青苗幾句，道：「同樣是給釘子吃，楊嬸就比妳有手段，既嗆著了人，又句句是理，讓人挑不出錯來。」

青苗服氣，低頭認錯道：「我不該提那酒只有官宦夫人才能吃，若真讓她嚷嚷開去，給二少爺和二少夫人安個不敬長輩之名，麻煩可就大了。」

林依暗道，這個倒是不必操心的，如今人人都曉得張楊兩家關係不好，無論牛夫人講什麼，別個也不會全信，再說她只是外祖母，並非祖母，差了這一個字，就與不孝沒關係。

雖然林依並不擔心，卻沒有講出來，且讓青苗惦念幾天，好讓她長長記性。

時辰不早了，祝婆婆辭去，楊嬸到廚下做飯，青苗回房反思。張仲微待她們一走，就跳將起來，衝去把門關了，回身興奮道：「娘子，咱們下午瞧的那塊地如何？」

林依沒他這樣激動，冷靜道：「那地空倒是空著，只不過石頭多些罷了，你怎曉得就是廢棄的地皮，說不準早有人看上了。」

張仲微依舊興奮，搓著手道：「我留意過了，那塊地四面蓋的都是出租房，樣式與咱們住的無二。妳想想，朝廷劃撥宅基地給修完京城所的都是成片成片，他們斷沒有四面都蓋了房，卻獨留那一塊空地的道理。」

此話有理，但林依還是覺得玄乎，便道：「咱們在家裡猜來猜去也沒用，不如出門打聽打聽。」

張仲微連連點頭，道：「我明兒就去修完京城所尋個人問問。」

林依卻搖頭，道：「八字沒一撇，莫要驚動了官員，還是先尋牙儈來問一問。」

張仲微覺著有理，便先沒朝修完京城所去，而是等到第二日尋了個牙儈來家。

林依顧及現在的官宦夫人身分，不肯輕易讓別人看了相貌去，但在家戴個蓋頭又覺得彆扭，便將店中的屏風搬了一個來，擱在裡間，自己則朝屏風後坐了。

張仲微就坐在屏風前的交椅上，又命楊嬸掇了個凳兒來請牙儈坐，牙儈知道他是個官，不敢坐，只肯站著回話。

張仲微將昨日見著的那塊地描述給牙儈聽，他照著林依先前的囑咐，只講了那塊地的大小形狀，卻沒講在何處——兩口子約好了，若這牙儈連地方都講不出來，就一定是對東京城不熟，那他們便換個人再問。

夫妻倆運氣不錯，這位牙儈對東京城大小地皮瞭若指掌，當即就答了上來，道：「張官人，你講的亂石地可是東面市旁的那塊？」

地點分毫不差，張仲微面露笑意，點了點頭，問道：「你可曉得那塊地是否歸修完京城所所有？」

牙儈躬身答道：「回張官人的話，那塊地的確是在修完京城所名下，不過……」

「不過什麼？有話明講，虧待不了你。」張仲微追問。

牙儈倒不矯情，即刻講明實情，張仲微兩口子看中的那塊地並非真正的廢棄地，而是修完京城所的一名官員假公濟私，在為朝廷蓋房子時偷偷留下了一塊，又怕明眼人瞧出來，便拖來幾塊大石頭堆上，充作亂石地，以掩人耳目。

林依昨日的無意猜測竟是準了，原來那地真不是廢棄的，張仲微不解問牙儈：「既是有人特意留下，卻為何沒蓋房子，任其荒在那裡？」
牙儈答道：「那人前些年犯事，被革了職，地皮也就耽擱了下來。」
張仲微了然，道：「不知修完京城所還願不願賣那塊地。」
牙儈道：「張官人想買？我奉勸你一句，還是別買了。」
張仲微問道：「為何？」
牙儈道：「留地的人還沒來得及蓋房子就把烏紗帽給丟了，晦氣。再說那地與犯官沾邊，張官人又是在任上的，還是不要買的好。」說完又補充了一句：「都是小人愚見，張官人勿怪。」
牙儈這樣講很可能就此丟了生意，可見是真心相勸了，林依頓感此人還算老實，便輕輕叩了叩屏風框，示意張仲微到後面來，將一把銅錢遞與他，小聲道：「這人還不錯，與他幾個賞錢，叫他幫咱們留意著。」
張仲微會意，拿著銅錢打賞了牙儈，道：「多謝你實情相告，我們還要買地，若有合適的，麻煩知會一聲。」
牙儈問道：「不知張官人想買什麼樣的地？像剛才那塊一樣的是可遇不可求，只怕再尋不出第二塊了。」
張仲微想買的是別人廢棄不用的地，可這話要是講出口難免令人生疑，他欲尋個萬全的理由出來，卻一時想不到，只好走到屏風後問林依，附耳道：「娘子，妳腦子靈光，快些編個藉口出來。」
林依在官宦夫人堆裡混跡這麼久，扯謊的活兒學得最好，眼珠子一轉就編出一個來，小聲告訴張仲微。
張仲微認真聽了，重回屏風前，向牙儈道：「我們受人所託，想買一塊別人廢棄不用的地皮。」
牙儈果然十分詫異，問道：「別人都是盡著好地買，張官人卻為何偏要買差的？」

張仲微將林依編的理由講出：「我們有個遠房親戚正與兄弟鬧分家，他不願把好地皮分給弱弟，因此想偷偷買一塊劣地，以次充好。」

兄弟鬩牆的事牙儈見得多了，當即表示理解，絲毫未生疑，又再三保證儘快幫張仲微尋一塊稱心如意的地皮。

張仲微送走牙儈，大讚林依這理由編得好。林依若有所思，道：「城中牙儈遍地，自有他的道理，往後不論買什麼賣什麼都先找牙儈問問的好。」

張仲微也感嘆：「幸虧聽了妳的話先尋牙儈來問，不然貿然去了修完京城所，還指不定惹出什麼麻煩來呢。」

夫妻二人都認為方才那名牙儈不錯，但保險起見，還是又見了幾位，將買地之事相託，再靜候他們的消息。

且說勸他們別買亂石地的那名牙儈生意雖暫時沒做成，但還是拿到了賞錢，他心下高興，辦起事來格外有效率，沒過幾天就又來尋張仲微兩口子，稱天漢橋果市旁有一塊空地，足有大半畝，堆放的全是爛水果，一到夏天臭氣沖天，修完京城所早想把這塊地賣掉，卻無奈沒人願意接手。

天漢橋即州橋，林依接連逛了兩天的街，卻忘了在家附近轉轉，眼皮子底下的一塊好地差點遺漏掉。天漢橋果市離州橋巷極近，這比林依想像得還要好，她在屏風後激動起來，張仲微也是一樣的心情，不待她示意就開口問牙儈：「不知那塊地的具體大小，還有價錢如何？」

牙儈道：「那塊地修完京城所極想出手，卻又無人願意買，因此價格一降再降，若張官人想要，我就去幫你打聽打聽，順路還還價。」

張仲微大喜，正想點頭，林依出聲截住他，口吻極為不滿：「地雖然夠大，卻堆的全是爛果子，我那遠房兄弟買下，還得花大力氣清理，平添幾多麻煩。」

牙儈笑道：「其實雇幾個人力倒也不難，上頭堆了爛果子正好還價。」

這牙儈真是再機靈不過，林依坐在屏風後，微笑起來，但口氣依舊帶著些許不滿：「那就勞煩牙儈壓壓價，若不將人工費用省出來，我是不肯要的。」

牙儈連連稱是，張仲微又要打賞，林依卻將他止住，只稱生意做成之後必有優厚酬勞奉上。

牙儈告辭，自去修完京城所詢問打點。

張仲微將屏風挪至一旁，笑道：「娘子越來越有生意人的風範了。」

林依噗哧笑出聲：「哪裡，都是跟官宦夫人們學的，用到生意上來罷了。」又道：「不說別人，就是那些翰林夫人，個個都比我強，幸虧她們都不屑於做生意，不然我可是沒活路了。」

張仲微聽她提起翰林夫人，悄悄告訴她道：「我那天聽一位同僚抱怨，要啟奏聖上查封娘子店。」

林依先是一驚，旋即明白他這是玩笑，不然他自己早就急了，哪還會用不急不緩的語氣講來聽。她揪住張仲微的耳朵，笑罵：「越來越油滑，竟拿我的店來打趣？」

張仲微大呼「娘子饒命」，笑道：「我講的千真萬確，翰林院的同僚大都家中清貧，每月能有結餘讓他們去吃幾回酒就算不錯了，如今添了娘子店，不但他們要吃酒，家裡的夫人也要吃，錢只那一點點，哪禁得住兩人花銷，這才抱怨起來。」

林依鬆了張仲微的耳朵，笑倒在床上，問道：「這是你哪位同僚，抱怨娘子分了他的酒錢？」

張仲微笑答：「是趙翰林，妳認得他家夫人的。」

「原來是他。夫妻倆的性子倒是相像得很，果然不是一家人不進一家門。」林依對這答案不覺得奇怪，「趙翰林夫人確是愛吃酒，常常上咱們店來呢。」

張仲微道：「妳聽過也就罷了，可別講出去。」

林依白了他一眼，道：「當我傻呢，若是講後，趙翰林夫人不來了，怎辦？」說著就要從床上爬起來，張仲微卻撲過去，將她壓在身下，湊到她耳邊道：「娘子，機會難得……」

林依探起身子，望了望窗戶，又望了望門，見都是鎖著的，便由著張仲微掀起了裙子。張仲微見林依配合，十分高興，摟著香個不停，正要入巷，忽聽得門響，楊嬸在外稟道：「二少夫人，有位夫人要賒帳，我不敢作主，特來問妳。」

張仲微懊惱不已，但正事又不能不理，只得爬起來理衣裳。林依同樣洩氣，見他這副模樣，又覺著好笑，故意朝他身下捏了一把，才攏著頭髮去開門，問楊嬸道：「誰人要賒帳？」

楊嬸答道：「一位熟客，趙翰林夫人。」

這樣的巧？才講了趙翰林抱怨缺酒錢，趙翰林夫人就來賒帳？林依驚訝，與張仲微相視一眼，忍著笑問楊嬸道：「妳沒與她講咱們店裡的規矩？」

楊嬸答道：「講了，可趙翰林夫人非要賒帳，我又不好同她吵，沒得辦法，才進來問二少夫人。」

林依自門縫裡朝外看了看，六張桌子滿滿地都是人，趙翰林夫人賒帳不是什麼大事，但怕此先例一開，人人都效仿，店內流動資金可就要周轉不靈了。

楊嬸也明白這個道理，問道：「二少夫人，要不我去硬向她討，叫她家丫頭回家取錢？」

林依忙道：「不妥，翰林夫人都是要面子的，她想賒帳，必是真有難處，怎能為幾個酒錢得罪了人。」

楊嬸問道：「又不好賒帳又不能得罪，那咱們怎麼辦？」

林依想了想，起身朝外走，道：「我去瞧瞧。」

楊嬸緊跟在她身後，低聲提醒：「二少夫人，趙翰林夫人花費的酒錢共計六十文。」

林依聽完，人已到了趙翰林夫人的酒桌前，先朝桌上掃了一眼，下酒的只有一盤按酒果子，這樣就花了六十文，看來點的是好酒。她不待趙翰林夫人出聲，先笑著打招呼，帶著些許責備意味：「趙翰林夫人這是瞧不起我，幾杯酒還非要付錢，就當我請妳成不成？」

趙翰林夫人方才被楊嬸討要酒錢，鬧得不愉快，此刻聽了這話，稍稍覺得挽回些面子，但這些翰林夫人就同眾位翰林一般，骨子裡大都有些清傲之氣，她不肯平白無故受林依的恩惠，執意要自己付帳，但卻又拿不出錢來，只稱先賒欠著，改日再來付。

林依很不理解，讓她請一頓叫沒面子，那賒帳就叫有面子了？雖然趙翰林夫人平日裡就不討喜，但林依還是不願為六十文錢傷了和氣，便道：「小店雖然有概不賒欠的規矩，不過趙翰林與我家官人乃是同僚，自然與別個不同。正好我們家官人明日要去翰林院當差，就麻煩趙翰林將酒錢交與他得了。」

她當著眾酒客的面講完，又趕緊附到趙翰林夫人耳邊，小聲道：「我這是講與別的客人聽的，趙翰林夫人最是聰慧，想必知曉我的難處。」

趙翰林夫人本是臉色有變，聽了她這番解釋才和緩下來，又提高了聲量道：「妳放心，明日一準兒讓我家老爺把酒錢帶與張翰林。」說完，扶著個小丫頭出店去了。

林依對她最後的表現十分不解，回到裡間講與張仲微聽，道：「我那番話並非針對趙翰林夫人，乃是講與別個聽的，不過是擔心開了先例，人人都照著學，以她的頭腦該聽得出來，怎會在後頭補上一句？」她講完又一拍額頭，笑道：「糊塗了，我在作戲，想必她也是，哪裡是真要趙翰林將酒錢帶給你。」

張仲微卻連連搖頭，稱林依還是不夠瞭解翰林夫人們的性子。林依不信，道：「你只與趙翰林打過交道，怎會曉得他家夫人的脾性？」

張仲微也不解釋，只道：「娘子，咱們打賭。」

林依被激起了性子，將黃銅小罐敲了兩下，道：「賭就賭。你若輸了，替我捶腰捏腿半個時辰。」

張仲微笑道：「這不難，就算不輸，妳叫我捶，我敢不動？不過，妳要是輸了，如何？」

林依自信滿滿，隨口道：「你若輸了，我出錢，讓你去正店吃酒。」

二人就此下了賭注，只等第二日張仲微當差回來報消息。

翌日，張仲微還沒歸家，牙儈先來，與林依帶來了天大的好消息——天漢橋果市旁的地買著了。牙儈辦成了差事，眉飛色舞，邊比劃邊講述：「那塊地修完京城所早就想賣的，卻不肯讓出清理爛果子的費用來，我費了好大的周折，又請管事兒的吃了一頓酒，才把價談下來。」說完將一張契紙遞與旁邊侍立的楊嬸，道：「張翰林夫人若是滿意這個價錢，我就再去修完京城所跑一趟。」

林依看了看契紙，上面記著那塊地的面積與價錢，一畝地，不計各種手續費，總共一千貫。

牙儈道：「這也就是因著上面堆了爛果子，不然兩千貫也不一定買得著。」

林依對此價格並無疑慮，只是抖了抖契紙，道：「我記得前些日聽你講過，那塊地並沒得一畝。」

牙儈道：「那是小人的估算，具體大小，只有等修完京城所丈量過，若夫人對此有疑問，我再去趟修完京城所或去趟衙門，請他們遣人來量。」

林依沒有立時應聲，思忖片刻，道：「不必著急，且等我與官人商量後再說。」她自黃銅小罐裡抓出一把銅錢，叫楊嬸遞與牙儈，請他莫要將張家買地之事傳出去。

牙儈還記得林依買這地事關兄弟分家，想要保密，實屬正常，便不疑有他，謝過林依，把錢袖進了袖子。

送走牙儈沒多大會兒，張仲微便回來了，一進裡間的門就解下腰間的荷包，拋與林依，得意洋洋道：「娘子，快數錢出來，請我去正店吃酒。」

林依解開荷包，倒出裡面的錢一數，不多不少六十文，她驚訝道：「這是趙翰林替他夫人還的酒錢？」

張仲微點了點頭，答道：「正是。」

林依願賭服輸，搬過錢匣子，一面數錢一面自言自語：「趙翰林夫人竟講的是真話，叫人費解。」

張仲微吃著茶，道：「這有什麼想不通的，翰林夫人好面子，本欲賒帳，被妳那話激著，抹不下臉面。」

林依嘀咕道：「這也覺著沒面子，那也覺著沒面子，難道賒帳就有面子了？」

張仲微附到她耳邊，悄聲道：「她大概不是存心要賒帳，是忘了家裡沒錢了，聽說趙翰林前幾日就開始託人當家什，只是瞞著她。」

林依吃驚道：「怎窮到如此地步？」

張仲微搖頭道：「詳情不知，我也只是從旁人那裡聽來片言隻語。」

到了腳店，點上好酒吃完，才醒悟家裡沒了錢？這倒也像趙翰林夫人做出來的事，林依將頭直搖，另與張仲微講起正題，把牙儈送來的契紙遞與他瞧。

張仲微看過契紙，擊掌叫好，將林依輸給他的錢遞還回去，道：「此等大事在前我還吃什麼酒，娘子，趕緊湊齊一千貫，咱們把那塊地買下。」

林依白去一眼，指了契紙道：「照你這般置業，家當全虧光。你忘了牙儈曾講過的話了？那塊地頂多只有大半畝。」

張仲微這才細細看契紙，發現上面記的是整整一畝地，他困惑道：「是牙儈估錯了，還是修完京城所報錯了？」

林依將契紙摺起來放好，道：「管他呢，咱們去量一量便知曉。」

張仲微讚道：「還是娘子妳細心，差點被蒙混過去。」

林依卻道：「休要嚷嚷，我自有主張。」

張仲微不知林依心裡藏著什麼計謀，不過他一向相信林依，也不多問，只全力配合她。

林依收好契紙後，跟沒事人似的，照常算帳照常吃晚飯，直到天黑下來，才叫張仲微帶著楊嬸上天漢橋果市丈量那塊爛果子地。那塊地無遮無掩，量起來倒也容易，只是遍地腐爛的酸味臭味，將張仲微主僕二人熏得不輕。

林依等到他們回來，趕忙將濕巾子遞上，又遣楊嬸下去休息。待得張仲微收拾乾淨，方問：「結果如何？」

張仲微朝她豎了豎大拇指，道：「娘子料事如神，果然少了二分。」

照著修完京城所開出的價格，多報二分，林依他們就得多付兩百貫，這可不是小數目，張仲微很是氣惱，翻出那張契紙，道：「明日我親自去修完京城所找他們理論理論。」

林依卻沒生氣也沒著急，輕輕敲著桌面，問道：「仲微，照你看，在東京城以一千貫的價格買下八分地，貴不貴？」

張仲微一愣，道：「若單論價錢自然不貴，只是他們謊報面積，我嚥不下這口氣。」

林依又問：「自朝廷手中買地，規矩我不大懂，依你看，瞞下這兩分地是修完京城所的意思，還是牙儈擅自作主？」

張仲微肯定道：「牙儈沒這樣大的膽子，這份契約終究是得修完京城所簽字的，還要送去官府蓋章備案，因此定是修完京城所搗鬼。」

林依想了又想，決然道：「既是這樣，此事到此為止，咱們只當不知情，以一畝地的價格將這八分地買下。」

張仲微怔住了，驚訝道：「娘子，妳瘋啦，這可是兩百貫。」

林依神神祕祕一笑：「吃虧是福，須知東京城裡廢棄不用的地方多著呢。」

張仲微猜到林依的打算，但還是不解：「就算日後妳還想買廢棄的地，也犯不著白送修完京城所兩百貫，要知道，這塊地可是他們急著脫手的，並非咱們上趕著要買，離了我們，妳看誰還要這塊地。」

林依存心要賣個關子，笑著捏了捏他的臉，道：「你就聽我一回，咱們虧不了。」

張仲微還是不甘心，但林依使用的不是她的嫁妝錢，就是她辛苦掙來的錢，他再不願意也不好意思硬攔著，只得動了動唇角，露出個勉強的笑容。

林依很有自信這兩百貫不會白花，但官人也得哄著，遂把張仲微還給她的錢又取了出來，塞進他手中道：「瞧你那臉，拉長似個絲瓜，趕緊帶了錢上正店樂呵去吧，家裡掙錢有我呢。」

張仲微將錢一攏，轉身道：「那我真去了。」

林依覺著這口氣不對勁，猛地想起正店是有妓女坐鎮的，忙一把拽住張仲微，嘻嘻笑道：「官人，咱們自家就開著腳店，做什麼要把錢送與別人去？來來來，我這張家腳店的老闆娘親自與你溫酒……」

張仲微是故意逗林依的，並不是真要去正店，遂半推半就，由著她斟了酒，倚著作陪，待得幾杯下肚，二人將買地之事敲定，林依取過契紙，親自磨墨，張仲微簽上大名。

第二日，林依使人喚了牙儈來，將簽過字的契紙交與他，託他去辦剩下的事務。牙儈急著拿到中人費，辦事效率頗高，向晚便將諸項事宜辦妥，把官府蓋過章的紅契送了過來。

張仲微從翰林院回來，見契紙已在桌上，拿起來仔細看過，讚道：「這牙儈辦事不錯，手腳快得很。」

林依道：「我也是這般認為，因此又打賞了他一回。」

地皮既已順利買下，兩口子開始商量清理爛水果的事。張仲微要當差，林依不便拋頭露面，此事該交與何人去辦才算穩妥？

張仲微犯起難來，掰著指頭數過去，楊嬸、青苗，乃至張八娘，都要在店裡忙碌，二房一家人又隔得遠了些。他想來想去，挑不出合適人選，心想祥符縣離得也不算太遠，便與林依商量：「人力好雇，只是差個人督工，不如尋大嫂幫忙，向她借個可靠的家丁過來？」

只要他們開口，李舒必然是肯的，但方氏會不會藉此為由總往東京城跑？林依不願冒這樣的風險，又不好明說，只好另想了個法子出來，道：「何必捨近求遠，把地包給肖嫂子一家便是，咱們只設個期限，隨他們雇幾個人去。」

他們店中短人手時，肖嫂子經常來幫忙，因此極熟，且她家就在後面下等房內，叫一聲即到，比去祥符縣請人來可方便多了。張仲微覺著這主意不錯，同意了，林依便喚了楊嬸進來，叫她去請肖嫂子夫妻。

肖家離這裡只幾步路，肖嫂子同她男人肖大很快就到了，二人見張仲微也在，敬畏他是個官，趴下就磕頭，磕完才道：「張翰林、林夫人，有事儘管吩咐。」

林依見他二人拘謹，無奈看了張仲微一眼，問道：「你們想不想賺錢？」

肖大聞言愣住，肖嫂子卻是常到店中幫忙的，一聽就明白這是來活兒了，忙笑著回話：「家中好幾張嘴，正等錢買糧食呢，可不就缺賺錢的門路。林夫人與我們指一條，我們全家人感激不盡。」

林依早在他們進來前就戴好了蓋頭，此時聽了肖嫂子的回答，便起身道：「既是想賺錢，隨我來。」她與張仲微二人帶了肖大與肖嫂子出門，來到天漢橋果市旁，這塊地堆放水果不是一天兩天了，彌漫著一股子酸臭味，黃昏下能看見有流浪漢在其中翻尋，大概是想找出略為完好的果子充飢，角落裡還有幾片破爛油布搭成的低矮小棚，不知是貓窩還是狗窩。

林依忍著臭味，指了那堆成小山的爛果子地，道：「我把這塊地包與你家清理，如何？」

肖嫂子想也不想就應承下來，喜道：「這活兒容易，一定與林夫人辦好。」她根本不問清理的原因是什麼，一看就是老出外做工的人，林依對此很滿意，問道：「清到一個爛果子也不剩需得幾日？」

肖嫂子指了指肖大，道：「我們兩口子還有兩個半大的小子一齊動手，大概得十天。」

十天太長，且聽肖嫂子這口氣並沒想到去雇人，林依與張仲微商量片刻，道：「三千文錢，五天內清完。若你們辦不到，我就只能另請他人了。」

肖嫂子與肖大都露出驚訝的表情來，道：「五天？我們人手恐怕不夠。」

林依和張仲微沒有作聲，肖嫂子迅速算了筆帳，用胳膊肘把肖大撞了一撞，小聲道：「當家的，不如雇幾個人來幫忙，咱們開工錢。」肖大想了想，重重點頭：「使得，三千文哪，雇人也有賺頭。」

他兩口子商量完畢，正要向林依講，斜裡衝出個人來，一路小跑到林依跟前，叫道：「二少夫人，妳要雇工何不雇熟人，我家也有好幾個小子呢，個個都有一把力氣。」

這人來得太突然，林依愣了愣才辨清，原來是祝婆婆，她很奇怪祝婆婆怎會在這裡，問道：「妳不是早就回家了嗎，到這裡來作甚？」

祝婆婆朝爛果子地的角上一指，道：「我家就住這裡，可不是故意要偷聽二少爺與二少夫人講話。」

林依順著她所指看去，呆住了，幾片破爛油布搭成的小棚子，被她誤認為是貓窩狗窩的地方，竟是祝婆婆的家！她眉間浮上同情之色，有些不敢置信，問道：「你們就住這裡？」

祝婆婆嘆了口氣，道：「朱雀門東壁那場大火，我的小酒肆毀了，無錢再租屋，本來在夜市旁搭了個棚子住著，卻有官吏三番五次來驅趕，無奈之下，只好搬到了這裡來。」說完熱情相邀：「二少爺、二少夫人，上我家去坐坐？」

林依也受過苦，不是那等嬌生慣養之輩，但看了看那同爛果子一般散發著酸臭味的小棚子，想了又想，還是決定就站在原地講話。

祝婆婆見他們不動，也不強邀，重申自己的意圖，道：「二少爺、二少夫人，你們要請人清理這片地？雇我們呀，我們家人多，個個都是壯勞力。」

肖嫂子不滿道：「張翰林與林夫人已將這片地包給我們了，妳橫插一槓子算什麼事？」

祝婆婆不理她，只與林依講話：「二少夫人，我在妳店裡做工，兒子們幫妳清理場地，若是他們不盡力，妳扣我工錢，多便宜的事。」

肖嫂子一聽，急了：「就妳在店裡做工？我也常去的。再說妳兒子們做工與妳什麼干係。」

肖大與他媳婦幫腔道：「凡事都有個先來後到，林夫人已允了我們了，妳還是等下回吧。」

林依這世是苦水裡泡大的，看著祝婆婆家的小棚子，那斷然拒絕的話就講不出口，嘆著氣與肖嫂子夫妻打商量，問道：「你們一家包一半，可好？」

肖嫂子滿臉委屈，道：「總共也沒多大一塊地，若是只清一半，不合算。」

肖大見林依的目光投向祝婆婆家的小棚子，猜到她是生了同情之心，便道：「誰都不好過，我家么兒還等錢看病呢。」

林依給了希望在前，不能怪肖嫂子兩口子沒同情心，再說肖大講的也是實情，大家都是窮人，誰也不比誰好上多少。

祝婆婆有些眼力勁，見林依猶豫不決，料定她還是偏著自己的，只是礙著肖嫂子夫妻，遂央肖嫂子道：「妳家好歹還有屋住，妳看我家，只得幾片油布，下起雨來，到處漏水。」

肖嫂子分毫不讓，道：「我家下個月的房租還沒著落呢，再說東京一年到頭也下不了幾場雨。」

雙方相持不下，林依只好出面打圓場，道：「都怪我，一時沒想到祝婆婆，不過我答應肖嫂子在先，只能對不住了，若下回還有活兒，一定包給妳。」

她說完，把手伸到張仲微身後，輕輕一戳。張仲微為官幾個月，很懂些世故，馬上反應過來，這是叫他扮白臉呢，忙抱怨出聲：「祝婆婆家中有困難也不早說，等我們找了肖嫂子才出聲，能怪著誰？」

林依與張仲微一唱一和，祝婆婆不敢再出聲，過了會兒，想起林依最初的提議，去與肖嫂子商量：

「肖嫂子，妳是好人，分一半兒與我家，如何？」

肖嫂子已同肖大商量好了要雇人，讓出一半的地就是讓出一千五百文錢，自然是不肯的，便道：「祝婆婆，妳別急，一定讓妳家也賺到錢。」

祝婆婆以為她同意，大喜，正要謝她，肖大開口了：「我們還要雇幾個人，就從妳兒子裡挑，如何？」

祝婆婆的笑容凝固在臉上，轉瞬就化作了怒氣，想要罵他，又捨不得那幾個工錢，忍了忍，問道：「幾個錢一天？」

肖嫂子想著她在張家腳店幫一天的忙，工錢是五十文，便伸出五根指頭，道：「五十文，不管飯。」

祝婆婆嫌錢少，道：「搬運爛果子，又累又臭，至少得一百文一天。」

東京城向來不缺人力，肖嫂子是看在林依的分上，才許了祝婆婆的兒子來幫忙，見她不但不感激還討價還價，就有了三分氣惱，道：「我們只出得起五十文，祝婆婆若嫌少，那就只能另請他人了。」

祝婆婆跺了跺腳，沒接下這份工，但也沒拒絕，只轉身朝小棚子跑，大概是與兒子們商量去了

林依想把這塊地承包出去，就是不願理會這些紛爭，她拉了拉張仲微的袖子，道：「既是把地包給了肖大一家，萬事自有他們打理，咱們且回家去吧，到時驗收付錢便是。」

肖嫂子拉了拉肖大，兩口子跪下磕頭，謝道：「請張翰林與林夫人放心，我們自當盡心盡力，保證清到一個爛果子也不剩。」

林依朝祝婆婆家的小棚子看了一眼，道：「若是祝婆婆家的兒子中用，就雇他們吧，都是街坊鄰居，幫扶一把。」

肖嫂子自祝婆婆討價還價就生出幾分厭惡之心，但林依的面子不能不給，還是應了一聲。

林依與張仲微轉身，準備回家，走了幾步又回頭，道：「若能提前清完，每提前一天，我多賞你們五十文，半天則是二十五文。」

五十文可是肖嫂子在張家腳店幫工一天的工錢，她喜出望外，暗暗打定主意，要儘早把這些爛果子清理乾淨。

林依夫妻帶肖嫂子兩口子回家簽契約，聽見小棚子裡傳來一男子憤怒的話語聲：「林夫人倒是好心，要分咱們一半，都怪那姓肖的作惡。」

這大概是祝婆婆的哪個兒子吧，林依微微皺眉，回頭看了看肖大與肖嫂子，見他們神色無異，也就沒有出聲。

肖嫂子夫妻並不識字，張仲微遞過去的契紙他們看不懂，但聲稱信任做官的，當場按了手印。一式兩份的契紙，張仲微收起一份，另一張交與肖大，拱手先謝道：「這幾日就勞煩二位費心了。」

肖大二人哪敢受朝廷官員的禮，側身閃開，又趴下磕了個頭方才安心。林依命楊嬸送肖大兩口子出去，向張仲微笑道：「看來往後還不能動不動就行禮，不然倒叫別個誠惶誠恐，適得其反。」

張仲微摸了摸下巴，七分無奈三分得意，叫林依瞧見，狠狠掐了他一把。

自此，兩口子只等爛果子地清理完畢，接著蓋房子，日子又回復了正常，張仲微當差不誤，林依成日算帳，間或遣青苗去打聽各種建築材料的價格。

轉瞬三天過去，由於肖嫂子一家加班加點，小山似的爛果子很快被鏟平，眼看著就要提前完工，第四天頭上卻出了事。

林依正在裡間撥算盤，肖嫂子火急火燎地跑了來，稟道：「林夫人，祝婆婆的兒子祝二訛詐，妳可得替我們作主。」

訛詐？林依一愣，問道：「怎麼回事？妳慢慢說來。」

肖嫂子忿忿不平，道：「咱們就要完工了，祝婆婆一家卻賴在那小棚子裡，死活就是不搬，一群人都耽誤了功夫等著他們呢，虧我還聽了林夫人的話，好心雇祝二來幫忙，真是狼心狗肺。」

北宋釘子戶，林依明白了，不過，這與訛詐有什麼干係？

肖嫂子接著道：「因祝二拿著我們的工錢，我便讓他去勸他那一家子搬家，可他磨蹭著就是不去，我家那口子急了，推攘了幾下，他就嚷嚷著說胳膊折了，不但不搬了，還倒要我們拿出錢來，聲稱不給錢他要就去告官。」

「有這等事？」林依的眉頭皺了起來，起身將門推開一道縫，朝外看了看，見祝婆婆正在替客人溫酒，叫喚不得，只好回身把蓋頭戴上，同肖嫂子一起到爛果子地去。還沒到地方，老遠就聽見有人叫「哎喲」，隨著林依越走越近，那「哎喲」聲就越發地大了。

爛果子地上一群人圍攏著，中間躺了個漢子，一臉鬍渣，正抱著胳膊直叫喚。肖嫂子大聲叫著「讓開讓開」，撥出一條路來，指著中間那人向林依道：「這就是祝婆婆家的兒子祝二，訛詐的便是他。」

話音剛落，那祝二就嚷嚷起來：「胡說，妳惡人先告狀，明明是妳男人傷了我，反要誣陷我訛詐。」說著，掙扎著起身，連連朝林依磕頭：「青天大老爺家的夫人，妳可要替我作主，我家媽媽還在妳店裡做工呢，妳可不能讓旁人將她兒子欺負了去。」

「我家沒有青天大老爺，我也不是青天大老爺的夫人，莫要渾叫。」林依聽了祝二這篇不著邊際的話，有些不對味，雇工的兒子也歸她管？這範圍是不是太寬泛了些？此刻她懶得去深究，甚至沒有理會祝二，只扭頭吩咐肖大：「去尋個郎中來與祝二瞧傷。」

祝二一聽要請郎中，眼中閃過一絲驚慌，連聲道：「不必不必，我們窮人皮糙肉厚，歇兩天便得。」

人群裡有個聲音補充道：「耽誤了做工，這錢得補，還有養身子的錢也得給。」

林依聞聲望去，是個年輕媳婦子，包著頭，臉上黑黑的，不知是曬的還是沾了鍋底灰，瞧著很幾分面熟，她正回憶這是何人，肖嫂子告訴她道：「那是祝二新娶的媳婦，伶牙俐齒，厲害得很。」

林依朝祝二媳婦看了幾眼，後者竟朝後一縮，將頭深深埋了，一副怕她瞧見的模樣，叫人好生奇怪，但此刻不是理會細枝末節的時候，林依再次喚肖大：「去請郎中，傷情耽誤不得。」

肖大得令，轉身就要走，卻被祝婆婆趕來攔住，二人推攘一時，祝婆婆落了下風，忙伸著脖子叫道：「二少夫人，不是什麼大不了的傷，不必請郎中，花錢著呢。」

聽祝婆婆這口氣，她是知道祝二受傷一事的，但林依一直留意著四周，並沒看見有人去通風報信，那她是如何知曉的，難道有千里眼不成？林依輕哼一聲，看來這事兒祝婆婆脫不了干係。

祝婆婆見林依沒有出聲，以為她是默許，忙將肖大一推，道：「別去請郎中了，二少夫人准了。」

肖大拿不定主意，轉頭看林依，林依隱在紫羅蓋頭裡，讓人看不清臉色，道：「祝婆婆說不必請，那就不請吧，我想，妳兒子受傷肯定需要人照顧，這幾日妳就不必來店裡了，安心照料他，等他傷勢全好了再來。」

祝婆婆當場呆住了，她的工錢是按天結算的，少去一天就少得一天的錢，這幾日照顧下來，可是得不償失。

祝二媳婦見祝婆婆講不出話來，忙開口道：「祝二有我呢，不消婆婆費神。」林依越看她越覺得面熟，仗著有蓋頭遮掩，盯著她瞧了又瞧，後者注意到林依在打量她，連忙朝人堆裡擠了擠，把頭更垂低了些。

祝二媳婦的這番異動連肖嫂子都留意到了，遂朝她招了招手，道：「妳躲啥，有什麼話到林夫人跟前來說。」她講完，又等了一會兒，還是不見祝二媳婦邁腿，就上前去拉，不料祝二媳婦竟如同驚弓之鳥，不等她碰到手，轉身就跑。

林依好奇心更甚，琢磨著，祝二媳婦竟是怕她認出來似的，不知是哪一個熟人。

肖嫂子指著祝二媳婦的背影，向祝婆婆道：「瞧妳這兒媳太上不得檯面，恐怕照顧人也不會周到，還是妳親自伺候兒子的好。」

此話正是林依想講的，她微微一笑，肖嫂子果真是做工的老人兒，一定曉得祝婆婆停工回家意味著什麼，才這般來幫腔。

祝婆婆急了，老淚縱橫，噗通跪倒在林依面前，央道：「二少夫人，妳看我上有老下有小，好幾張嘴等著我拿工錢回家吃飯，這若是耽擱一天，全家人就得餓一天的肚子呀。」

林依輕輕一笑，問道：「既是怕誤了工，那妳這會兒跑來作甚？店規上寫得清清楚楚，擅離職守可是要扣錢的。」

祝婆婆張口結舌，結巴了好一會兒才道：「我是擔心兒子傷情這才跑了來，請二少夫人恕罪。」

林依本欲將她訛詐之事點破，但看她一把年紀跪在自己面前落淚，又有幾分不忍，心想飢寒起盜心，除了可恨，亦是可憐，便將原話嚥下，只堅持要她停工回家照顧祝二。

祝婆婆見林依態度堅定，而祝二媳婦又跑得無影無蹤，只好咬了咬牙，走到祝二跟前，舉起他的胳膊，上下甩了甩，裝出驚喜模樣，叫道：「哎呀，只是脫臼，沒得大事。」

這一段顯然是沒串通過，祝二瞪大了眼，吼祝婆婆道：「都快斷了，哪裡只是脫臼，妳還是我親娘不是？」

祝婆婆當著眾人的面下不了台，一個巴掌朝著祝二腦袋呼過去，哭道：「娘曉得你疼，但娘停工回家照料你，可就沒錢買口糧了。兒哪，你忍一忍，咱們窮人家沒那麼嬌氣，挺一挺就過去了。」

林依本還在想著，等事情過去與祝家送些錢糧來，但將祝婆婆這話一聽，氣得不輕，立時把同情心盡數收起，斬釘截鐵地吩咐肖大：「去請郎中來，務必與祝二好生瞧瞧胳膊，這若有個三長兩短，豈不是你的罪過，連我也要擔干係。」

肖大應了一聲，朝人群外擠去，祝婆婆又急了，猛撲過去，抱住肖大的一條腿，叫喊道：「肖大哥，真是脫臼了，咱們不怪你，要怪只怪我兒命苦。」

林依氣笑起來，真想訛人就該把姿態放低些，一面阻撓請郎中，一面話中夾槍帶棒，這是生怕別個不生氣？

肖嫂子是個機靈的，一看肖大被纏著走不了，便將她家的大小子推了一把，催道：「還不快去，郎中在哪兒你又不是不知道。」

肖家大小子也不應聲，悶聲不響，低頭就朝人群外衝，轉眼跑出去老遠。祝婆婆瞧見，但卻追不上了，急得大叫：「我家老三老四呢，死哪裡去了，趕緊把他追回來呀。」

旁邊有人閒閒應了一聲：「祝婆婆莫急，妳家老三老四正賭錢呢，等輸光了就回來了。」

原來家有賭徒，不窮才怪，只不知訛詐的主意是誰想出來的。

祝婆婆趕不上肖家大小子，坐在地上哭天搶地，林依想起牛夫人雇人上店中鬧事時祝婆婆的英勇表現，再看看面前的她，不禁很有幾分感概。

天漢橋乃是鬧市區，什麼生意都齊備，肖家大小子很快就把郎中請了回來。郎中一來，事情變得簡單無比，他抓起祝二的胳膊，順著捏了捏，肯定道：「胳膊無恙。」

祝二不服，哎喲連天，非咬定自己胳膊折了。郎中脾氣也不小，袖子一甩，怒道：「你敢質疑我的醫術？那咱們上官府去論一論。」

祝二立馬不敢吱聲了，眼睛朝人群掃來掃去，也不知在尋誰。祝婆婆見事情敗露，不好再申辯，雙膝一軟，又跪到在林依面前，苦苦央求：「二少夫人，實在是家貧得緊，沒得辦法，才出此下策。」

家再貧與林依有什麼關係，又不是她害的，再說家貧也不能成為訛詐人的理由。肖嫂子朝肖大使了使眼色，兩口子一人拽了祝婆婆，一人揪了祝二，聲稱要送官。

祝婆婆朝著林依哀求連連，林依冷冷看了她一眼，道：「這事兒與我有什麼相干？我不過是怕耽誤了進度才來看看。」

肖大兩口子見林依並不替祝婆婆求情，拽起他二人就走，圍觀的人群見事情水落石出，紛紛指責祝家母子，自動讓出一條路來。

張仲微帶著幾名衙役匆匆趕來，正好與肖大四人迎面碰上，急問：「出了什麼事？我家夫人在哪裡？」

肖大見他身後有衙役跟著，驚喜道：「張翰林真是料事如神，咱們正要去官府呢。」

林依走出人群，喚了張仲微一聲，奇道：「你不是在翰林院，怎麼回來了？」

張仲微將她拉至一旁，壓低聲音道：「我聽說這裡出了事，怕妳彈壓不住，動用關係，上衙門叫了幾個衙役來。」

林依看了看那幾名立得筆直的衙役，再看看張仲微，笑道：「你難得威風一回，卻要失望了，這是祝婆婆與肖嫂子家的恩怨，我只是過來幫幫忙。」

張仲微略一想就明白過來，問道：「還是為清理爛果子地的事兒？」

林依點了點頭，道：「都是錢鬧的，誰讓家裡窮呢。」她將方才發生的事情簡明扼要與張仲微講了一遍，又道：「你這幾名衙役倒不白跑，正好把這訛詐的祝婆婆和祝二壓去衙門。」

肖嫂子聽見這話，回頭補充道：「還有祝二媳婦，不知跑哪裡去了。」

一衙役介面道：「敢在張翰林的地皮上生事，任她逃到哪裡都得搜出來。」

這可是明目張膽的拍馬屁，林依掩嘴偷笑，張仲微卻撓了撓腦袋，湊到她耳旁：「我不過是狐假虎威罷了。」

祝婆婆見了衙役，還在不住地喊冤，稱要不是那場大火，她家也不會落到這步田地。

林依雖恨她，聽了這話還是不由自主心生憐憫，張仲微卻理智許多，大聲呵斥道：「沒得住處，不會去福田院嗎？妳在這裡哭訴，是責怪朝廷安置不力？」

四周圍觀的人本都與林依一樣，有幾分同情祝婆婆的遭遇，但一聽張仲微這話，覺得十分有理，紛紛道：「張翰林說的對，妳沒房子住大可去福田院，何必做這訛人的事。」

輿論往往效果驚人，眾人一指責，祝婆婆再不敢吱聲，乖乖地隨衙役朝官府去了。

他們一走，圍觀的人群也就散了，轉眼只剩下張仲微夫妻兩人，林依問了問福田院的事，原來這福田院是朝廷所建的房屋，專門安置逃荒入京的流民、赤貧破家的市民、無人奉養的老人等，祝婆婆一家符合「赤貧破家的市民」一項，完全可以申請去福田院居住。

林依聽了張仲微的講述，感概萬千，同情也好，心善也好，都要抓住正確的方法，不然好事沒辦成，反被人蹬鼻子上臉了。

「若不是昨晚我多嘴一句，祝婆婆一家也不會恨上肖嫂子夫妻，看來我辦事還是太不老成。」林依與張仲微並肩朝家走，心生愧疚與悔意。

張仲微笑道：「妳才多大年紀，辦事老成才奇怪呢。心軟也不是壞事，只是凡事都得講個規矩，不能亂了章法，像昨晚，既然肖嫂子在先，祝婆婆再需要這份工也只能等著。」

林依問道：「若我沒講那一句，祝婆婆恨的人會不會變成我？」

張仲微好笑道：「妳是誰？妳是堂堂官宦夫人，她的雇主，借她一個膽子，也不敢與妳對著幹。」

張仲微講出這番話，頗有幾分上位者的自得，林依迷惘了一瞬，隨即重重點頭，牢牢記下，既然活在大宋，就要謹守大宋的社會準則，也許會彆扭，也許以現代人的眼光看有些冷血，但為了活下去，為了活得更好，不得不如此——向來只有人適應環境的，沒有環境適應人的道理。

張仲微覺得林依容易心軟很正常，她自小寄人籬下，小心翼翼看人臉色慣了，做任何事都生怕別人會恨她，哪怕面對低一等的人也是如此，這樣並沒什麼錯，只是如今他們的身分地位都有了巨大改變，實在沒必要處處做小伏低。

張仲微把林依送回家中，還去翰林院當差。林依在裡間坐了沒多大會兒，張八娘和楊嬸輪番進來詢問祝婆婆的下落，怨不得她們著急，這腳店裡沒了溫酒的人，根本開不下去。

祝婆婆此人林依是不想留了，喚了楊嬸一聲，道：「祝婆婆家中有事，不能來了，咱們打烊關門，歇業幾日，等招到新『焌糟』再說。」

外面等著溫酒的客人有好些，楊嬸沒空問詳細，應了一聲，急急奔出去與客人解釋。林依跟出去，親自與客人們道歉，許她們再來時奉送一碟小菜。

待得掛上打烊的牌子，摘下酒旗，楊嬸與張八娘圍了上來，問林依道：「祝婆婆方才也是說家裡出了事，火急火燎地丟下爐子就跑了。」

火急火燎？林依瞧了瞧溫酒的爐子，果然是一片狼藉，還沒來得及收拾，她緊鎖了眉頭，道：「祝婆婆的兒子訛詐肖大，已是送官了。」說完吩咐楊嬸：「去尋個專門替人招工的牙儈，請他明日一早帶幾名焌糟來讓我瞧瞧。」

楊嬸領命而去，張八娘跟著林依進到裡間，道：「三娘，祝婆婆的兒子訛詐肖大與咱們店並無關係，為何要辭了祝婆婆？」

林依問道：「祝婆婆稱家中有事是自己說的，還是有人來知會她？」

張八娘想了想，道：「是她自己說的，不曾見到有人來喚她。」

林依道：「這就是了，訛詐一事她定然事先就知情，即便不是主謀，也是個共犯，這倒還罷了，我擔心的是，她遇到一丁點兒小事就要報復，倘若他日我惹惱了她，那豈不是要在酒中投毒？」

依照這種推理還真不是沒可能，張八娘一陣膽寒，不再質疑，卻又擔憂：「那妳辭退了祝婆婆，她會不會懷恨在心？」

林依想起張仲微方才「教導」她的話，不禁一笑，學著他的神情道：「我是雇主，想辭誰就辭誰，她若有膽子與我對著幹，我就有膽子把她捆了送進官府裡去。」

張八娘想到張仲微如今的身分，對付一般刁民確是不在話下，這才把一顆心放回了肚子裡，笑道：「妳要忙著招新焌糟，我卻想趁機躲個懶。」

林依知道她想作甚，問也不問，便道：「明兒叫楊嬸陪妳上街備禮，我出錢，替我向叔叔一家問好。」

張八娘笑道：「我心裡想什麼妳全知道，莫非是我肚裡的蛔蟲？」

張八娘自回到娘家，開朗不止一點點，林依心裡高興，與她笑鬧一時，才坐下辦正事，準備明日考校焌糟的酒水單子，張八娘則稱要向丁夫人告別，朝隔壁去了。

天黑時，張仲微同肖大兩口子在巷口遇上，一同回來。林依見了他夫妻倆，問道：「事情如何？」

肖大興高采烈道：「府尹大人主持公道，將祝婆婆、祝二、祝二媳婦各打了幾板子，還將主犯祝二投進牢裡去了。」

肖嫂子好笑道：「祝二先前那樣賴皮，我以為他到了公堂還要鬧騰，可你猜怎麼著，他一聽說要他坐牢，竟是歡天喜地，樂顛顛地跟著衙役走了。」

張仲微與林依都是不解，奇道：「這是為何？」

肖嫂子笑道：「牢裡管飯呀，他在家飢一頓飽一頓，還不如坐牢舒坦呢。」

張仲微與林依聽了，唏噓不已。

肖大忿忿道：「便宜他了。」

肖嫂子推了他一把，嗔道：「事情已瞭解，還提作甚，眼前有正事呢。」她轉向張仲微與林依，道：「張翰林、林夫人，祝家已搬到福田院去了，剩下的那點兒爛果子，我們連夜清完，明日請你們過去看。」

張仲微聽說清理爛果子地的工作能提前完工，十分高興，道：「既然如此，我明天告一日假，在家驗地。」

肖大與肖嫂子告辭離去，林依問張仲微道：「你總是告假，不太好吧？」

張仲微擺了擺手，道：「不妨事，翰林院實在太清閒，只有學士們議事時我才有點活兒做，其他時候都是在飲茶。」

林依想起那世，某些機關部門也是一杯清茶一張報紙一整天，忍不住笑了。

第二日，張仲微早早兒起床，去翰林院告假，回家路上，見剛出籠熱騰騰的大包子著實喜人，便買了兩個捎帶給林依。

林依許久不曾吃過外面的小吃，見了熱包子很是歡喜，但見只有兩個，問張仲微道：「你吃過了？」

張仲微道：「昨晚還有剩飯，叫楊嬸炒炒便得。」

林依感動，卻又一陣心酸，分了個包子與他，道：「買地皮、蓋酒樓要花錢不假，可也不少這幾個包子錢。」說著非拉張仲微出門，與他也買了幾個包子才罷。

二人買完包子回來時，店裡已站了個人，楊嬸守在一旁。林依將張仲微拉了一把，沒急著進去，站在門邊悄悄看了一眼，小聲道：「是祝婆婆。」

正說著，楊嬸從店裡出來，低聲稟報：「二少爺、二少夫人，你們剛出門，祝婆婆就來了，非要在店裡等你們回來，我可不敢留她一人在裡面，只好守著她。」

林依笑道：「做得好，還是妳老成。」她讓張仲微拿了包子先進裡間去吃，自己則朝祝婆婆走去。

祝婆婆見林依進來，忙不迭送地行禮，臉上卻無半分悔意，口中問道：「二少夫人，好端端的，咱們店怎麼打烊了？」

柒之章　周轉不靈

林依揀了張桌子坐下，命楊嬸上茶，祝婆婆以為是要招待她，正欲客套，卻見楊嬸只倒了一盞放在林依面前。緊接著，張仲微從裡間送了兩個包子出來，叫她吃飽了再說。林依也不客氣，一手端茶水，一手拿包子，吃了起來。

林依不言語，祝婆婆越發沉不住氣，把剛才的問題又問了一遍。楊嬸馬上斥道：「妳沒長眼？沒見我家二少夫人正吃著早飯呢，有什麼話不能待會兒再講？」

楊嬸待人從來都是和和氣氣，祝婆婆從未見過她這般厲聲訓人，一時呆住了，再不敢出聲。

林依慢慢啃完包子，仔細擦手，與楊嬸拉家常：「這家的包子不錯，明兒多買些，讓妳們也嘗嘗。」

楊嬸笑著應了，道：「那敢情好，我沾二少夫人的光，也嘗嘗這天子腳下的包子。」

祝婆婆想插話，又怕楊嬸還訓她，不住地吞唾沫。林依瞥了她一眼，漫不經心問道：「我不是讓祝婆婆在家照顧兒子嗎，怎地卻來了？」

祝婆婆赧顏道：「他進了大牢，不消我照料了。」

「哦。」林依淡淡應了一聲，看著楊嬸收拾桌子。

祝婆婆見她又不作聲了，著急起來，問道：「二少夫人，咱們歇業幾天？」

林依道：「這可說不準，也許今天，也許明天，什麼時候門口的牌子摘下來了，就重新開業了。」

祝婆婆又問：「那咱們歇業是為了什麼呀？」

楊嬸端著托盤正欲去廚房，回頭斥道：「別一口一個咱們的，誰跟妳是咱們？」

楊嬸嗆起人來比青苗更甚，林依偷笑。

祝婆婆面露委屈，道：「二少夫人，我並未做錯什麼，楊嬸為何處處與我過不去？」

林依一口氣憋在了胸口，這祝婆婆昨日才從官府回來，今兒就好意思稱自己沒做錯什麼，也太大言不慚了吧？

楊嬸也聽見了這話，乾脆將托盤放下，走到祝婆婆跟前，指著她鼻子罵道：「妳是忘性太大還是臉皮太厚？昨日妳是因何緣由去的官府，又因何緣由挨了板子，倒是與我們好好說說？」

祝婆婆恍然大悟，辯白道：「二少夫人，昨日那是因為我家二小子與肖大家過不去，同二少夫人不相干的，我對二少夫人可是忠心耿耿，若有半句虛言，天打雷劈。」

忠心不忠心林依不知，只曉得昨日那場戲祝婆婆的演技真不錯。她端起茶盞，啜了一口，狀似不經意地提起：「祝婆婆好福氣，兒媳婦口齒伶俐，一看就是個能幹的。」

祝婆婆明知故問：「我有兩個兒媳婦，二少夫人問的是哪個？」

林依微微一笑：「祝二媳婦，我看她很機靈，又沒外出做工，因此想雇她到店裡來做個酒保，不知祝婆婆意下如何？」

祝婆婆呆住了，面現驚慌之色，還有幾分懼意。楊嬸見她表情怪異，推了推她，奇道：「妳不是總抱怨家中只有妳一人賺錢，養活不了嗎，好不容易二少夫人看上了妳家媳婦，這是天大的喜事，怎地還不磕頭道謝？」

林依見了楊嬸這番表現，暗自讚許，到底年紀大些，老成許多，這若換作青苗，定要氣急敗壞地與林依咬耳朵，問她趕祝婆婆還來不及，怎麼又要雇她家的媳婦。

祝婆婆穩了穩神，強作鎮定，回林依的話道：「多謝二少夫人美意，可惜我家二媳婦性子急，只怕做不了酒保這活兒。」

林依笑道：「急性子怕什麼，青苗也是急性子，不是一樣賣蓋飯。」

「這、這，不一樣……」祝婆婆的聲音越變越小，忽地急中生智，想出一藉口來，道：「我家二媳婦已找到了活兒，一大早就出門做工去了。」

林依故作遺憾狀，道：「那真是太不巧了，請祝婆婆先回吧，等妳家二媳婦什麼時候做完工，再同她一起回我店裡幹活兒。」

祝婆婆急道：「二少夫人，我到店裡溫酒與我二媳婦並無干係，為何非要她來我才能回來？」

林依看了楊嬸一眼，示意她出聲。

楊嬸馬上罵道：「我們二少夫人看上妳家二兒媳，那是妳的福分，妳卻推三阻四，到底存的什麼心？」說著就將祝婆婆朝門外推，道：「咱們不招妳這樣不識抬舉的人。」

門外有那看熱鬧的、好事的，紛紛問道：「祝婆婆一向勤勤懇懇，怎地要解雇她？」

果然是人言可畏，幸虧林依主動鬧將了出來，不然由著祝婆婆私下去宣揚，別人還以為是林依苛待員工呢。

林依走到門前，道：「我家店還缺個溫酒的，為此都歇業了，聽說祝婆婆家的二兒媳燙得一手好酒，我就想請她來幫幫忙，不料祝婆婆卻推三阻四，就是不肯。大夥兒評評這個理，平日就是街坊鄰居有個什麼事都要幫扶一把的，她身為我店中雇工卻不肯救急，這能不叫我惱火？」

楊嬸補充道：「我們二少夫人也不是要趕她，只是叫她帶了二兒媳一起來，兩人都到店裡做工，這是好事，大夥兒說是不是？」

主僕二人的話，情理具備，圍觀人群馬上改了風向，紛紛指責祝婆婆不仗義，有那想討好林依的就伸出手去打她，嚇得祝婆婆抱了頭，一溜煙跑遠了。

楊嬸朝看熱鬧的人群團團福了一福，大聲道：「待我們店雇到新燒糟，還請大家來捧場。」

一群人口稱「那是自然」，四下散去。

林依將解雇祝婆婆的事圓滿解決，沒留後患也沒招來閒話，張仲微對她稱讚連連，張八娘大鬆一口氣，放心去了祥符縣。

今日能順利打發走祝婆婆，楊嬸助益不小，林依取了賞錢與她，叫她攢著，寄回老家與孫子花。楊嬸歡天喜地地接了，自去藏起不提。

沒過多久，肖大來請，稱爛果子地昨夜已清理完畢，請張仲微與林依前去查看。張仲微夫妻來到天漢橋果市旁，只見那塊八分的空地平整空蕩，圍著走了兩圈，愣是沒發現一個爛果子。

林依對此效果十分滿意，高高興興結了工錢，又信守諾言，多賞了肖大一家五十文錢。

肖嫂子捧著賞錢謝了又謝，林依把她叫到一旁，道：「我這裡還有一件事，想請妳幫忙打聽打聽，不知妳可願意？」

有吩咐就意味著有錢賺，肖嫂子有什麼不願意的，連連點頭道：「林夫人有事儘管吩咐，一定替妳辦得妥妥當當。」

林依問道：「妳可還記得祝二媳婦？」

肖嫂子氣憤道：「才訛詐過我，怎會忘記？恨不得還打她幾板子才好。」

林依道：「我瞧著她面熟，卻想不起是誰。」

肖嫂子回想一時，道：「昨日她躲躲閃閃，我也瞧見了，林夫人是想叫我去打聽打聽她是誰？」

林依點了點頭，道：「事情沒弄清楚前，莫要走漏了風聲。」

肖嫂子是穩妥人，笑道：「我省得，看她昨日躲著林夫人，必是做了虧心事，我不能打草驚了蛇。」

林依也笑了起來，誇道：「妳是個機靈的。」

林依想打聽祝二媳婦，一是好奇，二是擔心背後被人捅了刀子還不自知。至於為何要找肖嫂子幫忙，那是因為肖嫂子是東京本地人，親眷友人眾多，對城中情況又熟悉，打聽消息再合適不過。

肖嫂子領過打探祝二媳婦的差事，同肖大回家去了。張仲微與林依兩人還留在原處，滿臉歡喜地看著那八分宅基地，捨不得離去。張仲微笑著碰了碰林依，問道：「娘子，蓋房子的人尋了好？咱們明日就動工。」

林依嘆道：「尋蓋房的人容易，自有牙儈打理，只是蓋什麼樣的房子我還沒想好。」

從買地皮到現在已過去四五天，林依早就在盤算蓋房子的事，卻怎地到現在還沒想好？張仲微奇道：「妳在顧慮什麼？」

林依拉他回家，翻出好幾張圖紙來，遞與他瞧。張仲微接過來一看，紙上畫的，全是四合院，他挨著看過一遍，指著其中一張笑道：「原來娘子早已準備好了，我看這間就不錯，咱們照著蓋？」

林依在他身旁坐下，示意他看圖紙右下角註明的房屋面積，道：「咱們的地皮有八分，若蓋居家住的四合院，足夠了，但我們是要開酒店，八分地蓋起來的院子只夠坐幾個人的。」

林依並不知道八分是幾平方公尺，那塊地堆著爛果子時也看不大出來，但今日清理完後一見，估摸著頂多四、五百平方公尺，面積不算小，要擱千年後，怎麼著也是一幢別墅，但這面積用來蓋宅園作酒店可就有點不上不下了。

張仲微不理解林依的意思，道：「八分地，除去房屋，留院子建花園也盡夠了，妳究竟猶豫什麼？」

張仲微不曾進楊家娘子店裡去瞧過，林依與他講不清楚，想了想，問道：「咱們居家蓋房，建花園是為了什麼？」

張仲微不假思索答道：「自然是為了賞花。」

林依道：「可酒店裡的花園不光是為了賞花，還要讓眾位客人有擺桌子吃酒的地方。你是沒瞧過外祖母家之前的娘子店，除了正經店面，花園裡還有好些個小閣兒呢。」

張仲微至此才完全明白林依的心思，笑道：「妳想一口吃成個胖子卻是不能了，那樣的宅園全東京又有幾個？」

他講的道理林依再明白不過，只是有些失望，自己與自己較勁罷了，又或者是在與牛夫人較勁？張仲微還是瞭解林依的，將那幾張圖紙整整齊齊摺好，收到了匣子裡，道：「咱們不急，都留著，等日後有了錢買更大的地，蓋個比外祖母家更好看的宅園。」

林依笑看他一眼，引用了張八娘講她的一句話：「你倒跟我肚裡的蛔蟲似的。」

張仲微不知是沒聽懂還是故意裝著，板起臉道：「我是妳夫君，妳怎能將我比蛔蟲？」

林依笑嘆：「這老實人變聰敏起來，比尋常人更油滑。」

張仲微聽到前半句覺著是誇自己，咧著嘴直笑，待聽到後半句，發覺不對味，便猛撲上去，開始撓林依的胳肢窩。可憐林依根本不怕癢，還得賣力配合，東躲西藏，鬧了一身的汗才罷，直感嘆這哄官人的活兒也不是那麼好幹的。

鬧歸鬧，正事還是要辦的，張仲微在桌前搜羅了一陣，問道：「宅園蓋不成，只能蓋酒樓，這圖紙呢？」

林依搬出帳本翻開來，取出圖紙遞與他，道：「早準備好了，方才不過是白嘀咕。」

張仲微仔細看了看圖紙，規規矩矩一棟雙層酒樓，並無出彩的地方，倒是極符林依藏而不露的性子，但等他接過另一張材料報價單就愣住了：「怎訂的都是磚石？咱們不蓋木樓？」

大宋磚瓦房不少，但樓房一般都是木頭的，一是蓋起來省事，二是節約成本，若全用磚石，這成本可就要翻倍了。若不是朱雀門東壁的那場大火，林依也不會想到要蓋磚瓦樓，木樓太易燃了，若酒店內不幸遇火災，就憑那些嬌滴滴的娘子們，恐怕一個都跑不出去。

之前的那場大火張仲微也是心有餘悸，因此聽了林依的顧慮，雖仍心疼錢，但還是同意了。

會蓋磚瓦樓房的工匠不多，不過有萬事神通的牙儈，一切都不是問題。如今他們是官宦人家，同開封衙門又熟，不怕被人欺詐，辦起事來順利許多，不出三天，蓋房的材料就陸續運到了天漢橋果市旁的空地上，工匠們也全部到齊。

上次清理爛果子地，肖大表現不錯，林依信得過他，這回就仍雇了他來負責監工，還安排他家幾個小子到工地挑磚，掙幾個零花。

破土動工這天，張仲微親自到工地上放了一掛鞭炮，喜氣盈腮，待得回來，道賀的禮和人已把家門堵得水洩不通。

他們蓋房這事兒從未向外人道過，也不知這些官員和富商是怎麼得來的消息。林依沒料到這境況，帶著楊嬸、青苗招待客人，忙得團團轉，暗自感嘆，這些人真是玲瓏透了。

張仲微自進家店時，中間已用屏風隔開了，地方大的一邊坐的是男客，另一邊擠的是女眷。那些道賀的人一見他回來，紛紛圍上去，張仲微眼見家中茶盞都不夠分，忙把林依叫出來商量了幾句，隨後取了錢，請男客們上酒店坐去了，張家腳店這才空敞了起來。

男客們一走，原本安安靜靜作淑女狀的夫人娘子們立時變了樣兒，嘰嘰喳喳一片，東家長西家短，八卦滿天飛，倒比方才人多時還要吵上幾分。

陸翰林夫人瞧不慣，指了那群富商娘子，向林依抱怨：「到底是商人婦，吵吵嚷嚷地鬧人。」

這幾名富商娘子林依並無交情，只是到店中吃過酒，今日想必是看在歐陽參政的面兒上，攜了厚禮來道賀，又或者她們就是為了見昔日府尹夫人，今日的參政夫人一面才來的，因為她們此時簇擁著的就是參政夫人，而林依這位女主人，她們只是進門時打過招呼。

不過角落裡的另幾位翰林夫人也正聊得歡，眉飛色舞的表情絲毫不亞於富商娘子。

陸翰林夫人撇了撇嘴，又與林依道：「妳看看她們，說是來與妳道賀，卻只顧自己聊天，不知道的還以為她們只是來妳店裡吃酒的。」

林依滿不在意一笑，這情景她自然也注意到了，這些官宦夫人也好，富商娘子也好，都是衝著參政夫人的面子來的，說到底，翰林編修的身分哪裡值得這許多人趨之若鶩呢，正如張仲微所說，狐假虎威罷了。

不過這份蹭來的光環林依還是很在乎的，正因為歐陽參政這棵大樹，他們才有好日子過。穿梭在人群中的楊嬸和青苗都是得過指示的，其他客人都可以疏忽，唯獨要把參政夫人伺候好。

陸翰林夫人連著向林依講了兩句話，林依都沒搭理她，她隱約猜到林依還在為回的事兒生氣，不過這也怨不得林依，誰叫她好端端地非要去試探張家與楊家的關係，還設了個套讓人家鑽呢？

上回林依運氣好，歪打正著，沒上陸翰林夫人的圈套。王翰林一夥人沒能扳倒張仲微，陸翰林夫人站在林依身旁就有些惶恐，端過兩杯酒，欲向她賠罪。

但她才開了個頭就被林依截住，有些事暗中可以心知肚明，搬到桌面上來撕破臉面可就不好了。林依一臉的歉意，接過酒杯，主動與陸翰林夫人碰了一個，道：「方才正發愁，竟沒注意妳在同我講話，真是該死。」

陸翰林夫人不用再接著往下講，臉面保全，鬆了口氣，順著林依的話問道：「張翰林夫人眼看就要發財，還有什麼可愁的？」

林依聽她提發財，忙道：「生計所迫，糊口而已，哪敢談發財二字。」又道：「我家仍未招到好熔糟，今日溫酒的人還是臨時借來的，這樣下去怎麼開店。」

張家腳店因走了熔糟而關門歇業的事，陸翰林夫人也有耳聞，忙安慰她道：「天子腳下，尋個熔糟有何難，找牙儈幫忙就是。」

林依早叫牙儈挑好了人，已是初選過一遍，方才這樣講不過臨時找藉口罷了，她聽過陸翰林夫人的安慰，煞有其事地點點頭，謝她替自己寬心。

陸翰林夫人在林依身旁越待越心虛，便稱想尋其他翰林夫人聊天，朝她們那邊去了。林依想去與參政夫人聊聊酒店的事，但後者還在富商娘子和官宦夫人的包圍中，根本插不進去，再說有些話也不能當著人面講，只能另挑時候了。

店中人雖多，但稍一留意，便可發現眾人只分作了兩群，一群以參政夫人為中心，人數最多，占了十之八九，另一群則三三兩兩，散漫許多，為首的是王翰林夫人。

最孤單的是林依這位主人，她獨自站了一會兒，覺得有些好笑，自家酒樓破土動工，倒給這些人提供了親近上位者的機會，今日她們送來那許多賀禮實在不冤枉。

林依是主人，總不好一直在那裡站著，但屋中只有兩群人，是去參政夫人處錦上添花，還是去已落勢的王翰林夫人處雪中送炭？

歐陽參政一家同張家本就親厚，加上參政夫人在張家腳店有股份，與林依有經濟利益關係，就算不刻意奉迎也沒事；而王翰林夫人就不同了，心裡大概正恨著張家呢，只礙著歐陽參政的面子，誰都不願意與記恨自己的人打交道，林依也不例外，但王翰林是張仲微的上司，與他家的關係，不論暗地裡如何，面兒上還是得過得去。

青苗見林依站在屏風後，朝翰林夫人們坐的地方望了許久，便揀了一壺才溫好的酒擱在托盤裡，端來遞與她，道：「二少夫人是不是想過去？想去就去啊，怕她們作甚？」

青苗哪裡曉得朝中派系的明爭暗鬥，林依也不好與她解釋，只告誡她要尊重張仲微上司和同僚的夫人們。不過林依正有去向王翰林夫人打招呼的念頭，青苗這壺酒送的是時候，遂接了過來，朝翰林夫人們所在的桌子走去。

她到了桌前才發現並不是所有的翰林夫人都與王翰林夫人同桌，李簡夫那派的孫翰林、趙翰林家的兩位夫人都不在，她微微側頭，朝參政夫人那邊掃了一眼，毫無意外地發現了孫翰林夫人的身影，但趙翰林夫人還是不見所蹤。

王翰林夫人瞟了林依一眼，道：「不用看了，趙翰林夫人已歸家去了。」

林依一愣，不是因為趙翰林夫人提早回家，而是因為王翰林夫人的態度，看她神態自如，主動搭話，好似同林依什麼芥蒂都無。瞧這段數，比當前鋒的陸翰林夫人高出不少，林依一面提醒自己要向她學習，一面殷勤斟酒，敬了王翰林夫人，又敬其他幾位翰林夫人，連陸翰林夫人都沒漏下。

與各人吃過一杯，林依好奇打探：「趙翰林夫人怎不留下吃兩杯再走，難道嫌我家太過簡陋？」

王翰林夫人端著酒杯就笑了，但卻沒開口，只把陸翰林夫人看了一眼。林依瞧見，暗道，怪不得有人說王翰林夫人礙著王翰林「德高望重」的身分，不愛背後講人是非，怕落個說三道四的名聲，但卻極愛支使身邊人去講，以圖個樂子，這時看來果然如此。

陸翰林夫人是王翰林夫人的得力愛將，平日也沒少幹這代言的事，只一眼就明白了她的意思，開口向林依笑道：「趙翰林夫人嫌妳家簡陋？別說笑了，妳是沒去過她家，連個囫圇凳子都找不出來。」

趙翰林家貧林依有耳聞，不然上回也不會吃酒不帶錢，但她家窮成這樣卻是頭一回聽說，詫異道：「趙翰林不是月月有俸祿，不至於到那般地步吧？」

在座的幾位翰林夫人家裡都不大富裕，陸翰林夫人嘆道：「妳家官人每月領回多少錢妳不曉得？能養活幾個人？」

林依見黃翰林夫人與鄧翰林夫人連連點頭，心想，原來張仲微的那些同僚雖官銜比他高點兒，俸祿也是不多。

趙翰林家貧的事本是王翰林夫人示意陸翰林夫人講的，但後者講著講著，自己起了興頭，不待林依再問，繼續道：「趙翰林家本來還算過得，可他一家子人都好面子，窮得叮噹響，出門照樣大手大腳，再加上添了一房小妾，日子就更難過了。以前還只是當衣裳當首飾，前些日子聽說這些都當光了，又欠了好幾家酒樓的酒錢未還，實在想不出辦法，現在正商量著賣房子呢。」

她前面那一大篇話林依都隱約聽說過，因此並不驚訝，只最後那句讓她感到意外，沒想到趙翰林家竟有自己的房子，要知道，連歐陽參政都還是租房住的呢。

另幾位翰林夫人對此並沒什麼特殊反應，看來對趙翰林家的情況都很瞭解。林依好奇問了一句：「趙翰林竟買得起房子，真個有能耐。」

陸翰林夫人嗤道：「什麼能耐，祖產而已，也就三間破屋，其中一間還是茅草頂。」

原來不是自己掙下的，賣祖屋在宋人看來可是很丟臉的事，當初張棟那樣困難都不願賣的，看來趙翰林家確是到了揭不開鍋的地步了。

若是還沒買地皮，這倒是個好機會，趁著趙翰林急用錢，又是同僚，低價買下他們的屋，也就算在東京安下家了，不過如今林依有了自己的地，哪還瞧得上三間小破屋，當下只是一笑而過。

王翰林夫人看了看林依，突然道：「趙翰林夫人與張翰林夫人還真是有緣呢。」

不聲不響的人突然發話，多半暗藏玄機，林依不敢輕易介面，只靜靜回望。王翰林夫人笑道：「趙翰林夫人的家就在張翰林夫人正在蓋的酒樓後頭呢，你們馬上就是街坊鄰居了，可不是有緣？」

原來是指這個，不是暗指官場上的關係，林依鬆了口氣，正要答話，陸翰林夫人笑道：「趙翰林不是馬上要賣房了嗎，還指不定誰與張翰林夫人做鄰居呢。」

王翰林夫人方才的話的確是意有所指，因此對陸翰林夫人插的這一句極不滿意，臉色雖未有變，卻開始刁難起她來。

林依想起自家腳店開張那天，王翰林夫人也這般刁難過自己，暗道，她還真是對事不對人，只要讓她不滿，連親信也一樣逃不過。

陸翰林夫人招架不住，連連向其他幾位翰林夫人遞眼色求救，但誰人敢主動朝槍口上撞，俱端了酒杯裝作沒看見。

林依替陸翰林夫人感到不值，但也沒要解圍的意思，只稱還有別的客人要招呼，起身朝參政夫人那邊走去。

參政夫人仍被一群娘子簇擁著，看起來極享受這種氛圍，見了林依也只略點了點頭，示意她有話私下再講。

林依趁機撤了下來，躲進裡間休息片刻。楊嬸端了杯茶進來，關切問道：「不曾想來了這許多客人，二少夫人累壞了吧？」

林依笑道：「有那些娘子替我陪著貴客，我清閒得很，哪裡累得著。」

楊嬸聽說她有空，便稟道：「二少夫人，肖嫂子來了好一會兒了，說是妳託她打聽的消息有眉目了，我看店裡客人多，沒敢讓她進來，只叫她在後頭候著。」

定是祝二媳婦那事兒，林依一喜，忙道：「快叫她來，若客人們問起，就說是工地監工肖大的媳婦，來稟報蓋房進展。」

楊嬸應了一聲，轉身去把肖嫂子叫了來，自己則去外面招待客人。

肖嫂子一見林依便道：「林夫人，妳猜得沒錯，祝二媳婦果然是妳家熟人，曾經的鄰居，還是妳本家。」

舊鄰居？本家？那不就是曾紅杏出牆，間接引起火災的林娘子？林依不相信。當時雖然突發大火，但屋小臨街，搶出金銀細軟並非難事，林娘子手中有錢，怎會委身祝家的小棚子？這還是次要的，關鍵是，林娘子並非自由之身，不可能另嫁他人。再者，因為那場大火，祝婆婆對林娘子恨之入骨，為何非但沒告發她，反倒娶進了家門？

肖嫂子並不認識林娘子，對林依所疑惑的前兩條應答不上來，但是最後一條她是知道的，回話道：

「祝婆婆替祝二娶了林娘子，說起來還是因為張夫人。」

林依越發詫異：「這與我有什麼關係？」

肖嫂子道：「祝婆婆雖恨林娘子，但也沒想過去尋她，是後來林夫人吩咐要找到此人，祝婆婆心想辦成這差事說不定就有賞，這才打發幾個兒子闔女滿街巷去找，他們也是東京本地人，各處都熟，沒過幾天就把林娘子找了出來。」

林依恍然，的確是有這麼回事，那是受丁夫人所託，不過，祝婆婆既是為了賞錢才賣力尋找，那為何好不容易找著，卻不押了人前來領賞？

原來祝婆婆的兒子祝二是奔三十的人了，還沒討著媳婦，一見林娘子年輕貌美，就想占著不放人。林娘子也是個機靈的，看出祝二對她有意，就先施展本領將他哄得服服帖帖，再將出些錢收買祝婆婆，向她道：「妳不過就是為了賞錢，可張夫人家裡也不寬裕，能打賞妳幾個？妳若不把我交出去，得了錢又得了人，豈不美哉？」

林依聽完肖嫂子所述，明白了大半，但還是有些疑惑，因為大多數人，包括祝婆婆、林娘子，都以為是林依要尋林娘子，並不知那是賈家大婦丁夫人的意思，於是問道：「林娘子僅為了祝婆婆不把她供出去就甘願委身小破棚子？那場大火雖因她而起，但她畢竟不是主犯，就算被供出來又如何？再說她不是沒錢的人，怎沒拿出來賃個房子住？」

肖嫂子辦事仔細，這些都曾打聽過，立時答道：「她剛到祝家就拿了錢出來準備租房子，但眼錯不見，就被好賭的祝三祝四摸了去，還沒等她氣完，祝大開始抱怨，稱她只給錢讓小叔子花，不給錢讓大伯花，從那以後，她就再不肯出錢，祝二與祝婆婆搜過她幾回，卻沒搜出來，只得罷了。」

她一面講，林依一面點頭，待得聽完，全明白了，林娘子手裡肯定還有錢，只不知藏在何處，不過這都不是林依操心的範疇了，既然人有了下落，通知丁夫人便是，接下來就是賈家的家務事了。

外面還有客人，林依不便出門，便吩咐肖嫂子道：「麻煩妳再跑一趟，將這消息告訴我隔壁的丁夫人，再帶她去拿人，她一定會重賞於妳。」

感情林依也是受人之託，肖嫂子明白了，應了一聲，轉身朝隔壁去了。

祝二媳婦的身分查明，林依心裡的石頭也落了地，正準備出去接著應酬，楊嬸進來稟道：「二少夫人，客人們準備走了。」

林依奇道：「這才坐了多大會子，怎麼就要走？」

楊嬸的語氣頗有幾分不滿，道：「參政夫人才道了聲乏，一群人就都起了身，說是要送參政夫人回去。」

林依安慰她道：「人家肯來也是看了參政夫人的面子，殷勤是正常的。」她帶了楊嬸出去，到店門口送客，一群人簇擁著參政夫人，浩浩蕩蕩朝巷子那頭去了。

林依走回店內，發現王翰林夫人那桌的人還沒走，王翰林夫人臉上有嫉妒有不屑，其他幾人眼神卻直朝門口瞟，一副想追出去又不敢的模樣。

林依適才送客時，接到參政夫人的眼色，猜想是有事，但王翰林夫人幾位不走，她也不好趕人，只得小聲吩咐楊嬸幾句，再走去陪客。

楊嬸到門外轉了一圈，回來時腳步匆匆，向林依稟報道：「二少夫人，肖大才使人來說工地上少了磚，得趕緊再買，不然耽誤進度。」

林依連忙起身，與桌上幾人歉意道：「實在對不住，我先去算帳支錢，幾位稍坐。」

方才參政夫人在店裡時，陸翰林夫人等礙著王翰林夫人不好去她跟前敬酒，此時就急著趕去參政家中，好來個事後補救，因而早就想走了。

她幾人聽說林依有事要忙，得了藉口，忙起身道：「既然張翰林夫人有事，咱們就先走吧，改日再聚。」

她們嘴裡說著，人就離了桌子，王翰林夫人暗恨，卻又無法，只得隨著起身，一起告辭離去。

林依送她們到門口，一路道歉不停，直瞧著她們走遠了才回屋。

半個時辰後，參政夫人僅帶了貼身丫頭點翠，坐著小轎重返張家腳店，由楊嬸直接引進了裡間。裡間內，桌上兩盞香茶冒著熱氣，林依正坐在桌邊等她，見她進來，起身行禮，笑道：「我猜到參政夫人要過會子才能來。」

參政夫人無奈道：「才打發走一群，翰林夫人們又來了，耽誤了好些時候。」

林依取出正在建造的酒樓圖紙，致歉道：「聽聞參政夫人最近事務繁忙，就沒敢去打擾，擅自作主把樓蓋起來了，不過原先的契紙仍然有效，分紅也照舊。」

參政夫人只要最後那句足矣，管她蓋什麼樣的酒樓，反正她也不懂。她把圖紙推還給林依，笑道：「妳做事我放心，只是沒想到妳這樣有能耐，竟買得起地皮，蓋得起房子。」

林依謙虛道：「哪有什麼能耐，拿的是嫁妝錢。」

提起嫁妝錢，參政夫人沉默了，她家自請下堂的三女兒衡娘子最近有媒婆來提親，但她卻因為備不起嫁妝，遲遲不敢出草帖。林依一個孤女，嫁妝錢都能買塊地皮，蓋一棟房子，堂堂參政家嫁閨女若嫁妝薄了，豈不讓人笑話。

參政夫人朝屋內看了看，沒有張八娘的身影，問林依道：「妳家小姑子可曾開始備嫁妝？」

林依笑道：「她是二房的人，有無媒人上門提親只有她爹娘知道，我這裡還沒收到信兒呢。再說她是嫁過一回的人，嫁妝還在，另備也不是難事。」

參政夫人聽到這裡，嘆了一口氣，道：「還是妳張家富裕，我家衡娘子先前嫁時嫁妝就不多，幾年耗過去，更是所剩無幾，再想嫁人，還得重新備嫁妝。」

參政夫人又是打眼色又是悄悄折返，就為了來感嘆女兒的嫁妝？恐怕沒這麼簡單。林依心思急轉，突然想到，參政夫人是不是在變相索要錢財？

張家受歐陽參政照拂不少，往後還多有依仗，雖分了一成股份與參政夫人，但那也沒多少，因此若讓林依送些錢，她還是願意的。不過，她雖這樣想著嘴上卻沒講出來，只隨著參政夫人東扯西拉聊了些閒話，等到張仲微酒後回家，便將她送出去了。

張仲微吃了些酒，喝了碗濃濃的酸湯才稍稍清醒，卻不肯上床歇息，只斜倚在床邊同林依講話兒，問她道：「我看客人都走了，怎麼參政夫人還在？」

林依笑道：「你吃醉了酒，倒比平日心細些。」她將參政夫人特特來感嘆閨女嫁妝的事講了，問他道：「我估摸著她是想讓咱們送禮，你意下如何？」

張仲微摸了摸酒後發燙的臉，道：「若歐陽參政真嫁女兒，是該送些。」

林依便去翻帳本，瞧了瞧所剩金額，道：「我們正蓋著房子，也不寬裕，就把八娘子入股的金首飾取兩樣，再置辦兩匹蜀錦送去，如何？」

張仲微點頭，道：「妳看著辦吧。」又問：「歐陽參政哪個女兒要出嫁？」

林依答道：「就是與八娘子相厚的衡娘子，被夫家休了的那個。」

張仲微聽了，勾起心事，沉默一會兒，道：「八娘子也該尋個人家了，妳這做嫂子的幫她張羅張羅。」

張八娘父母健在，婚事哪輪得到林依操心，她正欲反駁，忽見張仲微欲言又止，明白過來，張梁自開館賺錢就只顧自己快活，是指望不上的。方氏因為娘家失勢，正消沉著，想不到女兒的婚事上來。而張八娘就算自己有心，也因臉皮薄，開不了口。

林依想到這裡，便點頭應下，道：「這若是在鄉下，媒婆早就上門了，咱們在城裡人生地不熟，是得自己操操心。」

張仲微也跟著點頭，困勁兒上來，歪著睡著了，林依忙替他枕上枕頭，蓋上被子。

楊嬸在外敲門：「二少夫人，有事稟報。」

林依出去掩上房門，才問：「何事？小聲講，莫吵醒了二少爺。」

楊嬸臉上有笑意，道：「肖嫂子方才來過了，叫我告訴二少夫人，林娘子找著了，已被丁夫人帶回去請家法了。」

林依問道：「那肖嫂子呢？」

楊嬸道：「丁夫人稱，祝二強娶他人妾室，她要告官，因家中人手不夠，請肖嫂子幫忙打點去了。」

林依笑道：「我倒是替肖嫂子又謀了一份差事，她得請我吃酒。」

楊嬸也跟著笑：「回頭我告訴她。」

林依叫楊嬸稍等，回家取了錢出來，命她到街上把最好的蜀錦買兩匹，再買一只紅漆雕花的首飾匣子。

楊嬸問道：「二少夫人是自用還是送禮？」

林依道：「送禮，二少爺有位上司要嫁閨女。」

楊嬸聽說是送去大官家的禮，躊躇起來，道：「二少夫人，我一鄉下婆子哪曉得城裡人愛什麼花樣。」

林依笑道：「城裡的掌櫃精得很，妳只告訴他用途，保准買得稱心如意。妳在旁也偷偷藝，如今我上街不方便，往後這些事兒都得靠妳們。」

看來在城裡做奴僕比鄉下學問大，楊嬸正色應了，帶著錢上街去了。

州橋巷住的雖是窮人，但一出巷就是繁華的鬧市區，綢緞鋪子一家挨一家，楊𡡉沒費多大功夫就買回兩匹上好的蜀錦，顏色喜慶，花樣時興。林依摸了摸瞧了瞧，連聲稱讚，又將兩支金釵裝進新買回的匣子，一併交與楊𡡉，命她送去同巷而居的參政夫人家，稱是張翰林夫人與衡娘子添妝。

楊𡡉帶著禮物去了，不多時回轉，將一張借條遞與林依看。

這是一張參政夫人親筆所書的借條，上面寫著某年某月某日，歐陽參政家的白氏借了張翰林家金釵一對、蜀錦兩匹，以一年為期，必還。

白氏，想必就是參政夫人，她寫這借條作甚？林依糊塗了。難道是白夫人嫌禮太薄？若真是這樣，那可錯大了，林依忙問：「參政夫人收禮時表情如何？講了什麼？」

楊𡡉笑道：「參政夫人真是料事如神。」

林依奇道：「怎講？」

楊𡡉道：「參政夫人猜到二少夫人要問這個，特意囑咐我要將事情與二少夫人講明白。」

原來是林依會錯意了，參政夫人缺女兒的嫁妝不假，但她剛才來只是想借錢，偏偏林依誤會了，憋著不問，她面皮薄，見林依不接話，就不好意思開口，一直到走都沒把來的目的講出來。

林依拍了拍額頭，悔道：「瞧我，早該想到歐陽參政向來清廉，從不收受賄賂的，又怎會因為一時困難就暗示我送禮？」

楊𡡉卻道：「這樣更好，若當時就挑明，反倒讓參政夫人覺得沒面子。」

林依想了想，果然如此，就把拍額頭的手挪去拍胸口，直呼：「我運氣好，又歪打正著一次，只怕參政夫人正暗地誇我有眼力勁，曉得顧全她臉面，悄悄借錢去她家呢。」

楊𡡉笑道：「可不是，方才我去時，她臉上的感激之色就有十分了。」

她們一時高興，聲音大了些，屋內的張仲微被吵醒，十分不滿地嘟囔了兩聲，林依連忙朝楊𡡉擺擺手，命她退了下去，自己則進屋哄官人。

張仲微再次沉沉睡去，林依想著隔壁正在審林娘子，八卦心起，貼著牆壁聽了聽，那邊卻是悄無聲息，心想，難道丁夫人心軟，沒捨得下手？

今日註定是忙碌的一天，正當她聽不到牆角也想躺一會兒時，牙儈來了，還帶來初試過的四名燒糟，她怕又吵醒張仲微，忙戴上蓋頭，掩門出去，到店中挑了個離裡間最遠的桌子坐下。

牙儈指了那四名燒糟，道：「林夫人，我照著妳的吩咐細細查訪過了，這裡是她們家的戶籍及家居住址。」

上回初試，有六名燒糟的手藝都算上乘，但林依並未當場留用，而是命牙儈幫她查訪燒糟家，挑出家世清白、居住不遠的東京本地人。

牙儈將戶籍等物奉上，戶籍上只有男子，是不會登記女人姓名的，因此林依看不出什麼來，但她另有妙招，挨著問她們家中有幾口人，分別姓甚名誰，關係如何，再與戶籍一一對照。

牙儈辦事不錯，林依問過一輪，四名燒糟在家世上都沒什麼問題。她之所以如此小心，蓋因酒店內來往的夫人非富即貴，疏忽不得，丁點兒問題她都擔待不起。

楊嬸將溫酒的爐子搬了來，林依留神看去，燒糟中有個身量最高的趕忙上前幫忙，另一名圓臉的則主動把酒具端了來。

四人又溫了一次酒，挨個上前請林依品嘗。手藝仍舊是不相上下，但林依心中已有了決斷，留下了高個兒燒糟與圓臉燒糟，工錢與祝婆婆先前一般，明日就來上工。

牙儈領過賞錢，將落選的燒糟帶了出去。那兩名幸運的燒糟，一個姓曹，一個姓梅，與林依磕過頭，便跟著楊嬸去學店規。

事情總算忙完，林依回屋，挨著張仲微躺下。張仲微睡得迷迷糊糊，感到身旁多了個人，還不忘翻過來摟住，林依拍了他一把，笑罵：「不分青紅皂白就抱，萬一抱錯人呢？」

張仲微還在睡夢中，自然沒什麼反應，林依自顧自笑了一回，也進入了夢鄉。晚飯前，二人大概是餓了，相繼醒來，張仲微這才真發現身旁多了人，佯怪林依壓著了他的胳膊，不依不饒，非行了點子事才放過她。

青苗在外喚著，請他們出來吃飯。林依一面笑罵，一面穿衣裳理頭髮，張仲微酒勁未全消，不住地搗亂，一會兒要幫她繫帶子，一會兒要幫她梳頭髮，足足鬧了小半個時辰才踏出房門。

此時飯菜都涼了一半了，楊嬸是過來人，只暗笑不語，青苗卻未經人事，噘著嘴抱怨道：「隔壁丁夫人送了好大一條燉鯉魚過來，有頭有尾的，涼了可就不好吃了。」

東京的鯉魚尚屬常見，但會燒魚的廚子萬裡挑一，但凡有條魚都是拆散了賣，因此滿大街的魚羹魚絲，頭尾齊全的整魚卻難以尋到。

林依坐到桌旁，見那盤鯉魚果然有頭有尾，實屬金貴，難怪青苗要可惜了。

東京城裡的魚大都拆開了賣，最初是因為魚價貴，一尾魚須得將近一百文，尋常人家吃不起一整條，只能買一小份一小份的解饞，長久於此，賣全魚的越來越少，而會燒魚的廚子就更稀罕了。

上等的食店也有全魚賣，現殺現氽，澆個酸甜的汁水就朝桌上端，夾上一筷子，腥氣滿口，不過宋人都習慣了，認為吃魚就是吃這個腥味。但來自千年後的林依，哪怕在大宋也待了好幾年，還是受不了那味兒，看著桌上的燉魚，勾不起食欲。

張仲微卻極喜歡，吃了兩口，又分出一半，叫楊嬸與青苗端下去吃。

丁夫人這條魚大概是自己做的，不會調那個酸酸甜甜的汁，只好燉了。大宋沒有料酒，她也不曉得擱醋，別說吃，聞著都腥。

北宋的烹飪技巧，蒸炸煎煮樣樣都有，調味料也還算豐富，為何就是燒不好魚？對此林依曾總結過，一是沒有料酒去腥，也不知巧用醋和飲用酒；二是食用油太珍貴了，大多人都捨不得放，甚至廚房裡根本沒有油這物事，一條油星子都無的魚能好吃到哪裡去。

林依見張仲微吃得津津有味，伸頭瞧了瞧，好笑道：「這魚一看就沒擱油，還撲鼻的腥味，有什麼好吃的？」

張仲微吐出一根魚刺，道：「從四川到東京，也就妳一人捨得用油，連青菜裡也要擱一勺。妳出去看看，就是那些正店的廚房，青菜也不會炒著吃。」

這些「奢侈」的習慣林依可改不了，嘀咕道：「咱們又不是買不起油，為什麼不吃，我看那些油炒的菜，你吃得比我還香甜。」

她回想才到眉州張家小院的日子，頭一回到廚房與楊嬸幫忙，就炒了個白菘，方氏見她連青菜也用油炒，氣急敗壞，狠罵了她一通，不料嘗過了這一次，下頓再吃那清水燙的青菜時，左右都不對味，心想著反正家中有旱地，不愁油吃，就叫楊嬸也學會了炒青菜的手藝，從此張家的青菜做法與其他人不同。

張仲微大概也想起了這段過往，呵呵直笑。林依白了他一眼，將那盤燉魚挪到了他面前去。

張仲微將魚全部吃完，才想起來問林依：「娘子，全魚價格不菲，丁夫人做什麼送我們這份大禮？」

林依輕描淡寫道：「大概是因為她家的小妾找著了，心裡高興。」

「小妾？」張仲微愣了一愣，才想起是林娘子，高興道：「找著了？在哪裡？我拿她去見官。」

林依按住他道：「你糊塗了？火災雖因她而起，但縱火元兇並非是她，官府哪會審理她紅杏出牆的事。」

張仲微摸了摸腦袋，不好意思道：「那倒也是，這事兒該丁夫人管。林娘子手裡的錢不少，丁夫人這回發財了，怪不得出手闊綽。」
林依也是這樣猜測，若不是丁夫人逼問出了林娘子的錢，絕沒能力買魚贈人。說起來，丁夫人真是好手段，祝婆婆和祝二都沒搜出來林娘子的錢，卻讓她得手了。
但自從林娘子被帶回來，隔壁就一直沒聽見動靜，不知丁夫人使的是什麼法子。林依很想學習一番，心癢難耐，待吃過飯，就將店中的按酒果子裝了一攢盒，命青苗送去隔壁作回禮，又悄悄與她道：「聽說丁夫人將林娘子抓回來了，妳去瞧瞧詳細。」
打探消息是青苗的一大愛好，聞言來了興致，捧著攢盒，精神抖擻地去了。林依沒等多久，就見青苗回來，忙問：「如何？」
青苗滿臉疑惑，道：「我見著林娘子了，臉上雖有淚痕，人卻是好端端的，衣著整齊，臉上連個紅印子都無。」
林依又問：「她對丁夫人的態度如何？」
「畢恭畢敬，隱約還有幾分懼意。」青苗答道。
林依越發好奇，丁夫人究竟使的是什麼妙招？可惜她與丁夫人交情不深，沒法繼續打探。青苗也是好奇無比，出主意道：「八娘子與丁夫人可是至交好友，無話不談的，等她回來，叫她去打聽。」
林依點了點她額頭，笑道：「鬼主意可是妳出的，與我沒干係。」
青苗一吐舌頭：「我出的就我出的，待八娘子回來，我與她說去。」
張仲微好奇朝她們這邊張望，問道：「娘子，妳們講什麼，也說來讓我高興高興。」
林依隨口玩笑道：「青苗說東街有個女孩兒生得好顏色，她父母正欲賣她，我打算去問問價錢。」
張仲微不知是真沒聽懂還是裝作沒聽懂，道：「雇人多便宜，為何非要買？若是個老實的倒還罷了，若走眼買個不好的，退貨或轉手都麻煩得很。」

林依聽見「退貨」二字，饒是她已習慣大宋的人口買賣，也禁不住一愣，到底那些尊卑高下的思想，於張仲微這土生土長的宋人而言，更深刻入骨。

再好看的女孩兒，張仲微只把她當貨物，讓林依不知這玩笑該如何收場。正怔著，張仲微湊到她跟前，小聲道：「再試探，小心我當了真。」

林依一個激靈直起背來，朝張仲微看去時，他已走出店門去了，只回頭朝她笑了笑，卻讓人辨不出是什麼意味。

林依追到門口，欲照著平常叮囑一句「不許吃花酒」，張口時卻啞了嗓子，硬是出不了聲。她呆呆地走回裡間，倒在床上，落下幾點淚來。明曉得張仲微也是句玩笑話，可心裡就是堵得慌。

從鄉下到城裡，環境在變人也在變，張仲微的變化尤其明顯，腦子靈活了，是否意味著心思也活絡了，會不會在將來的某一天，不用林依試探，他也會帶個人回家？

林依知道自己胡思亂想了，可這也怨不得她，只怪大宋風氣如此，誘惑太多，就算男人納妾也是合理合法，她連個訴苦的地兒都無。

躺了沒多大會兒，林依就抹去了眼淚，翻身下床，開始算帳。錢在自己手裡，擔心那許多作甚，有功夫瞎操心，不如想辦法多掙幾個錢。孤女出身、受苦無數的林依，只有錢最能給她安全感了。

帳本不翻則已，一翻驚人，林依盯著一大筆支出，愣了半晌才想起來，今兒才又買了一批磚頭，她急急地撥起算盤，算完之後呆住了，照這樣下去，等房子蓋好，連粉刷牆壁的錢都無，更別提裝飾花門、置辦桌椅酒器了。

怎麼辦？面對眼前實際的問題，林依覺得自己剛才那番胡亂猜疑實在幼稚得可笑。

她在屋內走來走去，心內焦急，眼神茫然。楊嬸進來送茶，見了她這副模樣，問道：「二少夫人怎地了，可是遇上了難事？」

難事？的確是難事，林依胡亂點了點頭。

楊嬸見她不開口，身為下人不便細問，只好道：「我把二少爺叫回來，你們商量商量？」

林依的腳步停了下來，是該叫張仲微回來一起煩惱煩惱，家庭的重擔不能壓在她一人身上，就算張仲微夠自覺，也該時不時地提醒他，男人肩上負有養家糊口的責任，免得女人太過能幹，反叫他生出些壞毛病來。

她朝楊嬸點了點頭，楊嬸便去了，逕直到工地將張仲微請了回來。林依見他進屋，也不言語，只把帳本攤到他面前，指了蓋房的支出與他瞧。

磚石樓房的成本比木樓高出許多，這巨額支出張仲微早就料到了，只是他並不清楚林依的家底，因此不曾問過。

而林依，為了地皮和這棟房子，已把出嫁時瞞報的錢都拿出來了，若在房子完工前湊不到錢，全家人都得喝西北風。

想在短期內靠張家腳店賺夠錢是不可能了，張仲微想了想，道：「我去找同僚借。」

林依好笑道：「你還不曉得他們那點兒家底？沒向我們借就算好的了。」

這倒也是，比如趙翰林家都窮到要賣祖屋了。張仲微將腦袋撓了又撓，道：「向叔叔嬸嬸借吧。」

林依瞅了他一眼，沒作聲，她可沒那膽量向方氏借錢，萬一被纏上，生出許多事，不過，若瞞著方氏向張梁借錢倒是可行的，只是聽說張梁開館入不敷出，吃酒還要搶方氏賣零嘴兒的錢呢。

張仲微也曉得方氏是怎樣的人，但心想到底是親娘，虧待不了兒子，便自個兒作主，把此事定了下來，又想到張梁夫妻的錢不多，就算借，還是有缺口，遂道：「找哥哥嫂嫂再借點？」

林依並不知他已拿定了主意要向方氏借錢，還道他是明白了自己的心意，只向張伯臨兩口子借，便笑道：「使得。嫂子有錢且大方，不過親兄弟明算帳，借條還是要寫的。」

張仲微應了，照著帳本上的預算開始寫借條，林依只高興張仲微在替家中困難出主意，就沒留意那借條寫了兩張。

張仲微寫好借條，揣進懷裡，道：「趁著天還沒黑，我到祥符縣走一趟，這錢早借早安心。」

林依笑道：「快去吧，反正大嫂不會收利息，早些借回來也好。」

張仲微揣著借條，也捨不得雇馬雇轎，憑著兩條腿，一口氣走到了祥符縣。張伯臨與張梁都不在家，方氏在零嘴兒鋪子裡坐著，見到張仲微來，十分歡喜，忙叫任嬸看著鋪子，自己則帶張仲微進屋。

張仲微道明來意，稱自家正在蓋房，短錢使用，欲向方氏借錢。大凡父母都最疼么兒，方氏一聽他要借錢，還沒問緣由，先把錢翻了出來。張仲微一陣感動，歉意道：「嬸娘還沒享過我的福，卻要繼續為我操心。」

方氏擺了擺手，將錢遞與他，道：「我怕你叔叔又偷錢去吃酒，特特藏起來的，你趕緊拿去。」

張仲微借條上寫的是十貫，但方氏遞與他的只有兩貫餘，看來是他把方氏想得過於富有。他的手在懷裡摸了好一陣，是另寫一張借條，還是將十貫的那張拿出來？他猶豫一時，突然為自己這念頭感到羞愧，方氏生養他一場，他不知盡孝，卻在這裡為幾貫錢計較。

罷了，就先瞞著林依，用自己的俸祿慢慢填補虧空吧。張仲微毅然將懷中的十貫錢借條取了出來，奉與方氏道：「嬸娘，這錢算我跟妳借的。」

方氏起先不肯接，稱哪有兒子向親娘借錢還要打借條的，但推攘中瞟見金額，心中生疑，明明借的是兩貫多，為何借條上寫的是十貫，莫非是兒子想要孝敬她又怕兒媳阻撓，因此才想出這法子來？

張仲微越是把借條朝她手裡塞，方氏就越覺得自己的猜想很正確，便捏了借條一角，問道：「仲微，你那酒樓是你管還是林三娘管？」

張仲微如實答道：「我要在翰林院當差，哪有那功夫，再說我們家開的是娘子店，男人不許入內的。」

方氏「哦」了一聲，又問：「那賺的錢是你管還是林三娘管？」

張仲微孝敬是孝敬，心眼兒還是留了幾個的，聽見這話不對味，就扯了個謊道：「我是一家之主，錢自然是經我的手，她管經營，我管收錢。」

方氏聞言，發自內心地笑了，連聲道：「好好，還是我么兒有能耐，不像你哥哥，錢都是媳婦管著，向他借一文錢都難。」

張仲微越聽越覺著不對勁，聽方氏這意思，她是向張伯臨借過錢，且沒能得逞。既然她自己都缺錢，那這兩貫多錢是哪裡來的？

方氏見他作深思狀，臉上一紅。這模樣落入張仲微眼裡，讓他想起，方氏也曾向林依借過錢的，那時被張八娘的事一鬧才不了了之，難道方氏不是真沒錢，而是打著缺錢的藉口刮斂兒媳的錢財？

張仲微很不願把自己的親娘朝壞處想，使勁甩了甩腦袋，站起身來，欲去哥嫂房中繼續借錢，但還沒邁開步子，突然想起只有李舒一人在屋裡，他這做小叔子的孤身前往實在不妥，便又停了下來。

方氏問道：「兒哪，你要去哪裡？留下吃過飯再走。」

張仲微以實情相告，央方氏帶上他的借條，幫他去向李舒借錢。方氏滿口答應，借條也不接，起身就走，口中道：「親兄弟，要借條作甚，沒得生分了。」

張仲微拗不過她，只得將借條收起，送她出門。

方氏娘家雖落勢，但她兄長方睿只是降了職並未罷官，來日方長，總有再升上去的時候，因此她時時提醒自己，面對兒媳時不能輸了陣腳，於是昂起頭，大搖大擺地走到李舒房前站定，等著青蓮打簾子。

青蓮因為自作主張，吃了幾回虧，如今有些患得患失，見方氏站在門口，不知是挑簾子好，還是先進去稟報好。

在她猶豫的空檔，方氏等急了，一巴掌呼過去，罵道：「不長眼的奴婢，沒見著二夫人我站在門口嗎？」

李舒在房內將這一巴掌聽得清清楚楚，但她並不介意張伯臨的妾室挨教訓，便懶怠動彈，只朝錦書揮了揮手。

錦書又一次逮著了壓過青蓮的機會，連忙走出門去，笑嘻嘻地照著青蓮的臉，又扇了一巴掌。青蓮還指著有人出來替她撐腰呢，沒想到等來的是一巴掌，立時懵住了。

方氏因為這一巴掌，氣消了許多，向錦書道：「還是妳懂規矩，這丫頭欠調教。」

錦書掀起簾子，請方氏進去，笑道：「不是奴婢自誇，我乃大少夫人跟前的人，自然比那處心積慮爬上主人床的狐媚子強些。」

李舒嫌這話難聽，站起來向方氏行禮時，眉頭微微皺了一下。方氏卻因這話勾起了前塵往事，想起那好不容易才趕出去的銀姊，同青蓮一樣，也是男人出趟門就帶了回來。她一時感概，看錦書順眼許多，竟開口向李舒提議道：「我看這丫頭不錯，做通房也有不少時日，是時候升她做姨娘了。」

方氏平日雖蠻不講理，但從沒管過兒子的屋裡人，今兒這算是頭一回，李舒愣住了。

甄嬸不是當事人，反應更快些，插話道：「大少夫人早就有意抬舉她做姨娘，只是她的肚子不爭氣，奈何？」

尋常人家不成文的規矩，通房丫頭生下兒子立了功，才能被升為姨娘，因此方氏的提議被駁回，雖有些氣惱，卻講不出什麼來。

李舒此時已回過神來，為防止方氏又生事，忙把錦書青蓮都遣退，只留了甄嬸同兩名不起眼的小丫頭在屋內伺候。

方氏剛才只是臨時起意，並不深究，吃過一口茶，另提此行的真正目的，稱她是替張仲微借錢來的。

這若是張仲微或林依親自前來，李舒會毫不猶豫將錢借出去，但來人是方氏，她就猶豫起來，因為前兩日方氏才找她借過錢，而她推脫的理由是嫁妝錢花光了。

今日她若把錢借給張仲微，方氏必定也藉機討要，她可不願吃這個虧，便依舊咬定手中無錢。

方氏才不肯相信她的話，這滿屋子的陳設，隨便拿一兩樣去當鋪都能換回不少錢來，豈會無錢相借？不過她在張家的地位今時不同往日，斷不敢講出讓李舒當物事的話來，只可憐兮兮道：「妳看不起我這婆母也罷了，仲微可是伯臨嫡親的弟弟，妳不能不管他。」

李舒無奈道：「娘，不是我不願借，是實在沒錢。」

甄嬸提醒道：「大少夫人，妳忘了，櫃子裡還有三吊錢呢。」

方氏心中一喜，還沒等露到臉上，李舒就開口了：「那是下個月的房租。」

甄嬸大急：「三吊錢可不夠付下個月的房租的，怎辦怎辦？」

李舒嘆氣道：「還能怎麼辦，等大少爺發俸祿，不知等到哪日去，只能先把我的衣裳當兩件了。」

甄嬸就一面嘆息，一面打發小丫頭去翻李舒的衣箱，一時間屋內忙亂成一團。

方氏分辨不出她們是真缺錢還是在做戲，正狐疑瞧著，突然聽見李舒問她道：「娘，妳那裡還有沒得錢？先借我用用。」

方氏一跳老高，好似凳子上長了釘子，一面擺手朝外走，一面道：「我哪裡有錢，幾個錢全讓妳爹摸去吃了酒。」

她才出房門，屋裡就傳來悶悶的笑聲，可惜她沒聽見。

張仲微還在小廳裡坐著，方氏卻覺得自己沒臉去見他，便隨口喚了個媳婦子過來，命她去與張仲微講，說她累著了，要歇會子，就不留他吃飯了。

張仲微聽了媳婦子的轉述，猜想方氏是沒借到錢，他哪會因為這個怪方氏，便走去欲安慰她，不料方氏臥房的門已關上了，他只好向任嬸交代了兩句，轉身回家。

方氏因覺得無法向張仲微交代，躲著不肯出來，張仲微走在路上也覺得無法向林依交代，進了城，轉來轉去，就是不敢回家。東京天子腳下，繁華之都，什麼行當沒有，他才兜了兩個圈，就瞧見街邊有一家錢莊。這錢莊不但替客人保管錢財，還能將錢外借，與那些暫時手頭短的客人救急。

張仲微心想，他可不就是那暫時短錢使的客人，遂抬腿走了進去，開口向錢莊老闆借錢。

錢莊老板眼皮子都不抬，不問他借多少錢，也不問他借錢做什麼，只問：「你打算用何物抵押？」

張仲微愣了，原來錢莊的錢不是那麼好借的，要想借錢須得拿實物來抵押，而他有什麼？什麼都沒有。

他一時心急，將自己翰林編修的身分講了出來，想以此博得錢莊老闆的信任。

錢莊老闆笑了：「誰不曉得翰林院個個是窮官，借出去就別想收回來。你們那位趙翰林借錢至今不還，房契還抵押在我這裡呢。」

張仲微受到如此奚落，臉紅似煮熟的蝦米，將頭一低，匆匆走出門去。

天色漸漸暗了，他再不情願也得歸家，一步步挨回去，一頭扎進裡屋。林依正在佈置第二日重新開業的事體，見他垂頭喪氣地回來，很是奇怪，忙將剩下的事情交代給楊嬸，自己則跟進了裡屋去。

張仲微見林依進來，越發覺得沒臉，挨在凳子旁，不知是坐好還是站好。林依奇道：「你這是做什麼？」

張仲微取出方氏所借的兩貫多錢，放到桌上，頹然道：「我沒本事，嫂子那裡沒借到錢。」

林依笑了：「原來你是為這個。」說著捧過錢匣子，叫他看。

張仲微一探頭，只見匣子裡擱著兩個銀元寶，他拿起來掂了掂分量，估摸著能換二十貫銅錢，這數目可不小，他十分奇怪，問道：「這是哪兒來的？」

林依道：「大嫂使人送來的，送錢的小廝剛走。」

張仲微更為奇怪了，問道：「嬸娘向大嫂借過的，她不是不肯嗎？」

李舒為何不借錢給方氏，林依不用想都知道，那小廝送錢來時還特意叮囑，莫要將此事告訴方氏，以免她糾纏。李舒的意思再明白不過了，她願意接濟小叔子，但不願將錢把給方氏。

張仲微還看著林依，等她回答，林依沒好氣戳了他一指頭，道：「你當官後多出來的機靈勁兒，一回二房就沒了？明曉得嬸娘與大嫂不對盤，還委託她去借，這能借得來？」

張仲微明白了：「這錢是大嫂瞞著嬸娘借我們的？」

林依點了點頭，又道：「什麼叫瞞著，別講得這樣難聽。這錢是大嫂的嫁妝錢，她借給誰還消跟嬸娘報備？」

張仲微不明白「報備」的意思，但聽得出林依口氣不善，忙將借錢的話題就此打住，取出懷中的借條道：「我去與大嫂送借條。」

林依道：「不消你忙碌，我已寫了借條，交與小廝帶去祥符縣了。」她取過張仲微帶回來的兩貫餘錢，大略數了數，道：「是省陌，一貫不足一千文，你借條上可註明了？」

張仲微有些不高興，道：「嬸娘生我一場，跟她還計較這省陌足陌的事兒？」

既是借錢，不是孝敬，就一碼歸一碼，不然依著方氏那性子，又生出多少事來。林依不反對與方氏錢財，畢竟她生養了張仲微一場，但如今是兩家人，給多少錢得走明路，稀裡糊塗地給，就算給再多，方氏也敢稱沒收他們分文；更重要的是，若被正經婆婆楊氏知曉，如何交代？

這些瑣碎的道理跟男人永遠講不明白，林依不想花冤枉功夫，只道：「我賺兩個錢也不容易，省陌的兩貫錢我還，多出來的你自己解決。」

張仲微負氣道：「都不消妳管，我領了俸祿還錢。」

林依淡淡道：「沒問題，不過領了俸祿，得先把養家的錢給我，剩下的才能拿去還債。」

張仲微沒想到林依如此精明厲害，唬住了。林依拍了拍他的肩膀，笑道：「急什麼，嬸娘是你親母，難不成還給你算了利息，設了期限？」

期限、利息自然是沒有的，但誰能保證方氏不會上門來討債？討兩貫多錢張仲微不怕，可方氏接去的借條上寫的是十貫，這若被林依知道……

一想到這個，張仲微冷汗直下，後背涼颼颼，心中生出悔意來，但他不願在林依面前露了怯，更怕林依讓他去把借條討回來，於是強作鎮定，道：「妳說的是，自個兒親娘，又沒設期限，不急不急。」

林依瞧出了張仲微的異樣，但她沒往深處想，只以為是他擔心那幾個俸祿不夠還債。其實她剛才也是一時氣話，若張仲微真拿不出錢來，她還能坐視不理？再說她開店賺錢全靠張仲微朝廷官員的身分庇護，少了他，哪來這樣好的生意，實不該同他分什麼彼此的。

夫妻倆各想著心思，但沒開口，沉默坐了一會兒，張仲微起身，稱要去工地轉轉。

林依存心要讓他擔點責任，攔住他道：「大嫂說了，她陪嫁的田產都在四川，雖收了租，錢卻一時半會兒運不到東京來，加上二房開銷又大，她只拿得出這兩枚銀元寶，能值多少錢，想必你也看出來了。」

張仲微看了看錢匣子，又看了看方氏所借的兩貫餘銅錢，問道：「錢還不夠？」

林依丟了帳本到他跟前，道：「你是不當家不知柴米油鹽貴，就這幾個錢哪裡夠用，等酒樓蓋成，外面要搭花門，裡面要刷牆，購置桌椅器皿，還要雇人、採辦酒水，照我估算，咱們至少得準備五十貫足陌，現今已有了二十二貫，還剩二十八貫沒著落。」

二十八貫，對比張仲微每月五貫的俸祿，簡直就是天文數字，他捧著腦袋想了又想，也沒能想出招來。

其實林依早有了主意，偏要他也體會下賺錢的艱辛，就按著不說。直到吃過晚飯，見張仲微仍舊愁眉苦臉，才裝作與楊嬸、青苗聊天，道：「等新酒樓蓋起來，咱們把關得嚴些，不能什麼人都放進來，沒得衝撞了貴人。」

楊嬸想起曾到店中搗亂的娘子，心有餘悸，連連點頭稱是。

林依又道：「我有一法子能叫閒雜人等進不來，只不知好使不好使。」

楊嬸頗有興趣問道：「什麼法子？二少夫人講來聽聽。」

林依的法子便是後世的會員制，凡是想入張家腳店吃酒的，得先進行資格審查，驗明身分，交足會費，成為會員後方能入內吃酒。

楊嬸對生意一事一竅不通，青苗卻有幾分天賦，道：「這法子倒是不錯，既能保證入內的都是知根知底的人，又能籌措一筆錢，使咱們手頭寬裕些。」

最後半句算是講到點子上了，這丫頭沒白教，林依讚許點頭，卻又擔憂：「若是咱們把會員交上來的錢都花了，而這時她們又反悔，想要把錢拿回去，該如何是好？」

青苗道：「這有何難，交錢時訂個契約即可。若是反悔，叫她與府尹說去。」

楊嬸附和道：「正經娘子哪個敢上公堂，只要稍微提一提，就自動打消討回錢的念頭了。」

有這樣簡單？私下訂立的這種契約應是違法的吧？林依將信將疑，眼神只望張仲微那邊瞟。

張仲微好笑道：「別望了，想曉得詳細直接來問我便是，竟同我耍花招。」

青苗吃吃笑了起來，楊嬸瞪她一眼，把她拉出去了。

林依見屋裡只剩下她夫妻兩人，佯裝生氣，將桌子一拍，道：「這店不是你的？曉得些什麼主動報上來，還要我去問你？」

張仲微到底氣勢強不過她，乖乖坐過去，道：「私下訂契約，到了堂上是不作數的。」果然如此，林依滿臉的失望神色，掩也掩不住。

張仲微曲起手指敲了敲桌子，叫道：「大冬天的，熱茶也沒得一盞。」

林依猜到他下面還有轉折才在這裡裝模作樣，狠剜他一眼，喚青苗倒上茶吃了，問道：「怎樣做才能合法？」

張仲微被她晾了半天，想要報仇，裝作沒聽見，捶著腿道：「趕了半天的路，累著了。」

林依咬牙道：「趕緊說，叫我滿意了，借嬸娘的錢不消你操心。」

一提借方氏錢的事，張仲微就心虛，再不敢拿勢，道：「想要合法很簡單，簽完契約後，到官府繳納稅款，蓋個印信，使之變成紅契即可。」

林依不相信，一般買賣土地房屋時才繳稅辦紅契，會員契約官府恐怕是見都沒見過吧。

張仲微嫌她膽子小，道：「只要妳肯繳稅，官府就敢蓋章。有了章，日後有事官府不能不管，這樣妳還怕什麼？」

林依上下打量他兩眼，行啊，當了幾天官，膽子也肥了，不過他是北宋本土人士，又在官場混跡，講的道理大概是可行的。

張仲微見她仍舊猶豫不決，道：「妳放心，待酒店開張，請參政夫人多過來坐坐，保准沒人敢把已交的……什麼會員……錢，再討回去。」

參政夫人的名號的確好使，林依吃了定心丸，又開始打量張仲微，問道：「你就這樣相信我？也不問問這會員制到底是怎麼一回事？」

張仲微苦笑道：「酒樓不久就要完工，手裡卻無錢。火燒眉毛的事我管什麼制，只要能賺錢，不違法就成。」

原來他的想法這樣簡單，林依望了望門口，瞟見楊嬸與青苗的身影，暗道，她們的心思大概也一樣，只要能籌到錢就行，至於怎樣操作就隨林依去。

招募會員來籌措資金不是件小事，林依認為自己該與參政夫人好好商量商量，便欲前往歐陽參政家，但又怕自己這一過去，停留的時間太久，惹人生疑，於是等到第二日張家腳店重新開門營業，命楊嬸打著店中進了新酒的名號，將參政夫人請了來。

參政夫人進了門，不見楊嬸將她朝屏風後引，而是把她朝裡間帶，就猜到林依是有正事，笑道：「張翰林夫人備了什麼好酒，特特請我來吃？」

林依等楊嬸出去帶上了門，方才回話道：「等咱們的新酒樓開了張，要什麼樣的酒都有。」

參政夫人聽出她話中有話，問道：「怎麼，蓋房短錢使了？」

林依點了點頭，笑道：「參政夫人神機妙算。」

參政夫人嘆道：「妳又是買地皮又是蓋酒樓，我早料到本金不夠，只可惜我是自身難保，衡娘子的嫁妝錢還是找妳借的。」

林依道：「參政夫人不必為難，我已有了法子，想請參政夫人幫我拿個主意。」

參政夫人喜道：「快快講來。」

林依將會員制的想法講了一遍，故意隱去紅契一節不提，參政夫人聽後，給出的建議與張仲微不差分毫，林依這才真的覺得此計可行——她不是不相信張仲微，只他到底涉世不深，擔心他的閱歷。

林依有了參政夫人撐腰，一顆心終於落定的，笑道：「咱們不過是確保萬無一失罷了，就衝參政夫人的面子，誰人敢退款？」

參政夫人搖了搖頭，道：「咱們的關係不能向外人道，若真有那毀約的，也莫把我抬出來，只叫她吃官司。」

這道理林依懂得，忙點頭稱是。參政夫人見她再無別的事情，便起身出去吃酒了，說是怕在裡間待久了讓人生疑。

林依為了避嫌，沒有跟出去，只叫楊嬸好生伺候著。開門時，她發現丁夫人儼然也在酒客中，身後站著林娘子，畢恭畢敬捧著酒壺，比尋常丫頭還低眉順眼。丁夫人到底是怎麼馴服她的，林依好奇心又起，只盼張八娘快快回來，幫她去打探。

晚上打烊後，楊嬸稱店中人手不夠，問林依是否請肖嫂子來幫忙，林依正盼張八娘回來呢，便叫青苗吃過飯，趁著天還沒黑，去祥符縣與張八娘報信。

當時天色晚了，方氏不許張八娘走夜路，因此耽擱了一夜。

第二日一大早，林依正與張仲微喝粥吃包子，瞧見張八娘邁進了店門，忙招呼她道：「這樣早就來了，想必沒吃早飯吧？快來坐下，嘗嘗妳二哥買的包子。」

青苗也想早點知道丁夫人的妙招，忙著添碗添筷子，殷勤備至。張八娘卻扭捏著不肯入座，眼睛直朝門口瞟。

林依兩口子心下奇怪，順著她的目光看去，登時都愣住了——方氏拎著個包袱就站在門口，盯著他倆看，大概是在等人去迎接。

捌之章　婆媳過招

真是擔心什麼來什麼，這親娘也來得太快了些，張仲微心裡一慌，率先跳將起來，一個箭步衝到門口，接過包袱，挽住方氏，背對著林依悄聲道：「嬸娘，還妳的錢我還沒湊夠，且容我兩天，先別跟三娘講。」

方氏奇道：「我昨兒才借錢給你，哪會今日就來討要。」

張仲微摸了摸腦袋，疑惑道：「那嬸娘……」

方氏氣道：「無事就不能來瞧瞧你？」

張仲微光顧著錢，輸了理，忙扶了方氏，請她進門。方氏卻不動身，眼睛只盯著林依，那意思是非要林依過來扶她。

林依絲毫不介意做做表面文章，以彰顯她的賢慧，小步疾走上前，與張仲微一左一右將方氏攙了，笑道：「嬸娘真是疼愛閨女，還親自送八娘過來，叫我這自小沒娘的人好生羨慕。」

方氏明明是來瞧兒子的，怎變成了送閨女？她隱隱覺得有些不對勁，但林依的話又挑不出錯來，若反駁，叫張八娘怎麼想？

在方氏思考的時候，林依已同張仲微將她攙到了桌前，青苗捧上粥碗，楊嬸遞過筷子，她也只好就勢坐下，準備先把肚子填飽，再思考她來的目的。

林依舊店還開著，新店也在籌備中，正是忙的時候，方氏這時候來添什麼亂。她不好埋怨張八娘，就把張仲微瞪了一眼，瞪得他膽顫心驚。

張八娘覺得有愧於林依，難過得吃不下飯，筷子在碗裡直扒拉。

青苗站在方氏身後，眼瞪得溜圓，恨不得能靠眼刀把她給瞪回祥符縣去。楊嬸怕青苗的小動作被瞧見，忙著拉她，急得滿頭是汗。

當事人方氏卻渾然不覺，吃完一碗粥還要添二碗，林依存心要做好面子功夫，放著下人不使喚，親自與她盛粥。楊嬸趁機讚了一句：「二少夫人真是孝順，就算是親婆母也不過如此了。」

這話氣得方氏摔了筷子，林依忙幫她撿起來，假意責備楊嬸道：「這話說的，嬸娘一樣要孝順。」

方氏覺得林依今日格外乖巧，就平了氣，接過筷子，繼續吃飯，絲毫沒發覺這主僕二人一來二去，已將她的身分界定——她只是嬸娘而已，並非親婆母。

這層意思方氏沒聽出來，張仲微卻聽出來了，他縱然有幾分不高興，但也曉得親疏遠近有別，若林依待方氏太親熱，傳到楊氏耳裡，一定不好聽，因此在林依又要親手與方氏取包子時，輕輕拉了拉她的衣襟，示意她讓下人們來。

看來他還不算太糊塗，林依暗自欣慰，不顧方氏殺人似的目光，將本欲遞給她的包子放進了張仲微的碗裡。

張八娘沒瞧出桌上的風雲暗湧，但她天生敏感，察覺出氣氛不對，就起身欲溜，正好林依想叫她去隔壁探消息，便同她一起離桌，上裡間嘀咕去了。

林依一走，方氏就占了她的位子，坐到張仲微身旁，抱怨個不停，講李舒不孝順，講張伯臨耳根軟，講張梁愛偷她的錢。

張仲微一直默默聽著，左耳進右耳出，直到方氏開始數落林依的不是，他的眉頭才稍稍皺了下。林依方才如何待方氏，他是瞧得清清楚楚，可沒一丁點兒失禮的地方，方氏還要這樣說她，實在是有些雞蛋裡挑骨頭了。

方氏自從娘家失勢，多了門看臉色的本事，瞧出張仲微的不耐煩，忙變換話題道：「仲微，我瞧你這屋子夠大，就在你這裡住兩天。」

她使用的是陳述句，根本不帶個問號，顯然是自己替張仲微兩口子作了主，完全沒考慮過他們的感受。

張仲微此時已經傻眼了，他想過方氏要來討錢，想過她要來鬧事，可就是沒想過，她會要來住兩天，這事兒他可不敢作主，如何是好？

方氏為何突然想到城中來住？她以前可是從來沒有過這樣的念頭。張仲微呆愣過後生出疑惑，便向方氏問緣由。

這一問不得了，方氏一把鼻涕一把淚，訴說張梁的種種惡行──偷她的錢，打她，逼她買妾，每日不吃醉不歸家，等等等等。說來也怪，張梁這些行徑只針對方氏，他對待其他人都是和和氣氣，不論是同張伯臨夫妻，還是同張仲微夫妻，都沒有大矛盾，因此張仲微聽過方氏的訴說，未能產生共鳴，只是心疼娘親經常挨打。

但待得方氏向張仲微展示過她小臂上的一塊紫青，張仲微就坐不住了，讓張梁這樣打下去，方氏豈不是非死即殘？他一把扶起方氏，要送她回祥符縣，向張梁討個公道。

方氏卻不肯走，抓住他胳膊，央道：「兒哪，我好不容易來一趟，且讓我住兩日，享兩天清福再走。」

張仲微見她講得可憐，心一軟，便走進裡間，詢問林依的意見。

林依剛把張八娘送去隔壁，正舉了半個包子啃著，一看就是還沒吃飽，又不願回飯桌，躲進裡間填補來了。她見張仲微進來，朝他晃了晃手裡的包子，嬉皮笑臉道：「你也來一個？」

張仲微猜想，林依多半不會同意方氏住下，他心中忐忑，面兒上就擠不出笑來，僵著一張臉將方氏的請求講了，立在桌邊等回答。

林依沒像他想像中的那樣大發雷霆，甚至講起話來，語調十分輕快：「我也極想留嬸娘住兩天，只是房屋不夠，八娘子還是在隔壁借住的呢，實在是心有餘而力不足。」

張仲微一拍腦袋，對呀，沒得多餘的房間，多好的理由，他方才怎麼沒想起來。他不再多話，返身到店中，向方氏複述林依的話，但只稱是自己想到的。

他雖然沒提林依的名字，但卻是自裡間一出來就變了卦，方氏再愚笨，也猜得出此事與林依有關，當即不依不饒，非要進去同林依理論。

張仲微哪敢讓她進去，連忙張開雙臂，攔住方氏，楊嬸也來幫忙，上前抱住方氏的腰，又連連朝青苗打眼色，叫她進去稟報林依。

青苗轉身就跑，匆匆進到裡間，還沒開口，林依便抬手道：「我知道了。」

青苗奇道：「二少夫人，我還沒講呢。」

林依哼了一聲，道：「外面這樣大的動靜，我又沒聾。去告訴二少爺，店已開門，說不準什麼時候客人就要來。」

這只是半截話，青苗等了會兒，還不見下半句，問道：「二少夫人還沒講，要二少爺怎麼做呢。」

林依看了她一眼，沒作聲。青苗忽地明白了，客人轉眼就要來，店內怎能由著方氏鬧騰，該如何做，張仲微心裡應有數。她一溜煙跑了出去，大聲轉述了林依的話，又一溜煙跑了回來，瞧見林依一副氣定神閒的模樣，急道：「二少夫人，妳怎麼還坐的得住？」

林依奇道：「那我該如何？」

青苗將門一指：「二夫人還在外頭呢，僅憑二少爺一人怎治服得了她，妳怎麼還不著急？」

林依好笑道：「她只不過是嬸娘，又不是我婆母，我急什麼？」

青苗跺了跺腳，道：「不是這層干係，俗話說得好，拿人手短，何況二少夫人妳還跟她借了兩貫多錢，單憑這個，就不好硬趕她，我是急這個。」

林依恍然，大笑道：「我說妳今日怎沒出去抖威風、替主分憂，原來是顧忌那兩貫多錢。」她站起身來，開了錢箱，取出原封未動的兩貫多錢，拋到桌上，吩咐道：「去，還與二夫人，好叫妳沒得顧忌。」

這暗示再明顯不過，青苗開心地笑了，拿起錢道：「二少夫人放心，不消一刻鐘，就讓妳再聽不見那呱噪的聲音。」

她拎著兩串錢出去，示意楊嬸鬆開方氏，將錢塞進後者手中，道：「二夫人，還妳的錢，借條拿來。」

方氏將錢朝桌上一摜，氣道：「怎麼，想還清了帳，好趕我走？沒那麼容易。」說著自懷中掏出張仲微給她的借條，朝青苗跟前一遞：「妳好生瞧瞧，看清楚看明白，要想趕我走也行，先把這十貫錢還清了。」

張仲微看著方氏把借條掏出來，心道一聲「壞了」，忙把方氏拉到一旁，好言勸說，但方氏根本聽不進去，別著臉不看他。

青苗是識字的，見借條上寫的是十貫，還以為自己看錯了，使勁揉了揉眼，看了好幾遍，見那數字還是沒變化，這才著急起來，衝裡間高聲叫道：「二少夫人，不得了，二夫人這是打劫來了。」

林依莫名其妙走出來，接過借條一看，只見上頭寫的不是兩貫，而是十貫，再仔細一瞧，認出是張仲微的筆跡，頓時一口氣就堵在了胸前，直覺著悶得慌。

青苗相信林依的為人，她還的是兩貫餘錢，那方氏肯定就只借了兩貫餘，不可能多出八貫來。既然實際數目沒錯，那就是借條寫錯了？青苗有些摸不著頭腦，問道：「二少夫人，是二少爺手誤？」

這又不是阿拉伯數字，怎會手誤？林依黑著臉，已氣得講不出話來，將借條朝地上一丟，就轉身回了裡間。

青苗跟了進去，她再不明白，看見林依這臉色也什麼都明白了，這借條上多出來的八貫錢，定是二少爺故意為之。她心疼林依的錢，難過道：「二少爺為何要這樣做……」

林依一向不愛生氣，因為生氣對自己沒好處，火大傷肝，她可不願用別人的錯處來懲罰自己，這回也是如此。她悶坐了一會兒，努力讓心情平復，安慰青苗道：「別急，二少爺這也是孝順，想還二夫人的生養之恩。」

青苗小心翼翼地瞧了瞧林依的臉色，問道：「那此事就這樣算了？」

林依笑了，她不生氣不等於不反擊，心平氣和是為了修身養性，這同打落了牙朝肚裡吞完全是兩個概念。

青苗就怕林依愁眉苦臉，一見她笑了，便知道有門，擦拳磨掌道：「二少夫人有什麼吩咐，儘管講。」

林依瞧她這副躍躍欲試的模樣，噗哧笑了：「來日方長，不急這一時，要是耽誤了開店，那可是得不償失了。」

青苗連連點頭，卻又問道：「當務之急是把她趕出去，可她聲稱不見著十貫錢就不走，怎辦？」

趕方氏，林依多的是手段，吩咐道：「叫楊嬸帶二夫人去豐和酒店吃酒，妳悄悄去祥符縣，請大少爺來接人。」

豐和酒店是跟風興起的一家娘子店，距離不遠，但卻與張家腳店隔了一條街，林依這樣安排，是想把方氏支走，以免來了客人她還在吵鬧。

青苗應了一聲，轉身就走，林依想了想，又叫住她，道：「大少爺公務繁忙，還是不勞煩他了，大少夫人又有孕在身，不能叫她添堵，妳只把二老爺請來，等他到了，也不必上咱們家，直接帶他去豐和酒店接人。」

張梁一來，還怕方氏不走？青苗笑成一朵花，脆聲應了，小跑出門。

方氏聽說要請她去豐和酒店吃酒，雖然高興，卻又狐疑，問道：「你們自己開著酒店，卻讓我去別人家吃？」

青苗早就尋了個藉口，跑出門朝祥符縣去了，楊嬸扯了個謊，向方氏解答道：「咱們店太小，怕委屈了二夫人，那豐和店可是兩層的大樓房，二夫人朝那樓上坐了，吃著酒，瞧著風景，豈不比坐在這小店裡更舒服？」

方氏心想，既然請她去吃酒，那就是不趕她走了，她暗自得意，臉上卻繃著，一副不情不願的模樣隨楊嬸走了出去。

方氏一走，店中空蕩下來，張仲微在原地站了會子，覺得這事兒躲是躲不過的，便硬著頭皮走進裡間開始解釋。他到底初為人夫，不知這種時候女人要的是道歉，並非事後的解釋。

事情開始變得糟糕，他的解釋林依全認為是藉口，冷冷道：「張翰林還是趕緊去翰林院吧，小心誤了工，拿不足五貫錢，欠二夫人的十貫錢就更還不起了。」

林依從沒講過這般難聽的話，可見是真氣著了，張仲微自認有愧，默不作聲地受了，過了會兒，悶聲道：「事已至此，我說什麼都沒用了，這錢我會想辦法還清的，妳不用擔心。」

林依別過臉，懶得看他，道：「我不管這事兒，只提醒你，不許因為還這莫須有的債務而耽誤了養家。」

張仲微的五貫錢付房租都不夠，顧了家，哪還有錢來還方氏？他從沒想過這一層，此時是真後悔起來，恨不得去與方氏打商量，把借條要回來。

說話間，兩名燒糟來上工了，再過了一會兒，店裡陸續有酒客來了，林依想著楊嬸青苗都不在，便走去隔壁喚張八娘，經過張仲微時，看也沒看他一眼。

張仲微一陣難過，想等林依回來再好好與她說說，卻又怕女酒客越來越多，到時不好出去，只得嘆了口氣，到翰林院當差去了。

青苗一路跑到祥符縣，很快就把張梁請了來，但豐和酒店乃是娘子店，張梁不好進去，青苗只得請他在外稍候，獨自到店內尋方氏。

方氏坐在二樓最好的位置，極顯眼，青苗一上樓就看見了她，先與楊嬸交換一個眼神，再上前喚方氏，道：「二夫人，二少爺買回兩匹綢緞，卻不知妳喜歡不喜歡，不如妳隨我回去看看？」

張仲微如今最是資金緊張的時候，哪來的錢買綢緞，稍微有點腦子的人都該想得到，但方氏一高興就什麼都忘了，馬上站起身來，要回去瞧兒子的孝心。不料，她才走到門口就被攔住了，膀大腰圓的女酒保跑步上前，向她要酒錢。

方氏沒在意，隨手把身後的楊嬸一指，示意酒保找她要錢。楊嬸拽住方氏，愁眉苦臉道：「二夫人，我一個下人哪來的錢結酒錢？」

酒保一聽這話，越發不讓方氏走，招手又叫來一個，一前一後夾住她。方氏急著回去瞧綢緞，卻挪不了步子，大罵楊嬸道：「壞心腸的奴婢，既是請我來吃酒，怎麼連錢都不帶？」

奴婢請主人吃酒，那兩名酒保還是頭一回聽說，都認為方氏是在耍無賴，當即變了臉色，將掌櫃的請了來，稱要送方氏去見官。

方氏自然百般辯駁，但掌櫃的哪裡肯信，命酒保扭了她就走。這要是真上了堂，婦人家的臉面可就丟光了，方氏真著急起來，忙道：「幾多錢？我結我結。」

掌櫃的示意酒保放開方氏，道：「一共是一百八十文。」

「什麼？」方氏尖聲叫起來，「我才坐了不到兩個時辰就要一百八十文？妳這哪裡是賣酒，簡直是打劫。」

青苗在後暗笑，方氏來城裡存的是打劫的心，不曾想卻反被劫了一把。

方氏的零嘴兒店，三天也賺不到一百文，這一百八十文在她看來簡直就是鉅款了。她死活不肯朝懷裡掏錢，向那掌櫃的道：「我兒子是翰林院的編修，我兒媳的店就在隔壁街上，店名叫張家腳店，妳把帳先記上，回頭我叫她來結。」

楊嬸早料到方氏有這一手，進店不久便藉著去催酒，同掌櫃的打過招呼了，稱方氏在店中的任何消費，都同張家腳店無關，因此豐和店掌櫃的任方氏怎麼說，就是不肯放她走。

方氏急得直跳腳，青苗還在旁邊添火：「掌櫃的，妳可別聽她胡謅，我們東家的婆母姓楊，乃是位誥命，凡在朱雀門東壁住過的人都是曉得的。」

方氏一聽，轉頭又去罵青苗。青苗躲閃開去，跑到門外，喚張梁來瞧。

張梁不敢離娘子店太近，伸著脖子望了望，一眼就看見方氏在門內跳腳，賢淑模樣全無。一時間，他血氣上湧，直覺得整個張家的臉面都讓方氏給丟盡了，遂怒氣沖沖地吩咐青苗道：「快快把二夫人請出來。」

青苗一縮脖子，道：「這可請不出來，二夫人賴著酒錢不肯結帳，店家不讓她走，還道要送她去見官呢。」

見官？張梁的臉漲了個通紅，一半是氣的，一半是羞的，他顫著胳膊指向方氏，斬釘截鐵地命青苗去翻方氏的荷包，先結了酒錢，再把人帶出來。

青苗嘴上說著：「這可是二老爺的主意，二夫人怪罪下來，你得替我扛著。」腳下卻一步不停，飛快跑到方氏面前，口稱「二夫人得罪了」，迅速將她荷包翻了個底兒朝天，搜出兩百文錢，一百八十文與了掌櫃的，剩下二十文仍舊放回去。

此時方氏的兩條胳膊全被酒保反扭著，根本動彈不得，只能眼睜睜地看著青苗把錢遞了出去。

掌櫃的掂了掂錢，啐方氏道：「明明有錢卻不給，沒見過妳這樣賴皮的人，怪不得張家不願理妳。」

方氏欲哭無淚，想揍青苗兩下，卻又沒她靈活，抓不著她，正垂頭喪氣，突然想到張仲微還在家等她，就又來了精神，心道，青苗雖是林依的丫頭，但張仲微卻是家主，且回家叫他懲治去。

她重新振作起來，抬頭挺胸走出店門，但還沒高興三分鐘，就見張梁杵在面前，唬得她連退三步。張梁大步向前，先朝方氏的荷包探手，將剩下的二十文裝進自己的荷包裡，才開口罵道：「前日我向妳借錢，妳怪我只知道吃酒，沒想到自己卻背著我跑到城裡來快活，一頓酒就吃掉了一百八十文。」

方氏委屈道：「怨不得我，是仲微媳婦耍心眼子，說好請我吃酒，吃完卻不見人來結帳。」

張梁氣道：「胡扯，哪有請人吃酒自己卻不來的？分明是妳要栽贓陷害。」

方氏見他信林依不信自己，心中十二萬分的委屈，竟當街抹起淚來。張梁才不是憐香惜玉之人，見她哭泣，更覺煩惱，道：「我們家就是讓妳這樣敗了的，如今仰仗兒子兒媳度日，妳就該收斂些，花大價錢吃酒也就罷了，還污蔑仲微媳婦，妳可曉得，她現今是官宦夫人，不是妳污蔑得起的。」

張梁越說，方氏越委屈，那淚珠子掉個不停，惹來路人紛紛回頭。張梁嫌丟人，忙將方氏一扯，道：「跟我回去，以後無事不許到城裡來。」

方氏嗚咽道：「仲微買了綢緞，還等著我回去瞧呢。」

張梁不耐煩道：「他家正蓋著房子呢，哪來的錢買綢緞。」

方氏瞪大淚眼，反應過來，自己是上了青苗的當了。她惡狠狠地朝旁邊瞪去，卻發現楊嬸與青苗早已不知所蹤，她心中那個恨哪，恨不得抓住青苗咬兩口，只可惜此刻虎視眈眈的人是張梁。

張梁扯著方氏的袖子，到路邊攔了兩乘轎子，一面將方氏塞上轎，一面嘀咕二十文錢還不夠打發轎夫，這趟出來虧大了。

楊嬸與青苗到家時，店中客人不多，林依正趁空與張八娘閒聊，青苗滿心興奮，衝上去就要稟報好消息，楊嬸忙拉住她道：「怎還這般莽撞，妳想當著八娘子的面講她娘的笑話？」

青苗慌忙捂住嘴，唬道：「差點做錯事，幸虧妳提醒。」她到底按捺不住雀躍的心情，便站到林依身後伺候，只等張八娘一走，就向林依稟報。

張八娘正向林依講述從隔壁打探來的消息，稱：「丁夫人真個兒好手段，用一盞白水就唬住了林娘子，不但讓她講出來私房錢的下落，還令她畢恭畢敬。」

青苗本是來回話的，此刻卻聽住了，忙問：「一盞白水怎能唬住人？丁夫人是如何行事的？八娘子妳教教我，得閒我也試一試。」

林依嗔怪地看了她一眼：「也不曉得學個好的。」

張八娘道：「說起來也簡單，丁夫人嚇唬林娘子，騙她那盞白水是毒藥，問她是想要命還是要錢，若是要命就拿錢來換，若不想拿錢，就自個兒把毒藥喝了。」

果然是極簡單的招式，卻非常管用，這丁夫人是個有心計的。林依見張八娘對丁夫人的行徑佩服不已，心中一動，道：「八娘子，妳若有這些個手段，也不會在婆家受欺負了。」

張八娘一聽，垂下頭去，隱約可見淚水在眼眶裡打轉。林依猛地醒悟過來自己講錯了話，連連道歉，張八娘低低地講了一聲「沒事」，起身幹活兒去了。

青苗望著張八娘的背影，道：「二少夫人也沒講錯，若八娘子不學著點，將來尋了新婆家還是受欺負的命。」

話雖不假，卻不是她一個下人能講的，林依板起臉看了她一眼，道：「這若讓有心人聽見，我可護不了妳。」

青苗忙低頭認錯，才將豐和店發生的情景，講給林依聽。林依撫掌笑道：「這招果然好使，從今往後，我再也不怕二夫人鬧事了，只要她來鬧，我就去請二老爺。」

青苗也很高興，將張梁惱怒不已的模樣繪聲繪色描述了一遍，才回後頭去準備中午要賣的蓋飯。

楊嬸招待過幾個客人，湊到林依跟前小聲道：「二夫人這次回去，挨打是逃不過了，只怕她由此把二少夫人和我們都恨上，我和青苗都是下人，不怕什麼，只擔心二夫人在二少爺面前嚼舌根子，讓二少爺埋怨二少夫人。」

林依先安慰她道：「妳們哄了她這些時，她肯定是恨妳們的，不過，我若連妳們都護不周全，這主人算白當了。」說完又笑道：「至於二少爺，若他是個耳根軟的，我又何必在意他。」

楊嬸見林依笑得雲淡風輕又自信滿滿，就放下心來，繼續去招待客人。林依從小沒少受方氏的欺負，這回大獲全勝，實在是高興得很，便在店裡也占了個座兒，吃上兩杯。

張仲微記掛著林依還在生氣，晚上特意提前回家，還順路買了一樣林依從沒吃過的黃雀鮓。他只顧著要討林依歡心，就忘了腳店還沒打烊，裡頭都是女客，他不好進門，只能在外徘徊。

此時正值東京最冷的時節，黃雀鮓很快就冷下來，任張仲微將其揣在懷裡也不管用。他自己也凍得慌，跺了左腳跺右腳，便繞到後面，欲到下等房裡去避避風。但白日裡的下等房乃是賣蓋飯的地方，外面是排隊的顧客，裡面是盛飯菜的鐵皮餐車，還有忙個不停的青苗，他進去實在不合適。

再看廚房鎖著門也進不了，張仲微只好撿了個背風的角落蹲了下來。幸好沒過多久，楊嬸來為酒客做個下酒小菜，這才將廚房門打開，將他拉了進去。

楊嬸是一手將張仲微帶大的人，此刻見他凍得鼻頭發紅，心疼不已，就有些埋怨林依太過火，不該給張仲微臉子瞧。

張仲微搓了搓凍僵的手，將黃雀鮓遞給楊嬸，叫她熱一熱，與林依送過去。楊嬸正氣著林依呢，便道：「二少爺也沒吃飯呢，待會兒晚飯時再熱。」

張仲微沒覺察出楊嬸的情緒，想了想，道：「也是，這時吃了占著肚子，晚飯就吃不下了。」

楊嬸見張仲微凍成這樣，還在替林依考慮，突然就覺得林依不懂事，只顧著設計方氏，沒想過張仲微的心情。但這念頭才剛閃過，她便自己啐了自己一口，這能怪林依嗎，方氏那副討人嫌的模樣，任誰見了都會氣到思慮不周，就是她自己，還不是積極配合了一把。

灶膛裡的火燃起來了，楊嬸看著張仲微，幾不可聞地嘆了口氣，將他推到灶後去烤火。

張仲微在廚房待著，好不容易等到前面打烊，才端著熱好的黃雀鮓進到店裡去。他偷偷瞧了瞧林依的臉色，覺得還算正常，這才走過去坐下，欲藉黃雀鮓來開場，但還沒張口，先連打三個噴嚏，接著咳嗽起來。

到底是夫妻，林依心裡再有氣，見著他這樣，還是著急，忙著遞手帕與他，又喚楊嬸去廚下煮滾燙的薑湯來。

張仲微擦過鼻涕，擺著手道：「我沒事，娘子無須擔心。」說完指了那道黃雀鮓，道：「特意買給妳的，趕緊趁熱吃。」

林依取來一件厚實衣裳叫他披上，又吩咐青苗把火爐撥旺些，搬到張仲微旁邊來，待得忙活完，才嘗了一口黃雀鮓，連聲讚好吃。

張仲微見黃雀鮓對了林依的口味，展顏笑了，道：「妳喜歡吃，我明日還買給妳。」

林依明白他是刻意討好，也不想繼續冷戰，只是事情不挑開來講清楚，她心裡永遠有個結，於是決定自己先坦誠，道：「孝敬親娘天經地義，只是用打借條的方式來行孝，太過匪夷所思。你要孝敬嬸娘，明著送錢便是，難不成我還能攔著？」

張仲微的腦子始終沒轉過彎來，覺得打借條和明著送錢是一回事，於是接著早上的話，繼續向林依解釋。

楊嬸端著薑湯上來，聽見張仲微的話，再一看林依，那臉色已黑得能拎出墨汁。她是過來人，曉得張仲微講錯了話，有心要幫他一把，便將碗塞進他手裡，再朝林依笑道：「二少爺已曉得錯了，二少夫人就饒他這回吧，下回行事他一定先考慮周全。」

張仲微欲分辨，被楊嬸一個眼神止住，只好點了點頭，道：「就依妳，再不打借條。」

林依曉得他沒真意識到錯誤，但有些話她不能講出來，不然太傷感情，只能裝作相信他，其他地方裝糊塗，讓事情就此揭過。

楊嬸又走到林依身後，輕輕推了推，林依以為是要她表態，便夾了一筷子黃雀鮓放到張仲微碗裡。

張仲微不是小氣的人，見此舉動，就當作是林依同意和解，舒了一口氣，將黃雀鮓送進嘴裡。他朝四面看了看，不見張八娘，便問道：「八娘子呢？」

林依答道：「丁夫人家做了好菜，請她作客。」

其實張八娘是內疚自己將方氏帶了來，而且怕張仲微兩口子飯桌上吵架，才躲到了隔壁去。不過張仲微真正想問的人並非張八娘，因此也不深究，只不住地朝門口張望。

林依心裡跟明鏡兒似的，張仲微望的定是方氏，畢竟他去翰林院時，方氏只是去酒樓吃酒，並沒說要回祥符縣。此時她心裡很矛盾，一方面，想主動將請走方氏的事講出來，以占個先機，不然若讓方氏搶了先，白的都能講成黑的；另一方面，她又擔心張仲微聽了會生氣，畢竟那是他親娘，他肯定不願方氏丟醜。

林依煩惱極了，開始後悔當時沒多思量，單憑一時氣憤，做出了可能會影響夫妻感情的事來。又或許此事會被方氏利用，藉以挑撥她和張仲微的關係。要知道，方氏向來不介意做些損人不利己的事，大概會很樂意看著她和張仲微鬧矛盾。

伸頭是一刀，縮頭也是一刀，林依思前想後，將心一橫，開口道：「咱們家沒住處，我叫叔叔來把嬸娘接回去了。」

張仲微很清楚張梁接方氏意味著什麼，當即臉色就變了，筷子一扔，起身朝外跑。林依撿起他滑落地下的衣裳，追了上去，喊道：「天都黑了你去哪裡？才吃了薑湯，別又受了涼。」

張仲微推開她的手，臉上毫無表情，冷冷道：「我去祥符縣，我不能眼睜睜看著我娘挨打。」

林依聽他稱呼的是娘，而非嬸娘，整個人都僵住了。張仲微這回是真的生氣了。早知道就不逼著他為借條的事道歉了，或許還有迴旋的餘地，林依後悔莫及。

楊嬸不願看著小倆口就此傷感情，忙追上林依，提醒她道：「二少夫人，妳打算讓二少爺走著去祥符縣？」

林依恍然大悟，忙奔回裡間取錢，再次追上張仲微，喘著氣道：「我錯了，你回頭再罰我，先去雇頂轎子。」

張仲微不理睬，繞過她繼續朝前跑，林依緊追上去，道：「那我陪你一起去。」

張仲微腳步一滯，側頭看了看林依被寒風吹得通紅的臉，到底還是接過了錢，但沒雇轎，而是雇了匹馬，飛馳而去。

林依又急又怕，又跑了這一段路，乍一停下來，直覺得渾身虛脫，幸好楊嬸和青苗就跟在後頭，忙上前將她扶了，趕回家中。

青苗將幾塊紅碳放進手爐，塞進林依懷裡，抱怨道：「二少夫人不該講的，不然二少爺也不會跑。」

林依苦笑道：「紙包不住火，遲早會知道的。」

青苗卻道：「二房與我們來往並不多，一時半會知道不了，就算傳出來，二少夫人一口咬定是二夫人胡謅，信妳的人準比信她的人多。」

楊嬸責備道：「妳知道什麼，只曉得添亂。」說著把她推了出去，轉身安慰林依道：「二少夫人別太自責，妳是擔心店裡的生意，才起心趕二夫人走，這怪不得妳。」

林依還是苦笑：「沒人願意留她，只是我不該請二老爺來。」

楊嬸笑了：「二老爺不來，還真沒人能請二夫人回去。」

林依盯著楊嬸，認真道：「我還以為妳怪我呢，沒想到只是為我開脫。」

楊嬸嘆道：「我哪有資格怪二少夫人，說起來，叮囑豐和店掌櫃的不許賒帳還是我的主意呢。」

林依只知方氏在豐和店丟盡了人，卻不曉得楊嬸在其中搗了鬼，她欲責備，但卻開不了口，說到底，這事兒還是方氏自身德行不夠，她又不是沒帶錢，卻拗著不肯給，只想著算計人，能怪誰？

楊嬸見林依默默不語，以為她在生氣，忙跪下道：「我自作主張，帶累了二少夫人，請二少夫人責罰。」

林依扯了扯嘴角，想笑一笑，卻沒成功，她閉了眼，輕聲道：「妳去吧，我等二少爺回來。」

楊嬸想勸她回房去睡，但張了張口，沒講出來，心想男人都是愛弱者，興許張仲微回來見了林依這副憔悴模樣，心一軟，就不和她計較了。

楊嬸輕手輕腳地退了出去，將門帶上，林依自走去栓上門栓，再也忍不住，靠著門板慢慢蹲下，痛哭起來。

這婆媳間的關係，夫妻相處之道，怎就這樣難呢？比周旋於官宦夫人間難，比賺錢更難。林依再苦再累時也沒這樣絕望過，她捂著臉，坐在冰冷的地上，直到沉沉睡去。

此時張仲微一路狂奔，剛到了祥符縣，在二房見著的第一個人是張伯臨。張伯臨才哄著李舒睡下，正準備到青蓮房裡，聽說張仲微深夜來訪，忙走到廳中相見，問道：「仲微，你怎麼這時候來，出了什麼事？」

張仲微前心後背都是汗，朝後面張望一時，問道：「嬸娘今日安好？」

張伯臨比他精上許多，一聽他只問方氏不問張梁，就明白了他擔心的是什麼。方氏是怎樣的一個人，張伯臨比張仲微看得清楚，他不願兄弟太過自責，又不好明著講方氏的不是，遂瞅著張仲微似笑非笑：「你嬸娘有我這兒子在身旁，卻要你深夜趕來問安，你叫我如何自處？」

張仲微從未見過張伯臨這樣的態度，愣了愣才悶聲道：「哥哥，你曉得我不是這個意思。」

張伯臨表情嚴肅，道：「我與你一母同胞，又一起長大，自然曉得你不是這個意思，但外頭的那些人，官場上的同僚、隔壁鄰居、同巷街坊，他們都會同我一樣想嗎？」

張仲微徹底呆住了，怔怔看著張伯臨，不知如何接話。

張伯臨拍了拍他的肩膀，語重心長道：「你也是讀書人，該曉得重禮法，莫要做些事情讓伯父伯母見了寒心。」

這樣的話林依也講過，但張仲微沒朝心裡去，此刻聽張伯臨也這樣講，不禁更覺委屈：「過繼的事，不是我願意的……」

「胡說！」張伯臨喝斷他的話，厲聲道：「能講出這樣的話就是不孝。原來你的孝順只做表面功夫，真正的綱常倫理卻渾然不顧。」

張仲微囁嚅道：「哥哥……」

張伯臨緩了口氣，道：「你叔叔與嬸娘有我呢，我是他們親兒，能虧待了他們？你就不要操心了，記得同伯父伯母常聯繫，與弟妹好生過日子，比什麼都強。」

張伯臨自小就比張仲微主意多，張仲微還是很佩服他的，便將他的話聽進了不少。但他此行目的是要瞧一瞧方氏，看她有沒有被張梁打傷，見不著她的人，於心不安。

張伯臨見張仲微站在廳上不肯走，猜到他想做什麼，但他曉得，只要方氏一出來，今晚誰也別想睡，便推著張仲微朝外走，道：「弟妹肯定還在家等你，我就不留你了，改日有空再來頑。」

張仲微抵住門檻，問道：「哥哥，我只問你一件事，今日嬸娘自城裡回來，叔叔打她了沒？」

張伯臨打了個哈哈，道：「我在衙門當差，晚上才回來，不知有這事兒。」

張仲微瞭解張伯臨，正如張伯臨也瞭解他，一聽這話，就知道方氏挨過打了，不禁暗暗埋怨林依，雖然他也不願方氏留在城裡住，但無論如何都不該找愛打方氏的張梁來接她。

一個要送，一個不肯走，兄弟倆僵持在門口，張伯臨轉頭喚了一聲，叫家丁來幫忙，送張仲微回去，不料聲音大了些，驚動了方氏。待她匆匆跑出來，看見張仲微站在門口，立時飛撲上前，將他拉進廳裡來，上下打量個不停，連聲問道：「我兒，是不是你媳婦欺負完我，又欺負起你來了？」

張伯臨拉開方氏，道：「娘，仲微找我是公事，不能有旁人在場，妳還是先進去歇著吧。」

張伯臨扯謊，簡直是信手拈來，臉不紅心不跳，煞有其事的模樣，叫張仲微都恍惚覺得，他真是來談公事的。

但方氏卻不信，揪住張仲微的袖子不肯放，道：「別哄我，他是翰林院的清閒小官，哪有公事與你談。」

張伯臨忘了，方氏亦算是出身官宦家庭，對官場大概的門路還是弄得清楚的。他哄不住方氏，只好高聲喚任嬸，叫她來扶方氏進去。

方氏在張伯臨尋任嬸的空隙裡，已是拉住張仲微哭開了，數落林依、罵楊嬸、罵青苗、罵張梁，末了還擼起袖子，給他看胳膊上的傷，稱她一回到家，就被張梁臭揍了一頓。

張仲微看著她胳膊上青一塊紫一塊，十分難過，質問張伯臨道：「哥哥，你剛剛說你才是正經行孝的人，那嬸娘挨打，你怎麼不護著點？」

張伯臨瞪他一眼，強行將他拉到一旁，小聲道：「你可曉得爹為何要打娘？聽說她在豐和酒店吃過酒，明明兜裡有錢，卻硬是不結帳，在酒店大門口又叫又跳要賴帳，爹嫌她丟盡了張家的臉，這才打她。」說完又補充道：「酒店人多嘴雜，其中難免就有你同僚家的娘子，明日你到翰林院多半會遇著嘲諷，趁早有個準備吧。」

張仲微跟聽天書似的，一怔一怔，聽完了，還在犯迷糊，方氏有錢卻不結帳？在酒店門口公然賴帳？張伯臨知道他一時難以接受，嘆著氣拍了拍他肩膀，道：「我曉得為人子女不可講娘親的不是，但咱們這位娘親自從家裡變窮，就同以前大不一樣了，你莫要一味順著她，該勸還得勸，不能讓別人瞧咱們的笑話。」

張仲微很難過很難過，走去問方氏：「娘，妳既然有錢，為何不結酒錢？」

張伯臨沒想到張仲微竟當著方氏的面問了出來，忙將他拉開，向瞠目結舌的方氏道：「娘，妳累了一天了，趕緊去歇著吧，我送仲微回去。」

方氏回過神來，嚎啕大哭，扯住張仲微的袖子死命一拉，撕破一道大口子，叫道：「我辛苦養大你，你倒來質問我，是不是你媳婦教的？明明是她與我耍心眼子，說好請我去吃酒，卻不去結酒錢。」

張仲微替林依辯解道：「她定是忙著店裡的生意，忘了時辰。」

張伯臨一聽這話，就暗叫一聲「糟糕」，以他為人夫為人子的經驗看來，此時和稀泥最是要不得。所謂和稀泥，就是在媳婦面前維護娘親，在娘親面前又維護媳婦，這樣做法只會落得兩頭不討好。果然，方氏本只有七分不滿，聽完張仲微的話，就變作了十分，抓住他又哭又鬧：「你媳婦不孝，且回去休了她。」

林依就算待她不好，也與不事姑婆不沾邊，再說出婦，輪不到方氏這個做嬸娘發話，正經婆母楊氏還在呢。張伯臨生怕傳出去惹人閒話，忙與匆忙趕來的任嬸一起，將方氏拖開，叫張仲微快走。

方氏扯住張仲微的半邊破袖子，不肯放他走，口口聲聲叫他休了林依。這樣大的動靜，連早已上床睡覺的張梁也聽見了，他披上衣裳，只站在天井裡問了一聲，就嚇得方氏緊閉了嘴。

張仲微趁機掙脫出來，到天井尋到張梁，跪下磕了三個響頭，懇請他手下留情，往後莫要再打方氏。張梁一向認為方氏是自己討打，十分不以為然，但做了官的親兒深夜趕來相求，總要給幾分面子，便點了點頭。

張仲微得了張梁的許諾，總算輕鬆了幾分，出門上馬，趕回家中。他上前叩門，才拍了一下，門就吱呀一聲開了，林依紅腫著眼出現在他面前，將他讓了進去。

張仲微見林依是哭過的樣子，抬手撫了撫她的臉，卻什麼也沒說，回房一頭扎進被窩裡，蒙上了被子。

林依瞧見他這副模樣，以為是張梁把方氏怎樣了，慌張起來，連忙將他推了推，問道：「嬸娘有事？」

張仲微在被子裡搖了搖頭，仍舊是不作聲，過了一會兒，林依聽見被裡有悶悶的哭聲傳來，不禁納悶，他這是在為誰傷心難過？

張仲微現在是什麼心情，恐怕連他自己都說不清，反正除了難受還是難受，加上一去一來出了一身冷汗，被風一吹，感冒加重，直覺得頭昏腦脹，在被子裡悶了不多時，就劇烈咳嗽起來。

林依被這咳嗽聲嚇了一跳，把手伸進被子裡，摸了摸張仲微的額頭，觸手滾燙。她連忙開門跑到後面，拍下人房的門，叫青苗去請郎中，叫楊嬸去煮生爐子，預備熬藥。

她吩咐過下人，又奔回房中，將張仲微蒙住頭的被子拉至肩頭，再遞給他一塊帕子，聲音理智又果斷：「把淚擦乾，郎中就要來了，不能讓他看見你這樣，不然傳去翰林院，你怎麼做人。」

張仲微想起張伯臨叫他做好被人嘲諷的心理準備的話，無聲苦笑，輕聲問了一句：「妳為何沒去豐和店結帳？」

林依本有幾分愧疚，想好不與張仲微計較的，但她最恨男人不顧惜自己的身體，認為這是最不負責任的表現。她生性剛強，一旦生出氣性兒，根本懶得解釋，只一聲：「忘了。」

這倒真是個好理由，張仲微沒了話講，又問：「妳想讓嬸娘走明說就是，為何要偷偷請叔叔來？」

林依看了他一眼，沒好氣道：「你有本事將她勸走我跟你姓。」說完隔著被子，重重拍了他一掌，怒道：「給我躺好，莫要言語，我可不想做寡婦。」

楊嬸端薑湯進來，聽見他們的對話，嘆著氣向張仲微道：「都怪我，叮囑豐和店不讓二夫人賒帳，不然她也不會……」

林依出聲打斷她的話道：「不要胡亂攬責，不賒欠是應該的，不然人人都能打著我的旗號去賒帳，我哪裡來的錢還？」

楊嬸繼續嘆氣：「是，確是沒錢，咱們家正是艱難的時候，新蓋的酒樓能不能如期開張，還說不準呢。」她面向張仲微，又道：「二少爺，你也不小了，該體諒體諒二少夫人。她那樣做還不是為了不影響店裡的生意，倘若由著二夫人鬧，要全家人喝西北風？」

林依忍了這樣久，終於聽到一句公道話，禁不住又哭起來。

是，林依是有錯，但她是為了這個家，而非針對方氏，張仲微終於想轉過來，心中暢快幾分，同時又深恨自己無能，上不能孝敬方氏，下不能養活家人，累得要林依為生計操心。

他表達出自己的歉意，以此來勸林依止淚。不料楊嬸卻道：「這怪不了二少爺，不談別的，就拿這房子來說，根本不該你們出錢。」

張仲微若有所思，林依卻詫異道：「不該我們出？那該誰來付房租？」

楊嬸還沒作答，張仲微開口道：「父在子不立。」

林依不知這話是什麼意思，問了一番才明白，所謂父在子不立，即只要當爹的還在，兒子不管長到多大，都不必自立門戶，而父親過世前，也有義務給兒子留些家產。

瞧楊嬸和張仲微的表情，大宋是興這一套的，林依雖然不屑於啃老，但既然她必須得遵守社會規則，為何別人能不守，這也太不公平。她有意讓張仲微寫信給張棟，但想了想，還是沒講出口，只道：「這事兒二少爺拿主意吧。」

正說著，青苗帶了郎中來，在外敲門，林依忙戴上蓋頭，請郎中進來請脈開方，抓藥煎藥，足足忙了個把時辰才得以歇下。

林依睡得晚，第二日就起遲了，才剛梳頭，便聽見楊嬸來報，稱參政夫人在外吃了會子酒，要求進裡間來見見林依。

這定然是有正事了，林依看了看仍臥床的張仲微，實在不方便請參政夫人進來，便出去解釋，再隨參政夫人上她家去。

參政夫人帶著林依回家，分賓主坐下，命丫頭上茶，先問候了張仲微的病，才談正事，問道：「上回妳與我講起什麼會員制，怎過了這些天還不見動靜？」

林依不好意思道：「這幾日家中事務多，耽擱了。」

參政夫人端起茶盞，吹了吹，問道：「可是張翰林的嬸娘來了？我亦有耳聞。」真是好事不出門，壞事傳千里，竟連參政夫人都知道了，林依臉上一紅，道：「讓參政夫人瞧笑話了。」

參政夫人擺了擺手，不以為意道：「家家都有本難念的經，豐和店的事我也聽說了，與妳又沒關係，不必自責。」又問：「可有什麼難處，儘管講來，能幫的我一定幫。」

林依苦笑，不作答。

衡娘子掀簾進來，笑道：「與嬸娘不和是小事，只怕是小倆口鬧彆扭了。」她挨到林依身旁坐下，道：「我家奴僕早起出巷打水，瞧見妳家嬸娘在妳腳店抖威風了，這要換作我，早一頓打出去了，也虧得妳能忍。」

參政夫人斥道：「妳這暴脾氣若不改改，再嫁一遭，還是得跑回娘家來。」

這話訓得很重，衡娘子卻不以為然，撇嘴道：「我也曉得不好，可又能怎樣，難道就任由人欺負？」

參政夫人被她這態度氣到了，想對她進行婚前教育，正好張家的案例就在跟前，便想拿來一用，遂向林依道：「我仗著虛長妳幾歲，欲給妳些建議，不知妳想不想聽？」

林依正愁不知如何處理婆媳關係，聞言歡喜道：「求之不得。」

參政夫人肩負教導女兒的職責，是真上了心，正色向林依道：「此事是妳錯在先，怨不得沒法收場。」

是她的錯？林依愣住了。

衡娘子不滿叫道：「林夫人有什麼錯？難不成由著她嬸娘胡鬧，耽誤店中生意？」

此話正是林依當時所考慮的，於是連連點頭。

參政夫人露出一抹笑容，問道：「那店只是張翰林夫人的？張翰林沒份？」

林依若有所思。

衡娘子沒聽明白，道：「那又不是張翰林夫人的陪嫁，自然是他們夫妻倆共有。」

參政夫人道：「既然明白這道理，那著急什麼？」她講完，轉向林依，道：「這事兒從一開始妳就不該管，再遇著與婆家有關的事，躲得越遠越好，實在沒處去，就上我這裡來。」

林依還沒完全開竅，問道：「那店裡的生意……」

參政夫人打斷她道：「又不是妳一人的店，到了那時，生意丟給男人去操心，只要讓他吃一回虧，就能學乖了。待到再有這種事，他比妳還積極。」說完又拉過衡娘子，道：「光給男人講大道理是行不通的，他們聽不進去，非得讓他扛事情。」

衡娘子嘀咕道：「我就是瞧不慣婆母的行徑……」

參政夫人喝道：「再瞧不慣也得忍著，不許在官人面前抱怨，有些話人人都講得，唯獨妳做兒媳的講不得。婆母刁難妳，妳不會動腦筋躲開？就非要硬碰硬撞？妳給我記著，天塌下來也有男人頂著，別什麼事情都自己扛，他的娘發難就叫他自個兒想轍去，妳只躲在背後歇著。」

林依聽了參政夫人教導女兒的話，真如醍醐灌頂，覺得所有的難題都迎刃而解了。她忍不住喜悅，站起身來深深拜下去，謝參政夫人提點之恩。

參政夫人笑道：「不必客氣，妳小倆口和和睦睦，多騰些心思把酒樓開好，就是謝我了。」

林依重新坐下，欲提會員制的事情，參政夫人卻先把衡娘子支了出去，才示意她講話。

林依在那世見過的會員制太多，可謂是信手拈來，形式上的事沒什麼可操心的，唯有簽訂不退款契約還要仔細斟酌，至少打點官府的錢得計算到會員卡的成本中去。

參政夫人沉吟片刻，道：「妳只管把成本先算出來，契約的事等張翰林病好後去衙門問問，讓他們給個實價。」說完又低聲補充道：「我會提前讓人過去打招呼的。」

林依聽張仲微講過，現任開封府府尹也是歐陽參政的門生，所謂人熟好辦事，想來不用擔心。

二人談好會員制的事，林依滿懷著喜悅心情回家，見了誰都是笑咪咪的，甚至還在店中陪幾位熟客吃了一杯。

當她回到裡間時，張仲微已起床，正在披衣裳，稱自己病好了，要去翰林院當差。林依三兩下扒了他的衣裳，將他按到床上，捂上被子，道：「第一，我不想當寡婦；第二，你去了翰林院，也只能領到五貫錢，還不如替咱們店裡辦點事，賺頭更多。」

張仲微留神林依的表情，不像是還生氣的樣子，眉眼間甚至流露出喜色，他不禁暗自奇怪，林依怎去過一趟參政夫人家，回來就大變樣了？

林依忙著取帳本，計算會員卡的成本，轉頭一看，張仲微還愣著，便道：「回神，趕緊把病養好，上衙門打聽紅契蓋章的價錢去。」

張仲微問道：「什麼紅契？」

林依講了會員卡一事，道：「你得把打點官府的錢和契稅的錢問清楚，我才好算出總成本，以確定一張會員卡賣多少錢。」

張仲微從昨天到現在一直沉浸在方氏事件的後遺症中，經林依這一提醒，才記起他們還有更重要的事情要辦，不禁生出幾分羞愧。

林依算好大略成本遞與張仲微看時，狀似不經意地輕聲講了一句：「此事是我錯在先，以後不會了，你放心。」

張仲微沒想到林依會先道歉，心裡埋藏的許多話都不好意思再講出來了，也低頭承認錯誤道：「昨日我性急了，不該給妳臉色瞧。」說完又難過起來：「嬸娘是怎樣的人，待妳如何，我哪會不知，但她畢竟是我親娘……我……我……」

林依已在參政夫人處得了婆媳相處寶典，再不懼方氏挑釁，便大度道：「我明白，也理解，我答應你，以後任嬸娘再怎麼鬧，我都不會有半個『不』字。」

哼，就把人見人嫌的方氏丟給張仲微自個兒去操心吧，林依暗暗笑著，甚至盼望著方氏早些再來，好讓張仲微也吃吃苦頭，才曉得她的難處。

林依還記著參政夫人講的那句話，天塌下來也有男人頂著，便只如實向張仲微報出資金缺口，稱急需印製會員卡的錢，卻並不提供任何意見，只默默坐在一旁，等張仲微拿注意。

張仲微裹著被子，側躺在床上看過帳本，道：「家裡還有大嫂和嬸娘所借的十二貫，拿來印製會員卡，待得會費收齊，新酒樓的裝修就有著落了。」

林依道：「馬上就要交房租了，這十二貫不頂用。」

房租等事向來是林依操心的，這回她打定主意要躲清閒，便推了個一乾二淨。張仲微頭一回真正為家事操心，想了許久，覺得自己除了賣酸文，再也沒什麼其他掙錢的本事。可賣酸文才能賺幾個錢，根本不頂用。他想來想去，沒什麼好主意，便與林依商量道：「要不咱們寫信，向爹娘借錢？」

眼下正是個難關，大宋又沒有銀行貸款，除了借錢，確是沒有第二條路走，林依很是贊同這建議，但卻謹守參政夫人的勸誡，凡是與婆家沾邊的事，都不發表意見，遂道：「我一婦道人家知道什麼，你拿主意便是。」

林依陡然萬事不理，張仲微就覺得肩上的擔子重起來，準備翻身下床去寫信。林依按住他，摸了摸他的額頭，覺著不怎麼燙手，這才取過衣裳與他穿好，許他下床去寫信。

張仲微鋪好紙，準備下筆，林依擔心張棟的日子也過得緊巴，怕與他們添麻煩，便問道：「衢州知州的俸祿如何？」

最窮的是京官，外任官員個個富得流油，更何況是富饒的衢州，張仲微道：「十個翰林編修加起來，也頂不上一個知州。」

林依本還為向長輩開口借錢而羞愧，待聽說張棟竟這樣富，就心安理得起來。想當初，她為張棟夫妻補貼的嫁妝錢著實不少，如今有難，找他們幫忙也是該的。

張仲微很快寫好信，寄了出去，但張棟到底會不會借錢還是未知數，因此他們不敢動用借來的十二貫錢，會員卡一事也就耽擱下來。

卡片雖然暫時印不了，但具體方案可以先定下，林依拿著筆在紙上寫寫劃劃，酒客預付費用，買下會員卡以後再來消費，則在會員卡上作下表記，同時在店內會員簿上登記，由客人簽字或按手印為證。

會員卡根據充值金額，由高到低分為三等，金卡、銀卡、銅卡，持卡到店內消費，分別享有不同折扣及座位的優先權。同時實行積分制，根據消費的實際金額計算，累積到一定的積分，可換購店內酒水或下酒菜。

張仲微看過林依寫下的條款，嘖嘖稱奇，整個東京城，這樣的規矩可找不出第二家。會員卡制度效仿起來十分容易，估計張家新酒樓開張後不久，其他酒店便會跟風，甚至很可能優惠力度更大，積分禮物更好，因此這不能作為他們取勝的關鍵，要想賓客盈門，還得利用官宦夫人愛面子的心理，不時邀請貴人來店中作客，以抬高酒樓的檔次。

林依仔細思考過後，決定等會員卡印製後，拿出一部分去送禮，但不是由她去送，而是先交給參政夫人，再由她轉贈。

方方面面都考慮好了，只等精確成本和資金。當晚，張仲微燒退，第二日便被林依趕去了衙門，將契稅價格問了出來，至於上下打點的費用，由於參政夫人事先打過招呼，誰也沒敢收，省下了一筆。

張仲微自衙門回來，與林依再次算帳，得出一張會員卡的成本價是十文。十文錢一張小紙片，可真算不得低了，但大宋紙張貴，印刷更貴，這也是沒辦法，張仲微擔憂道：「只怕許多人不願出錢來買。」

林依奇道：「這卡又不另外收錢，怎會沒人要。」

張仲微驚訝道：「不另收錢？那我們不是每賣一張就虧十文？」

林依翻出了酒水單子來看，道：「羊毛出在羊身上。」

張仲微聽不懂，向她問詳細。林依解釋道：「把酒水價格抬高些，成本就收回來了。」

張仲微不同意，道：「各店的酒水都是從正店進回來的，價格自然也都差不多，妳比別家店價高，哪還有客人願意上門？」

林依聽得直點頭，道：「有理。酒價不能動，只能打下酒菜的主意。」

他們店裡的下酒菜分為兩種，一種是從外頭購進的按酒果子等，任何酒店都有，這樣的菜，林依排除在外，並不準備加價；還有一種，是現炒的熱菜，一般的店為了節省用油，都是以蒸、燉、汆為主，羹品居多，而張家賣的下酒菜大多是油炒，可算是獨一份，凡是這樣的菜，林依都提筆加上了一兩文，將會員卡的成本分攤進去。

萬事具備，只欠資金，不過林依並不擔心，以她對楊氏的瞭解，只要她有錢，肯定會支援的，只是說服張棟的時間問題。

張仲微與林依討論完會員卡的事，回到翰林院當差，林依則照常在家照管酒店，應酬客人。日子波瀾不驚地過著，轉眼十來天過去，就在小倆口重新恢復甜蜜生活時，方氏卻又來了。還是清晨，還是腳店剛開門而客人未至，方氏手持借條，踏入店中，四處搜尋林依，要她還錢。林依牢記著參政夫人的教導，丟下句「參政夫人尋我有事」，便三十六計走為上計了。方氏動作不及林依快，又被青苗擋了一下，就眼睜睜瞧著林依走遠了。她想追，但對此處地形不熟，只好折回店中。

張仲微朝店外張望一時，沒見著張梁的身影，便問方氏道：「嬸娘，妳獨自來的？」

方氏答道：「不一人來還能怎樣，任嬸要留下看零嘴兒店。你大嫂有丫頭，卻不肯借給我。」

張仲微哪裡是問下人，乃是問張梁，他生怕張梁得知方氏又偷偷進城，再次打她。

方氏聽了張仲微的擔憂，笑著擺手稱無妨。原來張梁有一名學生搬家到鄰縣，請他到鄰縣吃酒去了，沒個三五天回不來。

張仲微抹了把冷汗，鬆了口氣，請方氏上裡間坐。方氏卻不肯，在門邊揀了張桌子坐下，拉著張仲微抱怨道：「你媳婦太不像樣子，一見我來就躲了。」

其實張仲微也不知林依的話是真是假，這段日子因為會員卡的事，參政夫人的確沒少找她。他向方氏解釋了林依的去向，又道：「娘子也是為了多賺些錢，才時常外出，望嬸娘體諒。」

方氏本欲駁斥，但轉念一想，林依多賺錢就能早些將十貫錢還上，這是好事。她這般想著，臉上就露了笑，和顏悅色道：「仲微，好不容易你叔叔不在家，我在你家住幾天。」

上回就因為這事兒鬧得大家都不愉快，說張仲微心裡沒點兒怨氣那是假的。他搬出張伯臨的話來推搪道：「嬸娘，非是我不願留妳住，只是怕這事兒傳出去，影響哥哥的聲譽。」

方氏想不明白，她到名義上的侄子家，實際上的親生兒子家住兩天，怎麼就影響張伯臨的聲譽了？

張仲微見她轉不過彎來，只好挑明講：「嬸娘無緣無故到我家住著，這不明擺著讓人指責哥哥嫂嫂不孝嗎？這樣的閒話若是傳開去，讓哥哥怎麼做官。」

方氏很不以為然，但又怕真影響了張伯臨，便猶豫起來。此時店外已有客人朝裡張望，但是見到張仲微坐在門口，都不敢進來。

張仲微見生意做不成，著急萬分，終於開始理解林依當初的做法。他苦勸方氏道：「嬸娘，妳在這裡坐著無妨，但只要我在，女客就不敢進來，不如咱們上裡間坐去？」

方氏看了看門口，確實有好幾個女客都掉頭走了，她樂意為難兒媳，卻捨不得為難兒子，便依了他的話，到裡間去坐。

裡間的陳設十分簡樸，甚至連個花瓶也無，方氏不誇林依勤儉會過日子，卻怪她沒情趣，挑剔一時，又朝窗外張望：「怎地還不回來？就算參政夫人相請，也該講明家裡有客人，早些回來伺候。」

其實林依出去才一刻鐘，根本算不得久，張仲微忙命楊嬸上酒菜，轉移方氏的注意力，又道：「嬸娘，我手頭緊，實在拿不出錢來，那十貫錢能否緩一緩？」

方氏根本就不是存心討債，只是想以此為藉口在城裡住下而已，剛才她已被張仲微打消了念頭，灰了心，便道：「不著急，若你家真是你管帳，這錢你不還也成。」

張仲微還記得自己曾扯過的謊，道：「自然是我管錢，這個嬸娘放心，我許妳的錢也一定還。」

方氏還是瞭解自己兒子的，不大相信他的話，道：「那你把帳本拿出來我瞧瞧。」

張家的帳本上都是林依的筆跡，再說未經林依的允許，他可不敢動，只好又扯了個謊，道：「咱們家開的是娘子店，來往的都是女客，我一大男人怎好管店，因此帳目都是娘子在記，我只管向她要錢。」

方氏分析這段話的意思是，林依出力，張仲微收錢，怎麼看都是好事。她樂呵起來，笑道：「還是我兒子精明，只是記得仔細對帳，莫讓她藏了私房錢。」

張仲微自然連連點頭，生怕方氏又生出什麼主意來。這時日頭已升高，再不去翰林院可就遲了，他本也可以不去，但總得去告假，於是與方氏商量道：「嬸娘，妳先坐著，我去翰林院告假後再回來陪妳。」

方氏這才想起來，這個兒子是有公務在身的。她不願張仲微耽誤正事，又不想就此離去，抱怨道：「都怪你媳婦不懂事，不曉得回來陪客。」

張仲微起身，欲去翰林院告假，但此時店中女客很多，他沒法出去，只好打開窗子，準備跳出去。方氏在兒子面前向來都是知情理的，見自己害得他連正門都沒法走，便主動起身告辭。

張仲微看著方氏滿臉失望地離去，心裡有些難過，但時間不容他細想，雙腿一蹬，跳下窗臺，趕往翰林院。

林依在參政夫人家看衡娘子的嫁妝，青苗不時回店中打探消息，才過了半個時辰就聽說方氏走了，二人都很詫異。

參政夫人藉機教導衡娘子：「妳看，娘講的沒錯吧？只要兒媳不在跟前，做婆母的與兒子鬧不起來。」

林依福身謝參政夫人妙計，參政夫人命人取來幾個鞋樣，遞與她道：「拿著這個回去，免得讓人說妳是躲出去的。」

林依喜道：「還是參政夫人想得周到，待我做好鞋墊，送幾雙與妳。」

參政夫人不過是幫林依尋個藉口，不想她是真會這門手藝，聞言比她還高興，低聲笑道：「我家衡娘子想繡鞋墊送公婆，卻不會拿針，我正欲尋人代勞呢。」

林依滿口答應幫忙，許諾三日內將鞋墊納好送與衡娘子。參政夫人叫衡娘子謝過林依，將她送至門口。

林依回到家時，張仲微已去了翰林院，店中生意照舊有條不紊，襯得她無所事事，便端來一盆水，將裡間打掃了一遍，再戴上蓋頭，上工地轉了轉，半天時間就過去了。

下午她算完帳，特意叫楊嬸提前打烊，親自下廚做了幾樣精緻小菜，又溫了一壺好酒，等張仲微回家後與他對酌。

自方氏事件後，張仲微頭一回受到這樣的待遇，簡直受寵若驚。夫妻倆把酒言歡，好似忘掉了先前的不快。

晚上，林依坐在燈下納鞋墊，稱是參政夫人所託，又故意問張仲微：「我今日沒能趕回來陪嬸娘，她可曾生氣？」

張仲微不願講方氏的真實態度，以免林依生氣，便道：「妳是有正事，嬸娘不會怪妳的。」

林依輕笑一聲，也不反駁，只道：「嬸娘怪不怪我我不在意，只要你不怪我便成。」說完又問：「嬸娘總在你面前講我的不是，你聽進了多少？」

張仲微誠懇道：「咱倆又不是頭一天認識，妳是怎樣的人我很清楚，不會理會旁人怎麼講。再說，如果我真聽信嬸娘的話，當初也不會娶妳了。」他從後環住林依的腰，臉貼上她的臉，輕聲道：「我曉得妳委屈，可她是生我養我的親娘，妳若能瞧在我的分上擔當幾分，我感激不盡。」

林依掰開他的手，轉身面對他，正色道：「你錯了，我從來不介意嬸娘對我怎樣，她再怎麼鬧騰我都能忍，讓我受不了的只是你的態度。」林依這番話乃是發自肺腑，乍一聽覺得不可思議，其實想一想也很好理解，有誰會介意不相干的人的態度呢？只有自己在意的人才能傷害到自己。

「我的態度？」張仲微不太明白，「妳要我怎樣？」

林依白了他一眼：「別和稀泥。我與嬸娘起紛爭，你誰也別幫，越幫越糟。」

張仲微想了想，還真是這麼回事，笑問：「是參政夫人教妳的？」

林依道：「是參政夫人教導女兒，我偷聽了兩句，覺得真是字字珠璣。」

張仲微點頭道：「我確實不大懂得這些，往後一定注意。」

林依還記得方氏今日上門乃是來討債的，便問道：「箱子裡的十二貫還未動呢，你沒拿去還給嬸娘？」

張仲微道：「嬸娘不急著要我還。」

方氏這般好心？其中必有緣由。林依追問了幾句，張仲微吐露實情：「我跟嬸娘講，我們家是我管錢，她這才……」

林依驚喜道：「原來你也是會扯謊的。」

張仲微臉一紅：「老人家總是要哄的。」

林依笑著掐了他一把，暗道，參政夫人教的法子真靈，男人果然要親身經歷過才會成長，而且這哄字訣聽起來很不錯，下回若方氏刁難躲不過，也搬出來用用。

張仲微幫林依把燈挑亮了些，道：「我看酒樓快完工了，衙門裡若還有需要打點的儘管叫我去。」

林依咬斷一根線頭，笑道：「放心，免不了你的差事，幹得好，我與你開工錢，助你早日還清嬸娘的錢。」

張仲微不好意思起來，嗔道：「一家人，講這個作甚。」

塞翁失馬，焉知非福，林依夫妻倆經歷了這樁事後，感情反而變好了，凡事有商有量，更重要的是，兩人都開始認真學習如何做一個合格的丈夫和一名聰明的兒媳。

林依對此現狀和未來的發展十分滿意，誰也不是天生就懂得處理家庭間的複雜關係，只要有心去學，總會向著完美靠近。

一晃小半個月過去，眼看酒樓即將竣工，外面卻謠言滿天，紛傳張家新酒樓的所在地原先是埋過死人的，這才變成了爛果子地，最終低價賣給了林依。

肖大聽到這樣的傳言十分氣憤，向張仲微夫妻道：「若地下真有死人，我們打地基時怎沒發現？」

肖嫂子已四處打聽過，大概知道些端倪，道：「謠言是從些小潑皮口裡傳出來的，咱們酒樓敗了，他們能有什麼好處，想必是暗中有人指使。」

這樣的事想也不用想，肯定是競爭對手中的某位，抑或是幾家聯合起來也不一定。

肖嫂子天天跟著肖大盯工地，可不願意辛苦蓋起來的酒樓被人呼作「鬼樓」，便自告奮勇道：「張翰林、張夫人，我再去仔細打聽，看看到底是誰家與咱們過不去。」

肖大十分贊同，道：「揪出搗亂的人來，送他去見官。」

林依想得複雜些，道：「誰不曉得我們是官宦人家，還敢大膽造謠，只怕背後有人。」

肖大不以為然：「再有人，也要講道理。」

肖嫂子比肖大機靈些，拍了他一掌，道：「若是講道理，也不會使下作手段了。」說完與林依出主意：「實在鬥不過就出錢私了。」

林依十分清楚謠言的影響力，只怕就算揪住元兇也消除不了負面影響。她叮囑肖大仍舊要牢盯工程，不能讓蓋房進度受到影響，又託肖嫂子繼續打探消息，一有情況立即來報。

肖大兩口子一走，張仲微就催促林依道：「此事非同小可，妳趕緊去與參政夫人商量商量，若搗鬼的人背後真有靠山，少不得還要請參政夫人出面。」說完又道：「我馬上去趟衙門，不論此事實情如何，先去報個官，占個先機總沒錯。」

林依點頭，夫妻倆兵分兩路，一個奔赴衙門，一個趕往歐陽參政家。

參政夫人早就聽說了此事，正在家等著林依呢，一見她來，還沒等上茶，便拉了她急急問道：「究竟怎麼回事？是哪個膽大毒辣的主兒使壞？」

林依從沒見府尹夫人這樣焦急過，不禁奇怪。參政夫人大概也意識到自己失了風範，尷尬一笑，道：「妳不是外人，我也不瞞妳，衡娘子的婚期已經定了。」

林依馬上明白過來，想必是嫁妝還沒備齊，急需錢用。歐陽參政一向清廉，家中進帳有限，參政夫人就只能盼著張家酒樓的分紅了。

參政夫人著急還有一層原因，世人最信鬼神之說，埋骨之地所蓋的酒樓誰人會上門？就是轉賣都無人肯接手的，若不趕緊制止謠言，張家新蓋的酒樓就算是毀了。

林依也著急，但著急也沒用，總要等把使壞的人查出來再說。參政夫人聽說謠言是從小潑皮口裡傳出來的，反倒鬆了一口氣，道：「那些潑皮都是認錢不認人，多塞幾個錢總能問出來。」

林依還以為探聽實情有多難，原來不論什麼時候都是有錢能使鬼推磨，她想起方才並沒塞錢給肖嫂子，連忙起身告辭，匆匆趕回家中，取了錢命楊嬸與肖嫂子送去。

參政夫人的話沒錯，街上的小潑皮那樣的多，總有個把嘴鬆的，但他們大都是些小嘍囉，只知消息是從州橋一帶的潑皮老大處傳出來的。這潑皮老大姓黑，是個光棍，排行第一，人稱黑大。他自己在中間加了個老字，叫人喚他黑老大。

林依聽過肖嫂子所述，才不信散佈謠言是黑老大的主意，他背後一定還有指使者。她問肖嫂子道：「平常這些潑皮誰與他們打交道最多？」

肖嫂子仔細想了想：「他們成日不是打架就是行騙，與那些倒楣的人接觸最多。」

這話頗有喜感，林依笑了起來，道：「既有人受害，想必會去報官，官府的衙門應是熟悉這黑老大的。」

肖嫂子覺著她講得有理，連連點頭。

肖嫂子可沒能耐上衙門打探消息，林依給了賞錢，叫她只盯著市井間的情況便是。

肖嫂子退下，此時張仲微已到翰林院去了，說是要在同僚間打探打探消息。

林依耐心等到他回來，問道：「可有收穫？」

張仲微搖搖頭，道：「拐彎抹角問了一整圈，並沒有流言蜚語。」

林依曉得翰林院中派系不少，若是一方做了見不得人的事，定有許多人來告密，既然沒有消息，那此事一多半就與他們無關了。

她剛得出此結論，張仲微卻又道：「聽說王翰林重得聖眷，高升指日可待。」

王翰林家又不開酒樓，他再怎麼高升也不會與張家酒樓過不去，林依不得其解。

張仲微提醒她道：「妳別忘了，王翰林曾收過我們外祖母的賄賂，王翰林夫人還與楊家娘子店撐過門面。」

是有這事兒，林依還記得，但王翰林正是因為此事受了責罰，怎還會頂風而上？再說楊家娘子店早就倒閉了，犯不著還與張家腳店為難，畢竟損人不利己的事不是人人都愛做的。

張仲微始終覺得王翰林與謠言的事有關，不然不會這麼巧，正好在他仕途出現轉機之時，有歐陽參政入股的張家酒樓就倒了楣。

林依認為這兩者間不存在聯繫，首先，就算扳倒了張家酒樓，也不會與歐陽參政造成仕途上的損失；其次，參政夫人入股張家酒樓的事極其隱祕，不可能有人知道。

夫妻倆各持一詞，不過倒也沒相爭不下，畢竟他們最關心的是揪出散佈謠言的真凶，而至於他為什麼要這麼做，不是現階段該琢磨的。

林依把黑老大的事告訴張仲微，讓他去衙門問問衙役，看這黑老大平素慣與什麼人來往，從他身邊親近的人下手，打聽出幕後指使來。

張仲微立時動身朝衙門走了一趟，但打聽到的結果讓他們夫妻很失望，衙役稱，黑老大一向獨來獨往，沒什麼親近之人。

張仲微道：「不如讓衙役尋個藉口把他拖到堂上打頓板子，看他招不招。」

林依好笑道：「先不說無緣無故不好抓人，他肯散佈謠言，定是拿了人家不少錢財，豈會輕易開口。」

夫妻二人正一籌莫展，楊嬸來報，稱楊升的娘子來訪。

楊升的娘子呂氏是牛夫人的兒媳，張仲微夫妻的舅娘，自從張楊兩家鬧翻，他們就絕少走動，這位舅娘突然在黃昏時分造訪是為了什麼？

張仲微與林依滿腹疑惑，但也不敢少了禮數，熱情地請呂氏進店裡坐，但呂氏卻稱外面不好講話，要到裡間去。

果然是無事不登三寶殿，林依與張仲微對視一眼，將呂氏引到屋裡去。

林依是在楊升的婚禮上見過呂氏的，那時就覺得她其貌不揚，今日她未上濃妝，加上旁邊還站了貌若天仙的蘭芝，就越發被襯得無光。不過楊家有錢，她穿戴的都是東京城時興的衣料和首飾，顯出通身的富貴來。

呂氏張口第一句話就把張仲微和林依嚇了一跳：「我是偷跑出來的，若被婆母發現，可要吃不了兜著走。」

兩家人雖不親，但好歹是親戚，舅娘探望外甥怎麼還要偷偷摸摸？

張仲微和林依都不知如何接話，只能望著她，等她自己朝下講。

呂氏時間不多，不敢耽誤，朝蘭芝望了一眼，催促道：「妳在牛大力那裡聽到了什麼，還不趕緊講來。」

張仲微問道：「牛大力是誰？」

呂氏道：「是我婆母的娘家侄子，腦子缺根筋，除了歪門邪道，什麼都不會。」

張仲微夫妻見呂氏貶低楊升的表兄不遺餘力，不禁咋舌。他們哪裡曉得牛大力垂涎蘭芝已久，自從她成為楊升的小妾，就不時上門伺機調戲，呂氏發現過幾回，從此厭惡上了他。

蘭芝站在呂氏後邊沒有動作，呂氏不耐煩道：「趕緊講，耽誤了時辰被夫人發現，咱們倆都沒好果子吃。」

蘭芝並無懼意，聞言竟走到呂氏面前跪下，道：「少夫人，我今日不說，是被妳責罰，若說了，是被夫人責罰，橫豎都是一個死，不如做個守信的人。」

呂氏恨得牙癢癢的，劈手一個嘴巴子過去，罵道：「妓女果然沒好的，在家答應得好好的，轉頭就反悔。」

蘭芝捂著臉，辯道：「我沒答應過，是少夫人誤會了。」

蘭芝知曉的事肯定與張家有關，不然不會跑到這裡來上演大婦教訓小妾的戲碼，而張家目前除了新酒樓的謠言，還能有什麼事？林依想到這裡，也把不肯張口的蘭芝恨上了，但她總不能夥同呂氏刑訊逼供，只能另想辦法。

張仲微也猜到了蘭芝知道的是什麼，但他很奇怪，呂氏也是楊家的人，怎會好心跑來告訴他們？

呂氏逼不出蘭芝的話，又不好在親戚家動用家法，只能滿懷歉意起身，準備告辭。林依想證實心中猜想，忙上前挽住呂氏的胳膊，留她道：「舅娘好不容易來一回，好歹把這盞茶吃完再走。」

看來這呂氏也是個聰明人，一聽就曉得林依還有話要問，便真個兒停下腳步，道：「反正是晚了，就再坐會子。」說完又隨便尋了個藉口，把蘭芝遣了出去。

林依見呂氏眼角直掃張仲微，便把張仲微也推了出去：「我們女人講話，你外邊待著去。」

呂氏笑道：「不是嫌外甥，是有些話當著他的面不好講，畢竟我家婆母是他的外祖母。」

林依暗笑，最不待見這位外祖母的就是張仲微，他可不介意聽到牛夫人的什麼壞話。她問呂氏道：「蘭芝究竟知曉些什麼？望舅娘相告。」

呂氏道：「我時間不多，咱們長話短說。」

原來前些天牛大力吃醉了酒，又打著探望姑母的旗號來尋蘭芝，也不知牛夫人是有意還是無意，總給他們製造機會，稱丫頭們笨手笨腳，就叫蘭芝去伺候。牛大力是真醉了，胡亂講了些話，事關張家新酒樓，被蘭芝給聽見了。

呂氏道：「我去得遲，到時只聽到了片言隻語，什麼『鬼樓』之類，待牛大力走後我詢問蘭芝，她卻死活不肯講。」

呂氏可是楊家的兒媳，為何特意跑來與張家通消息，莫不是煙霧彈吧？林依滿腹狐疑，便問道：「舅娘告訴我這些，不怕外祖母責罰？」

呂氏哼了一聲，道：「我成親那天她便買個妾回來打我的臉，這口氣我嚥不下，就是不能讓她稱心如意。」她還有層私心沒有講出來，只有牛夫人當家不力，她才有機會奪過管家大權，眼下正是好機會。

無論呂氏講的是真話還是胡編，林依都不大相信，牛夫人的娘家與張家無冤無仇，為何要花力氣散佈謠言？

雖說不信，還是得詳細問一問，林依故意道：「原來牛家也是開酒樓的，這可真沒聽說過。」

呂氏道：「他家早年是經商，但自從牛老爺買了個官做，就自視清高起來，從此收手，只置辦田莊收租過活。」

林依疑惑道：「他家又不做生意，為何與我家酒樓過不去？」

呂氏搖頭道：「那我可就不知道了，不過這事兒我婆母就算沒參與也是知情的，牛大力前段日子朝我們家跑得可勤了。」

直到現在，林依還是沒全信呂氏的話，不過還是裝出十二萬分的誠意，感謝她冒險前來相告，將她送了出去。

張仲微待呂氏一走，就趕回裡間來，急問林依到底問出了什麼。林依將呂氏所言轉述，張仲微也覺著她的話玄得慌，無論從哪方面都講不通。

兩口子琢磨不透，便暫擱一旁，先坐下吃飯，飯桌上，林依感嘆道：「那蘭芝是舅舅心尖尖上的人兒，拚了命要納進門，就為了讓大婦呼來喝去，動輒挨巴掌？」

張仲微奇道：「她不肯開口，妳不恨她？」

林依道：「恨是恨，不過她有她的立場，也能理解。」

張仲微吃著吃著，突然擱下碗，道：「我想出點子了，定能讓黑老大開口。」

林依驚喜問道：「什麼法子？」

張仲微叫她附耳過來，低語幾句，林依將信將疑：「這方法好使？」

張仲微自通道：「他掙再多的錢也得有命花，肯定好使。」

林依道：「這事兒得先給參政夫人打聲招呼，萬一有紕漏，也有人補救。」

張仲微點頭道：「吃完飯，妳上參政夫人家去一趟，請她事先給衙門通消息。」

林依應了，匆忙扒了兩口飯，朝參政夫人家去，將事情辦妥。

第二日，張仲微兩口子還沒起床，衙門的衙役就出動了，突襲黑老大的家，從他床底下搜出整整一匣子的錢，衙役一口咬定這是黑老大偷來的，將他帶去堂上，沒問幾句就使上了板子。

黑老大也算是條漢子，挨過三十大板，仍不肯透露主顧姓名，等到第四十板時開始編造理由，一會兒稱是借來的，一會兒稱是撿來的。府尹道：「既是撿來的，那就先留在官府，待得尋到失主再說。」

黑老大板子都不怕，但一見到他那匣子錢被搬進堂後，立時就急了，將誰人與他的錢，交代他辦什麼事，一五一十都講了，末了還道：「這錢是我該得的，府尹要打便打，錢得還我。」

府尹樂了，真又打了他三十大板，再將錢匣子還給了他。隨後命衙役拖著黑老大去指認幕後主使人。

張仲微與林依在家等消息，等到心焦，楊嬸安慰他倆道：「肖嫂子才去探過，聽說堂上都審出來了，只能指認過就定罪。」

張仲微咬牙切齒道：「待得元兇歸案，定要讓他站在州橋橋頭喊上三天。」

林依奇道：「喊什麼？」

張仲微道：「讓他當眾承認張家酒樓下埋有死人的話是造謠的。」

這話提醒了林依，就算元兇服罪又如何，大宋又沒得電視，又沒得網路，連報紙都無，能有幾人知道衙門裡破獲了謠言案件？只怕就算把人關進了大牢，街上傳的還是與張家酒樓不利的小道消息。

沒過多久，衙門那邊就有消息傳來，稱經黑老大指認，造謠的就是一街之隔的豐和店。豐和店一直嫉妒張家腳店有貴婦來往，而現在的張家腳店只有六張桌子，尚不能對它形成威脅，但只要新酒樓一開張，必會直接影響鄰近的豐和店，因此豐和店老闆出了這陰招，想讓張家酒樓開不了張。

張仲微官階雖低，好歹是朝廷官員，豐和店為何有這樣大的膽子敢和張家腳店對著幹？林依認為其中必有緣由，便請肖嫂子去打聽了一番，果然豐和店老闆娘乃是王翰林夫人的遠房表妹。

林依很是氣憤，道：「王翰林可真夠記仇的，難道他還在懷疑是我們舉發了他受賄一事？或者還在疑心我們與牛家的關係？」

張仲微才從歐陽參政家回來，瞭解到不少情況，聞言搖了搖頭，道：「並非如此簡單。」

原來林依與參政夫人來往過密，落入了王翰林夫人眼裡，她懷疑參政夫人同她當初一樣，也是收了賄賂，才總來張家腳店捧場，因此想藉張家酒樓危機事件，逼張家再次與歐陽參政送禮，好抓個正著。

林依想起自謠言開始時她就頻繁朝參政夫人家跑，不禁有些害怕，幸好她的行賄手法天衣無縫，不然還真中了王翰林夫人的計了。

豐和店老闆已上了公堂，王翰林的計策落空，但謠言的影響仍在，張仲微眉頭緊鎖，恨道：「我去讓官府封了豐和店。」

林依靈光忽至，攔住他道：「我有一招數或許有用，只是太過陰險。」

張仲微急道：「所謂他不仁我不義，我們就算耍陰招也是被他逼的。」

林依與他耳語幾句，又囑咐道：「肖大還指望著酒樓裝修，賺更多的錢呢，想必也恨這謠言，此事就叫他去辦。」

張仲微朝她豎了豎大拇指，喚來肖大，仔細叮囑，又塞給他一把錢，許諾事成之後再付一半。

肖大袖了錢，回到家中，靜等天黑才出門，奔郊外的亂墳崗而去。第二日天才剛亮，就聽見滿州橋的人在議論紛紛，稱豐和店門前的地下埋有死人。到了下午，傳言稍稍有變化，稱真正的埋骨地乃是豐和店，為了混淆視聽才嫁禍張家新酒樓。

沒過三天，豐和店不封自倒，人人繞道而行，豐和店老闆才挨過板子又失店，坐在店前大哭一場，拖家帶口投奔王翰林去了。

肖嫂子向林依回報過這消息，又道：「那幫了忙的死人乃是亂墳崗上破席捲的，這下被衙門發現，送去了漏澤園叢葬，說起來倒算咱們做了件好事。」

林依點了點頭，取出錢打賞肖嫂子，肖嫂子千恩萬謝地去了。

謠言之事到此為止就算告一段落，但林依總覺得還有遺漏，既然事兒是豐和店做的，幕後主使是王翰林，那與牛大力有什麼干係？若他沒參與，這樣機密的事絕不會傳到他那裡去。

張仲微也覺得此事可疑，但蘭芝是楊升的妾，她不開口，沒法強求，只能暫且按下。

沒過幾天，酒樓竣工，但裝修的錢還沒著落，林依正著急，門口浩浩蕩蕩來了一群人，楊嬸出去一看，激動回報：「二少爺、二少夫人，大夫人回來了。」

（未完待續）

梨花雪後
最揪心催淚、最深沉決絕、最蕩氣迴腸的古代宮鬥傳奇！
一個讓兩個權傾天下的皇帝念了一生都不願放手的烈性女子！
她的每一步都踏得戰戰兢兢，可每一個起落卻又走得步步驚心……
梨花雪後（全三冊）2012年04月震撼上市

梨花雪後——內文試閱

片段一：當犀利的女人遇見霸烈的男人

「我們怎樣才能算是熟人呢？」

「兩種方式，一種是天長日久，一種是春風一度。我跟你，天長日久不太可能。」

「何以見得？」

「就算你有興趣，我也沒有和你天長日久的興趣。我可以在你身邊待幾年，然後分道揚鑣。」

「妳真是隨便！」

「這句話也適用於你，或者說，你更隨便？」

「委屈？」一個人在她身上某個地方戳了一下，然後辛情覺得自己的肌肉解放了。

「委屈個屁！」辛情說道，動了動手，果然可以動了。擦擦眼淚，瞇了又瞇，眼前模模糊糊出現張男人的臉。

「你指使人綁架我？」辛情眯著眼不敢睜開。

「是請妳。」那聲音說道，帶著笑意。

「你們家的禮儀真特別啊，我是死人嗎，用棺材請……」辛情看著模模糊糊的人臉，「你的聲音很熟，你是誰？這是哪兒？」

「不是棺材，是箱子。」男人解釋道。

「本質上都一樣，不信你躺躺試試！」辛情邊說著邊想這個聲音，「棕紅斗篷！你是棕紅斗篷！」

終於想起來了。
「棕紅斗篷？妳這麼稱呼我？看來妳對我印象深刻。」男人說道。
「沒錯，我一向對兩種人印象深刻，一種讓我開心的，一種讓我鬧心的。」辛情說道。
「我是讓妳鬧心的。」男人把她放在床上，「一會兒讓大夫來看看妳的眼睛。」
「這是你的臥室？」辛情模模糊糊地能知道屋子裡沉暗的色彩，心裡陰暗的傢伙。
「沒錯，妳是第一個躺在我床上的女人。」男人說道。
「開玩笑吧？聽聲音就知道你老得可以了，別告訴我你純情得沒碰過女人。還是你……是特殊男人？」辛情問道。腦中想那個棕紅斗篷的臉，一看就是久經情場的人，還說什麼第一個躺他床上的女人。
「特殊男人？」男人重複一遍。
「沒有男根的男人，亦稱宦官，俗稱太監。」辛情說道。
「妳想看看嗎？」男人離她近了，臉模模糊糊就在眼前。
「有什麼好看的，不都一樣嗎？」辛情平靜地說道，「要調情的話，換些詞兒吧，我又不是沒見過男人。」
「妳果然不一樣，難怪南朝皇帝對妳感興趣。」那男人饒有興趣地說道。
「你說奚祁？還好，見過兩回。」辛情含糊說道。皇帝見女人，尤其是他感興趣的女人，一般都是床上見。
「如果他知道妳在我手裡會是什麼樣？」棕紅斗篷問道。
「雞飛了還有鴨子，鴨子死了還有鵝，就算飛禽都死絕了還有走獸。」辛情說道。
「妳的說法很獨特，不過，我會把妳當鳳凰養的。」棕紅斗篷說道。
「哦，原來你是農場主人。初次見面，我叫辛情，請問貴姓？」辛情問道

「拓跋元衡。」棕紅斗篷說道。
「姓拓跋？你是剛才他們稱呼的『主人』？」辛情乾脆閉上眼睛。藥勁沒過，渾身用不上力。
「真聰明！」拓跋元衡誇讚。
「嗯，奚祁也這樣說過我。」辛情陳述事實。
「以後妳聽不到他這樣說了。」拓跋元衡說道，口氣有點陰。
「是啊，聰明的人也不會被綁架了都不知道對方是誰，他以後不會說我聰明了。」辛情嘲諷地說道。
「我的意思是——以後妳見不到奚祁了。」拓跋元衡說道。
「不見就不見，也不是我什麼人。」辛情又問道，「你請我來直接說一聲就行了，為什麼把我當死人運進來？還是說我是見不得光的？」
「不是見不得，是現在見不得。」拓跋元衡說道。
「哦！」辛情哦了聲，「你綁我來為什麼？」
「因為本王對妳感興趣。」拓跋元衡說得很直接。
「我對你不感興趣。」辛情也答得很直接。
「奚祁呢？」拓跋元衡問道。
「不感興趣。」辛情說，「我對那些把女人當動物養的男人都不感興趣。」
「慢慢妳會有興趣，也許還會離不開本王。」拓跋元衡說道。
「我離不開你的時候只有一種可能，就是我死了，沒法動了。」辛情說道。男人們為什麼都這麼自大。
「不會的，本王不會讓妳死的。」拓跋元衡很肯定地說道。
「謝謝。我要好好睡一覺，沒事別打擾我，我睡不好的話脾氣很大。」自己摸索著拽過被蓋好，睡覺，「哦，還有，出去的時候幫我把門關好，謝謝。」辛情說道，然後把被子蒙腦袋上睡覺。

「妳不怕本王對妳怎麼樣？」拓跋元衡問道。

「跟你說過了，我又不是沒見過男人，有什麼怕的，不就那麼回事嗎？」辛情說道。

拓跋元衡笑了，推門出去。辛情呼呼大睡。心情一放鬆，睡了二十多個小時，醒了的時候，眼皮都快融成一片了。

「魚兒，我又起晚了，不好意思啊！」辛情邊說著邊迷迷糊糊地坐起來像往常一樣用腳丫子在地上找鞋，然後伸懶腰，打哈欠：「魚兒，明天妳弄點水叫我起床吧，我就不用洗臉了……」打開門，門外四個小丫鬟正端著水盆，拿著巾帕之類的站著。

看了看，自己接過水盆轉身進屋，卻見拓跋元衡正坐在床對面的椅子上似笑非笑。

「當王爺都這麼閒啊？」辛情把水放好，自己隨便洗了洗臉，擦乾淨，把頭髮簡單攏了攏，綁成一束，動作一氣呵成。

「奴婢服侍小姐更衣。」兩個丫鬟捧著簇新的華服。

「不用了，苦日子過慣了，穿不習慣好衣服。如果你們府裡有粗布衣服，可以給我兩件。」辛情擺擺手，「如果有吃的東西，給我點粥就行了。」

馬上就有丫鬟端了豐富的早餐來了。辛情看看，跟靳王府的級別是一樣的，只不過比起靳王府的似乎不夠精緻。她從來不跟吃的東西作對，所以自由自在開始吃。這一年來她已經習慣右手筷子、左手饅頭的早餐模式了，但是這裡沒有饅頭，都是小小的糕點，只好將就一下了。

吃完了，對那丫鬟說道：「明天讓他們把那個東西做大一點，能換成饅頭最好。」

那丫鬟忙答應了，辛情這才看拓跋元衡：「當王爺的不是得上朝嗎？」

「不用天天上朝。」拓跋元衡說道。

看看，級別高的人就是不一樣，哪像她們這些小工蟻，一天不幹活就得餓肚子，難怪大家都樂意當官呢。

「沒什麼想說的？」拓跋元衡問道。

「基本上沒有，我不習慣和陌生人滔滔不絕。」辛情說道。

「那——我們怎樣才能算是熟人呢？」拓跋元衡的口氣有些輕佻。

辛情看他一眼，「兩種方式，一種是天長日久，一種是春風一度。我跟你，天長日久不太可能。」

拓跋元衡瞇了瞇眼：「何以見得？」

「就算你有興趣，我也沒有和你天長日久的興趣。」辛情說道，「所以，我可以在你身邊待幾年，然後分道揚鑣。」

「妳真是隨便！」拓跋元衡笑著說道。

「這句話也適用於你，或者說，你更隨便？」辛情也笑著說道。

「妳也曾經和奚祁這樣談過條件？」拓跋元衡問道。

「現在是我和你在談，與他無關。」辛情說道。

「本王考慮一下。」拓跋元衡說道。

「好。你最好快一點，我沒什麼耐心。」辛情說道。

拓跋元衡看著她，還是似笑非笑的表情。

片段二：我要當級別最高的小老婆

「您是皇帝了？」

「對。」

「那我是您哪個級別的女人呀？」

「除了皇后，妳自己挑。」

「我有選擇的餘地嗎？」

搖頭。

「那我就當除了皇后之外級別最高的那個好了。」

「好！右昭儀。」

「我想當貴妃，聽起來比較有氣勢。」

「過段日子吧。」

「好！那——您什麼時候需要我陪您上床啊？」

「今晚。」

又過了二十幾天，坐在桌邊左手饅頭、右手筷子的辛情，被闖進來的人嚇了一跳。有男有女的一堆人都恭敬地低頭站著。辛情也不說話，儘量保持平靜的心情把那個饅頭吃掉。等她吃完了，有一個人才站出來說道：「奴才等奉旨奉迎娘娘入宮。」

「娘娘？說我？」辛情問道。

「正是娘娘。」那人說道。

娘娘？誰的娘娘啊？辛情想問，但想了想還是算了，不管是誰的娘娘，她還能反抗怎麼著？先去看看好了。

「哦，走吧！」辛情起身。

那些人忙讓出路來，其中一個在前面帶路，其餘的都沒有聲響地跟在後面。上了華麗的轎子——果真是八人抬的。轎簾上也是描龍繡鳳的，華麗麗的感覺。

辛情坐在轎子裡想答案。皇帝？皇帝是誰？突然抽什麼瘋讓她當娘娘？她對當娘娘不感興趣，倒是對當人家的娘感興趣。

她在這個人生地不熟的鬼地方只認識兩個人，而且連點頭之交的那種認識都算不上——拓跋元衡和拓跋元弘。難道拓跋元衡把她獻給自己老爹了？有可能，這個人看起來陰險得很，這種事情肯定幹得出來。如果真是這樣，等她成了他後媽，一定讓他老子閹了他。

還有一種可能，就是換屆選舉之後，拓跋元衡當上新一屆皇帝了，所以讓她當小老婆，這也說的通。如果是這樣的話，怎麼辦？

呃……到時候再說好了！

不知不覺，轎子落了地，有人掀開轎簾，嘴裡還說著：「請娘娘下轎。」然後一隻白白的手伸過來欲扶她，辛情閃了開，自己邁出轎子，四周環顧一下，森嚴，跟奚祁家一個氣氛——墳墓一樣的寂靜，靈堂一樣的莊重。

「皇上有旨，請娘娘先行沐浴更衣。」宮女說道，「請娘娘隨奴婢來。」

沐浴？然後上蒸籠？據妖怪們說，唐僧就是這樣被吃掉的。

隨宮女上了臺階，走上高臺之上的那座名為鳳凰殿的宮殿，牌匾看起來很新。

跳進大木桶裡，辛情閉著眼睛泡著。這樣泡完了就得上皇帝的床了吧？聽說古代後妃和皇帝上床之前都要仔仔細細地洗個澡，她一直想問的是：皇帝用不用洗？

水慢慢地涼了些，辛情出浴，仍舊穿自己的粗布衣服，頭髮散著讓它慢慢乾。然後四處逛逛看看這個寢宮，這個寢宮雖然也富麗堂皇，但是與奚祁家相比稍顯粗糙，不過倒是比奚祁家更有氣概，奚祁家更像是精心打扮的女子。

辛情看了看地上鋪的長毛地毯，不忍心踩，她的小客廳裡也有一塊鋪在地上，她通常都側躺在上面看電視，或者趴在上面玩電腦，從來沒捨得穿鞋踩幾腳。這個地毯看起來比她那個好多了，想了想，她脫了鞋，光著腳走來走去。

真是舒服！躺一下試試，再趴一下。臉上癢癢的，真是舒服啊，好東西就是不一樣！閉上眼睛，好好享受享受。

滿屋子的宮女太監見她這個樣子，都有點不知所措，還好，皇帝來了。

拓跋元衡進了殿就見地上趴了個人。

「妳接駕的方式很特別。」拓跋元衡說道，看著仍舊趴著的女人。揮了揮手，所有的宮女太監都靜靜地退出去了。

辛情睜開眼睛就看見一雙黑色的靴子，「喂，換鞋，我的地毯啊……」然後抬頭往上看，拍拍手站起來，「您是皇帝了？」

「對。」拓跋元衡沒計較她沒有行禮，本來也沒指望。

「哦，那我是您哪個級別的女人呀？」辛情的口氣平淡得很。

「除了皇后，妳自己挑。」拓跋元衡說道。

「看來您沒考慮我說的條件。」辛情又自顧自地在地毯上坐下來，然後抬頭看拓跋元衡，「您不坐啊？」

拓跋元衡挨著她坐下，挑起她一綹頭髮聞了聞，「好香。」

辛情沒什麼反應，「剛洗完當然香了。」然後看拓跋元衡，「我還有選擇的餘地嗎？」

拓跋元衡搖頭。

沒有？那就是說她一定得當他的小老婆了，既然如此當然得選個級別高的，免得被人吃得骨頭都不剩。

「既然沒有，那我就當除了皇后之外級別最高的那個好了。」辛情說話的口氣像是買水果時人家介紹一堆之後她隨便挑了一個一樣。

「好！右昭儀。」拓跋元衡說道。

右昭儀？聽起來好沒氣勢，她以為全天下的後宮除了皇后之外最大的都是貴妃呢，而且既然當了一把妃子，她也想當當貴妃，就像楊貴妃那樣的多好，禍害天下。

「右昭儀？」辛情想了想，還是說了，「我想當貴妃，聽起來比較有氣勢。」

拓跋元衡抬頭看看她，「過段日子吧。」

「好！那——您什麼時候需要我陪您上床啊？」辛情一點也沒有不好意思，一個有權勢的男人這麼痛快答應一個女人的條件，那就代表對她的身體有興趣。

「今晚。」拓跋元衡小聲在她耳邊說道。

「好！」辛情點頭。

這個拓跋元衡和奚祁還是有些不一樣的，奚祁喜歡玩貓捉老鼠的遊戲，把老鼠先放出去，然後在旁邊看著，時不時嚇唬老鼠一下，然後再看，等老鼠著急地開始反抗的時候他再把老鼠吃掉。拓跋元衡很直接，抓到的老鼠就要吃掉，他比奚祁少了耐心。

「朕希望妳晚上可以不穿這套衣服。」拓跋元衡仍舊很小聲，聲音裡充滿了挑逗。

「好，沒問題。」辛情答道。

隨遇而安是她的生活方式，既然拓跋元衡不給她選擇，她就給自己選個不好中的最好吧。她現在要做的是趁拓跋元衡還有興致的時候給自己建個保護罩——地位，然後再慢慢想辦法讓拓跋元衡放了她。最好是皆大歡喜，她對流血犧牲一點也不感興趣。

「等著朕。」拓跋元衡起身，順便在她脖子上親了一下，然後才往外走。

辛情迅速用袖子擦了擦，冷笑。

吃過晚飯，辛情還是光著腳在宮裡走來走去，太監宮女們也都脫了鞋子在宮裡侍奉。辛情讓他們都出去，然後脫光衣服，在櫃子裡拿塊紅色薄紗披在身上，頭髮從一側順下來，側躺在地毯上。

不穿那套衣服，她就不穿衣服。她本來就不是什麼貞節烈婦，對她來說，只要沒有心，跟哪個男人上床都沒什麼區別。這個身體以前是蘇朵的，屬於過唐漠風，以後這個身體是她辛情的，屬於她自己。

想找一個可以兩個湯匙共喝一碗熱湯的人，找一個可以讓她感覺溫暖的人，可是沒找到，在她二十六年的生命裡，沒有找到。在她二十六年的生命裡一直是孤孤單單的。

孤孤單單的。

在這裡她溫暖了一年，暖得都要化了，然後又是冬天來了。

拓跋元衡進得殿來，四周高高的燭臺都亮著，地毯上側臥著纏繞著紅色薄紗的辛情，在純白色的地毯上極具誘惑。拓跋元衡走到她身邊，沒動，原來是睡著了。彎腰抱起她，江南女人果然輕盈。她睜開眼睛，半睡半醒。

「您來晚了。」她說道，一點也沒有不好意思。

「嗯，有事要處理，等急了？」拓跋元衡口氣輕佻。

「是啊，等急了。再不來我就睡了。」辛情雙手環上他的脖子，故作嫵媚。

「孤枕難眠，愛妃。」拓跋元衡把她放到床上，自己也不脫衣服，只是把她抱在懷裡，「這傷如何弄的？」

「撞的，家裡窮沒錢治，撒了些灰就這樣兒了。」辛情慢慢地為他解衣服，既然躲不了，那就讓事情以最快的速度過去。

「著急了？」拓跋元衡笑著問道，隔著她身上的薄紗親吻她的肩頭。

辛情看他一眼，扯扯嘴角，接著又繼續幫他解衣服，露出他厚實的胸膛。辛情邊斜眼看他，邊用一根手指劃過他的胸前，然後如願地看到拓跋元衡眼中升騰起來的情欲，辛情對著他笑。

「妳真是個妖精，愛妃。」拓跋元衡抓住她的手，在她耳邊說道。

「過獎。」辛情笑著看拓跋元衡，心中冷笑。男人，果然是用下半身思考的動物。

「沒誠意。」拓跋元衡勾起她的下巴。

「那這樣如何，皇上？」辛情翻身將他壓在身下，輕啃他的肩膀，任拓跋元衡的手在她身上撫摩。她身體輕顫，與情欲無關，實在是因為不習慣別人碰她，她連乘地鐵都跑到最前面的車廂，那裡人少，不會與人有身體接觸。

只是拓跋元衡似乎誤會了，他以為她的輕顫是因為他的愛撫。

作　　者　阿昧
繪　　圖　游素蘭
責任編輯　施雅棠
副總編輯　林秀梅
編輯總監　劉麗真
總 經 理　陳逸瑛
發 行 人　凃玉雲
出　　版　麥田出版
城邦文化事業股份有限公司
104台北市中山區民生東路二段141號5樓
電話：（886）2-25007696　傳真：（886）2-25001966
發　　行　英屬蓋曼群島商家庭傳媒股份有限公司城邦分公司
104台北市中山區民生東路二段141號2樓
客服服務專線：（886）2-25007718；25007719
24小時傳真專線：（886）2-25001990；25001991
服務時間：週一至週五上午09:00~12:00；下午13:00~17:00
劃撥帳號：19863813；戶名：書虫股份有限公司
讀者服務信箱：service@readingclub.com.tw
麥田部落格　http://blog.pixnet.net/ryefield
香港發行所　城邦（香港）出版集團有限公司
香港灣仔駱克道193號東超商業中心1樓
電話：852-25086231　傳真：852-25789337
E-mail：hkcite@biznetvigator.com
馬新發行所　城邦（馬新）出版集團【Cite(M) Sdn. Bhd.(458372U)】
11,Jalan 30D/146, Desa Tasik, Sungai Besi, 57000 Kuala Lumpur, Malaysia.
電話：（60）3-90563833 傳真：（60）3-90562833
美術設計　洸譜創意設計股份有限公司
印　　刷　鴻霖印刷傳媒股份有限公司
初版一刷　2012年 03月01日
定　　價　250元
I S B N　978-986-173-745-4

漾小說 42

北宋生活顧問 3

國家圖書館出版品預行編目資料

北宋生活顧問 / 阿昧 著. -- 初版. -- 臺北市：
麥田, 城邦文化出版：家庭傳媒城邦分公司發行,
2012.03
面；公分. --（漾小說：42）
ISBN 978-986-173-745-4（第3冊：平裝）

857.7　　100028249